2008·28

（总第418–421期）

合订本

STORIES

上海故事会文化传媒有限公司　出品

（00147）

图书在版编目(CIP)数据

2008年《故事会》合订本.28/《故事会》编辑部编.
上海：上海锦绣文章出版社，2008.9
ISBN 978-7-5452-0150-5

Ⅰ.2… Ⅱ.故… Ⅲ.故事－作品集－世界 Ⅳ.Ⅰ14

中国版本图书馆CIP数据核字（2008）第142220号

责任编辑：朱　虹
封面设计：李宝强

故事会2008年合订本28
(总第418-421期)
《故事会》编辑部　编
上海锦绣文章出版社出版
地址：上海绍兴路74号
网址：www.storychina.cn
中国图书进出口上海公司发行
地址：上海市广中路88号
电话：36357888
字数280,000
ISBN 978-7-5452-0150-5/G·016

418
2008 SEMIMONTHLY 上半月版
7月

故事会

2008 年 7 月
上半月 · 红版

主 编：何承伟
常务副主编：吴 伦
副主编：姚自豪（上半月 · 红版）
副主编：夏一鸣（下半月 · 绿版）
本期责任编辑：叶小萌
电子邮箱：xiaomeng.ye@gmail.com
红版发稿编辑：
姚自豪 郑继文 吕 佳 周 吟
特约编辑：
范大宇 崔新三 申之珉
美术编辑：李宝强
电脑制作：郭瑾玮
通 联：归依玲
本社办公室电话：021-64375030
上半月刊编辑部电话：021-64332325
下半月刊编辑部电话：021-64336469
（上海市绍兴路 74 号 邮编：200020）
主管、主办：上海文艺出版总社
出版单位：《故事会》编辑部

制作、发行总监：张 凯
电话：021-64313938
广告业务：上海故事会文化传媒有限公司
广告总监：张 淮
广告业务：021-34010383
广告投诉：021-64333738
广告经营许可证
沪工商广字 31003200500022 号
发行：中国图书进出口上海公司

·笑话·

择偶标准

小路娶了个年龄比他大的老婆，朋友不解，问他为什么不娶一个年纪小点的，小路笑着说：“你到商店买过水果吗？同样是花钱，谁不挑个大的！”

（孟宪忠）

（本栏插图：包丰一）

口误

老庞家的儿媳妇刚生了一个大胖小子，全家这个高兴呀，亲家母也来了，本来就两室一厅的房子，太挤，没法住，于是老庞就去单位住职工宿舍，单位的人问他：“咋了？和老伴吵架了？”

老庞说：“别提了，儿媳妇生孩子，把我给挤出来了！”

（蒋小龙）

心理战术

闹市中一家妇女用品商店门口，堆了一大摊散乱的商品，一群女顾客围着，如获至宝地寻找着她们需要的物品，然后急不可耐地付钱购买。

有人问老板：“何不把商品堆叠整齐？”老板回答说：“你以为我疯了？如果我把这些商品都摆整齐了，那些疯女人的兴趣就不会这样大了！”

（五朵金花）

惩罚

小张是个大学生，有一次，他去一个村子进行社会实践，远远望见一只小狗站在村头，小狗的脖子上挂着一块很大的牌子，他觉得奇怪：挂着这木牌就像开批斗会一样，干什么呀？

小张很是纳闷，走近仔细一看，只见那木牌上用毛笔赫然写着三个字：“我偷鸡”。（冯太华）

无独有偶

阿君回到了阔别十年后的故乡，一天，他遇到了一个老朋友，两人谈起了往事。

阿君问："以前同班的李梅花现在不知怎么样了，当初我受过她很多侮辱。"

老朋友说："喔，我也是……我比你更惨。"

阿君一脸惊诧"不见得吧，我有一次对她说一句'你真漂亮'，她就把痰吐在我脸上，世界上还有比这更糟的事吗？"

老朋友神色黯然地回答道："有，她跟我结了婚……" （高　波）

专业对口

妻子："老公，咱儿子报考什么大学好呢？老师说他喜欢嚼舌头传瞎话。"

丈夫："那就报传媒大学。"

"老师还说他向同学提供有偿抄作业的'服务'。"

"那就报金融贸易！"

"老师还说他装病逃学。"

"那就报影视表演专业吧！"

"老师还说他总把学校的东西拿回家。"

"那就报物流专业好啦！" （大　龙）

初七要上班

按国家规定，正月初七就要上班了，但以往每年都是初八才上班的，大家有些不乐意，最后推选老孙为代表，让他去和老板说说，看能不能多放一天假。

于是，老孙便敲开了老板办公室的门，向老板说明了来意，老板听完想了想，问老孙"为什么一定要到初八才上班呢？"老孙情急之下找了个理由："因为……因为初八、初八吉利，遇八则发嘛！"

老板情急之下也找了个理由，说："没听说过'七上八下'这话吗？初七上班，我们公司今年肯定蒸蒸日上，所以，初七一定要上班！"

（张金平）

· 笑话 ·

屁股决定大脑

一个姓吴的老板平时总是装腔作势的，常喜欢找茬教训员工，他挂在嘴边的口头禅是“你们这些家伙全是屁股决定大脑”，意思是说员工们办事不动脑筋，大家心里都特别痛恨他。

一天，公司招聘女秘书，三位年轻小姐竞相展示个人魅力。吴老板本来好色，这次竟然录取了一个才能平平、但身姿婀娜的小姐，吴老板一边目不转睛地盯着那小姐看，一边问身旁的员工：“我一眼就看出三个姑娘里只有她最机灵，脑子好使，知道我是怎么看出来的吗？”话音刚落，一旁的员工们就异口同声地答道：“我们知道，屁股决定大脑！”（徐　沛）

迟到

小刚八点才起床，脸也顾不得洗，背着书包就往学校跑。他上气不接下气地跑进教室，喊了声“报告”，就坐在自己的座位上，听地理老师讲课。

这时，老师叫小刚站起来回答问题，他用教鞭指着地图问：“什么叫赤道？”

“八点上课，八点过了才进教室，就叫迟到（赤道）……”（冯太华）

手枪与手表

杰克和汤姆是很要好的同学，而且恰好是在同一天过生日。

杰克的父亲是一个侦探，他送给儿子的生日礼物是一把崭新的手枪。汤姆的父亲是一个珠宝商，他送给儿子一块美丽的金表。

第二天，两个男孩在学校碰面了，他们都很喜欢对方的礼物，于是就作了交换。

晚上，杰克回到家里，他的父亲看到了手表，就问：“这块表是从哪里来的？”杰克解释说是用手枪和同学交换的，父亲听后大发雷霆：“你这个愚蠢的小子！将来你结婚了，哪一天回到家，发现妻子爱上了别的男人，那时候，你没了手枪，只能眼睁睁地看着这块手表问那一对男女——‘你们相爱多长时间了？’”（东　冉）

测试

那天正值下班高峰，小王挤上了回家的公交车，刚开车，身旁一个矮胖女人没抓到扶手，身子一晃，一只脚就踩到了小王的脚上，小王被踩痛了，忍不住大叫了一声。女人听到叫声，回过头来，紧张地问："踩疼你啦？"

小王疼得缓不过气来，只好胡乱地点点头。

过了一会，女人又小心翼翼地问："真的很疼吗？"

小王见她这么负疚，心里一热，就不好意思地摇摇头，说"不太疼。"

话音刚落，那女人立刻兴奋地说："哈哈，这么说，我减肥终于有效了！这些日子，我踩了好多人的脚，就你一个人说不太疼的……"

（林盛杰）

结账

小陈和一位朋友去饭店吃饭，到了门口，看见一块牌子，上面写着："两人用餐，赠啤酒一瓶。"

两人走进饭店坐定后，服务小姐端来四个小菜，朋友问："这四个菜是……"

小姐说："这是免费赠送的。"

朋友说："再来一瓶啤酒，就可以结账了。"

（羊　子）

致歉

很早以前，一位商人因一个案子被牵连，最后被判斩首。临刑那天，当宣布执行死刑时，那商人走到铡刀前，侧着头，小心地把头搁在砧板上。

刽子手指责商人把头摆错了位置，让他搁得正一些，商人抱歉地欠了欠身体，对刽子手说："这是我第一次被砍头，难免会出点差错。"

（史顺利）

本栏欢迎来稿，读者、作者可将有新鲜感、有精彩细节的笑话佳作投寄给我们。来稿一经采用，最高稿费为一则100元。本期责任编辑电子信箱：xiaomeng.ye@gmail.com。

“在废墟上托起生命的方舟”，这是四川汶川大地震后中国亿万民众的共同心声，以下这个故事，是作者根据其家人在街头献血时看到的真实情景创作的……

血情

□韩　苏

老张和老刘是哥们，又是一对谁都不服输的“对头”，这一斗就是三十多年，从年轻时在一个车间里斗生产技术，斗烟斗酒，到退休后斗养鸟、斗下象棋，连得了病都要比谁好得快，反正是谁也不服谁。

这天，老刘想找老张下棋，走进他家的门，一看，老张的老伴正对着电视机抹眼泪，她没好气地对老刘说：“都地震了，还下什么棋？”

老刘叹着气说：“唉，就是心里堵得慌才想下下棋、宽宽心，你说我们一把老骨头，也使不上啥劲儿，不是干着急么！”

老张的老伴眼睛红红的，她瞪了老刘一下，说道：“咋使不上劲？这不，老张跑市红十字会捐款去了，他说有钱出钱有力出力。”

老刘一听连连顿足，哎呀呀，人老了脑子就不好使，怎么就没想到捐钱？唉，又让老张这死老头占了先！他心里这个气哟，赶紧一溜小跑回家取钱。

老刘捐完了钱回家，路上看见很多人在排队，好家伙，队伍排得像长龙，想当年国家困难时期排队买花生油也没见有这么多人。老刘上前一打听，原来是给灾区献血，看看排队的人，男女老少，啥样的人都有，老刘心头顿时热乎乎的，他二话没说，就站在了队尾。

过了好久，总算轮到老刘了，他快步上了献血车，接待的医生一问他

的年龄后连连摇头，说是献血的年龄上限是55岁，老刘一听急了，左说右说，医生就是不同意，老刘憋了一肚子气往家走，半道上碰着老张，便随口问道："干吗去？"

老张很神气地说："献血。"

老刘一听就摇头："你也别费力气白排队了，我才60，人家都嫌我老，你都61了，还指望能收你的血？"

老张神秘地一笑，说"你的血不收，我的血可得收，我那是稀型血。"

老刘平时总笑老张说英语不标准，这回更是乐得前仰后合："你老糊涂了？什么西型东型的，你说的是C型吧？我只听说A、B、AB、O四种血型，没听说有C型血的！"

老张不理他，自顾自地往前走，还有点神秘兮兮的，老刘起了好奇心，就跟在后面，想看看他是怎么个C型血。

老张都没排队，直接走上献血车，跟医生嘀咕了几句，又戴上老花镜认真地填了表，一个护士采了血样化验，不一会儿就给老张绑上手臂开始扎针，血刚流进管子，老张突然有点头晕，一旁的医生、护士全紧张了，但老张很快就平静了下来，他歉意地一笑，说："没事，接着抽吧，我是晕血。"

老刘急得直跺脚，埋怨道："好你个老张，就算是为了跟我比，也不能把命搭上啊！"

老张回过头来笑吟吟地对老刘说："别说晕血了，就是吐血也得献，灾区缺这个稀型血。"接着他又开起了玩笑："不像你这种血，又老又普通，没人要。"

老刘被老张说得有点摸不着头脑了，他问护士"原来还真有C型血？"

大家先是用奇怪的眼光盯着老刘，突然又明白了，满车人哄堂大笑，护士笑着解释道："这位老同志是稀有血型，RH阴性血，不是什么C型血。"

老刘这下总算听明白了，以往他和老张总是唇枪舌剑的，半句软话都不肯说，可这一回他倒竖起了大拇指，三十多年来他第一次在老张面前认了输……（**题图、插图**：刘斌昆）

神秘的声音

□ 孙一君

李丽今年五十多岁，退休了，老伴也已过世，于是热心人就给她介绍了一个男的，对方叫老林，见了几次面后，李丽觉得他不错，憨厚老实，很勤快，体贴人，家里也没有什么负担。

李丽心里有意，便开始对老林细心观察起来，没想到这一观察，竟发现了一桩怪事。

这天下午，李丽去老林家，门是虚掩着的，她把门推开就听见了两种奇怪的声音，第一种声音听得出来，是老林嘴里发出来的“嗨嗨”声，估计他在干一件力气活，是用了好大的力叫出来的声音；第二种声音就很难分辨了，李丽听了很长时间，总感觉好像是猪肉撞在墙上的那种“叭叭”声。这两种声音都来自老林的房间，门是关着的，不知道他在里面干什么。

没多久，门开了，老林走了出来，只见他面色红红的，浑身是汗，连走路都有些晃悠了。趁老林去冲凉那会儿，李丽看了看房间，没见到什么猪肉，也没见到能发出那种声音的任何东西！

在随后的日子里李丽继续观察，她发现，只要老林在房里发出那种声音的时候，他的房门不仅是关着的，而且连窗帘都遮盖得严严实实，大热天也是如此，他在房间里干什么见不得人的事呢？

更奇的事接着就发生了：李丽有一个小外孙，刚满一岁，这小家伙自然也将是老林的小外孙了。小外孙过去一直都是李丽带着的，满周岁那天，老林忽然提出，说是白天由他来带，李丽认为这是好事，也就答应了。没想到只带上两天，小孙子竟对李丽翻脸不认人了，见了她不是哭就是闹，而见了老林就往他怀里钻，更可怕的是，小孙子有时还做出一些很怪异的动作，在李丽看来，那动作既有点像“鱼跳龙门”，又有点像“猴子上树”。

一天下午，李丽去了老林家，刚把门打开，只听见老林的房间里又发出了那种声响，这次声响有点不同，过去李丽听到的是两种声音，这次是三种：一是老林的“嗨嗨”声，二是“猪肉”撞墙的声音，第三便是小孙子“咯咯”的笑声，还笑得格外起劲，那笑声，比大人买彩票中了大奖还开心呢！

老林自个儿在房间里发出那种声响，这本身就有点让人琢磨不透，现在又和小孙子一起玩这种把戏、发出这种声响，房门和窗户又都关得严严实实的，李丽不禁有些提心吊胆起来，她实在憋不住，就问老林，可他神秘兮兮地说是“保密”，弄得李丽没辙。

李丽家离菜场不远，下午菜场清闲，李丽常去那里聊天，一次，一个卖肉的摊主无意间说了一件更为离奇的事——

这卖肉的住在乡下，每天都是天不亮就赶来菜市场卖肉，路上经过一条大堤，这是一条废弃了的堤，别说晚上，就是白天也很少有人经过。这天凌晨，天还没亮，那卖肉的在大堤上走着，猛然间发现有一个“活物”正朝自己“移动”着，越来越近。说那活物是猪，可要比猪高；说那活物是牛，可没有牛壮；再仔细一瞧，奇怪，

那活物竟然没有腿，没腿却能向前移动，而且速度很快，这是什么呢？那卖肉的有些慌了，好在手上拿着割肉的刀，眼看那活物越来越近，只差几步了，卖肉的便把刀举了起来，也就在这时，那活物开口说话了："早上好！"卖肉的这才知道那是个人。天很黑，看不清是谁，但从声音中听得出来，他是老林！卖肉的到现在还是没有弄明白：老林的腿呢？没有腿又怎么能行走呢？

听了这番话，李丽猛然想起了小外孙做出的"鱼跳龙门"、"猴子上树"的动作，不由得头皮发麻，浑身直冒冷汗！

过了不久，这座城市传出了一个新闻，说是有一个老头要挑战吉尼斯纪录，那挑战者不是别人，正是老林！

就在挑战的前一天晚上，李丽接到了老林的电话，老林在电话那头说，他要带着小孙子一起去挑战这项吉尼斯纪录，否则就有可能不成功，既然是有意义的活动，李丽当然同意了。

这是一个很独特的项目：走路不用腿，用屁股向前"蹾进"，保持这项纪录的是英国一个老头，听说这老头很厉害，他不仅能在10分钟内"蹾"200米，蹾的时候，腿上还放了两块砖，按中国的计量法，这两块砖有10斤重。

挑战开始了，几千市民在体育馆观看。李丽在看台上提心吊胆地看着，只见老林精神抖擞，盘腿坐地，他腿上没有放砖，而是抱着李丽的小孙子，工作人员称了小孩的体重，足有12斤，比英国老头的那两块砖还超过了两斤。枪声一响，老林的屁股就像安了弹簧，轻巧、敏捷地向前"蹾进"，每礅进一步，地上就发出了像是"猪肉"撞墙的声音；每蹾进一步，李丽的小孙子就发出"咯咯"的笑声。大概是孩子的笑声感染了老林，他忘记了疲劳，显得更有精神，除了越蹾越起劲外，还时不时地做出一些怪动作逗孩子开心，这些动作在李丽看来，有的像"鱼跳龙门"，有的像"猴子上树"！

老林成功了，创下了新的吉尼斯世界纪录，李丽对老林的误解自然也消除了，但有一点她还是不明白：老林在练"蹾屁股"时为什么一定要把房门、窗户关得严严实实呢？两人结婚后老林才告诉李丽：他是光着屁股在地上蹾的……

（**题图、插图**：安玉民　梁　丽）

红版编辑部各编辑邮箱：

姚自豪：yaobianji@126.com；

郑继文：zjw002@vip.163.com；

吕　佳：lujia411@yahoo.com.cn；

周　吟：keyin118@163.com；

叶小萌：xiaomeng.ye@gmail.com。

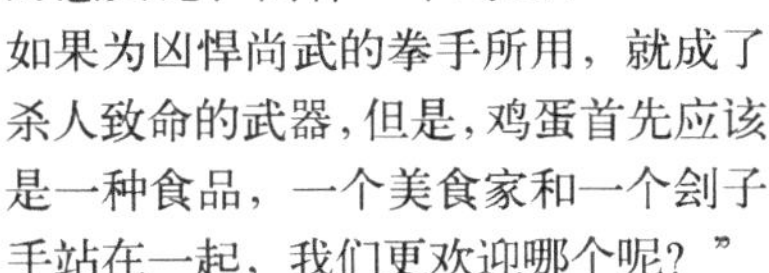

向鸡蛋敬礼

在物理课上，老师正手拿一个鸡蛋给同学讲授力学，他说，把一个鸡蛋放在一只手的手心里，如果不用指甲抠，任凭你的力气再大，也无法将这个鸡蛋握碎，同时他还继续说：古代武士就是依靠这种手攥鸡蛋的方法来练习拳术的，如果谁能手里攥着一个鸡蛋攻击敌人，成功击中敌人而鸡蛋不碎的话，那么，此敌人肯定会被重创。

讲台下，全体同学一起欢呼，争相表示要学习古代武士的精神。

这时候，一个女同学突然站起来，向老师质疑：“我们为什么只重视拳头的力量、却忽略鸡蛋的意义呢？同样一个鸡蛋，如果为凶悍尚武的拳手所用，就成了杀人致命的武器，但是，鸡蛋首先应该是一种食品，一个美食家和一个刽子手站在一起，我们更欢迎哪个呢？”

课堂上顿时安静下来，老师两眼呆滞，无言以对……

下课时，不知谁在黑板上留下这样一句话：“伸开握紧的手掌，向鸡蛋敬礼，这是世界上最完美的力学！”

（**作者**：李开崖；**推荐者**：阿　彬）

猫眼如此大

一位在小学教语文的女教师经常带学生的作业回家批改，有一次，她看到一个学生是这么描述他家的宠物猫的：“我家猫猫的眼睛非常大，我拿馒头一比，它的眼睛比馒头还要大，真是太大了。”女教师看了，笑得直不起腰，她在那篇作文后加了这样的批语：“猫眼大过馒头，太夸张了，观察动物要细致，请改正。”

过了几天，那学生的母亲来到了女教师的家，她说：“老师，您错了，我家孩子说的馒头，指的是旺仔小馒头，您的评语让他难过了好几天呢。”

成熟未必正确，稚嫩未必谬误，思维定势会让我们作出50%的错误判断。

（**作者**：但　纯；**推荐者**：向天歌）

装修字条

老王买了一套二手房，邻居们早已入住多年，老王几经思量，便用极其温和的口气写了一张字条，写明装修时间和“多有打扰”、“多多原谅”之类的话，并留下自己的姓名和电话，复印多份后贴在每层的楼道里。

开工没两天，电话纷至沓来，全都是埋怨、责怪老王家的装修影响了他们正常生活的，老王不得不低声下气地道歉，又立刻跟包工头联系，并经常来现场“督阵”……终于熬到装修结束，老王想，我几乎把每个邻居都得罪了，该如何和邻居们重新修好呢？

可出人意料的是，邻居们的电话依然纷至沓来，可这回的情形却大不相同了：有邀请他打麻将的，有因为要买一个空调而请他出主意的，老王俨然已成为邻居们的老友，更出人意料的是，不久后，他被全票推举为单元里唯一的业主代表……

这一切让老王如坠梦里，后来一个邻居道破了其中的玄机：老王来之前，单元里的住户都是各扫门前雪，互不相识，老王装修时贴的字条让大家都认识了他，通过装修时和他打交道，大家都觉得他为人很真诚，于是才一致选了他……

（**作者**：刘晓先；**推荐者**：老　北）

老等

生活在黄河边上的人，都知道有一种水鸟叫“鹳雀”，可它又有一个不太文雅的名字：“老等”。

一天，一个作家来到黄河岸边，他看到了如此一番景象：鹳雀们正在捕食，它们的队形很是分散，每只鹳雀的间距大约有三四米远，显得零零落落，但又互不干扰。它们久久站在水渚边，默默而又耐心地在等待，几个小时一动不动，不论惊涛拍岸，还是细流缓动，甚至河面上穿梭来往的船只，也丝毫影响不了它们的耐心。

那个作家恍然大悟：这就是为什么把鹳雀称之为“老等”的缘故了，他不禁感叹道：多少年过去了，一代代的鹳雀依然在黄河边耐心地等待，它们没有一点点寂寞，鹳雀的子孙们也因此有了一笔宝贵财富：只有坚韧不拔地耐心等待，才会等来灿烂明媚的早晨！

（**作者**：张达明；**推荐者**：默　默）

（**本栏插图**：安玉民　梁　丽）

一面之交

□ 刘黎莹

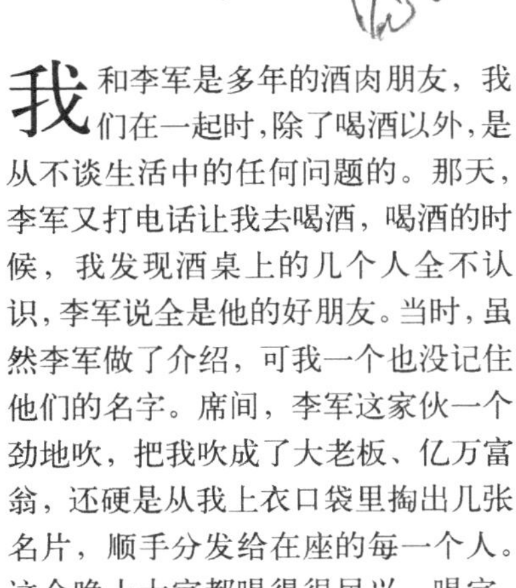

我和李军是多年的酒肉朋友，我们在一起时，除了喝酒以外，是从不谈生活中的任何问题的。那天，李军又打电话让我去喝酒，喝酒的时候，我发现酒桌上的几个人全不认识，李军说全是他的好朋友。当时，虽然李军做了介绍，可我一个也没记住他们的名字。席间，李军这家伙一个劲地吹，把我吹成了大老板、亿万富翁，还硬是从我上衣口袋里掏出几张名片，顺手分发给在座的每一个人。这个晚上大家都喝得很尽兴，喝完，是李军让他的一个朋友开车把我送回家的，我当时迷迷糊糊地在车上睡着了，第二天醒来后就什么也不记得了，我当时做梦都没想到那个送我回家的人有一天会忽然来找我!

那天我听见有人在敲门，声音不大，时断时续的。我从猫眼里往外看，见是个男人，有点眼熟，但又想不起在哪见的面，不过有一点我敢肯定：这个人和我并不是很熟悉。

我隔着门问他：“你找谁？”

他迅速说出了我的名字，他说他是李军的朋友，我一听只好开了房门。他说：“那天你喝多了，是我把你送回家的，你还记得我吧？”

出于礼貌，我只好说：“记得。”

其实那天除了李军在酒桌上把我的名片分给他，自始至终我连句话都没和他说过。

看他的样子像是很急，他顾不得坐下，就那么站在我的对面，神色张皇地说：“我一直在打李军的手机，可一直是关机，只好来求你了！”

我觉得这个人很好笑，我和他只不过一面之交，他竟登门来求我办事，可我碍着李军的面子，再加上他那晚送过我，便装作很热情地问他："你要我帮你做什么呢？"

他马上脱口而出："你能借我十万元钱吗？"

乖乖，他真把我当作亿万富翁了！我连他姓什么都不清楚，他竟开口向我借十万，现在社会上骗子这么多，我凭什么相信他呢？也许他发现我一脸的不悦，马上解释说："对不起，我实在是没办法了，我因为在外边打工，把我女儿留在老家让我母亲看着，不料女儿被车撞了，撞坏了肾，急需换肾，好不容易有了肾源，可我手里的钱实在凑不够，我借了一部分，可还差十万实在没处借了……"

我不等他说完，就拿出手机，给李军打电话，李军的手机果真一直在关机状态。会不会是李军和这家伙联合起来骗我？为什么平时李军的手机不关、现在却关了呢？看样子他还想作进一步的解释，而我却一脸的不耐烦了，我说："我刚好最近生意不顺，真的没有钱，不要说十万，就是一万我也拿不出来。"说完，我就做出送客的样子。这时，我看见他悲伤地站在我的对面，眼睛久久地凝视着我，然后，竟有两行泪水顺着他的脸颊流了下来。在那一刻，我几乎被他的眼泪打动，如果他再坚持用那种悲伤的眼神凝视着我，哪怕只是再维持一小会儿，我可能就会答应他的请求了，可是，遗憾的是他没有再坚持下去，他朝我客气地点点头，就走出了我家的房门。

那人走后，我再一次拨打李军的手机，依然是关机，我要是知道李军的家在哪儿，我一定会找到他问个明白，可我平时和他很少联系，除了打电话别无他法。我不安地坐在沙发上，没心思干别的。不久，我的老父亲从外边下完象棋回来，看我像是有心事，就问我，我便把那个陌生人借钱的事说了，父亲听完，说："我觉得这人不像是个坏人，他可能真的是女儿有病，你要想法再在朋友圈子里打听一下李军的家在哪儿，然后你要去找一下李军问个清楚。"

我说："我为什么要这么关心这件事呢？我和这个人只不过是一面之交。"

父亲沉吟片刻，缓缓地坐下来，随后就给我讲了个"一面之交"的故事。他说，早些年有一个做小生意的人去乡下亲戚家喝喜酒，喝完回来没几天，又到一个乡下小镇上去做一笔生意，一共去了五个人。吃饭的时候，饭店跑堂的小伙子进来倒茶水，小伙子对其中的那个生意人看了又看，当时那生意人也没在意。过了一会儿，生意人到院落里解手，那个跑堂的小伙子跟过来，悄悄对他说："你快跑吧，再不跑，过一会儿你就没命了！"

生意人一脸不解地问："你为什么要告诉我？"

跑堂的小伙子说："前些日子你在亲戚家喝酒时我们有过一面之交啊！"生意人仔细端详这个小伙子，这才想起在乡下亲戚家喝喜酒时确实见过这个人，那真的仅是见过一面而已，点点头，连话都没说一句。生意人想了想，说"我去告诉屋里的几个朋友，一起走。"跑堂的小伙子说："不，你不能回刚才的房间了，你必须赶紧离开这里！"

生意人原本想把这消息告诉同来的几个人，但又怕这个跑堂的说话不实，或者是和他恶作剧、开玩笑，那样的话一起来的几个朋友就会笑话他，所以，生意人将信将疑、迟疑不决，可小伙子显得十分焦虑，一个劲地催他："你快走，快走！你要是不信，可以过一会再过来看看！"

就这样，生意人只好一个人先走了，他在小镇的街头转了好几圈，越想越觉得那个跑堂的是在耍他，就再也不想在街上闲逛了，于是他就回到了刚才吃饭的小饭店，一看，吃饭的包间里血流成河，几个同来的生意人全被砍死了……

我问父亲："这个故事是真的吗？"

父亲看着我，看了半天，一字一句地说："千真万确，我就是那个被救的生意人啊！"

我明白了父亲的意思，我说："这几天我正在忙一笔生意，实在不能耽搁，过几天我忙完了，一定会过问这件事的。"

三天后，我忙完了手头的生意，便又找出李军的手机号，想打电话问问他，如果那个人确实是女儿有病，我准备把钱汇给他。不料这次一打就通了，我在电话里说了我的想法，李军听罢长长地叹了一口气，说："那几

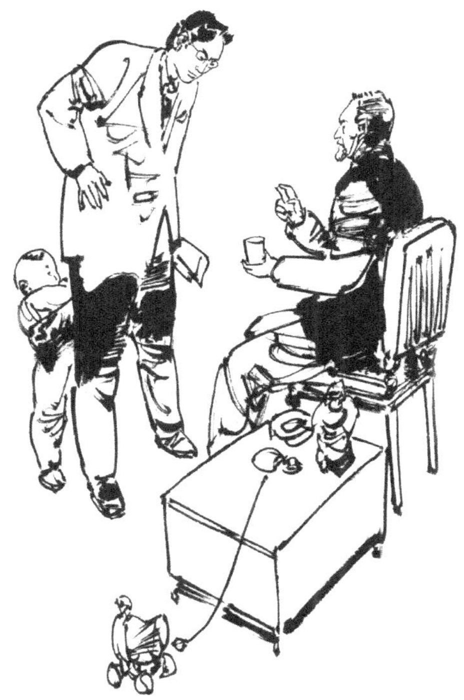

2008年“《故事会》最有影响力的故事”征文启事

为鼓励多出优秀作品,《故事会》杂志社决定继续举办2008年“《故事会》最有影响力的故事”征文大赛，并对优秀作品实行四大奖励措施:

1. 入选作品除在杂志上发表外，还将收入《第一推荐·最具人气的故事D》一书；2. 入选作品可得两笔稿酬：在《故事会》杂志发表的作品，首发稿酬每千字400元；获“《故事会》最有影响力的故事”优秀作品奖，再追加每千字1000元；3. 入选作品均颁发奖励证书；4. 本刊将邀请有关作者参加年底的颁奖大会,所有费用均由编辑部承担。

征稿范围：1. 具有现实感、新鲜感且可读性强的中短篇（包括超短篇）原创作品；2.故事性强、有口传性、能引起读者兴趣的推荐作品。

超短篇（如“幽默故事”）的字数一般在1500字以内，短篇（如“中国新传说”）的字数一般在5000字以内，中篇故事的字数一般在15000字以内。

来稿方法：1. 从邮局寄发，请在信封上注明“征文大赛”字样，本刊地址：上海市绍兴路74号《故事会》杂志社，邮编：200020。

2. 从网上传递，可寄各责任编辑信箱，请在主题上注明“征文大赛”字样，本期责任编辑的信箱是：xiaomeng.ye@gmail.com。

天刚好我和老婆吵架，一气之下我就在外边混了一段日子，我怕老婆找麻烦，一直没开机……其实当时他实在是走投无路，他连续几天四处求人借钱，甚至向几个仅有一面之交的人借，因为他听爷爷讲过一件事——他的爷爷曾经因为和一个人有一面之交而出手相救，才使那人没有在饭店的包间里被生意上的仇家杀死，他爷爷说，一面之交是一个人命运中的缘分，所以，他才厚着脸皮找你借钱的，他是想碰碰运气……”

我听到那人的爷爷救人的事后猛地心中一动，问：“他爷爷救的是一个怎样的人？”

李军说“他讲，他爷爷救的那人眉毛间有个不小的黑痣……”

天啊，这个世界太小了，因为我父亲的眉毛间就有一个不小的黑痣，那人的爷爷救的就是我的父亲呀！我当即在电话里对李军说：“你转告那人，我马上把钱汇给他！”

电话里，李军沉默了，好久才开了口：“不用了，我也是从外地回来后才知道的消息，他的女儿在两天前就病故了，如果当时凑够了钱，他的女儿就不会死了，唉！”

那一刻，我拿着手机，望着身边的父亲，满眼都是擦不完的泪水……

（题图、插图：刘斌昆）

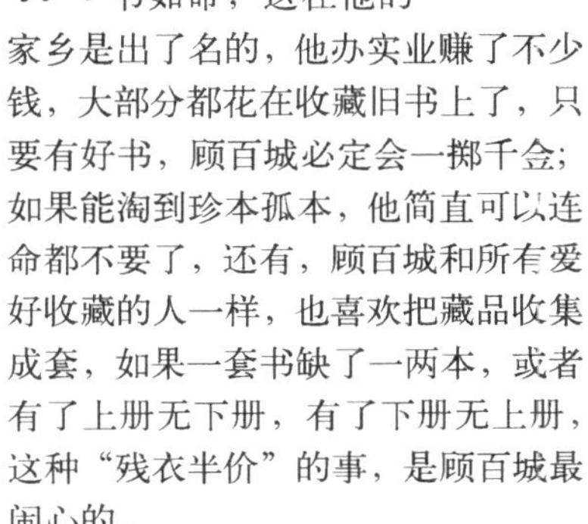

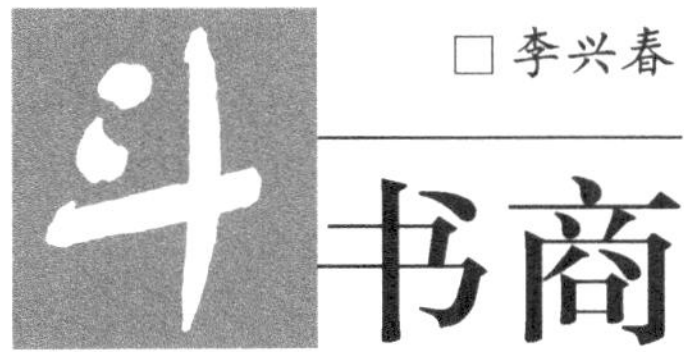

斗书商

□李兴春

旧书收藏家顾百城爱书如命，这在他的家乡是出了名的，他办实业赚了不少钱，大部分都花在收藏旧书上了，只要有好书，顾百城必定会一掷千金；如果能淘到珍本孤本，他简直可以连命都不要了，还有，顾百城和所有爱好收藏的人一样，也喜欢把藏品收集成套，如果一套书缺了一两本，或者有了上册无下册，有了下册无上册，这种“残衣半价”的事，是顾百城最闹心的。

顾百城的家乡有个最大的旧书店叫“五车书店”，他是店里的常客，一来二去和老板成了熟人。老板姓车，时常满脸堆笑，一副和气生财的样子。车老板知道顾百城是个大主顾，经常为他搜集好书，那一天，顾百城接到车老板电话，说是找到了一本他一定会喜欢的书。顾百城兴冲冲地赶到五车书店，一看，是苏曼殊的诗集，那是民国时期一个很早的版本，十分难得，可惜只有上册，不成套，车老板出价很便宜，但顾百城仍然为该不该买而迟疑不决，因为这书不容易配齐。

车老板劝顾百城买下，说这是一位退休的老教授手里散出来的东西，原本上下册是全的，但卖的时候不注意拆单了，把下册卖到了本市另一家旧书店“缥缃堂”，顾百城在这里先买了上册，便可以到缥缃堂书店买下

册。顾百城听车老板这么一说，喜从天降，于是便成交了。

顾百城拿着上册兴冲冲地直奔缥缃堂书店，心想，如果在那里配齐这套书，今天倒真是捡漏了。到了缥缃堂书店一看，嗨，果真有这本书的下册，顾百城高兴坏了，向老板一问价，老板开出了一个离谱的高价，顾百城不乐意了："都是老熟人了，你欺我不懂行市是不是？你这书上下册两本都卖不了这么贵，单是下册你就开这样的高价？"

缥缃堂老板一笑，说："价高价低，全在于买的人喜欢不喜欢。这书虽然只是下册，但我知道你喜欢苏曼殊的诗，这种版本又很珍贵，所以喊的也是实价。"

顾百城心想：买吧，明显不划算；不买吧，手里的上册虽然买得便宜，缺了下册也不成套，价值大打折扣，而且以后确实也很难再碰到这种版本了。他想了想，一狠心，掏钱买了下来。

等顾百城走后，缥缃堂老板一个电话打到车老板那里："搞定了！你出的这个主意真不错，上下册的书拆开来咱们两个一人一本，先低价卖出一本，他要凑全就不得不出高价买另外一本，哈哈……该分给你的钱我会打到你账上的。"

两个老板暗自高兴，可顾百城也不是傻瓜，他很快猜到其中的猫腻，只好吃了一个闷亏。过了几天，车老板的电话又打来了，说是这回又有一本好书："文革"时期毛泽东诗词的一个注释本，十分罕见，有人要买车老板都没舍得卖，专给他顾百城留着。

顾百城这回心里有数，不急了，他说手头正好有事，脱不开身，请车老板多等一会，然后他不慌不忙、神色悠然地开车先去了缥缃堂书店，一看，嗨，果真不出他所料，有一本毛泽东诗词的注释本搁在这里，就是车老板说的那个版本，是下册。顾百城暗自一乐：这回我不上你们的套了，我先买下这本下册，再去五车书店买上册！

主意打定，顾百城就装作是偶然来店里逛逛，发现了这本书，请老板过来谈价。老板见顾百城不是在五车书店上了套来的，就不漫天要价了，说了个靠谱的价格。顾百城又以不成套为由杀了杀价，成交。书拿到手后，顾百城急急忙忙开车直奔五车书店，进门一看果真又有一本上册，他假装不知情，对车老板说："又是只有上册，还是上回那个价吧？"

车老板笑眯眯地说："上回那个价不行了，这回得多要点。"他开出了一个和上次缥缃堂老板一样离谱的高价，顾百城突然明白过来了：我的妈呀，缥缃堂老板不会马上打电话告诉车老板我已经买了下册吗？我又上当了！懊悔归懊悔，谁叫自己喜欢呢？顾百城只得硬着头皮买下了上册。

两次上当，顾百城开始琢磨着该怎样对付两家书店老板的连环活络套。没多久，车老板的电话又打来了，说这回更是有顾百城非买不可的好东西：海灯法师的诗集。

海灯法师是一位高僧，他的禅诗写得很有韵味，可算是一位造诣高深的现代诗僧。顾百城在电话里说：“海灯法师的诗不就一本《少林云水诗集》吗？”车老板说这是另外一种新的版本，顾百城没听说过这书，他放下电话便兴冲冲地赶到了五车书店。

顾百城到了书店一看，真有这么一本书，书名叫《禅余偶吟》，著者海灯法师，是上世纪八十年代末香港一家小出版社出的繁体字本，仍然是上册。虽然不算老版本，但印数少，估计流传到大陆的更少。顾百城见到书后十分喜爱，他问车老板：“这回是什么价？”

车老板笑呵呵地说：“这回比苏曼殊诗集的价更低，海灯法师在诗词上的名气没有苏曼殊大，卖不了高价，你就看着给吧。前两次让你吃了亏，这回我捡个本钱就行。”

顾百城不再和车老板多说什么，掏出手机发了条短信，然后以低价买下了《禅余偶吟》上册，书拿到手后，顾百城问车老板“这下册哪里有呢？该不会又是缥缃堂书店吧？”

车老板一本正经地说：“我正要建议你去他那里看看，运气好的话兴许能碰到。”

顾百城笑笑说“不用去了，我在这里等等。”

车老板一听，有点意外，但他没有多问。过了一会儿，一个女人走进了书店，她是顾百城的妻子，她手里拿着一本书，过来后就交给了顾百城。顾百城把书向车老板一亮：《禅余偶吟》下册，他大笑起来：“这回你们

套不住我了吧？我来的时候，就让我老婆同时到缥缃堂书店那里去，我们两个用短信互相联络。我在这里谈价钱买上册的时候，她就在那边谈价钱买下册，我们两口子你们都是认识的，这样一来你们根本就没时间串通，结果上下册都卖了个低价，哈哈哈……”

车老板也笑了：“原来你已经晓得了，俗话说‘无奸不商’，没办法，做生意嘛，不过你真以为这回没上当？你没听说过一句话叫‘买的没卖的精’？你还是上当了！”车老板说着就走进了后堂，一会儿就拿出了一本书：《禅余偶吟》中册！

原来这本书是上中下三册，顾百城一下傻眼了，他把手里的上下册翻开一看，上册缺了目录，下册印有页码的书角又恰好全破了，看不清页码，不能从目录和页码上分辨是否有中册，但他对海灯法师的诗很熟悉，仔细一看后就叫了起来：“你骗我！海灯法师的二百二十多首诗在这上下两册里全齐了，哪里还有中册？”

车老板说：“所以我说这书值钱就值在这里——海灯法师早期和后期的诗都传下来了，恰好他中期写的一百多首诗失传了，这些诗按时间先后排列恰好都排在中册里，是他一个弟子无意中帮他保存下来的，在他死后才发现，拿到香港出版了，大陆这边根本就没听说过。你先看看，是不是值得我喊个高价？”

顾百城拿过中册从头到尾看了看，叹了口气说：“我服你了，出个价吧。”

不管车老板出多高的价，顾百城哪怕把裤子典当了都会买的，谁叫他好这一口呢……

（**题图**、**插图**：刘斌昆）

· **本刊信息传真** ·

《故事会》手机版正式开通

《故事会》与海南移动合作推出的手机版故事会已经正式上线，全国的移动用户通过手机登录移动梦网－书城－e 拇指文学，或通过短消息发 d 到 10658001 即可获取阅读地址。

目前《故事会》手机版每月 4 期，除了包含刊物上的故事以外，还有故事中国网上的精彩笑话和《金色年代》杂志上的内容精选，欢迎大家使用阅读，让故事随时随地跟着你走！

2008 年，故事中国网（www.storychina.cn）开设“故事点评”和“咬文嚼字”两个栏目，前者欢迎大家对每期《故事会》的作品进行点评，凡入选在网站发布的故事评论将获得 50 到 100 元的稿费，优秀评论还有机会在《故事会》上发表；后者则是将你在《故事会》中发现的任何语言文字上的错误，通过网站“举报”，就有机会获得《故事会》的合订本。

此外，故事中国网优惠销售故事会公司的各种图书，并提供 2007 年起单期《故事会》的零购业务，让你不再因为缺少某期《故事会》留下遗憾。

你为啥对我笑

□ 白长海

老蔫姓年，在红星木器厂工作，后来木器厂黄了，老蔫成了一个失业工人。他挺知足，对前景并不担忧，自己有手艺，又肯吃苦，还怕找不到饭碗？

老蔫回家的第二天就去劳务市场蹲马路牙子，临走时，老婆给了他七八十块的零钱，以防雇主给老蔫大票时他找不开。老蔫小心翼翼地把钱夹在一张对折的百元大票里，那张百元大票，老蔫是从来不花的，就起个“钱夹”的作用，掏出来好看。老蔫虽穷，但不愿让人瞧不起。

老蔫来到了劳务市场，蹲在马路边，裆前支一个手锯做幌子，他对自己在这个夏天能够挣出女儿下学期的学费非常有信心。

一会儿，一辆出租车“刷”地停在老蔫的身旁，一个胖妇人从摇下的车窗里向老蔫招招手，老蔫走了过去，胖妇人说，她家住6楼，有个老式的立柜抬不下来，叫老蔫给拆了，再把破木头扔楼下去，给20元工钱，问他干不干。老蔫很高兴，拆个立柜简直是举手之劳，于是他就上了车。出租车拐了两个弯儿就到了胖妇人住的楼前，上楼一看，见房间已装修得差不多了，只是屋中央摆着一个顶天立地的老式衣柜。老蔫上去几斧子就把盖儿给掀了，正在这时，胖妇人开口说道：“慢，一些好的木方子你还得

给我留着。”说着，她把老蔫带到厨房，指着墙角说“用这些木方子给我在这里镶一个壁橱。”

老蔫目瞪口呆：“20元钱镶一个壁橱？”

胖妇人立刻变了脸：“你们这些打工的，蹲马路牙子的时候一副可怜相，给个包子都能跟着走，一领到家里，操起家伙就开始讲价钱了？”

老蔫说：“你事先没说镶壁橱啊！”

“光砸个衣柜我找你啊？”胖妇人晃了晃膀子，“你要不干，必须把砸坏的立柜盖修好，要是和原先不一模一样，你就得赔钱！”

老蔫傻眼了：干，好歹还能挣20块钱；要是不干，往里搭进去的就不止20块了，没办法，老蔫只得闷头干活。一会儿，有人敲门，是胖妇人的邻居，说是打麻将，仨缺一。胖妇人临走时，板着脸对老蔫说：“你那活儿可好好给我干啊，别到时候连20块钱也挣不着了！”

胖妇人走后，老蔫干活更加认真、仔细，立柜的镜子本来砸碎即可，但他还是小心翼翼地把它卸下来，就在老蔫卸玻璃的一瞬间，突然，意想不到的事情发生了：一沓人民币从镜片和背板之间掉落下来，有千八百元的样子，老蔫看了一眼，数都没数，就把这些钱放到窗台上。

快到天黑时，老蔫才把活儿干完，中午连饭都没吃上，因为他没有钥匙，不敢出门。胖妇人回来后，老蔫把窗台上的钱交给她，说了来路。胖妇人把钱揣起来，又疑惑地望了望老蔫，瞅了瞅那堆用剩的破木头：“就这些钱？你没检查检查别的地方？”

老蔫说：“就这些钱，木头还都没扔，你再翻翻。”

胖妇人怪异地笑笑：“这时候还能翻着，那可就怪了。”她的言下之意很清楚，不知是老蔫老实没听出来，还是听出来了但不想争执，总之，他没说话。接着，胖妇人给老蔫工钱，她掏出了一张百元票，老蔫为胖妇人找零，便掏出自己的钱，因为他带的那张百元钞票里面夹着不少零钱，显得挺厚，老蔫见胖妇人的眼睛一眨不眨地盯着自己手中的钱，不知为什么，他有些慌神儿，竟然脱口说道：“这是我自己的钱。”

胖妇人又冷冷地一笑：“我没说是我的钱，上面又没有写字。”嘴上这么说，可她眼睛里却像是要伸出一只手来。找完零钱，老蔫问胖妇人，要不要把破木头扔楼下去，胖妇人说：“算了吧，等我当家的回来再翻一翻，我就不信这么大的立柜就藏这么点钱！”

老蔫带好自己的工具走到楼下时，迎面碰到一个男子下了摩托车，正要上楼，老蔫平时待人客气，便对

"法制故事创作谈"征文启事

为进一步提高法制故事创作水平,更好地发挥法制故事的宣传效应,司法部法宣司、上海市法制宣传教育联席会议办公室、《故事会》杂志社决定共同举办"法制故事创作谈"征文大赛。

此次活动有关事项如下:

一、征文内容:法制故事如何更好地体现"贴近生活、贴近实际、贴近群众"的原则;如何从生活中发现和挖掘法制故事素材;如何结合典型案例编写法制故事;如何推进法制故事系列化、专题化等。字数一般在1500字以内。

二、评奖方法:本次活动将聘请有关专家组成评委会,部分获奖作者将应邀参加全国法制故事研讨会,优秀作品将陆续在"东方法制网"或《故事会》上发表,并结集出版。

三、征文时间:即日起至2008年9月30日截止。

来稿方法:1.从邮局寄发,请在信封上注明"法制故事创作谈征文"字样,本刊地址:上海市绍兴路74号《故事会》杂志社,邮编:200020。2.从网上传递,本刊为大赛所设的信箱是:wulun@vip.sohu.net,请在主题上注明"法制故事创作谈征文"字样。

着那男子点了点头,笑了笑,算是打了个招呼。

那男子正是胖妇人的丈夫,他走进屋门后,胖妇人虎着脸问他:"我问你,你妈活着的时候,是不是好把钱东藏西掖的?"

男子眨巴着眼,说:"是呀,上次我妹妹在给我妈穿老衣服时,在衣褶子里还发现了500元钱呢,你怎么知道我妈爱藏钱?"

胖妇人恨恨地说:"连你都瞒着我,别说那个木匠了!你说,咱这立柜里,老太太有没有可能藏钱?"

男子大惊:"太可能了!前些日子我还在立柜抽屉后面,发现用图钉摁着600块钱呢!"男子说完就后悔自己不打自招,胖妇人暂时没工夫计较丈夫"吃黑",她气急败坏地说:"有一就有二,有二就有三,我让那表面一副蔫样的木匠给涮了,我说他怎么不计较工钱了呢!"

接着,胖妇人就说了请木匠拆橱的事,男子恍然大悟:"怪不得他刚才跟我碰面时点头哈腰、满脸堆笑,好,明天我到劳务市场去找他,非让他交点学费不可!"

(题图:魏忠善)

· 中国新传说 ·

为了一双“战靴”

□华 凯

周林是个普通工人，从小喜欢体育。这一天是周末，他坐在家里看电视，电视上正在直播一场球赛，主持人热情鼓励观众发短讯赢取球星的“战靴”。所谓战靴，其实就是球星穿的球鞋，这场球赛推出的球星叫刘国军，幸运观众可得到他穿过的一双球鞋，听主持人介绍，刘国军的一双球鞋现在最少值两千美元，乖乖，两千美元，那是一万多元人民币啊！

周林对刘国军太熟悉了，他以前在周林家住过，那时候，刘国军还没有进球队，只身一人到城里闯荡，穷得不得了，在周林家租了一间最便宜的小屋住，有一阵子天天吃咸菜就稀粥，想不到咸鱼翻身、小蛇成龙，现在竟然成了大牌球星，红得发紫。

周林忽然记起一件事来：当年刘国军不辞而别时，曾留下一双球鞋和几件旧衣服，当时还欠着两个月房租，没想到他这一走就音讯全无，如果那双球鞋现在还在，可值不少钱呢！于是周林立刻翻箱倒柜地找，后来果然在阁楼的一个角落里找到了那双球鞋，周林如获至宝，他想把球鞋卖了，于是第二天就在本地的一家小报上登了一则广告，广告登出后，居然真的有人来联系了，最后，周林以两万元的高价，卖给了一位叫赵新的先生。

赵新酷爱体育，还开了一家体育

用品商店，生意很不错，他很崇拜刘国军，买到球鞋后还想锦上添花，想让刘国军签名，有一天，他带着球鞋去现场看刘国军比赛，散场后兴冲冲地上前拦住了刘国军，说了这双鞋子的来历，可出人意料的是，刘国军当即否认这双球鞋是自己的，这一下赵新可气坏了，他找到了周林的家，退还了鞋子，要周林马上退还两万元。周林气得七窍生烟，却又毫无办法，不得不把两万元退还给了赵新。

原以为事情就这么结束了，不料两个月后，赵新又一次找上门来，哭丧着脸说："周林，你还要赔偿我的损失。"周林不耐烦地问："又出什么事了？"赵新说："我拿那双鞋请刘国军签名的时候被记者拍了照片，登到了报纸上，现在大家都说我是骗子，嘲笑我，我店里的生意也一落千丈。你知道，我卖的是体育用品，顾客都是爱好体育的人，而那些人有很多是刘国军的崇拜者，他们现在都把我看成了一堆臭狗屎，全都不来我的店里买东西了，最要命的是我的女朋友也把我看成是骗子了，已经两个月不理我，如果她跟我分手，我可跟你没完！"

这一下周林可生气了，嗨，两万元我都退了，难道你生意砸了、女朋友吹了也要我负责？那双鞋子千真万确是刘国军的，他不认账，我有啥法子？可赵新还是不依不饶的，隔三差五就来找周林，周林硬着心肠，连门都不让他进。进不了门，赵新就在门外叫骂，直到半年后，他突然不来吵闹了，又过了一段日子，有一天，赵新的父母哭哭啼啼地找来了，原来赵新的店早已关门，女朋友也和他分了手，赵新经不起打击，精神有点失常了，连喝了两次毒药，幸亏被家人发现，才算没出事……

周林一听吓了一大跳，他硬着头皮说："我可没有害他，你们爱怎么办就怎么办吧。"赵家的人说："好，我们法庭上见。"

赵家真的把周林告上了法庭，索要经济赔偿和精神损失费共计十五万元，接到法院的传票和起诉书副本后，周林坐卧不宁，他赶紧去找精通法律的熟人，熟人告诉他，只要找到证据，证明那双鞋子确实是刘国军的，就什么事也没有了。

怎样才能证明这双鞋子是刘国军的呢？刘国军不承认，别人又不了解情况，没有资格作证，直到开庭时间到了，周林也没想出任何办法，他只好带上那双球鞋，忐忑不安地走上了法庭。

在法庭上，周林一个劲喊冤，因为案情和刘国军有关，他也被传到了法庭，但刘国军一口咬定这双鞋子不是他的，一个说是，一个说不是，周林和刘国军争得面红耳赤，也就在这

时，从赵家传来惊天的消息：赵新又一次喝了毒药，已经气绝身亡了！

赵家人当庭呼天抢地，扑过来要和周林拼命，人命关天，案情立刻升级，法庭请来技术专家鉴定鞋子的真伪，专家仔细检查了鞋子后，当庭向法官表述了意见："我们在那双鞋内找到了一根体毛和两小片皮肤碎屑，现在只需从刘国军的身上取下一点皮肤组织，一块做ＤＮＡ鉴定，如果两者相符，就可以断定这双鞋子是刘国军的。"

刘国军听了这一番话，吓得脸都白了，额头上冒出了冷汗，他低下头，小声说："不用鉴定了，这双鞋子确实是我的，那时我穷得只有一双袜子，常常光着脚穿鞋子，所以才有脚毛和皮屑掉在鞋肚里。"

真相大白后，周林如释重负，赵家大骂刘国军，问他为什么要捉弄人，害得赵新白白丢了性命，刘国军惶恐地说："我穷困潦倒的时候，鬼都不理我，现在我成名了，一双旧鞋也有人当宝贝，我恨透了这种势利人，所以就不承认那鞋子是我的，可我没想到会闹出这么大的事，我……我愿意赔偿你们的损失。"

刘国军自愿赔偿赵家五十万元，了结了这场官司，那双鞋子物归原主，法庭判给了刘国军。因为多了这段传奇，那鞋子身价倍增，当场有人愿意出价四万元收买，刘国军却不卖，他把鞋子送给了周林，以示歉意。

周林接过鞋子，看了看，又还给了刘国军，他说："你还是自己留着吧，我只要你欠的两个月房租，共两百元。"

刘国军吃惊地问："你干吗要两百元不要四万元？"

周林郑重地说："都是我一时贪心，才惹出这么多事，我不想再贪一分钱，鞋子是你的，房租才是我的。"

（**题图、插图**：魏忠善）

西瓜为啥这么甜

□王兴莱

神秘的卖瓜人

王长鸣是地区农科所的研究员，这两年一直致力于改良当地的西瓜品种，可苦于当地的土质水质，反复实验，结果都不太理想，这让他很苦恼。

这一天下午，王长鸣的妻子白丽从外面买了一个西瓜，切好后给王长鸣送进书房，白丽以为他会像往常那样随意咬上两口就了事，谁知丈夫咬了一口顿时神色大变，放下报纸，死死地盯着西瓜，这让白丽吓了一跳，她赶紧问："老王，瓜坏了？"王长鸣问："你这瓜是哪里买的？"白丽走到窗户前，往下一指："你看那卖瓜的老头还在呢！"

王长鸣赶紧走到窗前看，这时，楼下小区门口正站着一个老头，两鬓花白，身板子却挺硬朗，大热天头上扎着一条破烂的毛巾，正在那里卖瓜呢！王长鸣见卖瓜老汉准备往车上套驴离开，便慌慌张张地奔了出去。

王长鸣一口气跑到楼下，跳上自己的白色捷达，驶出小区，跟在卖瓜老汉的驴车后头，慢慢地往城外驶去。王长鸣为什么要跟踪这个装束怪异的卖瓜老汉？因为今年夏天，整个地区缺水严重，西瓜大幅度减产，加上现在的瓜农滥用农药、化肥和催熟剂，西瓜不甜，质量大不如往年，而农科所的同事们却说过这么一件怪

事：有一个老头，经常到城里来卖瓜，他卖的西瓜皮亮瓤红，水分足，很甜；最关键的是这老头很奇特，大热天赶着一辆破驴车，瓜好价低，别人问他的瓜为什么这么甜，他吞吞吐吐地不肯回答。王长鸣听同事说的时候并不在意，今天吃了一口西瓜后立刻感觉这绝对是超级优质瓜，再从窗户一看，便感觉卖瓜的人正是同事们议论的那个怪老头，于是便决定偷偷跟着，他要去暗中打听打听这老头的种瓜秘诀到底是什么。

秘境追踪

驴车不紧不慢地往郊外行去，出乎王长鸣意料的是，驴车一走就是三个多小时，眼见卖瓜老汉赶着驴车拐上一条崎岖的小路，到了一家破落的农舍前。王长鸣坐在车里，远远看见那家农舍里又出来一个老头，两个老头嘀嘀咕咕聊了几句，接着就开始往驴车上抬一块大石头。之后，卖瓜老头递给另外一个老头一些钱，然后卖瓜老头告辞，赶着驴车，沿原来的大路往回走。驴车和捷达车擦肩而过的时候，王长鸣一看，见驴车上装的那块石头竟然是一块墓碑！

驴车回到大路后转回了头，又往城里方向走去，王长鸣远远跟在后头，这一跟又花了一个多小时，直到太阳偏西，才见卖瓜老汉赶着驴车走到一条小路上，走着走着，前面出现了一片茂密的树林，卖瓜老汉走进了树林，前面又出现了密密麻麻的坟堆，驴车顺着坟堆中间的一条窄路朝树林深处驶去……王长鸣顿时感到头皮一阵发麻，他见太阳快要落山了，没敢贸然跟进去，他把车停在大路和小路的交叉口，又等了好久，天差不多黑透了，也不见卖瓜人出来，王长鸣赶紧发动汽车，急急忙忙返回城里。

接下来的三天，王长鸣在这个城市的三个不同地方发现了卖瓜老汉的踪影，他又跟踪了三次，发现那个卖瓜老汉走的路线和第一次跟踪时完全一样，每次都要赶着驴车先到那个农舍前停下，然后向另外一个老头买一块墓碑，接着在太阳快落山前赶到那片乱坟中去……

连续跟踪了四天，王长鸣也没敢进那片坟地，第四天晚上回到家里，王长鸣翻来覆去睡不着，怎么想也想不通卖瓜老汉和坟堆、墓碑会有什么关系，当天夜里他作出了一个决定：明天一早赶到那个坟地旁，看看卖瓜老汉究竟是从哪里弄来这一车水汪汪的西瓜！

一大早，王长鸣就开车赶到了那个路口，等了一上午，不见有一个人从那片树林里走出来，直到临近中午，王长鸣才看见卖瓜老汉赶着驴车从树林里走了出来，驴车上装满了西瓜，每个至少在十斤以上，瓜藤鲜嫩，显然是刚摘下来的。等卖瓜老汉走远了，王长鸣决定冒一次险，趁卖瓜老汉外出，到坟地上去查个究竟!

王长鸣把车开到坟地边，然后走下了车，壮着胆子，顺着驴车压出的小路走进坟地，他抬眼一看，坟地上密密麻麻竖满了墓碑，前面几排的墓碑字迹都模糊了，看来有些年头了，越往里走，墓碑越新，再往里走，墓碑上就没了人名，而是用数字代替，最近的一块墓碑上刻的是:“第153人之墓”。

王长鸣明白了，原来这些墓碑就是卖瓜老汉用驴车一块一块驮回来的，可他怎么会有这么多亲人呢？再往里走，王长鸣看到了更加不可思议的一幕：坟前都摆放着一大块鲜红的西瓜，王长鸣无论如何也想不到坟地上的西瓜会以这样的情景出现在他的面前，就在这个时候，头顶突然响起一声凄厉的鸟叫，王长鸣吓得身子颤栗，他一口气跑到汽车里，车钥匙拧了四五下才打着火，一踩油门，一溜烟往城里开去。

揭开重重迷雾

王长鸣回到家里就病倒了，高烧不止，昏睡了过去，把妻子白丽吓得够呛。王长鸣躺在床上满嘴胡话，说坟上供着血红血红的西瓜，还有那个卖瓜老汉也被王长鸣说成了妖怪，白丽想到这些天王长鸣每天回家很晚，每次都魂不守舍的，觉得丈夫被吓成这样肯定和那个卖瓜老头有关，于是她就到处去找他，没想到居然还真找到了，白丽把丈夫受惊吓的事说了，于是，卖瓜老汉就和白丽一道到了她家。

王长鸣正心神不宁地躺在床上，

看见卖瓜老汉来了，一下惊呆了，卖瓜老汉笑呵呵的，他说了坟地上那些西瓜的来龙去脉……

原来那老汉姓许，曾在旧军队当过兵，那时他才刚过十六岁，正是抗战时期。有一次，他所在的连队和日本一支部队交上了火，那支连队被日军逼到了一个悬崖口，他们两天两夜也没突围成功，连队差不多打光了，最后剩下的十来个人也都奄奄一息的，为啥？缺水。他们被困的山崖到处是青石，没长什么东西，老连长出去转了半天，居然寻回来一个比拳头大点的野西瓜，众人你看看我，我看看你，都不愿意吃。大家都清楚，这个小瓜只能救活一个人，大家分了反而一个都救不活。当时，许老汉年龄最小，老连长裂着嘴唇让他吃，许老汉不吃，老连长拔枪逼着他吃，许老汉只得含着泪把那个白瓤生瓜连皮吃到肚子里……等到友军赶过来营救他们连的时候，几乎所有的人都牺牲了。

许老汉退伍后，来到当年作战的地方，在陵园旁住下来，帮兄弟们守灵。许老汉发现陵园后面有一大块空地，因为在陵园附近，没人愿意来耕种，他就决定在这块地上种西瓜。没有水，从远处的山泉里挑；没有肥料，从村里的学校往回拉人粪。因为他的西瓜全部是用山泉和人粪浇灌出来的，所以品质特别的好。西瓜卖了钱，再去隔壁村一个石匠那里买墓碑，给死去的那些兵立碑，有些人连名字都没有，许老汉就给他们编了个号。就这样，许老汉一辈子都没结婚，他一直在坟地边种西瓜，又用卖瓜得到的钱换回墓碑，只是西瓜一年只能种一次，而且许老汉年纪又大了，立碑的事就断断续续的。

许老汉见王长鸣已经好得差不多了，便站起来说："我得走了，我还得去挣钱买碑，我没几天活头了，能给死去的兄弟们多立一块碑就多立一块；另外，我今天回去还得给一些兄弟发西瓜呢，说好了的，我要让他们每年吃一回西瓜的，现在，他们正排队等着吃西瓜呢，活着的时候，没吃过瓜，死了以后，怎么也得让他们吃上一口瓜……"说完，许老汉就向王家夫妇辞别了，王家夫妇满脸热泪地站在窗口，目送着他离开了小区……

（**题图、插图**：谭海彦）

给手机充值

□文长风生

这天一大早，屯子的手机突然响了，是正在外地出差的老同学刘键打来的，刘键要屯子帮忙给他的手机充三百元话费，说是在几天后的同学聚会上还钱给屯子。屯子本不想管这种涉及到钱的事，何况自己手头又紧巴巴的，但碍着老同学的面子，又是个急事，只好帮这个忙，于是出了家门买了充值卡，按着手机中存储的刘键的号码给他充上了三百元钱。过了一会儿，刘键又打来电话，催屯子赶紧帮他充钱，屯子告诉他已经充好了，刘键却说自己查过了，手机没有被充值，屯子傻眼了，自己明明刚才给刘键充了三百元的呀！

屯子有点急了，他想：自己的手机上还存有一个名叫“刘健”的号码，也是自己的同学，会不会忙中出错，把应该给“刘键”充的钱充到了那个“刘健”的手机上？

无奈之下，屯子又出门买了三百元的充值卡给刘键的手机充上了值，回到家后，屯子心疼呀，一下子花了六百元钱，虽然刘键答应过几天同学聚会时就还钱，但现如今借钱的人还钱时大都拖拖拉拉的，再说自己也好久没和刘键联络了，能不能真的还，他心里还真没谱；还有，错给了刘健的三百元钱怎么办呀？打电话向刘健去要，屯子不好意思张这口，好久不和刘健联系了，一打电话就向人家要钱，好说不好听呀！可是不说，白白浪费了三百元钱，这对于一向十分节俭的屯子来说，不亚于被剜掉了一块心头肉!

思前想后，屯子最终还是鼓足勇气给刘健打电话，屯子是这样想的：借着过几天老同学聚会的由头找刘健聊聊，聊天中有意扯到手机费的事，说不定他会主动提到手机无故多了三百元钱，这样自己也好顺势说明情况。

主意打定，屯子便拨了刘健的号码，可手机中传来的提示是：“您呼叫的号码已关机”，屯子挂掉手机后这叫一个气呀，心想：好个贪心的刘健，肯定是知道自己的手机多了三百元话费，怕别人找麻烦而主动关机了!

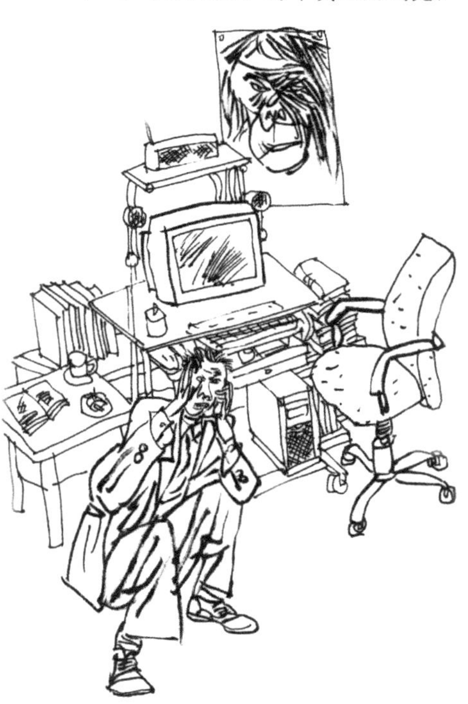

同学聚会前的这几天，屯子一见到手机心里就添堵，他又打了几次刘健的手机，不是关机就是没人接听，想到自己的六百元钱眼看着就要白白打水漂，屯子是钻心的疼。同学聚会去不去？像这样的聚会，屯子已有几年不参加了，自打大学毕业后他混得越来越不如意，和其他同学比起来自己越来越寒酸，在同学们面前越来越抬不起头来，但这次为了这六百元钱，屯子决定参加，因为这可是他近半个月的工资呢!

聚会的日子终于到了，屯子如约来到一家酒店的一个小会议厅，他迫不及待地要见到刘健和刘键。进了门，屯子看见刘健正坐在沙发上，和一群同学眉飞色舞地聊着天，屯子忐忑不安地挤到刘健身边，他正不知该如何开口，突然看见刘健面前正放着一个手机，屯子一下子有了主意，便上前一把拿起刘健的手机，说：“哎!刘健，你的手机够漂亮的呀，新换的吧？”

刘健见是屯子，热情地打了招呼，接着便解释说，他的手机前几天被贼偷了，只得换一个，屯子一听，顿时傻了：这么说，自己给刘健充的三百元也“支援”给小偷了？可事情怎么那么巧？自己刚充上三百元，刘健的手机正好被偷了？可这一切，屯子

了:“那你让我帮你手机充三百元话费的事,你还记得吗?”刘键更加一头雾水,他急切地大声辩解:“屯子,好久不见,你在说什么呀?我怎么听不懂!什么时候我让你帮我充话费了?我的手机是包月的,不用充值!”

刘键的大嗓门这么一嚷,大伙的目光全都落在屯子身上,众目睽睽之下,屯子尴尬万分,自己就像一个缠着别人行乞的乞丐,想到这一切,屯子的眼中快要落下泪来了。

就在这时,同学们突然“哗”地围拢过来,一起“哈哈”大笑起来,只见刘键手里拿着六百元钱,递到屯子面前,说:“屯子,这是还你的电话费,欢迎你回到我们中间来!”

原来,大伙发现屯子近几年一直不来参加同学聚会,也了解到了屯子的境况,心里都不是滋味,大伙都没有忘记大学几年的情谊,于是就想了这么个法子,刘键粉墨登场,刘健推波助澜,唱了一场双簧。

屯子明白了大伙的用意后,眼泪禁不住“吧嗒”“吧嗒”直淌……

(**题图、插图**:魏忠善)

(本栏目欢迎来稿。来稿可从邮局寄发,也可从网上传递。如为电子邮件,请发以下信箱:xiaomeng.ye@gmail.com)

怎么好意思张口问呀?

正在此时,刘键风尘仆仆地赶来了,看样子是出差刚回来,推门进来,他就向众人大声打着招呼,屯子见到刘键,心里稍微宽慰了一些,刘健的三百元讨不回来,刘键的三百元总能要回来吧?这样至少可以减少一半损失呀!屯子等到其他同学和刘键寒暄过后,便凑到他面前,小心翼翼地问:“什么时候出差回来的?”

刘键听屯子这么问,一脸的惊诧:“出差?我一直在本地,没有出差呀!”刘键的回答,真如一颗炸弹在屯子头顶上炸响,屯子这下真的急

衣食住行，房价最贵，手头缺钱，美梦难圆。别急，别急，面包会有的，房子会有的，明天的太阳会火红火红的……

带来好运的蜗牛

□九　斗

意外的礼物

今天对梁大力来说是个重要的日子，因为他决定要向女友正式求婚了。梁大力大学毕业后来到这个城市打拼，现在也算有些积蓄了，可是要在这个城市拥有一套住房安个家，却比登天还难，家乡的老母盼儿媳、盼孙子急得眼都红了，尤其是最近一段时间，连电话费都不心疼了，三天两头地催问，逼着梁大力向女友求婚，他实在无法再推辞了。

梁大力早早地来到沃尔顿西餐厅，神色未免有点紧张。半小时后，女友安可欣仪态万方地走了进来，落座。梁大力策划的求婚“礼仪”虽说不上惊世骇俗，但也有几分创意，等吃过甜品，梁大力把一个蜗牛壳放在安可欣的面前。

安可欣的秀眉一挑：“拿这东西干吗？”

梁大力鼓起勇气说：“打开看看，也许蜗牛的家里会有什么宝贝呢。”安可欣信手拿起蜗牛壳，一倒，从壳里掉出了一枚钻戒，安可欣淡淡一笑，把钻戒推回到梁大力的面前，说：“没有房子，我不会结婚的。”

梁大力不知是怎么和安可欣分的手，他顿时从天堂跌到了地狱，安可欣说的话如晴天霹雳一般在他耳边久久作响："你那点钱只能买个卫生间，我可不想成了房奴，一辈子就为养套房子活着！"梁大力原以为安可欣会念在多年的感情上，一冲动就会答应下来，想不到竟然是这样的结果。

梁大力垂头丧气地准备回住处，却又突然想起室友今天会把女友带回宿舍，无奈之下只好带着浑身酒气，在街心花园漫无目的地溜达着。

突然，一个白白胖胖的矮个儿小老头拦住了梁大力的去路，梁大力见他衣冠楚楚，不像是讨饭的，就停下脚来。

"我想向你讨一样东西。"小老头张嘴就是这么一句，梁大力心想，得，还是讨饭的，他转身刚要走，小老头一把拉住他："先生，那东西对你也没用了，你要是能给我，我有重谢。"

梁大力生了好奇心，便问道："是什么东西？"

小老头向梁大力的右口袋一指，梁大力用手一摸，原来是那枚钻戒，心里不由来了气："谁说这东西我没用了？她不跟我结婚，我找别人！"

小老头连忙摇手："不是，这种石头对我们没任何用处，你再摸摸，还有东西。"梁大力再一摸，原来他不知不觉地把蜗牛壳也装口袋里了，他将信将疑地递过去，小老头欣喜地接过来，连连道谢。梁大力觉得奇怪，忙问："你怎么知道这东西在我口袋里？"小老头神秘兮兮地凑到梁大力耳边，说："不瞒先生，我，就是你那蜗牛壳里的蜗牛。我们蜗牛有个规矩，只有死后找到自己壳的蜗牛才能转世……啊，先生别怕，你醒醒，我们蜗牛不吃人的！"

可这时，梁大力已经吓得昏死过去了……

幸福来得很突然

梁大力晃晃悠悠地睁开眼睛，发现自己还在街心花园，一轮明月高挂在夜空，看来刚才是自己在做梦。就在这时，小老头不知从哪里又跳了出来，说："先生，你醒了？"梁大力这才清醒过来，忽然意识到刚才的一切都是真的。小老头笑嘻嘻地说："作为答谢，先生，我要送你一套房子。"他说着，用手往前方一指，口中念念有词，突然间，一幢二层别墅在街心花园平地而起，梁大力看得眼都直了，他咽着口水说："可是……这、这个我怎么带走？放在什么地方？"

小老头一笑："你跟我们蜗牛学，背着！"只听小老头的嘴里又念叨了几句，转眼间，房子就像积木一样一层层地折叠起来，变成了一只巨大的背包，颜色就像原木一样，白的。小老头用手一指，那"背包"迅速地变小，最后就像真的背包一样，接着，"啪"的一声，"背包"自动跳到了梁大力的背上。梁大力看得目瞪口呆，小老头又把咒语教给了他，转身就不见了。

梁大力摸了摸后背那个硬硬的白皮背包，觉得很不可思议。他小心翼翼地取下背包放在地上，试着念了刚才小老头教的咒语，只听“轰隆”一声，刚才那幢别墅转眼间拔地而起，梁大力推门走进去，首先看到的是富丽堂皇的客厅，铺着极高档的地板，摆放着各式各样的红木家具，古朴高雅；再向里走是厨房，白色的整体厨柜，闪着金属光泽的厨具，清新可人。接着，梁大力从旋转楼梯上了二楼，这里由一间书房两间卧室组成，书房整洁明亮，高大的书橱里装满了书，散发着墨香；卧室里灯光柔和、色调优雅，床上铺的是手工刺绣的白色亚麻布床单。梁大力此时简直就是云里雾里，他乐了，也累了，一头扎在床上，渐渐地便睡着了……

等梁大力再睁开眼睛时已是艳阳高照，他跳下床才想起自己昨天晚上的奇遇，可是现在床在，就是说房子还在，这不是梦啊！梁大力“嗖”地跑出别墅，房子依然在街心花园，来来往往的行人并没有特别的举动，也没有人对他的房子多加关注，好像这房子原本就是在这里的，没有什么可奇怪的。

梁大力稍稍放下了心，他突然想起上班的时间快到了，于是转身向公车站跑，可跑两步他又停了下来，迟疑着回头看那房子。他想，就这么把一幢房子扔了总不是事吧？他猛地想起那个小老头教过一句咒语，便对着房子默念起来:“我叠，我叠，我叠叠叠！”

话音刚落，那房子就像被施了魔法，竟然乖乖地折叠起来，越叠越小，最后变成一个小小的白皮背包，梁大力一伸手，背包就自动背在他的背上了，梁大力就这样上班去了。

从那以后，梁大力就成了“蜗牛

居士”，每天下了班，他就选一个自己喜欢的地方，把背上的房子放下，第二天再背上走人，时间长了，同事好奇起来，他只得请同事来蜗居作客，来的人都是又惊又奇，就这样，梁大力在公司的人气直线飚升，连老总都和他称兄道弟起来，没过三天，不知什么人给晚报报了料，梁大力这下可不得安生了，被记者们追得打起了游击，转战半年后，媒体对他渐渐失去了兴趣，这个世界上的新鲜事太多了，一个小小的蜗牛人可比不了蜘蛛侠。

梁大力的女友安可欣很快也知道了这件奇事，两人原本已经渐渐疏远了，可安可欣知道梁大力有了这么一幢“蜗居”后喜不自禁，她每天下班开车来接梁大力，然后到她选好的地方放下房子进去过夜，这生活别提多浪漫了。这样过了一年，梁大力终于把那枚戒指戴到了安可欣的无名指上。举办婚礼那天，梁大力把别墅放在了街心公园里，别墅里张灯结彩，草坪上摆着租来的白色桌椅，还用白玫瑰搭了一个花架，请来一个牧师主持婚礼，那场面的浪漫、气派，就是英国皇室举办的婚礼也相形见绌，来宾无不啧啧称奇……

未来永远不可预知

婚后，梁大力夫妻照旧每天“搬来搬去”，美滋滋地享受着屋外不同的风景。

这天是周末，夫妻俩驱车来到老城区的教堂广场，这里的建筑古色古香，安可欣想在这里过一个怀旧之夜。两个人吃了烛光晚餐，卿卿我我了半夜才睡下。

第二天，梁大力醒来时已是天光大亮，床上不见了安可欣的身影，就在这时，他忽然听见隔壁传来一阵轻微的声响，梁大力蹑手蹑脚地走到门口一看，只见一个陌生人正在屋里翻箱倒柜，啊，是小偷！梁大力胆小，吓得悄声退了出去，他轻手轻脚地退到大门口，就见安可欣风风火火地往里闯，梁大力急忙上前，一把捂住了妻子的口，把她拉到了别墅外。

梁大力刚松开手，安可欣就嚷起来：“你还磨磨蹭蹭什么呀！我们快走，这里是拆迁区，一会儿就来铲车了！”梁大力一听就懵了，怪不得昨天晚上住下后就没见什么人影儿呢，梁大力嘟囔起来：“不是要保护老城区么，怎么也拆啊？”话刚说完，“轰隆隆”一阵巨响，推土机开来了，梁大力连忙念起了咒语：“我叠，我叠，我叠叠叠！”那房子立刻折叠起来，眼看着越缩越小，突然那房子里出现了一个人影，痛苦地挣扎着、叫嚷着，梁大力大叫“不好”，他这时才想起屋里还有一个贼呢！

梁大力不顾安可欣的阻拦，赶紧又把房子放下来，这可是人命关天的大事呀，他得看看那个贼死没死，不料别墅刚立起来，推土机“轰隆隆”地开了过来，就这样，梁大力眼看着自己的别墅和周围的房子倒成了一片……

眼看着自己的房子毁于一旦，安可欣“哇”的一声哭了出来，梁大力这才想起她还怀着六个月的身孕，连忙扶她到一边休息，过了好久，安可欣止住了哭声，她抹了抹红红的眼窝，对梁大力说：“我们离婚吧，这个孩子不要了，在租来的房子里带孩子，节衣缩食一辈子还贷款，我的人生不应该是这样的！”

梁大力此时真是欲哭无泪，第二天，他咬了咬牙，把跑去医院做流产的安可欣拉回了宿舍，他知道自己很难再有房子了，不能给母亲带回一个儿媳，但带回一个孙子也是好的呀，在梁大力的苦苦哀求下，安可欣答应了梁大力，但她提了一个条件：只要梁大力拿出20万块钱，她就把孩子生下来，然后半年后办手续离婚。

就这样，梁大力苦苦煎熬了三个月，终于等到了宝宝出生的日子。那天，梁大力等在产房外，等了好久好久，产房的门终于开了，主治医生和几个护士走了出来，把一辆小车小心翼翼地推到了梁大力的面前。梁大力急不可耐地要上去抱婴儿，医生突然拦住他，吞吞吐吐地说：“先生，你得有个心理准备，你的孩子一生下来就……”

梁大力急了，一把抓住医生的衣领，问：“我的孩子怎么了？”

医生抖抖索索地掀开婴儿盖着的白布，只见婴儿的背上有着一个白色的连体“背包”！别人不认识这是什么，梁大力可是太清楚了，他欣喜若狂地大笑起来，身边的医生护士吓得全都逃走了，他们远远地站着，看着，只见梁大力疯疯癫癫的，又哭又笑的，抱着婴儿直嚷道：“儿子，你不会再没有妈妈了，我们不用再为房子发愁了！”

（题图、插图：谭海彦）

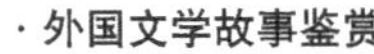

你只是一个配角

□邓　笛　编译

根据美国作家克瑞斯·罗斯的作品改编

这是意大利的一个平凡无奇的小镇，远离罗马、佛罗伦萨，没有优美的风景，也没有历史悠久的古迹，除掉一块大石头略显特殊一点，其他没有什么好看的。

伽珂玛在这个小镇上土生土长，他喜欢自己的小镇，喜欢这里宁静、平淡的气氛，但他是开汽车修理铺的，因为镇小，就没有什么生意了：如果没有来往汽车，这个小镇上的汽车只有四辆，一辆是镇长的，一辆是镇长的儿子的，一辆是牧师的，还有一辆是酒吧老板的。伽珂玛不在乎生意好坏，因为他喜欢过平淡的生活，用钱不多，平时最大的爱好就是摆弄他的摩托车。每天，他去酒吧喝一杯咖啡，开始一天的生活，然后守着自己的铺子，因为除掉那四个固定的顾客，几乎没有别的顾客，所以他大部分时间都是在铺子里摆弄自己的摩托车。

这辆摩托车可不是普通的车，它的价格比一般的汽车还要贵。伽珂玛当然没有钱买这么贵的车，这是他五年前在路边捡到的，当时，它看上去像一堆废铁，没有人愿意多看它第二眼，但是，伽珂玛是一个机械行家，一眼就知道了它的价值，于是就把它带

回自己的修理铺，经过一番摆弄，换了一些配件，喷上红色的油漆，这辆摩托车就如同新的一样了。

从此以后，伽珂玛把这辆摩托车视为自己心爱的宠物，每天都要将它拆下来擦拭和维护。他是一个不喜欢张扬的人，从不向别人炫耀这一辆高级摩托车，只是到了晚上，当大多数人都已经上床睡觉时，他才骑着他的宠物呼啸着穿越小镇的大街小巷，有时候他还在环绕小镇的山岗上飞速出没。

然而，有一件事情让伽珂玛平静的生活发生了变化——

那天，他正在铺子里摆弄自己的摩托车，忽听外面有汽车驶来的声音，他感到奇怪，他对四个老主顾的车子非常熟悉，只要一听声音，就知道是哪一辆，而这辆汽车的声音完全不一样。

这是一辆黑色的加长型阿尔法，漂亮，迷人，不过，更漂亮、更迷人的是从车里走出来的一个女子，她身段匀称，红发披肩。

伽珂玛第一次看到红发女人，何况还是一个大美人，他被她的魅力迷住了!

美女走了过来，说:“我的车出了一点问题。”说这话时，伽珂玛没有听到，因为他的眼睛忙得不可开交，走神了，于是美女不得不又说了一遍，伽珂玛这才应声说道:“呃，好的，好的，你的车出了什么问题？”

“我不知道，如果我知道，我找你干吗？”

伽珂玛没有吱声，这个女人对他说，她要去找个地方喝一杯咖啡，希望伽珂玛在她喝咖啡的时候能把车给修好，说完，她就转身朝酒吧的方向走去，看样子她很熟悉这个小镇的情况。

伽珂玛把这辆车从头到尾检查了一遍，没有发现任何毛病，于是，他走进了酒吧，找到正在一边喝咖啡一边抽烟的美女，告诉她车子没有毛病。

美女笑着瞟了伽珂玛一眼，说："我想也是。"

伽珂玛一听就奇怪了，就问她：既然车子没有毛病，找他干吗？

这个时候，美女怪异地笑了，说"我对你的所有情况都知道……我只是想让你用自己的摩托车带我去一个地方。"

"什么地方？"

"海边。"

"干什么？"

"这不重要，你只要告诉我——愿意还是不愿意？"

伽珂玛不明白眼前这个美女到底想干什么，一个漂亮的女子竟然要一个陌生的男人带她到海边去，这正常吗？这里面除了诡计、阴谋、陷阱，难道还会有别的吗？

伽珂玛没有吭声，于是美女在一个火柴盒上写了一个电话号码，交到伽珂玛手里："这是我的电话号码，如果你决定了，给我打电话。"说完，她站起身，走出了酒吧。

伽珂玛在酒吧里呆立了一会儿，当他回到铺子里时，美女和她的车都不见了。

那天晚上，伽珂玛躺在床上，把美女留给他的火柴盒看了又看，火柴盒上的那个电话号码在他的脑海里浮现了几十遍，但他最终还是没有给美女打电话。

第二天早晨，他像往常一样进了咖啡店，喝了咖啡，然后回到铺子里，他仍然没有给美女打电话。

中午的时候，伽珂玛听到铺子外面响起了汽车开来的声音，那声音竟然和昨天那辆阿尔法一模一样，他一点也不惊奇，他知道那美女又来了，可走到门口一看，伽珂玛惊奇万分：开车的并不是美女，甚至根本不是一个女的，而是一个肥头大耳的胖子。这个胖子的头发几乎掉光了，他嘴里叼着一根雪茄，不等伽珂玛招呼，就径直走进了铺子，胖子像主人一样在伽珂玛的办公桌前坐了下来，问道："我的太太昨天来过了？"

伽珂玛没有吭声，因为他不知道眼前这人到底为何而来，他该怎样回答才是恰当的。

"她请你做一件事？"

伽珂玛还是没有吭声，胖子有些不耐烦了，粗着喉咙说："她请你用摩托车带她去某个地方，是吗？"

伽珂玛依然保持沉默，胖子更加不耐烦了，他从口袋里掏出一只钱包，从钱包里抽出一叠钞票，然后把钞票往办公桌上一放。伽珂玛看了一眼钞票，心中猜想这些钱大概会比他一年的收入还要多。

又沉默了一会儿，伽珂玛开口了："好吧，先生，如果你给我这么多

的报酬，我很乐意用我的摩托车将你的太太带到她想去的地方。”

胖子听了大笑，然后摇头说道：“不，不，我亲爱的朋友，你理解错了。我给你钱，是希望你不要理会我太太的任何请求，并保证从今往后不要再见她！”

伽珂玛没有吭声，胖子也不再说话，过了一会儿，胖子站起了身，瞪了伽珂玛一眼，说“好好想想吧。”胖子说完，留下钱后走出了铺子。

伽珂玛坐下，把美女留给他的火柴盒从口袋里掏出来，对着火柴盒上的电话号码看了又看；他又把胖子留在桌上的钱堆在一起，看了又看，于是他作出了抉择……

四十年后，还是在这个意大利的小镇上——平凡无奇，远离罗马、佛罗伦萨，没有优美的风景，也没有历史悠久的古迹，除掉一块大石头略显特殊一点，其他没有什么好看的，但这里有一个修车铺，修车的是一个佝偻着身子的老头，每当有人开着漂亮的摩托车经过他的铺子时，他就会对开车的人说起他年轻时的故事：很多年前，他放弃了挣一大笔钱的机会，用他的摩托车带着一个神秘的美女，横穿意大利，来到一个海滨城市。他对这个美女一无所知，但他梦想着会和她演绎一段美妙而浪漫的爱情故事。摩托车开到了一幢豪华的别墅前，在那里，美女下了车，扑进了一个陌生人的怀里，这人是一个肥头大耳的胖子，头发几乎掉光了，嘴里叼着一根雪茄。他们相拥在一起，亲密地吻着，好长时间两人才松开了手，美女对胖子说“你打赌输了！”胖子答道：“可是我知道了我的美人的魅力了！”

讲到这里，修车的老头就会十分感慨地说出一句话来：“你或许会认为自己是生活中的主角，但是在别人的生活中你只不过是一个配角。”

（**题图、插图**：安玉民　梁　丽）

北斗消失之谜

□凌可新 搜集

唐朝有一个著名和尚，俗家姓张，名叫张遂，法名“一行”。他上通天文下知地理，还有些特别的道行，深得皇帝的宠爱，被封为国师，可以随便出入皇宫。

这天早上，一行和尚正准备进宫，一位老妈妈在门口拦住他，张口叫了一声“儿呀”，一行和尚被这一声“儿呀”给叫愣了，不过他很快就认出了是谁，于是急忙叫了声“陈妈”。老妈妈泪水涟涟，她说了声“快救救你那可怜的兄弟吧”，人就晕了过去。

一行和尚顾不得进宫，把老人弄回府里。他懂得些医理，知道老人是一时急火攻心晕了过去，不妨事。

说起来，一行和尚和这位陈妈是熟识的：一行和尚小时候就失去了双亲，一个人孤苦伶仃，多亏有个好邻居，否则只怕早就冻死饿死了，这好邻居就是陈妈。陈妈心眼好，她早年丧夫，自己拉扯着一个儿子过日子。她儿子比一行小几岁，性格温和。瞅着一行那么苦，陈妈就不时地帮衬他，做了饭，就让儿子叫一行过来吃衣服破了，她也不厌其烦地给他缝补，总之，陈妈待一行就跟自己的儿子似的。自从一行出家当了和尚，尤其进宫做了国师后，他更是常常想起陈妈母子，一直想好好报答她老人家。

不久，陈妈醒来，她说了事情的来龙去脉：陈妈的儿子不久前犯了罪，听说是要杀头的，陈妈自然不能眼看着儿子去死，可她怎么救得了

呢？有人提醒她，说是她过去的邻居一行和尚现在正得皇帝恩宠呢，这么着她就找来了。

一行和尚听到这里不由沉吟了起来，他知道但凡犯了死罪的人，就算是他出面，也不大可能有生还的希望，皇帝正在严肃国家法令，打击徇私舞弊的不法行为。一行和尚说了这些实情后，陈妈的脸色很不好看，但为了儿子，她还是厚着脸皮苦苦相求，可无论怎么说，一行和尚就是不肯松口，陈妈气坏了，她照着一行和尚的脸“啪”地就是一个耳光：“算我瞎了眼，当初帮了你这么条白眼狼！我那儿子要是命里该死，就让他死了吧！”说完，她头也不回，转身走了。

陈妈的这个耳光打得很重，一行和尚的脸火辣辣地疼，渐渐地，他平静了下来，盘膝而坐，扳着手指念念有词，突然，他紧蹙的眉头舒展了开来……

快到黄昏的时候，一行和尚叫来几个手下，取出一条大麻袋说：“待会儿你们到城西关帝庙后院等着，不管看到什么东西，都给我抓住装回来，要是跑了一个，我就治你们的罪，要是全抓回来，重重有赏。”

手下的人不知一行和尚让他们去抓什么，也不敢问，拎着麻袋去了。到了城西关帝庙后院，刚埋伏下来，就看见一群兔子从一个缺口处溜了进来，它们个个长得白白的，十分可爱，于是埋伏的人不管三七二十一，一齐冲了出来，把它们团团围住，统统装进麻袋，扎紧袋口，抬着回来了。

一行和尚见得了手，很高兴，命人找来一口大缸，把这些兔子装了进去，数数兔子的数量，不多不少，正好，于是他就亲自用一块画了符的木板盖严缸口，重重赏了手下，告诫他们千万不要说出去。

第二天一早，一行和尚照例去皇宫，还没走到大殿，就碰见皇上身边的公公，说是皇上有急事找他，一行和尚便步履从容地跟着公公去了。

这天皇帝没有上早朝，正在后宫踱来踱去，显得十分惊慌。一行和尚一进门，皇帝就迫不及待地说："国师啊，大事不好了，刚才司天监的官员来报，说是昨晚天上的北斗七星不明不白地就没有了，没了北斗七星，是不是要发生什么祸事了？你是我朝的国师，可得给朕想想办法呀！"

一行和尚席地而坐，扳着指头掐算了半晌，表情肃穆地说："皇上啊，北斗七星没有了，的确是件很严重的大事。方才我掐算了一下，十有八九是因为陛下近年刑法太严的缘故，比如有些可抓可不抓的人，抓了；有些可杀可不杀的人，杀了，这样，人间的怨气直冲霄汉，才致使北斗七星消失，如果长此以往，只怕陛下的江山社稷会有不测哪！"

做皇帝的别的不怕，最怕自己的江山有什么闪失，听一行和尚这么一说，他就真急了："国师啊，你说朕该怎么办？如果朕来个大赦天下，是不是可以免除这场危机？"

一行和尚心中暗喜，便点头称是，于是皇帝当即颁令大赦天下……

这天晚上，一行和尚从缸里捉一只兔子出来，把它给放了出去，兔子回头冲一行和尚叫了一声，便屁颠屁颠地跑得没影儿了。第二天上朝，皇帝喜孜孜地宣布说"据司天监官员来报，北斗七星已经出来一颗了，这说明朕大赦天下是对的，以后，大家都要学着宽以待人，使大唐的江山社稷长治久安。"众官员乘机颂扬皇上英明，一行和尚忍不住想笑，可他到底没敢笑。

当天晚上，一行和尚又放了一只兔子，次日上朝，皇帝又满脸喜气地告诉大家昨晚又有一颗北斗七星出来了，就这样，每到晚上，一行和尚就释放一只兔子，七天过去，天上的北斗七星都出齐了，天空又恢复了往日的模样。也就在这时，各地纷纷来报，说是大赦天下后举国欢腾，万民齐颂圣上是古往今来少有的好皇帝，皇帝听了，别提多高兴了，他特意把一行和尚召进宫去，重重地赏赐了他。

皇帝高兴，一行和尚自然也高兴，他知道陈妈的儿子这一回是死不了啦，不过这事儿他没有告诉陈妈，他不想让陈妈知道事情的真相，因为这事儿说起来一般人难以置信：天上的北斗七星有时候会趁着值日前的一点空闲时间，变成可爱的兔子，到人间来游玩片刻，而一行和尚正好抓住了这难得的机会，不仅报答了陈妈的恩情，还使得天下的黎民百姓有了一个平和的生活环境……

（**题图、插图**：黄全昌）

·阿P系列幽默故事·

做人要实在

□王 猛

阿P的小舅子今儿举行婚礼，老婆小兰一大早就叫他搞辆好车帮着去接新娘，好充充门面。这事儿原本不难，阿P的工作就是给单位里的头儿开小车的，轻易就能搞到一辆大奔或劳斯莱斯，可小兰哪里知道，阿P前段时间刚被单位精简掉，他好面子，一直没敢声张，天天溜出门装着“上班”去，其实是在大街上消磨时光，他几次想对小兰说明真相，可话到嘴边又吞了下去，他不想破坏自己在老婆心目中的光辉形象呀！现在，老婆要他借车，他能不答应吗？

阿P硬着头皮出门，他连拨了几个铁哥们的电话，可这些小子一听阿P要借车，语气马上变得迟疑不决，毕竟是一百多万的名贵车呀，要有点磕磕碰碰的，谁负责？阿P气呼呼地挂了电话，借不到车，回去没法交差，他只好漫无目的地在街上闲逛起来。

阿P没走几步，他的脚尖突然踢着了一个东西，低头一看，只见地上躺着一个亮晶晶的钥匙，阿P捡起来细细一看，好家伙，竟是宝马车的钥匙，名贵轿车的钥匙就是与众不同，一眼就能分辨出来。

阿P的大拇指不自觉地在钥匙遥控上摁了一下，这是找车的指令，信号发出，车子就会自动发出声响，嘿，真想不到，前面果真传来了“嘟嘟”的鸣叫声，阿P大喜，冲上前去，转过一个街角，只见一辆乌黑锃亮的宝马车出现在面前，阿P捡到的钥匙正是这辆车上的！阿P有些奇怪：这里并不是停车的地方，怎么会停着这么一辆名贵的轿车呢？难道车主人不怕被人偷走？阿P摁了开锁键，再把车门一拉，乖乖，门开了！他瞄了一下四周，只见人来人往的，几个行人还向他投来艳羡的目光，看样子是把他当成开宝马的有钱人了。阿P心想，还是报警通知车主人吧，正在这时，手机响了，小兰在电话里甜腻腻地问阿P搞到车子没有……

要说这阿P，这大半辈子，贪点小便宜，使点小性子，耍点小心眼，那是有的，但他做人的大方向是没错的，违法的事可是从来没干过，可这一回，就在这一时之间，阿P看着身边的宝马，竟然头脑一热，把主意打错了，他想，反正这车放在这里也不安全，干脆自己替车主人“保管”一个上午，中午再完璧归赵，这也不算犯法呀！想到这里，他操着手机大声对小兰说：“我搞到了一辆宝马，你看够不够档次？”阿P这话一说，手机那头立即传来响亮的一声脆吻，阿P飘飘然了，他不再迟疑，弯腰钻进车里，“哧溜”一声把宝马发动了。

前面是个岔路口，由于没有红绿灯，来往的车辆显得有点混乱，碰到这样的情形，向来都是自行车不让行人，摩托车不让自行车，轿车不让摩托车。阿P慢慢放缓了速度，悠闲地望着车外，突然，他看见一对五十多岁的老夫妇，穿得挺干净利索的，那老汉蹬着一辆破自行车，车技也不怎么样，他吃力地载着老妇人，自行车有些左摇右摆的，老妇人却脸露微笑地坐在自行车上，显出非常幸福的样子。

就在这时，从一旁突然冲出一辆白色小轿车，“哧溜”一声就到了老两口跟前，老汉猝不及防，抓车把的双手剧烈摇晃，把持不住，眼看就要栽下来，老妇人惊叫一声，亏得她手脚还灵便，就在自行车即将倾倒的刹那间，她双脚踮着地面，趁势下了自行车，也就在这个时候，“啪”一声，那辆破自行车倒在白色轿车的前盖上。老汉单腿支着地，好容易才把自行车扶起，脸上满是惊慌之色。

这时，白色轿车的门“砰”一声打开了，一个穿戴华丽的女人从车里钻了出来，她到车头前察看了一下，立即大惊小怪地尖叫起来，她扭着腰肢冲到老夫妇跟前，扯着老汉的衣服要赔钱。老汉耷拉着脑袋，焦急地搓着双手，这是卑微者面对权贵的怯懦，破自行车跟人家名贵轿车撞在一起，说多寒碜就多寒碜，真的连争辩的勇气也会丧失。女人向来不把骑自行车的穷人放在眼里，她抓着这个机会，滔滔不绝地数落着老两口，什么乡下人不懂交通规则呀，什么没事就不要到城里逛呀，等等，不堪入耳。

阿P看着气焰嚣张的女人，立刻涌起一股火气，他平素最看不惯这种仗势凌人的有钱人，他从车上下来，走到女人跟前，手指着她的鼻子骂道：“臭娘们，开着小破车出来忽悠个啥？把我爹娘吓着了，你说咋办？”

老两口正被女人骂得像遭了霜打的茄子，见来了个帮忙的，马上舒了口气，可一听阿P的话，不对呀，咱怎么成他爹娘了？阿P偷偷向他们眨眼示意，他俩总算明白了，于是默不作声地站在旁边。女人本来就是欺善怕恶的主儿，见眼前这个男人开的是宝马车，又长得五大三粗的，立刻吞吞吐吐地说：“是、是你爹娘碰、碰到我车子的……”

一听这话，阿P真来气了，他指着被撞倒的自行车说：“你懂交通规则吗？俺爹娘是直行，你是横斜里冲出来的，是谁撞谁啊？你以为开着小破车就可以横冲直撞吗？”说罢，阿P装模作样地要给自己在交警大队当大队长的“同学”打电话，女人的傲气彻底泄了，她按住阿P拨电话的手哀求道：“大哥，别报警，这样吧，我、我给伯父、伯母赔偿损失吧……”

阿P要的就是这个效果，他把手机放回口袋，不屑地说：“谁稀罕你的臭钱，老子今天告诉你，不要仗着有几个臭钱就看不起劳动人民。”后面这句，阿P也不知是怎么想到的，头脑里灵光一闪，说出嘴才发现自己说话特有水平，不过，还有更绝的在后面——阿P向女人提出两点要求：一、向自己的“爹娘”赔礼道歉；二、亲自把破自行车扛到宝马的车后厢里。

第一个要求不难，女人真的低眉顺眼地向老两口道了歉，第二个要求就难办了，女人从小娇生惯养，皮细肉嫩，一下要扛起几十斤的一堆破铁，直累得香汗淋漓、一步一喘气。十来米的距离，那女人整整花了五分钟，趾高气扬的尊容不见了，昂贵的丝袜被划开口子了，头发也散落下来了，花了九牛二虎之力，好不容易才把自行车在车后厢拴稳，这时，女人有气无力地回过头问：“大、大哥，行、行了呗？”阿P出了气，心满意足地点点头，这当儿，周围早已围满了人，他们目睹了这一幕教训势利眼的闹剧，禁不住拍手叫好。

阿P好事做到底，反正老两口的自行车也坏了，干脆载他们一程算了，于是他把“爹娘”让进了车里，阿P关上车门，得意地对那对老夫妇说：“老人家，刚才我玩了个小花招，就唬得那女人够呛，嘿嘿……”阿P见后座没人答腔，透过后视镜一看，看到老两口正似笑非笑地瞅着自己，便疑惑地问:“老人家,你们咋啦?”老汉脸上的表情有些不自然“小伙子,这车是你的?”

一听这话,阿P不由打了一个激灵,毕竟做贼心虚,舌头也有些不灵活了:“不、不是我的,是我向朋友借的。”那老汉从口袋里掏出一个装潢精美的烟盒,从里面取出一根巴西雪茄,点着了,老练地把车窗摁下一道口子,慢吞吞地吐出一口烟圈说“向朋友借的?我看你是偷来的!”阿P这时有点愣了:这老头这会儿往车座上这么一靠,雪茄这么一衔,烟圈这么一吐,怎么看都像是个身份不凡的有钱人,阿P的头皮炸了,他不敢隐瞒,便竹筒倒豆子,把事情全“交代”了,末了,他重新声明:“我绝没偷这车的想法,我不过想借用一个上午,用完马上归还。”

老汉微笑着说“小伙子,你要是不承认,我可要报公安了,你知道这车是谁的吗?这车子是我的呀!”阿P吓得差点从驾驶座上蹦下来,真邪门了,竟然把车主人请上了被“偷”的车子上!

老汉不紧不慢地说了他们的故事:老两口是本市的老住户,年轻时到外国留学深造,学成后想回国,却因为时值“文革”期间,报国无门,只好加入外国户籍,创办了一个高科技公司,很有资产。现在落叶归根,他带着毕生积蓄和技术回到祖国,被聘为本市高新技术开发区的首席顾问。今天老两口开着宝马在市区闲逛,看到马路上自行车来回穿梭,老汉想起初恋时用自行车载着爱人逛马路时的情形,“老夫聊发少年狂”,一时心血来潮,立即下车向一个路人买了一辆老式自行车,然后载着老伴到那些已变了模样的街头小巷闲逛,重拾昔日回忆,没承想走得匆忙,连车钥匙丢了都不知道,更想不到在岔路口竟会被一个势利的女人撞上,要不是阿P仗义解困,他们真不知该如何是好。

阿P明白了事情的来龙去脉后说不出一句话来,老汉没有责罚阿P,而是笑嘻嘻地询问他的家庭、工作情况,阿P没有隐瞒,说了他下岗的事,老汉想了想,问:“小伙子,这车你开着习惯吗?”阿P不知所措地点点头,“那以后这车归你开了,行吗?”阿P没反应过来,老妇人开腔了:“我们准备雇你作司机,你答应就点点头。”

阿P开心得几乎要发疯了,他乐呵呵地连连点头,正在这时,手机响了,原来是小兰来催车了,老汉问明情由后乐了:“停车吧,我们还想骑着自行车过过瘾呢,你把这车开去吧。”阿P一听乐坏了,他粗着嗓门,朝着手机嚷道:“老婆,车子马上就到!”话刚说完,电话那头立即传来响亮的一声“叭”,又是一个脆吻……

(**题图、插图**:顾子易)

多亏了你这颗心

□谢丰荣

有个书生胆子很大，他在村外一间幽静的屋子里日夜读书，别人劝他说，那里紧靠坟场，邪气重。他答道：正因如此，才显得清静。

一天晚上，一个漂亮年轻的女子从坟场方向走来，趴在窗台上对着书生直笑，书生和她只隔三尺远，他漫不经心抬起头，问："你是女鬼吗？"

女子笑嘻嘻地点头。

书生来了兴趣，说："那你做个鬼脸给我看看，证明你的确是女鬼。"

女子摇摇头，说："我这么美，才不愿意做那种破坏形象的样子呢！"

书生"哈哈"大笑，连说："言之成理，言之成理！"

这就是书生与女鬼的相识过程，后来女鬼夜夜必到，书生干脆把她当丫环使唤，女鬼很能干，把书生的家务全部包干。她什么都好，就是有一点，爱缠着书生，要他陪她玩，女鬼撒娇着说："你就别看书了嘛，一个人看书多没意思！"书生脸一沉，说："半年之后就要乡试了，我可没闲工夫陪你玩！"

女鬼不乐意了，就把书生的书抢了，要不然就悄悄从后边大叫一声吓书生，总之，她不打算让他安宁，书生忍无可忍，终于有一天暴怒了，一巴掌打在女鬼脸上，吼道："哪里来的女鬼，不害臊，这是谁的家呀？哪儿来就回哪儿去！"

女鬼一听，身子一晃就不见了。书生暗自庆幸，心想她大概不会再来了，他终于摆脱骚扰，可以清静地读书了！可没过多久，他的书桌上突然掉下一把沙子，弄得砚台和书都脏兮兮的；一会儿他的烛火又无风自灭，书生无法看书，只得把门一关，躺到床上想早些睡觉，可被子又被掀到地上，直把书生气得暴跳如雷，他恨恨地骂道："等着瞧！"

第二天，书生请来了一个和尚，和尚在屋里念了好一会儿咒，然后又在门上贴了一张符。到了晚上，女鬼找了一根两丈长的竹竿，远远地将符挑了下来，扔水沟里去了，然后她走进屋，又在书生旁边坐下，得胜似的看着书生，满脸俏皮劲。书生不看她，她又把脸凑到他鼻子跟前，书生无可奈何，只是强迫自己要静心要静心，坚决不受她的影响。

女鬼失望了，大怒，顿时花容失色，一屁股坐到桌子上，将圣贤书当了坐垫。书生阴沉着脸，猛地将房门打开，冲到村子里去了。女鬼不解，后来一看，书生带了个道士来，吓得她赶忙逃跑。道士用剑在屋子里比划了一番后走了，书生以为这下好了，不想那道士的法力太差，女鬼还是得意洋洋地进了房间。就这样，女鬼将书生搅得无法安宁，眼看乡试时间就要到了，书生暗暗着急。

一天，一个云游的法师经过这里，书生请他进屋，说了前因后果，法师很诧异，说今晚要留宿在这里，看看女鬼是何模样。

到了夜里，书生安坐桌前，法师暗藏帘后。一声"嘻嘻"的笑声过后，女鬼的身影从门后闪出，她问："吃饭了吗？没吃，那我给你做去！"说着，她马上就要动手做饭，书生爱理不理，继续看书。女鬼一掀帘子，猛见一个法师怒目而对，她惊叫一声，对书生说"你还想害我？你这个没心肝的臭书生！"

法师二指一并，口里念诀，只见一道蓝光直逼女鬼，女鬼猝不及防，被击倒在地，痛苦不堪。法师问书生说："你看如何处置这个女鬼？"

书生咬牙回答："弄死算了！"

法师微笑不语，看看书生，又看看女鬼，过了好久，他说"这么办吧，她折磨你很久时间，你不想也折磨她一段日子吗？"

书生一喜，连连称是，但又害怕这会影响自己的学业，法师却说"完全不会，只需用一个钵状容器将女鬼装在里面，三天之内，女鬼就会一点一点地化去。你每天看着她一点一点没了，不是可以报她骚扰之仇吗？"

书生拍手称快，法师说"得向你借一物作装鬼之用。"

书生赶忙去拿瓶子罐子什么的，但法师连连摇头，说这些东西太俗，是装不下鬼的。书生正在困惑，法师往他身上一抓，手中竟然有了一个透明的瓶子，说："这不是有了吗？"

法师口中念念有词，女鬼在这一声声咒语中越变越小，随即轻轻地飘进瓶里，变得只有一根香蕉大小，她在瓶子里挣扎着，双手扑在壁上，绝望地看着书生，嘴巴一张一翕，像在哀求于他，书生见了，说："活该！"

法师告辞，临走的时候说了一句话："要是你还有什么有求于我的事，那就出门向东追我，机缘凑巧的话，是能够追上我的。切记！"

书生终于可以安静地看书了，他好高兴，他把装着女鬼的瓶子放在案头，以供观赏，就像现在人们养金鱼一样，看一会儿书又看一会儿瓶子。整个夜晚静悄悄的，连一点声音也没有，太舒服了！这天夜里，书生看书的效率实在是高，不知不觉天就亮了，这时，他抬头看看瓶子，发现女鬼两腿齐膝盖以下全是血糊糊的，女鬼似乎在痛苦地哀号……

书生不解，后来明白了，看来法师说的话应验了，女鬼已经化去了双脚，书生幸灾乐祸地冲女鬼笑起来，女鬼看着书生，在瓶子里痛不欲生。

书生睡了大半天，觉得饿了，决定自己做一顿简单的饭菜吃，这时，他又想到女鬼，不觉跑到瓶子边上，想看看女鬼又化去了身体的哪些部位，一看，女鬼的双手只剩下一半长短，书生说："你这鬼东西，化完了才好呢！"

但是说也奇怪，这天的饭菜吃得一点也不香。

晚上，书生可就没心思去读书了，他无论如何定不下心来，心里老想着瓶子里的女鬼：尽管她本来就是鬼，可她从来不给自己丑恶的面貌看，她不就是调皮一点吗？我却一定要这么看着她死，而且死得这样凄惨，我还是人吗？书生有些不安，觉得自己心肠太狠了。

书生一边想，女鬼一边在慢慢化去……

书生这一夜没有睡着，第二天，他早早起来，往瓶子里一看，女鬼只剩下半个身子了，突然，他用双手捶打自己的头部，他觉得自己缺乏人性，不应该这么做的，即使要置这个女鬼于死地也不应该这么折磨她吧？

女鬼依然嘴一张一翕地看着书生，书生心一痛，全身剧烈一震，他想，我天天读圣贤书，可圣贤书里没有说可以这样杀生的，这可是天理不容的啊！想到这里，书生赶忙去找东西，他想撬开瓶盖，无奈法师的法力太高，女鬼奈何不了，他一个凡人更是奈何不了，这时，书生想到了法师临走时留下的一句话，于是他就转身向东追去，一个时辰过去，两个时辰过去……后来他精疲力竭地倒在地上，两眼金星直冒，好久才睁开了眼，抬头一看，竟是法师，这下可好了，他爬起来，急切地请求法师快跟他回去……

法师笑着问书生："你决定了？"

书生回答："决定了！"

"不悔改了？"

"不悔改了！"

法师口中念念有词，一阵风起，两人随风飞到半空，书生吓得闭上眼睛，很快，风止了，书生一看，竟然无知无觉地到了家门口，他们进了屋，瓶子里的女鬼只剩下一颗美丽的头颅了，只是那脸的表情显得极度痛苦。

书生大喊"马上救你，你要坚持住哦！"

法师用手一指瓶子，"啪"的一声，瓶子应声裂成几块，女鬼的头却不落到地上，只在空中悬着，法师又伸出手来，用手掌在女鬼头下一拂，她的身子、手脚立刻全都恢复了原身。

书生心痛地说："我不该这样对你，其实你是个很好的女……孩子，为我做饭，帮我洗衣服，打扫房间，什么都做。你只不过想要我陪陪你，我竟然不答应，我这是以怨报德！"书生说着，竟然流出了泪水，女鬼听了，幸福地低下了头。

法师看了，"哈哈"大笑起来，他又将地上的瓶子碎片拾起来，捧在手上，又对着书生的心窝一撒，瓶子碎片突然没了，倒是书生的心窝里像是一下扑进了什么东西，法师告诉书生，先前是向他借了心来装女鬼的，一颗仇恨的心，可以将女鬼化去；一颗慈悲的心，可以化鬼成人，现在站在他面前的已经不再是女鬼了，而是一个真正的人，她的身子是暖暖的，不信，可以去摸摸……

书生一试，果然如此，书生不好意思地看了看女孩子，女孩子也羞答答地瞟了书生一眼，这时，法师对书生说："我现在真要走了，有一句话必须说给你听！书生啊，你真的看不出女鬼早就爱上你了吗？她做的一切，完全是由于爱你呀！我想，今后的故事，就由你们两人去接续吧！"

书生和女鬼偎依在一起，全都幸福地笑了……

（**题图、插图**：谢　颖）

真爱，可以让春天里百花绽放，也可以使寒冬里坚冰消融，有了爱和信任，一切都会还有希望……

限时追踪

□铁 流

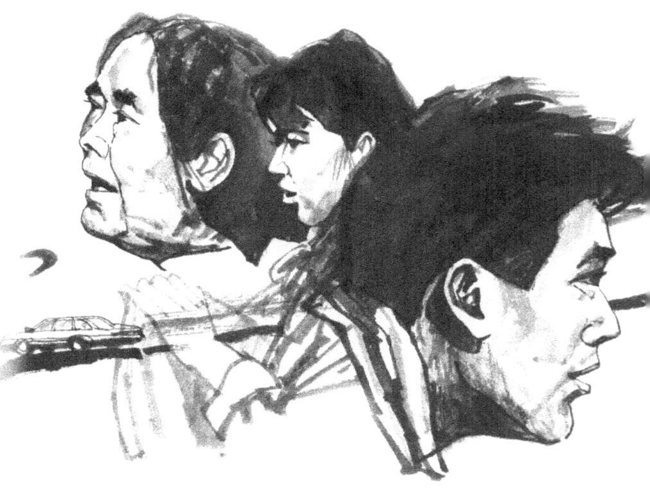

1．圣诞夜惊变

故事发生在2007年12月24日19点30分，这是平安夜。有个小伙子叫曲飞，公司让他们几个人到哈尔滨做项目，这趟出差时间够长的，有四个月，并且，前几天还出了点纰漏，不过，曲飞反而因祸得福，倒可以提前回来了。

眼下，曲飞就坐在回全州的特快列车上，他喜滋滋地给同居的女友林纤纤发了一个短信："亲爱的，真不好意思，这次要让你一个人过圣诞了，下回我说什么也不出这种烂差了！"

纤纤一向是个懂事的姑娘，立刻回了短信，安慰道："没关系，公事要紧！哈尔滨挺冷的吧，你可要多穿点衣服。"

看到这短信，曲飞几乎要笑出声来。这时候，火车已经快进站了，曲飞再次检查了一下自己的行李，又特地把手伸进怀里，摸了摸前天刚刚花了一万多元买的结婚戒指，他在哈尔滨的时候就想好了，这次回来就立刻和纤纤去登记，然后趁春节期间就把喜事办了。

下了火车，曲飞小跑着出了车站，上了一辆出租，马不停蹄地赶到了他和纤纤的住处，他轻手轻脚地上了楼梯，小心翼翼地摸出钥匙，他打算神不知鬼不觉地摸进去，给纤纤一个大大的惊喜!

门一开，曲飞丢下行李扑上去就吻：“亲爱的，可想死我了！”

“别！”一只胳膊生硬地顶住了曲飞的胸口，“别胡闹！”

曲飞后退一步，定神看了看门口立着的女人——

眼前这女人的脸上有着淡淡的皱纹，鬓边也露出了微微花白的头发，身子有点佝偻，即使如此，举手投足间，她还是露出一股优雅的气度，神态眉宇间还是有很多和纤纤神似的地方，可她不是曲飞的女友纤纤，纤纤没这么老，但又极像她，她是谁呢?

作为男友，曲飞本应该可以毫不费力地辨认出她到底是谁，但是曲飞现在的视力不好，眼前所见有点模糊，他想啊想，终于想起这女的应该是纤纤的妈妈呀，曲飞吓得大叫一声，“噌”地往后退出几步远，伸手指着那个女人的脸，声音都发颤了：“啊，你、你不是——”

那个女人慈祥地笑了笑：“我不是已经死了？是吧？”

曲飞看着眼前这女人慈祥的笑容和她在地板上的影子，先放了点心，最起码她不是鬼，但曲飞还是狐疑地问道：“伯母，为什么纤纤说您已经去世了呢？”

屋里有曲飞和纤纤的合影，林妈妈显然知道这个小伙子就是曲飞，她让曲飞进屋，然后关上门，接着又叹了口气，说：“唉，这孩子，从我和她爸爸离婚起就不认我了，后来她爸爸去世，她就更不答理我，直到我后来的老伴也死了，她还是不愿意认我……”说着，林妈妈拿出一张她和纤纤的合影给曲飞看。

曲飞看了看照片，歉意地说：“对不起啊，我现在的视力和听力都不太好，前阵子哈尔滨那边出了点事，库房失火，炸了几台显像管，我也受了点影响……”

林妈妈大惊失色：“啊，你、你没受伤吧？”

曲飞笑了：“没太大问题，要不是我及时切断电源，那可真要出大事了，不过，我离爆炸点还是近了些，气浪把我冲倒在地上，头也撞在包装箱上，到现在，我看东西的色彩和形状都有点模糊，听声音也有点瓮声瓮气的，好像闷在罐子里……”

林妈妈慌忙说：“还不赶紧到医院检查一下？”

曲飞安慰林妈妈，他已经在当地医院检查过了，大夫说，没有大问题，这些症状过一两个月就会消失的。曲飞还说，因为他及时抢救，使公司避免了损失，公司还奖励了他，并且特批他提前回来。说着说着，曲飞便说到了他和纤纤结婚的事：“伯母，您来得正是时候，我打算明天就跟纤纤去

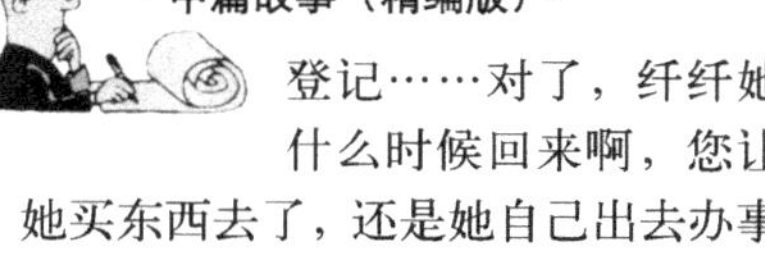

登记……对了，纤纤她什么时候回来啊，您让她买东西去了，还是她自己出去办事儿了？她出去没多大会儿吧？刚刚我们还通了短信的。”

林妈妈神色复杂地看着曲飞，好长时间没有说话，接着，她叹了口气，慢慢走进了里屋，过了一会儿，林妈妈手里捏着一张纸出来了：“你看看这封信吧！”

曲飞慌忙接过来，信上写道：“曲飞，我们再也不要见面了吧，我得了一种怪异的病，我现在变得快不认识镜子面前的自己了。大夫说，我绝对不可能和你要孩子，而你最喜欢孩子，我知道的。对不起了，曲飞，忘了我吧，这可能就是天意，老天注定让我孤独到死，无论我怎么努力也抗争不了啊！不要找我了，就让我在你心里永远美丽吧……”

信没有写完，也没有签名，但字是纤纤的，纸面上满是泪痕。曲飞拿着信，脑子里面“嗡嗡”直响：“伯母，这、这都是怎么回事啊？”林妈妈泪流满面：“曲飞啊，我也是昨天才从县里过来的，她一打电话我就赶来了。我按她说的地址找到这儿，从门前的脚垫下面找到房门钥匙，但是屋里没人，只有这么一封没头没尾的信。她在电话里说，以前没有好好孝顺我，现在把这些东西和钱都留给我，还让我好好劝劝你。你看她这孩子，她说些什么啊，我什么东西都不要，只要她好好活着！我知道你们两个的事情，她跟我提过，你们两个要是能好好过一辈子该多好啊……”

曲飞脑子一片空白，傻在那儿了。

不知过了多久，曲飞缓过神来，用力咬了咬牙，说：“伯母，不，妈！我一定要找到纤纤，我不管她得的是什么病，就算是得了癌症，我也要终生守着她！”

林妈妈一下泪流满面，她握住曲飞的手，说：“纤纤这辈子没白活，有你这么爱她，她就是死，也安心了！好孩子，我明天陪你一起去找她！”

2. 寻找纤纤

夜里，曲飞在书房的沙发上蜷了一夜，但基本上没怎么睡，中间又打了无数次纤纤的手机，可都是关机。早上，曲飞两眼通红地起了床，林妈妈已经把早餐准备好了，吃完饭，林妈妈信赖地看着曲飞，说：“小曲儿，你说咱们怎么找啊！”

曲飞忽然哽咽得说不成话了，林妈妈不再吭声，只是默默地看着他。好一会儿，曲飞平静地走过来，说：“妈，你不知道，纤纤她总是像你刚才一样叫我‘小曲儿’的……走吧，我们先到她单位去找她同事问问，她在单位里有个好朋友。”

两个人收拾收拾，出门叫了辆出

租，一起到了“明天广告公司”的设计部，他们先是见到了王莎莎，纤纤和她在设计部是老同事、老朋友了，一起待的时间最长。王莎莎一听找纤纤，立刻一惊一乍地叫了起来：“纤纤吗？她几个月前就辞职了。什么？现在得病失踪了，哎呀，是不是天天鬼混得了艾滋，你们去108医院找找看嘛！”

林妈妈气得浑身发抖，曲飞咬牙切齿地说：“放你妈的狗屁！”说着，伸手就要给王莎莎一巴掌，林妈妈死死拦住，哀求地说：“小曲儿，你想进派出所吗？进去后谁去找纤纤哪！”

曲飞强压怒火，和林妈妈起身离开。在走廊里，有个姑娘追上来悄悄拉住林妈妈，说：“你们别信那个王莎莎的话，她早就暗地里下功夫想把纤纤姐挤走了，因为只有纤纤姐能和她竞争设计部主任的位子，可纤纤姐一直看不透她，还把她当最好的朋友。”

林妈妈伸手拉住姑娘的手，说：“唉，纤纤这孩子其实很单纯，对人都特别信任……姑娘，你能告诉阿姨该到那儿找她吗？”

那姑娘想了想，说“她会去哪儿我也说不准，可是，很早以前，有一天中午，我去找纤纤姐吃饭的时候，无意中看了她的电脑屏幕，发现她好像正在互联网上浏览关于艾滋病的网页，上面还有关于108医院的信息，而且，她发现我过来后，就立刻把浏览窗口关了，这些，我一直都没有告诉别人。”

这个姑娘走了以后，曲飞和林妈妈面面相觑，难道纤纤真患上了爱滋？

林妈妈叹了口气，说：“小曲儿，你做到这一步就已经对得起纤纤了，她说不定真得了艾滋病，唉，这丫头啊！你、你还是把她忘了吧。”

曲飞咬着嘴唇，沉默了一会儿，斩钉截铁地说：“不，不会，我相信纤纤的为人；再说，纤纤要是真得了艾滋病，她现在就更需要我了，不管她

做过什么，她现在肯定已经后悔了，我一定要找到她，明天我就去108医院！”

林妈妈感动得说不出话来，她伸手抚摸着曲飞的头发，大颗的泪珠顺着面颊滚落下来，好一会儿，她喃喃地说道：“谢谢，谢谢你，小曲儿！”

3. 探访108

第二天一早，曲飞和林妈妈吃完饭，草草收拾了一下，就出门打车去108医院，这医院其实是一个专门治疗艾滋病的康复中心，地点就在市郊的东平山上。本来曲飞想自己一个人去，可林妈妈一定要跟着，曲飞有些为难，说：“妈，你还是别去了，要是万一……”

林妈妈听了一个劲地摇头：“不会那么容易感染的，又不是sars，你平时没看电视上那些宣传？再说了，就算会传染，你都敢去，我找自己的亲生女儿倒不敢去了？走！”

出租车开得不慢，可曲飞心急火燎，不住地催促司机开快些，就在这时，他的手机突然响了，“纤纤！”曲飞大叫一声，赶紧把手机从兜里取出来，可一看号码，不是纤纤的，而是曲飞的上司陈总经理的，曲飞心想：坏了，自己一回来光为纤纤着急，忘了公司的事情了。

接通电话，陈总的口气果然不善：“曲飞，你怎么回事儿？都九点半了，怎么现在还不来上班？我已经考虑到你刚出差回来，不是给了你一天假期吗？”

曲飞是陈总一手从销售员提起来的，陈总对曲飞可以说有知遇之恩，曲飞也总想作出更大业绩报答陈总，所以，当那个需要出长差的项目无人接手时，曲飞就主动挺身而出，救了陈总的急，因此，两个人关系也一直很好，现在，陈总既然这么说，曲飞也就只好实话实说了。

陈总听了曲飞的话，在电话那头沉默了一会儿，说：“你女朋友的事情也很重要，但是，要多想想办法，尽量把两边的事情都做好。这样吧，我去总部卖个老脸，再想办法给你争取七天的假期——七天，包括元旦那天的假期在内，你可听好了，只有七天，超过七天，我就没办法了。现在可是关键时期，公司里有人正想朝我的人下手呢，超过七天，不仅我保不住你，谁也保不住你了，你可一定要把握住啊！好了，你忙去吧。”

陈总在电话里的声音很大，连旁边坐着的林妈妈都听得清清楚楚。

出租车继续向108医院方向驶去，路上，林妈妈沉默了许久，突然说道“小曲儿，你答应我一件事儿好不好？要是万一还找不到纤纤，你可不能无限期找下去了。你找满七天，剩下的事儿就交给我，你看行不？”

曲飞笑笑：“妈，放心吧，我向毛

主席保证——七天内找到纤纤！”

将近上午十一点的时候，他们终于到了108医院，在接待处一查，这里没有叫“林纤纤”的病人，曲飞灵机一动，又询问护士有没有叫“林纤纤”的人到这里来探视过，护士一查，果然有一个“林纤纤”从今年四月份起经常探望一个名叫周小雄的男病人，已经有大半年了，她每周六早上八点准时过来，一直到三个月前才停止探视。曲飞心里一沉，他最担心的事终于还是发生了，但他还是稳住心神，问道：“能告诉我怎么找到周小雄吗？”

“这好查，这不——周小雄，北病区二楼203房间26床，从那边上楼梯左拐——”

曲飞不等护士说完，立刻往楼梯那边快步走过去，林妈妈一路小跑跟着，叮咛着：“小曲儿，等事情搞清楚了再说，你可千万别冲动啊！”

曲飞面色铁青地点了点头，但他的心里如同波涛澎湃一样难以平静：难怪以前每到周六纤纤都要一大早起来，说是要去上课，其实是去探视周小雄这个患了艾滋病的情人，直到自己也感染上了艾滋病，才中断了探视，而这一切，出差在外的曲飞却一无所知啊！

203病房不大，只有两张床，很干净，一个三十多岁的男子躺在其中一张床上，他面容英俊，肤色苍白，另一张床空着。曲飞走到那人的面前，尽量压抑着怒火，问道：“还记得你害过的那个女人吗？你这个混蛋！”

那个男人睁开眼睛看了曲飞一眼，又痛苦地把眼睛闭上：“唉，我、我当时真的不知道自己已经感染了啊，我该死，我一辈子都对不起她！”

曲飞怒火万丈，正想拔出拳头教训那人一下，林妈妈慌忙过来一把拉住了他，说：“小曲儿，你看，人家是25床，26床在那儿。”说着，林妈妈用手指了指挂在两张床上的床号。曲飞定睛一看，哎呀，旁边那张空床才

是26床、才是周小雄呀，都怪自己上次出了事故后视力差了很多，模模糊糊地看错了床号，他尴尬起来，吭哧了一回儿才不好意思地对那男子说：“对不起，我以为你是周小雄。”

男子叹了口气：“其实，你没有骂错。”说完，他侧过身去，再也不搭理曲飞他们。正在这时，曲飞的身后传来一个稚嫩的童音：“叔叔，你找我吗？”

曲飞回头一看，是个十来岁的小男孩，小家伙目光清澈，眼睛亮亮地看着曲飞说：“叔叔，我就是周小雄，你找我吗？”

曲飞一下子摸不着头脑了：“你？”

小家伙示意曲飞弯下腰，然后在曲飞耳边轻声说：“那个是费叔叔，他去泰国的时候染上了艾滋病，回来又传给了他女朋友，他女朋友现在已经自杀了。”说完，周小雄用手拉拉曲飞的衣襟儿，“走吧，咱们到花园里去吧，我刚从那儿回来。”

两个人跟着周小雄到了花园里，曲飞满腹疑惑：“周小雄，你认识纤纤阿姨吗？”

周小雄眼睛一亮，说：“认识啊，你知道她现在在哪儿吗？她好长时间没来了！”

“你是怎么认识她的？”

“纤纤阿姨给我上英语课啊！”

“她怎么会给你上课的？”

周小雄低下了头，语气有些低沉：“我爸以前卖过血，后来，爸爸就死了。我妈早就走了，家里就剩我一个人了。爸死了以后，我老是觉得身上没劲儿，后来村里来了些人，开着救护车，给我检查了一下，就把我接到这儿来了。这儿可好了，有好吃的，有好玩儿的，有电视看，还有老师专门过来给我一个人上课，有时候还有小朋友过来陪我玩，全都不用我花钱，都是好心人给我捐的，唉，我要是早点得这个病就好了。纤纤阿姨是星期六的课，听她说，她是看了网上的帖子才知道我的……我最喜欢纤纤阿姨了，你知道她什么时候再来吗？”

曲飞半晌没有说话，原来是这么回事儿啊，怪不得纤纤总说去上课，可又不告诉他去哪儿上课。曲飞原先一直对艾滋病人有偏见，这可能就是纤纤对他隐瞒的原因吧？

周小雄依偎在林妈妈的怀里，一个劲地问纤纤阿姨什么时候再来给他上课，曲飞告诉他，纤纤阿姨病了，她躲起来了，周小雄一听这话，哭了：“叔叔，都怪我，是我传染给纤纤阿姨的！那次，我偷偷亲了一下纤纤阿姨的脸，我觉得她像妈妈，呜呜呜，都是我不好……”

林妈妈好言劝慰了周小雄，还费了好大劲才让他明白了艾滋病感染是怎么回事，安顿好了周小雄，离开了108医院，曲飞原先的担忧全烟消云散了，他心里轻松了不少，但另一个问题又摆在他的面前——线索断了，到哪里才能打听到纤纤的下落呢？

4.私家侦探

曲飞和林妈妈回到家，愣愣地坐着，谁也不想动，谁也不想说话，一直到天都黑了，也不想站起来把灯打开。不知过了多久，曲飞先开口了，他试探着说道："妈，要不这样，我去找私家侦探帮忙，这是最后的希望了！"

林妈妈点点头："唉，只有这样了……可是，他们能行吗？"

"应该没问题，你想，那些躲得很隐蔽的贪官的二奶他们都能查出来，何况是只躲着我们俩的纤纤呢？"

当天晚上，曲飞就用电脑在互联网上搜索了私家侦探的相关信息，然后，找了一家看起来可靠一些的公司，名字叫"东方猎手"，记下了他们的联系方式。第二天上午，经过电话联系，九点钟光景，曲飞乘出租车到了位于东郊的一幢写字楼前，曲飞找到了位于7楼的办公室，叩门而入。

一个身穿灰色西装的中年男子坐在黑色老板台后，他朝曲飞点点头："刚才通电话的就是你吧？请坐，把情况和要求再详细说一下，哎，照片带了吧？"

曲飞把事先准备好的十几张照片摊在那人面前，说："孙经理，这件事要做得尽量动静小点，找到人后马上通知我，不要让她觉得受了监视，她自尊心很强……"

孙经理一摆手，说："请你放心，我们公司已经接手过好几起类似的案子了。这样吧，你回去等消息，有什么情况我就通知你。现在你先交4800元的调查费，如果以后有其他额外需要的话，我们会另外向你收取。如果任务完成，请你再付50000元的费用；任务完不成，我们就不再收取其他费用了；还有一种付费方式，就是从现

在起到任务完成那天止，按天算钱，每天1200元调查费，调查费每天结清。你要是觉得经济上有问题，也可以找那些小公司，门前的电线杆子上就有他们的电话。我这人直，办事儿讲究先小人后君子，你别见怪。”

曲飞想想，断然说道：“就按第一种方式付费吧，钱我带着呢。”

曲飞从侦探公司出来，又拿着剩下的照片顺便去了几个房屋中介公司，想打听打听纤纤有没有在他们那儿租房子另住，一直忙到很晚，才疲惫不堪地回到住处。林妈妈问了问情况，没有说什么，只是叹了口气，默默地把做好的饭菜重新热了一下，给曲飞端到桌子上。

后来这几天，曲飞又找了几处纤纤可能容身的地方，都无功而返，同时，他每天都给侦探公司打电话问情况，可是也没有太大的进展，孙经理告诉他，他们公司决定将调查范围扩展到邻近的几个市县，为此让曲飞追加3600元的外地调查费，曲飞毫不犹豫地把追加的钱付了，他对林妈妈说：“哪怕只有一丝希望，我也绝不放弃。”林妈妈只有感动，什么话也没说。

虽然曲飞尽了最大的努力，但纤纤还是没有找到，在七天寻人假期的最后一个晚上，曲飞和林妈妈面对面地坐在餐桌前吃着晚饭，林妈妈心事重重，一点没有吃饭的心思，她说：“小曲儿，今天是最后一天了，明天你就安心上班去，好吗？剩下的，交给我吧。”

曲飞放下筷子，说：“妈，找不到纤纤，我就算保住了工作，就算将来当了总经理、董事长，又有什么意思呢？纤纤已经是我生命的一部分了，没有她，我的生命就不再完整，前途再辉煌，我也不稀罕。”

林妈妈哭了：“孩子，万一纤纤已经不在人世了，你怎么办呢？”

曲飞自信地说：“不，她没死，她不会忍心就这么放弃我的，我们当初有过约定的，无论怎样，永不放弃对方！”

林妈妈伸手握住曲飞的手，感动得说不出话来，她劝曲飞明天到公司上班去，一直劝到深夜，曲飞也没有改变主意。半夜里，曲飞的手机突然响了，是“东方猎手”私家侦探公司的孙经理打来的，他在电话里兴冲冲地说：“曲飞，找到纤纤了！”

5.半夜里的短信

曲飞接到电话后高兴得蹦起来：“现在她人在哪儿？”

“她在丰林市招待所，我的线人发现她的时候，人已经昏迷了，线人立刻打电话过来，问怎么办，我没耽误，马上就给你打过来了，你说怎么办？”

曲飞当时就火了:“废话，赶紧先送医院哪!”

“可医疗费?”

曲飞心急火燎地说:“你让丰林那边先把钱垫上，回头我加倍补偿。”

“行，我这就去火车站买火车票，现在是夜里12点，凌晨1点10分有一趟去丰林的过路车，咱们一起过去。你准备准备，看样子得多带点现金，咱们待会儿火车站的大钟下面见，我穿黑皮衣、酱色裤子。”孙经理说完便把电话挂了，然后，他又赶紧往丰林市那边打了个电话，“老三，鱼咬钩了，你准备好。”电话里传来了“老三”阴沉沉的冷笑声:“三轮车和斧子都准备好了。”

其实，“孙经理”一伙做的是诈骗、杀人的犯罪勾当，他们通常的伎俩是这样的:先在城里租个像模像样的办公场所，然后以所谓的私家侦探的名义在网上发信息，时机成熟后，“孙经理”会先骗受害人跟他一起半夜赶到外地，然后那个守候在火车站的“老三”就蹬着偷来的三轮车过来，冒充是拉客的。孙经理出站的时候会故意不把受害人往出租车停靠点领，这样，他们就不得不坐三轮车。等到了一条僻静的小路，老三半路上会假装车子出了故障下来修理，然后就找机会把受害人打死，接着，将受害人的钱和能证明他身份的东西都拿走，两个人再火速返回火车站，用老三提前买好的火车票南下或者北上。因为受害人是死在外地，身上又没有能证明身份的东西，加上他们是打一枪换个地方，所以，案子侦破十分困难，而这一切，曲飞却一无所知!

曲飞放下电话后赶紧收拾东西，林妈妈把他拦住了:“孩子，你怎么知道他们没找错人?”

“不会的，我给了他们十几张照片呢!”

林妈妈忧心忡忡地说“孩子，我觉得他们有点问题，大半夜的让你带着现金跑外地，会不会想谋财害命啊?就算他们没问题，可你现在过去，明天肯定赶不上上班了，那你的前途可就全完了，你要想清楚啊!”

曲飞笑了:“妈，我这么壮，他们打不过我的，放心吧!如果找到纤纤了，上班不上班都是小事儿!”曲飞很快收拾好了简单的行装，又安慰了林妈妈几句，然后又到附近的自动取款机上取了钱，急如星火地拦了辆出租车往火车站赶去。

时间已是半夜，出租车开得飞快，就在曲飞快到火车站的时候，他的手机响了，这次是短信的铃声，曲飞掏出手机一看，液晶屏幕上显示的是纤纤的号码，曲飞兴奋得发狂，打开一看，只有短短几个字:“无论我变成什么样子，你都会接受我吗?你都不会后悔吗?”

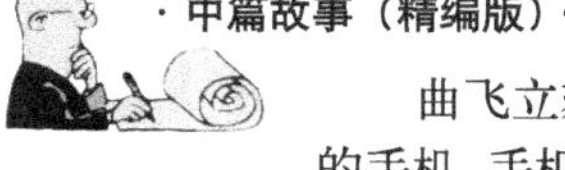

曲飞立刻拨打纤纤的手机，手机通了，曲飞冲着话筒大喊："傻瓜，当然了，我当然会接受你，当然不会后悔。纤纤，你在哪儿啊？"电话突然断了，再打，竟然是占线，曲飞慌忙停止拨号，怕纤纤的电话打不进来，停了片刻，又是一个短信："你在家里等着我。"曲飞欣喜若狂，他一边让司机掉头回去，一边再次拨打纤纤的号码，这次，纤纤的手机又关机了。

曲飞顾不上许多，只想赶快回家，下了车，他上气不接下气地飞奔上楼，到了门前，他把门敲得震天响："妈，快开门，纤纤一会儿就回来了。"

门开了，林妈妈满面泪痕地站在门口，手里拿着一个手机，那正是纤纤的手机！

6.希望常在

林妈妈看着曲飞惊愕的样子凄然一笑："你不是说，不论我变成什么样子都要我回来吗？"这个时候，林妈妈的声音比以前清亮许多，看来，此前她是故意压低嗓子和曲飞说话的，她的声音清亮以后就更像纤纤了！

曲飞惊诧万分，他不敢相信眼前的情景："这、这是怎么回事儿啊？"

"林妈妈"把目瞪口呆的曲飞领进客厅，让他坐下，竭力用平静的语气说："小曲儿，我就是纤纤，我妈妈的确早就死了，现在我就把事情的真相全告诉你吧——你出差走后不久，我突然觉得头疼、恶心，视力也下降了很多，到医院一检查，也没有发现什么毛病，后来换了家大医院进行了全面体检，又检查了染色体，发现我得了成人型早老症。我母亲是在三十岁那年突然开始衰老的，两年后去世的时候，看起来像是八十多岁的老太太，头发半秃，牙齿也掉光了。后来，父亲悲伤过度，元气大伤，没过多少年就去世了。这种早老症是遗传的，我原先怕自己也这样，所以当初你追求我的时候我一直不同意，可后来实在是爱上你了，才答应了你。现在，母亲的命运也轮到我身上了，并且病情更糟，眼下，我的身体状态已经相当于六七十岁的人了。”

纤纤说到这里，已是泪流满面了，她说：“我那时只有一个想法——不能让你亲眼看着我飞快地变成一个老太婆，所以，我就想悄悄离开你，可你那天晚上突然出现，我来不及躲藏，只好说自己是死去的母亲。本来我不想说出真相的，我想着让你找一阵儿，找不到你也就死心了，可没想到你会下这么大的力气去找，更没想到你会冒着失去前途和生命的危险去找我，我没想到你这么爱我，所以，我不忍心再这样隐瞒下去了……唉，我估计自己也就是一年的寿命了，对不起，我骗了你，原谅我好吗？”

曲飞默默地听着，呆了好一会儿，然后起身进了书房，纤纤看着他断然离去的背影，禁不住泪如雨下，可片刻之后，曲飞又出来了，他走到纤纤面前，举起了一个首饰盒，拿出了那枚在出差时买的结婚戒指，真心实意地说：“纤纤，嫁给我好吗？”

纤纤一边流泪，一边对曲飞说，她要让他看一样东西，看过了，再决定给不给她戒指。纤纤走回卧室，取出钥匙，打开上了锁的床头柜抽屉，从里面拿出一张剪报，剪报上的标题十分醒目：“台湾发现首例罕见成人型早老症：”

新华社台北2002年4月13日电。白发苍苍、两眼茫茫、老态龙钟的面容让人怎么也看不出彭小芝和彭安安这对姐妹竟然只有27岁和35岁。日前，台大医院以基因检验的方式确诊她们患了成人型早老症，这是台湾第一次发现此病例。

据专家介绍，成人型早老症是一种极为罕见的疾病，是由于第八对染色体的突变所造成的，患者的父母各带有一个隐性基因，他们所生的子女，有四分之一的机会发病。患者在童年时期外观通常与常人无异，但青春期后身体的各个器官就开始迅速老化，并伴有各种老年病，二三十岁就出现七八十岁的老态，平均寿命仅约40多岁。

曲飞看完剪报，丝毫不为那篇报道所动，他一手揽过纤纤，一手从首饰盒里取出那枚戒指，又颤抖着手给纤纤带上，瞬间，两人抱头痛哭……

一个月后，曲飞和纤纤登记结婚了，“孙经理”和那个老三也先后落网，因为曲飞要去丰林市的那个晚上，纤纤是先报警然后才给正往火车站赶的曲飞发短信的。

两个人婚后不久，纤纤被送到了国内一家著名的遗传研究所，专家们已经开始采用最先进的基因治疗手段对纤纤实施治疗，现在，曲飞和纤纤都相信：有了爱和信任，一切都会还有希望……

（**题图、插图**：杨宏富）

有些人的承诺像云雾那样虚无缥缈，一阵风就可以把它吹得无影无踪；有些人的承诺像高山那样顶天立地，天翻地覆都无法使它改变……

托棺

□孙新华

1．石正其人

郑同和是清朝光绪年间的进士，在京为官，任礼部侍郎，后因袁世凯掌权，弃官回到了故土湖南常德，经营起祖传的一家染坊。

有一天，郑同和去一个朋友家赴宴，乘轿回家时已是深夜，正是隆冬，大雪纷飞，寒风凛冽。轿子在府门口停下，忽见雪地上躺着一人，仔细看了看，是一个老年妇女，探了探她的鼻孔，还有丝丝热气。郑同和赶忙叫轿夫把老妇人抬回家，又生炭火，又请郎中，一番救治后，老妇人醒了。

老妇人告诉郑同和，她是湘西人，儿子叫石正，是个孝子，见母亲还没出过家门，就趁来常德办事的机会带母亲出来见见世面，没想到这老妇人过去见到的都是大山，眼下忽然间满眼都是街市，满眼都是人流，她慌了，不经意间就和儿子走失了，于是就出现了倒在雪地上的那幕情景。

老人说完这些后，没几天终因风寒入骨，撒手西去。郑同和见老人可怜，又想到民间有“死者不换棺”的习俗，便给她买了一副上好的棺木，入殓后，又将棺木送到湘西会馆。主持会馆事务的是位中年男子，名叫向高，郑同和对向高说明了老人的死因，又告诉他老人的儿子叫石正。

郑同和刚说出“石正”二字，向高的脸色顿时大变，一副惊慌失措的样子，嘴里忙说：“啊啊，好的好的，一定转告。”这神情引起了郑同和的关注，石正是一个什么样的人呢？为什么向高会闻名色变呢？

两天后的中午，郑同和正准备吃午饭，只见门外风风火火走进两个人来，为首的一位个头矮小，体形精瘦，腰里插了两支弯把手枪。那年头手枪可是英国来的进口货，不仅稀罕，而且价格昂贵，当年就有“十亩良田换杆枪”的说法。后面跟着的一位显得有些文气，估计是管家一类的角色。

郑同和一见来者，马上明白了向高为什么一听石正二字便脸色大变的原因，如果没猜错的话，走在前面的就是石正。湘西自古出土匪，腰间能别上两把弯把手枪的，一定是土匪头目无疑，一想到土匪，郑同和脑子里马上浮现出杀人放火的场景，顿时觉得头皮一阵阵发麻。

果然不出所料，走在前面的正是石正，令郑同和诧异的是，石正不仅身材矮小，体形精瘦，竟还是个哑巴。石正一见郑同和倒头便拜，嘴里“叽哩哇啦”地叫个不停，后面的那人便给郑同和做起了“翻译”，他告诉郑同和：石正感谢郑同和在雪地里收留了他母亲，而且还购置了上好的棺木。

郑同和赶忙将石正扶起，此刻正是吃午饭的时候，郑同和挽留石正吃了饭再走，没想到石正又“叽里哇啦”地叫了起来，翻译对郑同和说，为感谢救母之恩，石正早在常德最大的酒店“水星楼”订好酒宴，如果郑同和不去就是看不起他。盛情难却，郑同和只好前往。

走进“水星楼”，郑同和大为吃惊：二楼的十余张餐桌已坐满了人，常德俗称湘西门户，来者全都是湘西来常德做生意的商客，大家一见到郑同和，全都躬身施礼。郑同和为官多年，也曾有不少人给他下拜过，但如此大的场面，他还是第一次经历。

石正能一下子邀集这么多的商家，看来他还真不是一般的土匪了，从来客的闲聊中，郑同和对石正大致有了些了解，原来，袁世凯掌权后军阀割据，各地也纷纷拉起武装，自立山头，石正家在当地是一大户，加上他从小就爱舞枪弄棒，于是也拉起了一支队伍，后来和其他寨子干了几仗，石正连战连胜，便成了九乡十八寨的山大王。这石正从不骚扰、抢劫平民，深得附近百姓的拥戴，但在郑同和眼里，石正拉队伍，没受朝廷委派，仍然是“土匪”，只是比那些打家劫舍的土匪好些罢了。

酒菜上桌，大家一顿豪饮，石正对郑同和“叽哩哇啦”嚷了一阵，翻译说，石正久仰郑同和的大名，今日一见，果然名不虚传，因此，他想和郑同

和结为兄弟，不知郑同和意下如何。

一听此言，郑同和为难了，他中过进士，做过高官，虽然如今他弃官不做，但还是一个清风傲骨之辈，好端端的一个正人君子，怎么能认匪为弟兄呢？他冠冕堂皇地说了些托词，没想到石正见郑同和不同意，急了，他把一只腿搁在桌上，卷起裤筒，又“哗”地抽出一把匕首，用力向自己的大腿扎了下去，顿时，血如泉涌，在座的个个瞠目结舌……

郑同和明白了，这是石正在告诉自己：匕首作证，鲜血为凭，我石正和你结为弟兄，绝无半点歪心。人非草木，此情此景，郑同和也很受感动，但又想到此事重大，关系到自己的一生清白，因此，他仍然未改初衷，沉吟片刻，站起身来，拂袖而去。转身离去的时候，郑同和浑身都是冷汗，他担心石正会一刀刺过来，但是没有，石正只是在背后“哇哇”乱叫……

2.兄弟情重

郑同和也是一个孝子，母亲早亡，是父亲一手拉扯大的。父亲属虎，今年是他的本命年，郑同和想为他操办一场热闹的寿宴，于是就给四方宾朋发了请柬，石正自然不在其中。

举办寿宴的时候到了，郑同和原在京中为官，自然有许多官场上的朋友；他平日也乐善好施，自然也有一些前来感激他的人，而且郑姓在本地也是一个旺族，所以，这天郑家门前车水马龙，厅堂内高朋满座，甚至连整个常德城都像改换气象一样，河面上新添许多客船，旱道上多了许多马车，街市上又新来了许多轿子，特别是郑府所在的那条街上也异常热闹。

寿宴就设在郑府的庭院内，庭院内摆放三十张餐桌，座无虚席。正在热闹之时，一个家人慌张地跑了进来，对郑同和说：“大人，来了，来了……”谁来了？谁来了值得这样慌张？

家人的话刚说完，只听得远处鞭炮阵阵，这声音由远至近，震耳欲聋。只见一大群人排着长队进了院门，为首的正是石正，后面的一群人用两根粗大的木杠抬着一样东西，那两根木杠很奇特，足有两丈多长，上面插满了尖刀。木杠上抬着的东西用红彩缎盖着，看不清是什么，只知道体积不小，足有半间房子大，东西也一定很沉，抬杠的有十多位彪形大汉。

石正要杠夫们把那个东西放在庭院中央，接着，他先是给郑同和的父亲三跪九磕，又给郑同和深鞠了一躬，行完这些礼，他命人把那两根木杠竖立起来。

木杠渐渐竖起，指向了蓝天，木杠上的尖刀在阳光下寒光闪闪，紧接着，惊人的一幕出现了：此刻的杠夫们一个个都脱下了鞋子，光着脚，脚踩刀刃，向木杠上攀爬，他们全都身手敏捷，毫无惧色。这其实是湘西的一大绝活，名叫“上刀山”，过去大家只是听说过，今天亲眼得见，一个个看得冷汗直冒，目瞪口呆！

爬在最前面的两个壮汉嘴里各咬着一根绳子，绳子的另一头系着彩缎的两端，彩缎下面遮盖的就是那个半间房子大小的东西。一会儿，两个壮汉爬到了最顶端，突然，石正向他们打了一个手势，两个壮汉立刻拉动绳子，绳子把彩缎揭开，就在这一刹那，所有人不约而同地朝彩缎下面的那个东西望了过去，又不约而同地发出了一阵惊呼——“虎！”

原来，被彩缎盖着的是一个大木笼子，笼子里关着两只鲜活的白色老虎，一大一小。老虎本来就是稀罕之物，两只白虎，那可是稀罕中的稀罕了。郑同和的父亲属虎，今年又是他的本命年，虎年送虎，实属罕见，一大一小，寓意何在？大家又朝木杠上的彩缎望了过去，只见彩缎上书了十个大字：“虎老雄风在，虎父无犬儿。”

郑同和心醉了，情动了，他当即挥毫，写了八个大字：“兄弟情重，虎贵千金！”又当着众人燃起香烛，和石正拜了弟兄。

寿宴办了三天，也正因为给家父祝寿，郑同和联想起一件事来：家父年岁已高，身子虽然硬朗，但世上哪有不作古的神仙？可棺木还一直没给他准备。做棺最好的木料是楠木，自古湘西有三宝：乌金、生漆和楠木，特别是湘西的楠木，在世界上也堪称一绝，不仅质地优良，有些大楠木，一根就能挖出一副棺木。

石正要走了，临行时，郑同和便把家父棺木一事拜托给了石正，他原以为这事对石正来说是举手之劳，没想到石正的眉头竟拧起了疙瘩，过了很长时间才点头应诺。郑同和嘀咕起来：他不是湘西的土匪头目吗？一副棺材

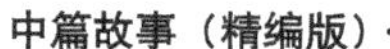

有何难处？难道比上山擒虎还难吗？

3. 不该托付

石正走了，这一走竟是两年杳无音信，郑同和是个外冷内热之人，很在意那段送虎的情感，所以时不时会念着石正，特别是父亲的棺木已拜托于他，自古就有“棺椁(个)棺椁(个)”一说，也就是一人只能准备一副棺木，如若准备了两副，那家中必有祸事发生，郑同和好几次去了棺材铺，每次都没敢把棺材定下来。郑同和后悔了，后悔不该把这样大的事托付给一个只有点头之交的人，尤其石正是土匪，有多少信誉可言呢？

这天，郑同和又去了湘西会馆，找到了向高，向他打听石正的下落，没想到话刚说完，向高忙问：“怎么？石正的事你还不知道？我以为你们兄弟一场，他早派人告诉你了呢！”接着，他说起了石正的近况：

石正在和另一帮土匪打仗，也不知为什么要打，反正在湘西，土匪打土匪是常事，有时一言不合就会打起来，官府也希望他们打，鹬蚌相争，渔翁得利。对手叫李耀先，李耀先的名声和实力都远在石正之上，但听说石正是这次战事的发起者，属有备而去，眼下正打得热闹，胜负难料。

听完这些，郑同和暗暗为石正担心起来，也为父亲的棺木担心，石正亡命地打仗，是不是把“托棺”一事忘在脑后了呢？临走时，郑同和特意给了向高一些赏钱，如有石正的消息，请他速速来报。

半月后的一天，郑同和正在家午休，向高打着小跑进屋，结结巴巴地说：“大人，石正那边有新情况了！”郑同和跃身而起，叫他慢慢讲来。向高满脸神秘，说出了石正的近况——

石正是异地作战，战斗一打响，双方便形成拉锯战，时间一久，给养渐渐跟不上了。这时，石正探听到有一条能直接通往敌方营盘的山道，只要拿下这条道，就有可能取得胜利，但这条道李耀先派重兵把守着，固若金汤，石正强攻了几次，没能如愿。

后面的事说起来还真有点怪，有可能是老天偏袒石正，正当石正兵力不支的时候，山道上发生了一件令石正怎么也意想不到的事：那山道虽有重兵把守，但过往行人经严格盘查后还是可以通过的，有一位身材年龄和石正相仿的人要过此道，而且说来也是巧了，这人也是哑巴，这引起了哨兵的怀疑，把他送到了李耀先那儿。李耀先只知道石正是个哑巴，但未见过本人，问他是不是石正，哑巴当然不承认，没想到此刻的李耀先已经是高度神经质，对方越不承认就越引起他的怀疑，于是严刑拷打，没办法，哑巴只好屈打成招。哑巴虽然招了，但李耀先的心里毕竟不踏实，便又派人去阵地上打探情况，此刻的石正见山道久攻不下，无心恋战，把队伍从阵地上撤了下来。探子见阵地上已没有人，回去后如实禀报。土匪打仗都是这样，树倒猢狲散，石正被抓，队伍自然瓦解，于是李耀先大喜，确信了他抓的就是石正，接着便摆酒庆功，把守山道的重兵也撤了回来。

其实，石正的队伍没走多远，正在不远处的一个山坳里休整。有人来报，说李耀先的道卡撤了，说是抓到了石正，在摆酒庆功。石正开始不信，亲自去了前沿，见情况确实，于是他重新组织人马，打了李耀先一个措手不及，李耀先死于乱军之中。

郑同和毕竟和石正拜过兄弟，自然希望石正打赢，他听向高如此这般一说，顿时放下心来，心想，这下石正该腾出手来给父亲准备棺木了吧？没想到又过了几个月，仍不见石正的踪影，郑同和有些坐卧不安了，父亲的身子骨一年不如一年，说不定哪天就会驾鹤西去，一想到棺木，郑同和的脑里如针扎般疼痛。

正在郑同和焦躁不安之际，事情偏偏来了个火上浇油，向高又带来一个坏消息：石正被官府抓了！

这消息实在意外，在湘西，素有“官不与匪斗”的说法，为什么这次却惊动了官府呢？向高告诉郑同和，石正是发现李耀先有一件什么宝贝才和他打起仗来的，李耀先为匪多年，暗藏了不少奇珍异宝，最后仗打赢了，宝贝自然落到了石正手里，官府也是冲着那宝贝来的，如果石正交出宝贝，这事就算是民事纠纷；若不交，那就是抢劫杀人，如果以后者定罪，石正将无生路！

4. 难解之谜

郑同和很想把石正救出来，可此

地和湘西路远迢迢，鞭长莫及，后来他通过常德府衙的帮忙，了解到在湘西任知府的人是谁，郑同和认识那人，早年也在京中为官，虽谈不上是朋友，但有过几次交往。

郑同和匆匆赶回家里，给湘西知府写了一封信，又拿出八十两黄金，派上最得力的家人，带上书信和黄金速去湘西。半月后家人回来了，说湘西知府已收下了黄金，石正死罪已免，而且已经释放，但因为他是一个惯匪，怕他出来后殃及百姓，出狱前不仅已没收了他的全部家产，还挑断了他的脚筋，但不少人推测：湘西知府说石正殃及百姓是假，石正没把那宝贝交出来才使他恨得咬牙切齿。

那么，是一件什么宝贝值得石正不惜家产、不惜性命地守着它呢？

就在郑同和牵挂不已、并准备择日去湘西探视的时候，这一天，家里忽然来了十多位客人，一个个衣衫褴褛，满脸憔悴，全都操着湘西口音。郑同和大惊，没见到石正，但其中有一人他见过，就是以前给石正做过“翻译”的那位。郑同和赶忙招呼他们坐下，并急步走到那个“翻译”面前，语气急切地问道：“石正在哪里？”

“翻译”正“咕嘟咕嘟”地喝着茶，听郑同和这么问，顿时一头雾水：“石大哥没跟我们一起来呀，我们是四个月前就动身了的。”

郑同和一怔：四个月前就动身，那时石正还没有被湘西知府抓呢！

原来，这帮人是受石正之托、给郑同和送棺木来的，启程后因沅江发大水，不能走水路，只得走旱道了。临行时石正一再嘱托，棺木一定要送到郑府，路途中谁要是丢了性命，我石正养你全家，谁要是半道而逃，我石正要杀掉你们全家！

石正为什么要严词重托？这一点郑同和清楚，因为从湘西走旱道来常德，那是要穿越武陵山脉的，山脉中大约有二百里地的无人区，无人区不仅山势险峻，层峦叠嶂，更重要的是瘴气连天，连虎豹野狗都不敢涉足。

这帮人送此棺木，自己吃苦受累了还不说，甚至还会搭上全家人的性命，这足可以证明石正不仅没有忘记“托付之事”，此外，还可以证明这棺木绝对是“极品”一类，不然石正何苦要兴师动众，要人家以命相许？

送棺木是有讲究的，叫“相入将去”，意思是：棺木进屋只能从后门入，人死了，棺木抬出去的时候才能开前门，于是，郑同和命家人开了后院，当时他只忙着招待客人，因此一时间还没见到那棺木到底是什么模样，晚饭后客人走了，郑同和带着雅兴，准备好好观赏观赏这副棺木，他来到后院，朝棺木一眼望去，刹那间，他整个人顿时就像从火炉旁一下掉进了刺骨的冰窖，浑身冰凉：那是一具什么棺木呀？体形矮小，色如死灰，既没有木匠的精工细作，也没有雕工的匠心雕琢，而且也不是什么楠木，像是用枯木乱藤制作，无型无款，整个儿就像是哄小孩“过家家”的一个玩意儿！

郑同和只觉得眼前发黑，像是塌了天、陷了地，气得几乎要晕倒了，当天他就气病了，躺在床上，高烧不退。他是一个遇事能替别人着想的人，可这事他怎么也想不通啊：难道石正在戏弄我？他为何要戏弄我？父亲寿宴他送来白虎，他是个打马虎眼的人吗？郑同和百思不解。

郑同和隐隐感到他一开始就犯了一个大错：知道对方是匪，却为何要认匪为友？如果匪都讲诚信，能知善恶，他就不会为匪了！

郑同和在常德城是有头有脸的人，用这样的棺木葬父会让人笑掉大牙，所以他等不及病痊愈便下了床；也顾不得“一人一棺”的说法了，把石正送来的棺木扔在一边，任其日晒雨淋，自个儿来到棺材铺，指定了木料，又指定了匠人，更指定了规格和尺寸。半年后，棺木做好了，气派非凡，华贵大雅。

两年后，郑同和的父亲终于寿终正寝，丧事和当年的寿宴一样热闹异常。按照当地习俗，死者需摆放三日，三日后方可入棺。

入棺是丧事中最隆重的仪式，吃饭的要放下碗筷，闲聊的要收起话头，所有的亲朋好友都要围在死者跟前作最后的道别，可谁会想到，就在郑父的尸身即将入棺的时候，忽然听见一声悲号，那哭声揪心裂肺、惊天动地，随即又见一人跌跌撞撞地奔进了孝堂……

5. 石破天惊

只见那人满头乱发，衣衫褴褛，手撑拐杖，肩背破囊，颠颠簸簸地奔

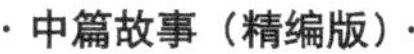

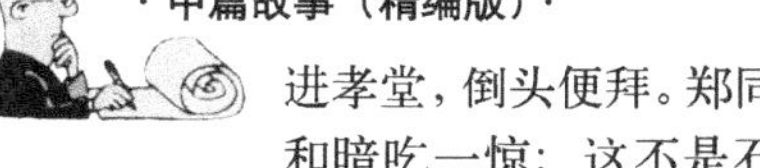

进孝堂，倒头便拜。郑同和暗吃一惊：这不是石正吗？果然不出所料，他已威风扫地，一介枭雄，沦为乞丐，真可谓灯笼易碎，英名难挽，荣华过后，一地冷清啊！尽管郑同和对石正满腹怨言，但见到此时的石正，他哪里还有怨言？有的只是无限的伤感。

石正拜毕，便抬起头来朝着那棺木望去，这一望不要紧，他霍地立起身来，情绪显得十分激动，冲着郑同和"叽哩哇啦"乱叫，郑同和不明白他的意思，身边也没人"翻译"，还没来得及猜出这哑巴说了些什么，却又见石正一颠一颠地走入后室，这后室直通后面的大杂院。没多久，石正又返了回来，手指着大杂院，冲着郑同和又是跺脚又是狂叫。这下郑同和明白石正的意思了，因为石正送来的那副棺木就放在大杂院里，他显然是在质问郑同和：为什么不用他送来的棺木？此事不提倒也算了，现在一提，郑同和积了几年的怒气、怨气、恨意、悔意一下涌上心来，他一时间顾不了斯文，举起手来，"啪"，给了石正一记响亮的耳光……

郑同和料到石正会发怒，会还手，可石正没有，他像是受了什么委屈，满脸的疑惑，满脸的惊惶，怔怔地望着郑同和。

民间办丧事，死者何时入棺是阴阳先生掐指算过的，现在眼见时辰已到，郑家请来抬棺木的杠夫们围在死者周围，他们要将死者抬起，入棺。就在这时，石正突然冲到棺木前，伸出双手想拦住杠夫，杠夫不允，便扭打起来，瘸腿的石正不知哪来的劲，又加上他懂武功，竟然一下掀翻了两个杠夫，掀翻杠夫还不算，纵身一跳，竟然睡到了棺木之中！

郑同和怒不可遏，命杠夫们一起动手，将石正提了出来，而此刻的石正，情绪比郑同和更为激动，一个不能说话的人，情绪一激动，其表现力比正常人更为丰富，只见他时而捶胸顿足，时而满地打滚，忽然间，他又用力拉着郑同和的手，不容分说地把他拉到后院，带到了被日晒雨淋两年后的那副残破不堪的棺木前。此刻，石正浑身颤栗，泪流满面，他一只手指了指天，另一只手指了指地，尔后双手又指了指心，做完这些，他又倒地给郑同和磕了三个响头，随即像疯了一般一头向棺木撞了过去，那棺木的材质看样子十分坚硬，顿时石正头破血流，顷刻间被撞死在棺木前！

郑同和大惊，虽然他对石正积怨甚深，但毕竟也是结拜的兄弟，石正死了，郑同和痛心不已，再一想，他想起了石正刚才的那番表情，觉得这棺木里面似有文章，此时，郑同和又发现了一个奇怪的情景：那副棺木就放在烧碱房旁边，不知是谁打破了一坛烧碱，而且从现场来看，这坛烧碱很有可能就是两年前送棺木时不小心被棺木撞破的，这是没有用水勾兑过的高纯度烧碱，腐蚀性极强，就连陶瓷一类的超硬性物质都能腐蚀，更不用说是木材了，而现在，那棺木的底几乎是浸泡在烧碱里面的，但色泽依旧，其质不改，可以想象那棺木一旦入土，必定千年不烂。

郑同和赶忙叫来杠夫，要他们将棺木打开。那棺木又矮又小，打开棺盖应该不费多大力气，于是先上来两人，没想到他们用足力气，憋得脸红耳赤，那棺木盖子竟然还是纹丝不动；接着又上来两人，四个人一起搬，还是搬不动；于是上来八人，这才把棺木盖子揭开，揭开棺木盖，惊人的一幕展现在众人眼前：

棺木内有一只兔子，兔子已死，但其色如鲜，好似熟睡着一般；惊人的还不在这儿，令人目瞪口呆的是——兔子的嘴中竟长出了一蔸似花非花、似草非草的植物，那植物分不出哪是枝，哪是叶，通身雪白，唯独中心伸出了一根枝条，那枝条的顶端又长出了一样无可名状的东西，形如马蹄，色如猪肝……

郑同和惊呆了，他瞪大眼睛，继续往棺内打探，突然见有一张纸条，拿出来一看，是一封写给他的信，尽管字写得歪七竖八，文不成文，但郑同和还是看明白了信中的意思——

原来，在湘西生长着一种木头，名叫铁阴木，此木极为稀罕，千年难出一棵，成材又需千年，只有用铁阴木做成的棺木，才能称得上是世间珍稀的棺中极品。要检验是不是真正的

·快乐辞典·

好笑的话

◇ 同事去见客户，可能是紧张，一开口便是：“刘先生你好，请问你贵姓啊？”

◇ 寝室里有人说：“我搁的洗衣粉太多了。”一个哥们问：“什么？你哥的媳妇儿太多了？”

◇ 一日风大，自行车倒了一排，只听一个同学一边扶车一边说：“谁的奔驰压了我的宝马？”

◇ 一哥们大四时在“联通”实习，一天，一个老头走近，劈头盖脸就说：“给我办张移动卡，好吗？”这儿可是“联通”，不是“移动”啊，于是那哥们头也不抬就来了一句：“师傅，有人砸场子！”

◇ 几个朋友去饭店吃饭，那店里的店员很横，翻着白眼问：“你们吃什么？”有人问这里有什么特色菜，店员说：“什么都有！”“那就给我弄盘西红柿炒西红柿！”

◇ 学校食堂的饭分软饭和比较硬的饭.有一天，一男生在食堂窗口前思考良久后说了一句话：“还是吃软饭算了……”

◇ 一哥们考上了电影学院，回来后朋友问他怎么考的，他说主考官让装白痴呢，他们都装得可像了。朋友问：“那你咋装的？”他说：“我没装啊，我就这么走了一圈就给选上了。”

◇ 小明脸肿了，同学问原因，小明说“昨天去公园划船，有只蜜蜂落我脸上了。”同学问：“把它赶走不就行了？”小明说：“没来得及，我爸用船桨把它打死了。”

（**推荐者**：史顺利）

铁阴木，这有个方法，就是先放一活物入棺，数年后，那活物嘴里就会长出一物，此物就是从远古传说至今的“葬灵芝”，只有用铁阴木制作的棺木中才会长出葬灵芝。民间传说葬灵芝能治百病，能返老为童，人死后要含着葬灵芝入棺，棺木内百毒不侵，尸体能千年不腐。石正自那日答应为郑同和的父亲备棺之后，就带着人马去深山找寻铁阴木，他们找啊找，终于在李耀先的地盘上发现了这种木头，于是就发生了和李耀先的战事，并且有关“铁阴木”的风声渐渐传出，以至连官府都生了夺宝之念……

郑同和悔啊，他几乎要悔断肝肠：他聪明一世，却错怪了好人；他宽厚待人，却没有容下以命相交的好兄弟，仔细想来，假如他不把石正认作是“土匪”，他就不会胡乱猜疑，没有猜疑，哪会有今天的悲剧发生？

郑同和办完了父亲和石正的丧事后，毅然用针刺瞎了自己的眼睛，他想告诉后人：眼睛是用来分辨善恶的，一个连善恶都难以分辨的人，留着眼睛又有何用呢？

（**题图、插图**：黄全昌）

给老板讲一个故事

那天，席先生走进王董事长卧室时，见他正在看一张照片，照片上是一个女人，不是董事长现在的夫人，而是席先生这么多日子出入王家从未见到过的陌生女人。这女人像是农村的，但长相俊俏，比董事长年轻了许多。董事长见席先生进来，也不掩饰什么，眼神里依然流露着对照片上那女人的深深眷恋。

席先生知道这女人和董事长之间必定发生过什么令人感怀的故事，他没有问，也不应该问，但就在瞬息之间，他已经决定自己今天该讲一个什么故事了。

席先生开始讲了——

孙红长得俊俏、灵气，又是硕士出身，在宏图公司工作不到一年便脱颖而出，升任秘书部主任，直接负责总经理林玄办公室的一切事务。靓丽的女秘书往往难逃总经理撒下的情网，因此孙红的未婚夫特别不放心，他在一家外企中干得如日中天，于是便缠着劝说孙红别当这个秘书了，要她离开宏图公司，也到这家外企来，孙红说:“非到天塌地陷我不离开宏图公司，至于其中的原因，你早晚会明白的。”

再说林总，他看到孙红人才难得便决心重用，但内心深处也确实贪恋着孙红的美貌，他盘算着：什么时候能把这个大美人揽入自己的怀抱呢?

这天，他俩出差到上海，入住在一家大酒店，在客户的接风晚餐上林总故意多喝了酒，假意让人搀扶着回到客房。大约十点多钟，林总给孙红房间打电话，让她过来。一会儿，孙红敲门了，林总看到孙红身着晚装、

亭亭玉立地站在面前，他按捺不住了，乘着酒兴将孙红一把拉过来，拥抱起来，孙红忽然挣脱开来，坐到一边的沙发上，说“林总看得起我，那是我的荣幸，你有什么要求我都答应，但是，我先给你讲个故事，讲完故事后我随你处置。”林总一听喜出望外，便装模作样地像绅士一般坐在床沿上，点上一支烟后，平静地说：“你讲吧，我最爱听美女讲故事。”

孙红平静了心情，讲起了发生在八年前的一件往事——

有个老板一向乐善好施，有一天，他和副总驱车到县城办事，路过运河大桥时见一女子立在桥边，悲悲切切地望着河水，那老板对副总说：“我看不对头，这女子是不是要寻短见？”于是两人停车，下车想问个明白。女人三十开外，面容憔悴，她说：“我的愁肠死结你们解不开，也和你们无关，请你们接着行路。”副总说：“你有什么难处跟我们老板说，说不定他能帮你解脱呢，我们老板可是大好人。”

看到两人执意要帮助自己，那女人便讲了她心酸的处境：家境贫寒，偏偏屋漏又逢连夜雨，丈夫在干完活回家时遭遇车祸，被截去了双腿，瘫在床上，而肇事司机逃逸，家里欠下了2万元的债务……讲完这些，女人绝望地说：“这不是把我逼上绝路吗？我们女人心路窄，只有一死了之。”

那个老板很同情眼前这个女人，便把两人身上的钱全掏了出来，但也只有5千，老板把钱塞到女人手里说：“先解决燃眉之急，你留下地址，等下次我来时再给你一些。你死了，你那个家也就毁了，挺起腰板来，你的人生路还长着呢。”那个女人被老板的好心所打动，她感恩不尽，她说自己的名字叫柳眉，还把住址告诉了那老板。

过了三天，那个老板和副总果真来到了柳眉家，眼前的情景让他们大

吃一惊：屋子破落、零乱，一个残疾男人滚在满是屎尿的炕上，骂骂咧咧的，柳眉披头散发，蜷缩在角落里哭泣。原来，那天柳眉拿着老板给的5千元钱回家，被丈夫误解了，以为她为了生计而做了见不得人的事，不管柳眉怎样解释，他都不相信，丈夫每天逼着柳眉悬梁自尽，然后男人也自己了断，说只有这样才能让柳眉有个清白之身，才能让在城里读书的女儿得到政府的抚养而完成学业。

老板明白缘由后诚恳地向那男人解释，男人这才恍然大悟，趴下来给老板磕头，老板拿出了5万元钱，说："我救人救到底，这些钱我赚来也不容易，你们要节省些，可以在家附近开个小店，俗话说得好——'你把商店管好，商店管你吃饱'。"

夫妻俩感激涕零，说"给恩人磕头了！"

过了一段日子，那老板接到柳眉的电话，说是她用那些钱还清了医疗费，又开了个小商店，今天开张，请恩人一定来。

老板答应了，那个副总也一起去了。到了那里，看到这夫妻俩开的商店像模像样的，地段也不错，老板心里很高兴。这夫妻俩盛情挽留，一定要让大恩人留下吃顿晚饭，老板不好意思回绝，可他不胜酒力，勉强喝了几杯，就觉得头晕脑胀，于是柳眉的丈夫就请老板留宿，老板看到这家人挺真诚的，又见那土炕烧得挺热乎，于是一下想起了当年在农村插队时冬季睡热炕的那份惬意，旧情萌发，还真的答应了。

当天夜里，夫妻俩睡不着，他们在商量着如何报答恩人，丈夫说"我们家穷，怎么能报答他呢？这样吧，我是个残疾人，床上那事也挺对不住你的，你今晚就陪他一夜吧，我知道你是个正派人，如果我能跪，我就给你下跪了。"

柳眉一听直摇头："我是个正经

女人，你不要把我往火坑里推！”

丈夫说：“我没了那能力，真觉得对不住你，再说，我对老板无以回报，也让我寝食难安。”说完，丈夫痛苦得大哭起来。柳眉见丈夫如此痛苦，也忍不住掉泪，她犹豫了好久，说：“好罢，我答应你，仅此一夜，以后不准你再折腾了！”

夜深人静，女人走进了那老板独住的东屋，老板醉后正睡着，那女人就依偎在老板身旁。过了很久，老板醒了，见了这个很有几分姿色的女人也难免心猿意马起来，正要顺势拥抱，却又突然清醒过来，他断然推开了女人，穿起衣服就要走，就在这时，只见柳眉抄起一把剪刀，双手攥紧便要自杀，老板赶紧上前夺下剪刀说：“你这是为啥呀？”

柳眉脸色苍白：“我本来就羞于做这种事，你现在这样，更让我无地自容，我是个自尊心很强的女人，实在承受不了这个刺激！”

老板叹了口气，说：“你是个好女人，但我做人是有原则的，我的道德原则是不淫人妻女！”他沉默一会儿又说：“我看这样吧，我把你当作妹妹，咱俩兄妹相称，如有哪一天咱俩都单身了，我一定娶你为妻；如果老天不成全，下辈子咱俩结成夫妻。”

柳眉很受感动，从此他俩便以兄妹相称……

孙红的故事讲到这里停住了，一旁的林总若有所思，半天没开口，孙红接着又说：“后来柳眉一边伺候着残疾的老公，一边辛苦地料理着店里的事，日子还真的红火起来。说来也真怪，从那以后，那个好心老板的事业也红红火火地发展起来，那女人每天都要在菩萨前烧香，祈祷一番，祝福那个恩人平安、幸福，她表达的是世界上最纯真的敬意。”

林总听到这里，突然问道：“你是——”孙红说：“我就是那家的女儿，当时我在城里读高中，家中遭难我也无法再读书了，是恩人的救助改变了我的家境，让我完成了学业，改变了我的人生。”

林总听着，羞愧地低下了头：“那时候我真的是一个很有原则的人，这才几年，我就变了。”

原来故事里那个老板就是眼前的林总！

孙红说：“林总，你知道我为什么来你的公司吗？妈妈总是嘱咐我，说报答恩人只有靠我了。我的目的就是要到你的公司来报恩，尽我微薄之力，助你的生意蒸蒸日上，这是我代表全家对你的报答，一生一世的报答！”

林总无地自容，他朝着孙红挥了挥手：“你什么都不要说了。”

（**本期作者**：吕炯华）

（**题图、插图**：安玉民　梁　丽）

家有贤妻

□安广禄

清朝咸丰年间，河南张家庄首富张员外成亲不到一年就病逝了，张员外是家中独子，又没有留下一儿半女，他死后，家里只剩下年迈的父母和娇妻叶菊红，叶菊红只有十八岁哪！

张家族人的眼睛都盯着张员外的万贯财产，他们纷纷以“延续张家香火”为由，争先恐后地想把自己的儿子过继给叶菊红，叶菊红婉言谢绝了，她说：“我还没有到二十岁就不幸成了未亡之人，若过继一个年幼的孩子给我，我没有抚养的经验；若过继一个年龄稍大的，又恐难避男女之嫌，所以，请再过二十年，那时我成了老妇，则唯命是从。”族人们虽然一万个不情愿，但叶菊红说得合情合理，他们无可奈何，只得作罢。

族人们不肯就这样罢休，便聚集在一起商议，说是叶菊红年轻貌美，独身寡居，长此以往，寂寞难耐，怎么可能安分守己一辈子呢？于是，他们花钱买通了叶菊红身边的一个贴身丫鬟，让这个丫鬟日夜监视叶菊红的一言一行，一举一动，一旦发现她有不轨行为，立即向族人们报告。

族人们推测得还真不差，没过多久，果然有事了：张员外在世时，聘请了姑表兄长、同村书生祝锦山当家里的账房先生，祝锦山早已成家。张员外死后，张家没有了主事的，表哥祝锦山自然而然地帮叶菊红处理一些家务事，他和表弟媳两人，一个是风流儒雅的青年，一个是花容月貌的寡妇，天长日久，难免生情。一开始，两

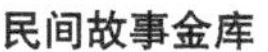

人还比较谨慎，祝锦山只是在白天偷偷和叶菊红相会，可慢慢地，他们的胆子越来越大，祝锦山索性夜不归宿，和叶菊红明铺暗盖。

那个贴身丫鬟早已被收买，她将两人的奸情报告了族人，一天晚上，那丫鬟做内应，张家族内一群人一拥而进，直扑叶菊红的房间，将赤身裸体的两人用被褥包裹起来，七手八脚地捆绑得结结实实，一路抬着，来到县衙。这时已是三更时分，衙门早已关闭，巡更的吏卒见是捉奸的，就把捆绑在一起的两人安置在一间馆舍里，门口由吏卒把守，族人们则被安排在另外一间馆舍里休息，等天亮老爷升堂后再去告状。

叶菊红和祝锦山刚刚被族人们抬出村子，张家庄的好多人便知道了这事，祝锦山的妻子倪氏也听到了这消息，她心里像打翻了五味瓶，不知道是啥滋味，思来想去，她还是当即来到同村陈讼师家里，恳求他想方设法营救丈夫。陈讼师笑了笑，说："你丈夫在外拈花惹草，另寻新欢，你不痛恨他，反而要我救他，这是为何？"

倪氏流着眼泪说："我丈夫只是一时糊涂，做了错事，先生若能大发慈悲，设法救他一次，我料他经过这次惊吓，以后定会改邪归正；再说他毕竟是我丈夫，没有他，我们孤儿寡母今后可怎么活呀？"

倪氏不计前嫌，一心救夫，这让陈讼师大为感动，顿生恻隐之心，他想了想，面有难色地说："俗话说，捉贼捉赃，捉奸捉双，如今你丈夫已被人家当场捉拿，还能有什么办法可想呢？"倪氏听了连连乞求陈讼师："只要你肯救，就一定能想出办法来的。"陈讼师沉思了一会儿，说："那我就试试吧。"

第二天，县令升堂，张家族人来到堂上，状告叶菊红和祝锦山通奸一事。那县令姓刘，听了这有伤风化之事，自然十分恼怒，他让人把衣裤送到馆舍，让叶菊红和祝锦山穿上，然后先传讯了祝锦山。

祝锦山被带到大堂，刘县令问道："祝锦山，你身为读书人，怎么能做出如此寡廉少耻之事呢？"祝锦山听罢，理直气壮地答道："我们并无什么奸情，而是夫妻同居一室，这是天经地义的事，只因张家族人有意侵夺张员外的家产而迁怒于晚生，无端地把我们夫妻捆绑到县衙，让我们受此奇耻大辱，还望大人为晚生作主。"

刘县令见祝锦山如此沉着、冷静，完全没有通奸被捉后的狼狈，顿时奇怪起来："你们夫妻两人怎么会一起住在张家？"

祝锦山告诉刘县令：他和张员外是姑表兄弟，几年前即在张家管账，张员外病故后，因和表弟媳两人孤男寡女，多有不便，为避免闲言碎语，就和妻子同宿于张家……如此这般，说得振振有词。张家族人们听了大怒，大骂祝锦山一派胡言。刘县令说：“原告和被告究竟谁在说谎，只要把馆舍里关押的女人带到堂上，一切自会不言而喻。”说罢，当即命人从馆舍把女人带到大堂上。

工夫不大，女人被带到堂上，张家族人回头一看，一个个惊得目瞪口呆：跪在堂下的哪是什么叶菊红，分明是祝锦山之妻倪氏呀！昨天晚上他们分明亲手将叶菊红和祝锦山捆绑在一起，如今怎么换人了呢？他们虽然知道其中必定有诈，但苦于没有证据，只好忍气吞声。

刘县令见带上大堂的果然是祝锦山之妻倪氏，不由大怒，下令将诬告他人的张家族人各打二十大板，张家族人一个个被打得皮开肉绽，哭爹喊娘，随后，刘县令又好言安抚了祝锦山夫妇一番，将他们释放回家。

不用说，这调包计正是陈讼师一手策划：陈讼师知道要解救祝锦山，除了调包计别无他法，他先让倪氏把头发弄乱，遮住面目，然后带着她来到了关押祝锦山和叶菊红的馆舍。陈讼师对看押的吏卒说：被关押的那个男人是他的表妹夫，他的表妹听信传言，说是她丈夫因通奸已被族人乱棍打死，所以带她来看看。说话间，陈讼师给吏卒每人手里塞了几两银子，吏卒们和陈讼师原本就是熟人，如今又拿了银子，自然是睁一只眼、闭一只眼了。就这样，陈讼师让倪氏进了馆舍，他自己留在门外，和吏卒们有一搭没一搭地闲聊，目的当然是为了分散吏卒们的注意力。

倪氏走进馆舍后便移花接木，放开叶菊红，让叶菊红穿上自己的衣服，然后又让叶菊红把她和祝锦山捆绑在一起，前后不到一袋烟的工夫……

祝锦山回村的当天便辞去了张家账房先生之职，他感念妻子倪氏的贤惠和大度，从此一心一意和她过日子，再也不敢有非分之想；叶菊红经过这一次惊吓，也变得安分守己，再也不敢越雷池半步。

（**题图、插图**：安玉民　梁　丽）

说出你的秘密来

□张明重

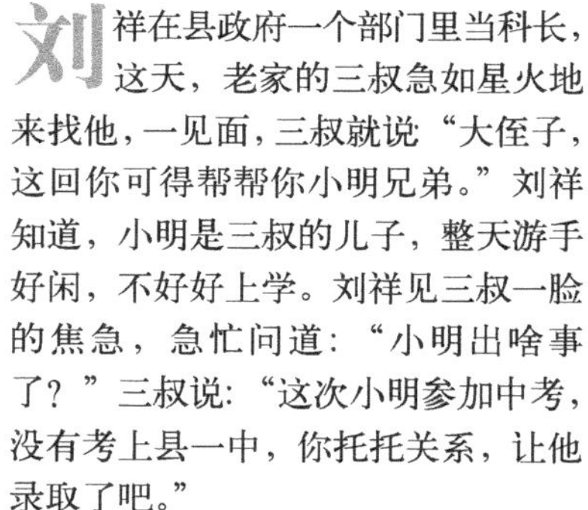

刘祥在县政府一个部门里当科长，这天，老家的三叔急如星火地来找他，一见面，三叔就说“大侄子，这回你可得帮帮你小明兄弟。”刘祥知道，小明是三叔的儿子，整天游手好闲，不好好上学。刘祥见三叔一脸的焦急，急忙问道：“小明出啥事了？”三叔说：“这次小明参加中考，没有考上县一中，你托托关系，让他录取了吧。”

原来是这事，刘祥嘘了一口气，但一问，才知道小明的考分和县一中的录取分数线差了两百多分，这差得太远了，可三叔无论如何要刘祥想办法，他还从口袋里掏出一叠钱，往刘祥手里一塞，说：“这是五千块钱，你尽管请客、送礼，不够跟我言一声。”

刘祥好不容易说服三叔把钱收回，他拨通了县教育局一个熟人的手机，磨破了嘴皮子，那人总算答应帮忙。经过一番努力，县一中终于同意录取小明了，不过要交两万元择校费。

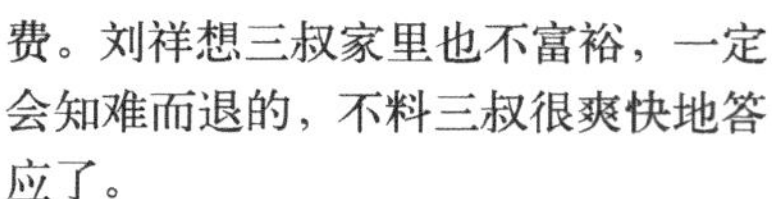

刘祥想三叔家里也不富裕，一定会知难而退的，不料三叔很爽快地答应了。

那一天，给小明办完入学手续已经中午了，刘祥请三叔到家里吃饭，酒过三巡，刘祥对三叔说：“您老望子成龙的心情我理解，但不怕您老听了不高兴，我说句实话，其实小明心思就不在学习上，您这两万元钱花得不值得。”

三叔咂了口酒，说：“这我早就知道，这小子原本就不是上大学的料。”

刘祥听了糊涂啦，他不解地问：“既然知道他上不了大学，您干吗还非让他上一中？上其他学校，将来拿个高中毕业证不就行了？”

三叔连连摇头：“这你就不明白了，一中是省实验高中，里面的学生不是学习成绩好，就是家里有权有钱，十年二十年后都是干大事的人。你想想小明和他们是同学，将来找他们办个事什么的，不也方便吗？”

好大一张床

□魏锦池

张老二开了一个干店，所谓“干店”，就是干住店不管饭，住一晚上两块钱。这天天擦黑时，来了一个黑脸大汉，大汉走进张老二的店子，嘴里嚷着：“住店！”张老二听到喊声，忙不迭地从后屋跑出来：“请问老板，您是住单间呢还是睡大屋？”

“大屋。”

张老二闻言，跑得一阵风似的把大汉领进了大屋，大屋内摆放了四张床，其中三张床已经有人，张老二就指着那张空床对大汉说：“您就睡这张床吧。”不料大汉却把头摇得拨浪鼓似的，说：“不用，不用，弄张席子铺到地上就行。”

这哪行啊？现在是寒冬腊月，躺在地上睡觉，还不冻出病来？因此，张老二连连摇头，说是要么别住他的店，要么睡到床上去，大汉没办法，只好答应睡到床上。张老二一直看着大汉躺在床上打起了呼噜，才放心离去。第二天早上，张老二来到大屋门口往里一看，惊得半天合不拢嘴巴：大汉竟裹着被子躺在地上睡！

转眼到了夏天，这天天刚擦黑的时候，这个大汉又来了，并说要露天睡在院子里，张老二觉得奇怪，但还是按他的要求，拿出一张席子铺到了院子里。可大汉还要席子，张老二只得又拿出一张铺到了地上，可大汉还说不够，张老二这一下眼睛可瞪大了：一人要了两张席子还嫌不够？拿就拿吧，于是，张老二又拿出了一张席子，不料大汉还说不够……

张老二前后一共拿来了八张席子，几乎把整个院子都铺满了，只剩下院角落里一个窨井口子没有铺住。大汉看了十分满意，于是就躺在席子上，不一会儿就打起了呼噜。

第二天早上，张老二来到院子一看，差点笑弯了腰：这么多的席子也没让那大汉躺住，他偏偏在没有铺席子的窨井口子边睡得正香呢……

狗送礼

□李洪文

杨老根是榆树屯的屠户，他凭着一身屠牛宰羊的好手艺，硬是把儿子杨迪供到大学毕了业，可杨迪毕业后一时找不到工作，于是杨老根就打算找村主任德山，让他活动活动，没准能在乡里给儿子谋个差事呢。

这天傍晚，杨老根带着杨迪，一手拎着酒瓶子，一手拎着几样下酒菜，赶往村主任德山的家。杨家有一条老黄狗，它见杨老根父子带着酒菜要出门，就从自家屠宰房的肉案子底下叼起一根掉在地上的猪尾巴，也颠儿颠儿地跟在爷俩的身后。

杨迪见老黄狗叼着猪尾巴不吃，觉着纳闷，正在这时，德山家到了，只听见院子里响起了一阵狗叫声，紧接着，从院门里蹿出了一条德国纯种的大狼狗，那狗真凶，吓得杨迪连连后退，这当儿，奇事来了，只见杨老根身后的老黄狗急忙跑了出来，把嘴里叼着的那根猪尾巴“献”给了大狼狗，大狼狗见到猪尾巴，立马就没了脾气，一口叼住，跑到狗窝边享用去了。

这边是“狗事”，而那边的“人事”也渐入佳境：村主任德山连连拍着杨迪的肩膀，说：“好侄子，你回家来这就对了，在咱爷们这一亩三分地上，你德山叔给你谋个差事还不容易？”说着，德山给乡里的派出所挂了个电话，没用五分钟，所长就在电话里一口答应给杨迪安排一个治安员的位子。

杨迪很快上班了，他在派出所里还没干满十天，就接到了德山报警的电话，原来他养的那条大狼狗竟被人下毒药死了。杨迪一听就急红了眼：这还了得，那条德国大狼狗至少也值个五六千，这可是个治安案子啊！他马上领着派出所的警察小张，开车到了榆树屯。小张先确定那条大狼狗是死于一种名叫“三步倒”的老鼠药，接着就找到了在集市上倒卖老鼠药的高瘸子，然后顺藤摸瓜，查到了榆树屯

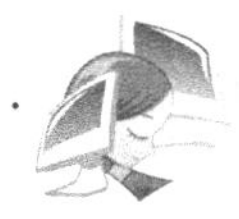

编读聊天室：众手浇开故事花

每期《故事会》一出版，“故事中国”网都会开出专帖，请网友讨论当期刊物，这已成为网上一道绚丽的风景线，下面选登的是网友评说5月（上）的议论。

花剑：《送你一把保护伞》吸引我一口气读完了，一直想弄明白那个小女孩为什么要保护伞，又是用来保护谁的，知道结局后，我的心情很沉重，这个故事非常感人！

handan0810： 如果说4月（下）的作品在编辑的时候注重新奇和想象，那5月（上）则注重故事的情感，两期的故事各有风格，我个人比较喜欢生活化的故事。祝编辑老师在新乡愉快（注：该期《故事会》出版时正值杂志社全体编辑在河南新乡举办第13期故事创作研讨班）。

时少雨： 网上推荐的四篇故事都还不错，我个人比较偏爱《命悬一线》和《送你一把保护伞》。这期的两个中篇故事一个写现实，一个写传奇，风格迥异；一个是老作者，一个是新生代，交相辉映。前几期现实题材的中篇故事偏弱，这期《绝对真相》强势反弹。不知别人是看到哪里知道真相的，我是看到最后一页才明白真相到底是什么，藏得这么紧，让人叹服。

冰凉天仙： 已经读到36页了，感觉很不错！

《送你一把保护伞》，自己也很是喜爱，不过，结尾感觉啰嗦了，假如没有最后的那140个字，感觉会更真实吧？

的王二蛋，这王二蛋正在家里劈柴火，一见杨迪领着警察走进院子，吓得转身就跑，杨迪年轻腿快，三两步就把王二蛋按倒在地……

杨迪一审，王二蛋就熊了，竹筒倒豆子，全部交代：那“三步倒”真是他下的。

杨迪气得一拍桌子吼道：“你和德山叔有仇吗？你干吗要毒死人家的大狼狗？”

王二蛋连声叫屈：“借我十个胆子也不敢毒德山家的狼狗啊，我毒的是你们家的老黄狗！”

原来杨迪家的老黄狗前天欺负王二蛋家的老母鸡，王二蛋举着粪叉子要打，那老黄狗回头一口，正咬在他的腿肚子上，王二蛋那个气啊，于是他买来“三步倒”裹在肉包子里，想毒死老黄狗。

杨迪纳闷了：“那德山家的大狼狗怎么死了？”

王二蛋结结巴巴地说道：“你家的老黄狗和村主任家的大狼狗关系铁，老黄狗经常狐假虎威地在村里横行霸道，它还有个毛病——有点好吃的，自己偏舍不得吃，颠儿颠儿地都给那条大狼狗送去，是你们家的老黄狗把德山家的大狼狗给毒死的呀！”

养殖收入

□张庆勇

太平乡要举行一次“农民收入擂台赛”的活动，消息一传开，可忙坏了各村的干部们，这可是他们争脸露脸摆政绩的时机呀！西关村的村干部通过走访调查，最后一合计，一致认为本村的张大奎是首屈一指的“冒尖户”，这个张大奎靠种菜发了家，家里不仅盖起了两层小洋楼，而且各式家电各种家具样样齐备，就差买轿车了。商议停当，村委会主任李保亮便一路小跑到了张大奎家。

李保亮眉飞色舞地把擂台赛的情况对张大奎说了一通，张大奎连说“好好好”，接着就谈起了他今年的收入：他种了十亩大棚辣椒，净赢利两万五千元，他还种了别的，李保亮听后顿觉信心倍增、胜券在握。说话间，张大奎起身从抽屉里抓出一大把糖塞到李保亮手里：“老弟，吃糖！”李保亮一脸的疑惑：“这是……”

张大奎笑嘻嘻的，两眼眯成了一条缝：“我家小女儿昨天定了亲，这是她的喜糖，吃吧！”李保亮听罢，灵机一动，问：“老哥，彩礼收了多少钱？”

“收了一万零一元，万里挑一的意思。”

“好哥哥，这也是你一笔不小的收入呀，你说是不是这个理？”张大奎一时语塞：“这、这、这……”

李保亮一个劲地做着思想工作：“亲哥哥，这可是一个千载难逢的好机会，这次要是评上个头等奖，29寸大彩电抱回家不说，听说乡里还有几万元的奖励呢！”

张大奎听得坐不住了，“呼”地一下站起来：“行，行，行，这事你就看着办，要是评上奖，我亏待不了你！”

下午，李保亮来到乡政府办公室，把一张盖有西关村村委会印章的书面材料交到工作人员手里，上面写着：“参赛者：张大奎，棚菜收入两万五千元；养殖收入一万零一元……”

（**本栏题图、插图**：顾子易）

419 2008 SEMIMONTHLY 下半月刊 7月

欢迎登录本刊主办"故事中国网"（www.storychina.cn）

故事会

2008 年 7 月

下半月刊 · 绿版

主 编：何承伟

常务副主编：吴 伦

副主编：姚自豪（上半月 · 红版）

副主编：夏一鸣（下半月 · 绿版）

本期责任编辑：杭 帆

电子邮箱：hangfan1102@126.com

绿版发稿编辑：

夏一鸣 王雅静 朱 虹 邢 悦

特约编辑：

范大宇 崔新三 申之珉

美术编辑：李宝强

电脑制作：郭瑾玮

通 联：归依玲

本社办公室电话：021-64375030

上半月刊编辑部电话：021-64332325

下半月刊编辑部电话：021-64336469

（上海市绍兴路 74 号 邮编：200020）

主管、主办：上海文艺出版总社

出版单位：《故事会》编辑部

制作、发行总监：张 凯

电话：021-64313938

广告业务：上海故事会文化传媒有限公司

广告总监：张 淮

广告业务：021-34010383

广告投诉：021-64333738

广告经营许可证

沪工商广字 3100320050022 号

发行：中国图书进出口上海公司

·笑话·

速度快多了

小李是单位的计算机维护人员。这天，他跟局长汇报说，单位的电脑太旧了，都是上世纪九十年代的产品，能不能全部换新的。局长听了却连连摇头。

小李劝说道：“新电脑比旧电脑速度快，可以节省时间，提高工作效率啊。”末了，小李试探着问，“要不，我先把您这台换了，试试看怎么样？”

见局长不置可否，小李立即趁热打铁给局长换了台新电脑。

没多久，小李就接到局长打来的电话：“哈哈，小李啊，你说得很对，新电脑就是比旧电脑好，这不，这扑克牌跳得比原来快多了！”

（杜辉明）

（本栏插图：包丰一）

高尔夫球

丈夫下班回到家里，兴冲冲地对妻子说：“今天算是开了眼界了，陪老板打了一次高尔夫球。”妻子说：“那很好呀，感觉怎么样？”

丈夫说：“很开心。不过，临走的时候，我问了一个问题，发现老板的脸色有点不对。”

妻子忙问：“你问了什么？”丈夫回答说：“我问他，打球时为什么非要把球打到湖里去？”

（小　华）

动作麻利

迈克在超市的收银台前排队付款。他看见收银员打单时动作飞快，弄得他眼花缭乱，不由得嘀咕了一句：“你动作实在太快，我都看不清收了多少钱。”

“先生，你这就不明白了，”收银员朝他笑了笑，说，“我这是为你着想，付款就像打针，动作越麻利，你就越不会感到疼。”

（申宝琴）

资深股民

大刘是个资深股民。这天，女友怒气冲冲地问他：“老实交代，为什么别人都叫你色鬼？”大刘委屈地说：“因为我天天研究有色金属股，所以就给我取了这个外号。”

女友又问：“那你为啥总是色眯眯地看人？”大刘辩解说：“我天天看有色股，给传染了。”

女友不依不饶：“你现在为啥越来越胆大妄为？”大刘叹了一口气，说：“我一味只买有色股，别人都说我色胆包天，我可不能辜负这个名声啊。”（王开畅）

大众化身材

这天，王大姐逛商场时，看中一件衣服，便问售货员：“这件衣服有我穿的号码吗？”

售货员看了看王大姐富态的体形，婉转地说：“对不起，这件衣服的号不全了。”

可王大姐却没听懂售货员的意思，还问：“那你们现在有我能穿的号吗？”

售货员还真会说话，耐心地回答说：“小姐，您能穿的号，我们刚好都卖完了。”

王大姐虽然有点失落，但还是安慰自己说“看来我是大众化身材，要不怎么这么快就没我的号了呢？”

（赵鸿祥）

要小费

大卫在一家匹萨店兼职送外卖。这天，送完外卖后，女主人问大卫：“通常小费给多少？”

“是这样的，”大卫说，“我们老板说，如果我能从您这儿拿到1美元就很不错了。”

“你们老板错了，”女主人哼了哼鼻子说，“今天，我偏要给你10美元！”说着，就抽出10美元塞到大卫手中。

大卫接过钱，笑着说“谢谢您！这下我可以回学校交差了。”

女主人这才猛然醒悟过来，说：“小伙子很厉害啊，你在学校是学什么的？”

大卫呵呵一笑，说：“实用心理学。”（李从渊）

初为人父

这天，小张一个人在家带孩子。

孩子睡醒后，哇哇大哭起来。小张使出了浑身解数，可仍然没法让孩子停止啼哭。小张有点担心了，就把孩子抱去医院看看。

医生开始给孩子做检查，先是耳朵，然后是胸部，最后检查到系尿布的地方。

打开尿布时，医生发现尿布里面已经装得满满当当的。他哈哈一笑，说：“你只要换个尿布他就不哭了。”

小张这才恍然大悟，不过，他又一脸困惑地问：“可是，孩子的嘘嘘最多也就3磅啊！尿布包装上不是明明写着‘适用至10磅’吗？”（赵鸿祥）

弄皱的脸

玛丽一直很羡慕那些金发美女。一天丈夫在翻阅杂志时，正好让她看到一幅染发剂广告，广告里那个女郎的发色正合她的心意。她便指着广告对丈夫说：“亲爱的，你认为我染这个发色好看吗？”

丈夫没有搭腔，他先是看了看那幅广告，把它弄皱，抚平，然后又打量了妻子好一会儿，这才慢悠悠地说：“不错，配这张脸，效果差不多。”

（施　兴）

按错了号码

老赵的手机欠费停机了，他就在街上买了张充值卡。充值时，老赵一不小心按错了个号码，话费竟然充到别人的手机上了。

老赵没办法，只好又重新买了一张。等充值成功后，老赵就试着去拨刚才搞错的手机号码，可一连拨了几次，都无人接听。

老赵不死心，就一直拨个不停，最后，终于有人接听了，是个男人的声音：“你找谁？”

老赵忙说：“师傅，我充值按错了号码，把话费充到您手机上了！”

“你怎么这么笨啊，”那男人骂骂咧咧地说，“我正纳闷呢，年底要债的人多，我都故意欠费停机好几天了，你这不是害我吗？！”（施　兴）

合理化建议

小约翰给杂志社提的合理化建议被采纳了，杂志社给他寄了两本样刊作为感谢。

小约翰乐呵呵地把这件事告诉了妈妈。妈妈表扬了他，说："你今后还有什么打算啊？"

小约翰满有信心地说："是这样的，下一步，我准备给奔驰公司提建议，如果他们采纳了，我就可以收到样车了！"

（王传生）

给一半的分

这天语文课上，老师进行听写测验，明明一个字也没写对，被画了个大鸭蛋。

回到家，妈妈很生气，准备好好教训他一顿。没料到，明明倒先开了腔："语文老师也太不公平了，虽然我一个字都没写对，但也不应该打零分呀。"妈妈奇怪地问道："那应该给你多少分？"

明明理直气壮地说："我认为至少应该给一半的分。"

"为什么？"妈妈又问。

"你想啊，听写，听写，本来就应该听和写各占一半的分嘛，我虽然一个字也没写对，但我全部都听了呀！"

（谢允芳）

拍得模糊

五一节晚上，大宝带着弟弟出去玩。

大宝看见路边的树上都挂着彩灯，觉得挺好看的，便拿出手机对准树拍照。拍完之后，弟弟抢着要看照片效果，大宝便把手机递了过去。

弟弟扫了一眼照片，不解地问大宝："怎么拍得这么模糊啊？"大宝解释说："大概是因为像素太低了。"

弟弟埋怨道："橡树？你拍橡树干吗？怎么不拍杨树？杨树高啊。"

（荣志超）

（本栏目欢迎来稿。来稿可从邮局寄发，也可从网上传递。如为电子邮件，请发以下信箱：hangfan1102@126.com）

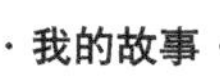

深夜滑竿

□叶　梓

我在金太阳旅游公司做导游两年了。我带的团有几个固定景点，夏秋两季，去得最多的就是封龙山。封龙山地势险峻，风景绝佳。当地政府出于保护自然景观的目的，没有开山修台阶，更没有装索道。游客上山只有两个选择：爬山，或者坐滑竿。

滑竿在封龙山很常见，样子颇似没有顶的轿子，人坐在一块平板上，前后各有一人抬着。坐上滑竿，颤颤悠悠地看着山野景色，别有一番风味，很多游客都会选择坐滑竿。

一到封龙山，我就去见经营滑竿业务的“众人抬”公司的方经理。方经理与我们公司签有长期合作合同，我一般都是电话联系他，只见过他一次，印象不太好，感觉他的样子有点粗鲁。不过，方经理从来没有为难过我，可能因为我是女的，每次要滑竿，他都答应得很痛快。

我找到方经理办公室门前，刚要敲门，却发现门半敞开着，一眼就看到了满脸横肉的方经理，他双手叉腰，正满口粗话地训斥着一个员工。那员工很年轻，仿佛不服，低声说了几句什么。方经理竟然急了，抬腿就是两脚。那人倒在地上，还要分辩，方经理拎起桌子上的账本朝他扔去。眼前的情景令我大吃一惊，我十分尴尬，不知道该进还是退。

方经理突然看到我，挥手叫那员工快滚，然后手往衣服上胡乱抹了一下，朝我伸过来：“叶导，你来啦！”

我点点头。跟这样的人，我不愿多说话。交代完业务上的事情，彼此客套两句，我转身就走。

第二天，我带着全团游客游览了封龙山的几个主要景点，途中也坐了滑竿，回到山顶的小旅馆，安排好游客的食宿，我倒头就睡。

夜里，我听到外面下起了雨。山上风凉，一下雨温度马上降下来，我不由得蜷缩起身子。这时，外面突然响起敲门声，有人在急促地喊："叶导，叶导——"

我急忙披衣起身，打开门一看，一个游客站在门口，浑身都快被淋透了。我忙问发生了什么事。

"我得马上下山，马上下山！"游客满脸焦急，声音有些颤抖。

我吃了一惊，现在下山？山路陡峭，白天走都要小心翼翼，夜里怎么走？再说又下着大雨，有什么事非得半夜冒雨下山？

游客搓着手，说他母亲病危，可能快不行了。刚刚他老婆打了电话来，老娘临终前一定要见他一面。说着，游客双手抱头，两眼含泪。

我的心一下子沉了下去。天黑路险，游客独自徒步下山，肯定会有危险，现在唯一的办法就是坐滑竿，他们路熟。可是，这大半夜去哪儿找滑竿？即使有，谁敢抬啊？

"无论如何我也得下山，就算是爬也要爬回去！"游客坚决地说着，手机响了，好像是他妻子打来的。我隐约听到手机里传出女人的哭声，他想安慰妻子，却不由自主地吼了起来："马上就回，马上！"

合上手机，游客见我没有办法，一跺脚就要往雨里冲。我一把拉住他，劝他冷静些，这样下去，无疑是去送死。

游客摇摇头，说："你不明白。我母亲三十多岁守寡，含辛茹苦拉扯大了我，如果不能见她最后一面，我会后悔一辈子。"

我点点头，说马上就联系滑竿。我硬着头皮打电话给方经理，他好像正在睡梦中，被人吵醒似乎有些火气。我急忙赔着小心，说有个客人有急事，一定要坐滑竿下山。

方经理沉默片刻，让我稍等。这一等，一刻钟过去了。我再打电话，方经理的手机一直是通话状态。又拨了五分钟，终于通了，方经理说："没滑竿，抱歉。"

我无奈地冲游客摇摇头，心想：这样的天，就算有滑竿也不会出来啊。游客叹了口气，拎起包又要往外走。这时，我的手机响了，竟然是方经理又拨了回来。他问我游客为什么半夜下山？有多紧急的事？我急忙将事情的经过说了一遍。

"你让他等等，半小时后我派滑竿过去。"方经理说罢，挂断了电话。

我和游客焦急地站在小旅馆的门口，我劝他坐一会儿，可他根本坐不住，来回踱步，不时地伸头向外张望。黑漆漆的雨夜，我心里忐忑不安：这样的山路，万一出事怎么办？方经理，一定要派最有经验的滑竿师傅过

来啊。

果然，半小时后，两个身披厚重蓑衣的人抬着带篷的滑竿到了门口。游客拎着包马上冲出去，我站在门口，大声冲他们喊："一定要小心，再小心，千万慢一些。"前面一个抬竿的晃晃大手电，示意明白我的意思。

回到房间后，我怎么都睡不着。一直到两小时后，接到游客的电话，说他已经顺利到达山下了，我这才放下一颗心。

两天后，我带团下山。到了"众人抬"公司的前台，我一边签滑竿单子，一边对负责接待的王小姐说代向方经理问好，这次真的很感谢他。王小姐头也不抬，说方经理病了，在县医院住院呢。

"病了？"我吃惊地抬起头。

"是啊，前几天下着大雨你们要滑竿，大晚上的，公司根本没人，方经理就只好自己去了。本来他就重感冒，又冒雨去抬竿。这一趟，一下子转成了肺炎。"王小姐说。

我怔怔地看着王小姐，几乎不敢相信自己的耳朵。那天抬滑竿的两人都披着厚蓑衣，根本看不到脸，因为事情紧急，也没顾上多说话。没想到，竟然是方经理!

王小姐说，那天本来有四个人值夜班，以防万一。可偏巧有一户山里人家孕妇难产，要连夜下山送去医院，四个人都去帮忙了。下着大雨，方经理根本找不到人手，就带着儿子去了。

"什么，他儿子，也抬滑竿？"我更吃惊了。

王小姐说："是啊，和别人一样抬滑竿。不过呢，方经理对别的员工都和颜悦色，唯独对儿子格外严厉。前两天他儿子碰到一个游客挑三拣四说话难听，就把游客撂在了半路上，回来让方经理好一顿骂，还踹了两脚呢。"

听到这里，我想起了那天在办公室看到的情景，原来方经理是在训斥自己的儿子!

从"众人抬"公司出来，我拨方经理的电话，他的手机一直关机。

天黑回到公司，我向经理汇报工作时，不无感慨地提到"众人抬"的方经理，说想不到这人很不错呢。现在，我不仅对他再无恶感，甚至怀有敬意。

经理点了根烟，问："你发现没？其实老方是个跛子呢！"

他跛脚？这我倒没留意。

经理叹了口气，说那是五年前抬滑竿时落下的。那天，也是下雨，山路滑，和老方一起抬竿的伙计突然一个踉跄，跪到了地上。滑竿失去平衡，眼看着游客就要栽下山去。

关键时刻，老方急中生智，拼着命硬是将一只脚踩进了岩缝，一个人将滑竿扳了回来。游客毫发无损，老方的脚筋却断了，后来虽然手术接上了，走路却落下了毛病。

我点点头，心里更是叹服。人不可貌相，方经理原来是条好汉。

经理将烟捻灭，看着我，突然说："你知道吗？他救的那个游客，就是我啊。公司和老方的长期合同，那是我追着他、硬和他签下的。"

经理的话让我着实吃了一惊。半晌，我才说："下次带团还让我去，我一定要再见见方经理。"

（**题图、插图**：安玉民　梁　丽）

·情节聚焦·

污损人民币是一种违法的行为，但总有些人管不住自己的手……

容易受伤的男人

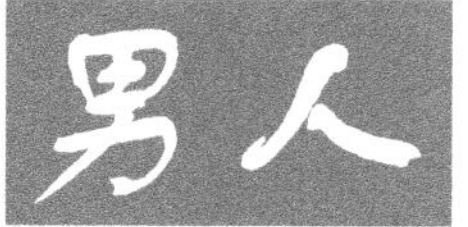

□ 刘江波

陈大良两口子开了一家服装店，小日子过得挺不错的。

这一天，陈大良进货回来，妻子向他抱怨："现在有些人，真是不讲公德，你看，又有人在人民币上瞎写瞎画，还不少呢。"

陈大良随手接过那几张钱，安慰妻子道："算了算了，不耽误花就行。"说着，他挨张看了起来，都写了什么，无非是些电话号码，或者是谁的名字。但是有一张，写得特别多，陈大良仔细一看，只见是几行娟秀的小字：我是一个心灵受伤的女人，如果今生有缘，请拨打这个电话……

陈大良心里一动：难道真会有个漂亮温柔的少妇，送上门来？他有点不敢相信，没准是谁在搞恶作剧。但转念想想还是不死心，也许是真的呢！

陈大良决定打个电话试探一下，电话接通了，里面传来一个嗲声嗲气的声音。陈大良的骨头都酥了，马上说自己收到了这样一张钞票。

对方果然是个浪漫的人，立刻就定了约会地点，两个人一见如故，就仿佛初恋情人一样，总有着说不完的话。一来二去，陈大良了解到，这个叫林小燕的漂亮女人，是一家公司的白领，嫁了个老公比她大二十岁，难怪会有一颗受伤的心。

两人的感情迅速升温。一天，陈大良试探着问，什么时候能够共度良宵。林小燕红着脸，说："明晚八点，

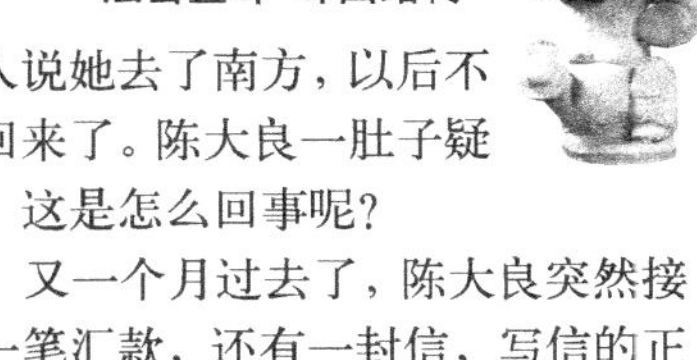

蓝山咖啡馆见。”

第二天晚上，陈大良打扮得干净利索，和妻子撒谎说同学请客喝酒。出了门，他哼着小曲《天上掉下个林妹妹》，打车直奔咖啡馆。到了那里，一眼就看到了穿着一身淡黄色连衣裙的林小燕，在幽幽的灯光下显得特别妩媚，正含情脉脉地注视着他。

离开咖啡馆以后，林小燕挽着陈大良，两人去公园里漫步。柔柔的月光下，陈大良感受着红颜知己的眷恋，心里乐开了花。看着身边楚楚动人的林小燕，他正想着要去哪里度过这个浪漫的夜晚，突然间不知哪里蹿出几条黑影来，拿着一个麻袋就扣住了他的脑袋。

陈大良猝不及防，还以为是碰见打劫的了，嘴里刚喊了一声："小燕，快跑！"身上已经吃了拳脚。这一顿打挨得不轻，直把陈大良打得不省人事了，这伙人才扬长而去。

第二天，陈大良在医院里被抢救过来，妻子已经报了警，他哪里敢和警察说林小燕的事，只说自己路过公园，想进去走走，就被一伙人打了，不知道什么原因，也不知是谁打的，而且也没被抢走什么东西。

陈大良放心不下林小燕，背着妻子偷打电话过去，对方的手机已经停机了，陈大良感到很纳闷。一个多月后，陈大良刚出院就又去林小燕的公司打听，却发现她已经辞了职，公司的人说她去了南方，以后不会回来了。陈大良一肚子疑惑，这是怎么回事呢？

又一个月过去了，陈大良突然接到一笔汇款，还有一封信，写信的正是林小燕："对不起，我骗了你！我之前有外遇，被老公发现了。他逼问我那个男子的名字，说只要让他出出气，他就既往不咎。我不忍心那个男人被打，就在那张人民币上留了言，希望能找一个替死鬼。我本来想，动到这个歪念头的，肯定不是好男人，就算挨一顿打也活该。但你那天挨打的时候，还叫我快跑，我觉得特别愧疚。在此寄上些许药费，以表我的歉意。"

陈大良一阵发晕，原以为自己遇上了旷世奇缘，到头来却替人家情夫挨了一顿暴打，这叫什么事呀！以后自己可得老老实实做人，跟老婆安分守己过日子吧，艳遇可不是人人有福消受的。

陈大良去取出了这笔汇款，顺道给老婆买了一束鲜花，回到家的时候，他轻轻打开门，蹑手蹑脚地走进去，想给老婆一个惊喜。

老婆还真没发现他，正趴在桌上写着什么，陈大良屏着呼吸走过去，只见老婆在一张人民币上写道：丈夫背叛了我，如果今生有缘，请打我的电话……

（**题图**：安玉民　梁　丽）

·财富故事·

赊账的酒吧

美国纽约曼哈顿金融街上，有一家“地中海赊账酒吧”。这个酒吧有个奇特的经营项目：只要当日的道琼斯工业指数每下跌一点，酒吧就允许顾客赊欠50美分的酒账，一天最多可以赊欠50美元。不过，所赊欠的酒账必须在三个月内全部还清。

这家酒吧，原名叫“地中海快餐店”，开业之初，生意很不好。

然而，天无绝人之路。一天，老板查理正打算关门停业，一个司空见惯的现象触发了他的灵感。

查理发现每当“道指”出现下跌时，附近的证券交易所就会跑出许多垂头丧气的男男女女，其中很多人会踏进酒吧借酒消愁。然而，有些人喝完酒后，却因囊中羞涩而无法当场付账，以致常常闹出不愉快的事情。

目睹这种现象后，查理当即决定，将店更名为“地中海赊账酒吧”。

与此同时，他还在酒吧外的招牌上打出了醒目的广告。

该广告一经亮出，立即受到了那些失意投资者们的热烈响应。

查理在酒吧间，装上了与股市联网的大屏幕电视机，以便随时掌握当日的“道指”动态。

查理会根据每个时间段里下跌的指数，定出允许赊欠的消费额度。客人们只需将自己的个人信息、所赊的酒品数量和金额，以及还账日期等信息输入电脑即可。

由于查理推出了堪称当今美国独一无二的酒品消费服务项目，现在“地中海赊账酒吧”天天顾客盈门，生意非常红火。

财富启示：这是一种“买醉”的思路，给暂时没有支付能力的客人一定的赊账额度，先预支服务，以赚取“迟到的钞票”。

（**作者**：闻　力；**推荐者**：多　多）

你在我心里，永远排第一！

谁是首富

□何　燕

石头翻身

有句话说得好：石头也有翻身日，北风总有回南时。

陈村的陈二蛋以前是个穷光蛋，有一回做生意赔光了老本，只穿着一条裤衩逃回陈村，成为一时的笑谈。打这起，陈二蛋就咬破手指发了誓，这辈子一定要成为全镇最有钱的人。这不，才几年光景，陈二蛋的买卖越做越大，摇身一变，成了全镇第一个进军县城并且站稳脚跟的老板。

这天，陈二蛋的三叔进城买碾米机，不料忘了带钱，就找到侄儿先借上两千块。陈二蛋一听，二话不说，刷就扔了两千块给三叔，大手一挥说："拿去，拿去！别提借字，多难听，就当是我孝敬您的！"

陈二蛋还带三叔上了大饭店。他有意摆阔，点了一大桌子菜，把个没见过大场面的三叔吓得两眼发绿。三叔小心翼翼地问侄子："二蛋呀，你现在这份家业到底有多大？"

陈二蛋装作漫不经心的样子，说道："咳，能有多大？两三百万吧，还不行啊。"三叔一吐舌头："乖乖，你三叔十辈子也挣不了这么多啊！"

陈二蛋听了心里美滋滋的，拍着大腿说道："想过去，全镇十大穷光蛋肯定有我陈二蛋一名，现如今全镇数得着的有钱人，怎么也得算我一份吧？"

"嗯！"三叔想了想，低头啜了一口酒，又说，"二蛋，凭你这身家，全镇至少也得排第二。"

陈二蛋一怔，他还满以为，三叔肯定会说自己是全镇第一呢。陈二蛋笑了笑问三叔："那排第一的是哪个？"全镇有头有脸的大老板他都

熟，是收购破烂的李大嘴？是做木材生意的黄四狗？还是那个包工头杨扒皮？

陈二蛋每点一个老板，三叔就摇一下头：“都不对，你肯定猜不到，告诉你吧，全镇最有钱的人是何村的何木瓜，身家至少这个数，”说着，三叔撑开一只巴掌晃了晃，“五百万！”

“何木瓜？”陈二蛋“扑哧”一下笑出声来，“哈哈，何木瓜！”咋的？这何木瓜他太熟了，是他一个高中同学，不开店，不摆摊，早几年听说到广东打工去了。就在大前天，还灰头土脸地来城里，找陈二蛋借两百块钱买化肥。这才多久呢，就有五百万了？

陈二蛋大笑着说：“何木瓜要是全镇首富，那我就是全球首富了！”

三叔却一脸认真地说：“你别不信，咱们镇的人差不多都晓得，这家伙有五百万。”

陈二蛋知道三叔不会说假话，但仍是半信半疑：何木瓜真的有五百万？那他找我借钱，算是什么意思？

深藏不露

陈二蛋心里不痛快了好几天。这天他正好有事儿要回镇上，开着车经过何村时，脑子里突然蹦出何木瓜的名字。他就把车开进了村里。

找到了木瓜家，陈二蛋抬头一瞧，眼前的房子又破又烂，推门进去，只见屋里到处烟熏火燎，桌上摆着一碗咸菜，有几只苍蝇围着乱飞。陈二蛋不由得捂紧了鼻子，眉头也皱了起来，这像个有钱人家吗？

正想着，木瓜打里屋出来了。陈二蛋解释说路过这里，想来看看他。木瓜忙不迭地要烧水煮茶招呼他，陈二蛋说：“你别忙了，我马上就走。”说着，拍了他一下肩膀，“好你个木瓜，深藏不露啊，敢情我才知道，你是全镇首富，五百万富翁！”

木瓜怔了一下，憨厚地搓着手说：“那也比不上老同学啊！”

陈二蛋说“你太不够哥们了，连

我也瞒着！”木瓜挠挠脑袋，一脸窘迫：“咳，没、没什么好说的，不就是五百万嘛……”

陈二蛋心里一惊：天啊，听他的口气，五百万还是个小数目！他不想再呆下去了，转身要走。

“等等！”木瓜大呼小叫地追出来，手上捏了一把钱，“你来得正好，这两百块还给你，免得我再跑一趟了。”

陈二蛋一看傻了，竟全是一张张五块、十块的零钱，而且每一张都破烂不堪，他瞪着木瓜问：“何老板，这是啥意思？”

木瓜一愣说：“还你钱呀，我找你借了两百块钱，你不记得了？”

陈二蛋哪能不记得，可他压根儿就没想过要人还。他实在摸不透木瓜的用意，一把接过钱就走：“那好吧，反正你比我有钱多了。”

上了车，陈二蛋狠狠地一拳打在方向盘上，心里再次暗暗发誓，一定要超过何木瓜，做名副其实的全镇第一富豪！此后，陈二蛋跟何木瓜较上了劲。

争强好胜

一天，陈二蛋接到家里打来的电话，他八十多岁的老爹中风了，卧在床上起不来。陈二蛋急匆匆赶回村，在家端屎端尿服侍了几天。

第四天一早，城里突然来了个电话，有个大客户要来跟二蛋签一份合同。陈二蛋听完电话乐坏了，他跟家里人说了一下，拿起皮包匆匆就要出门。

三叔一把拉住他：“二蛋，你爹这个样子，你咋能走哟？”

陈二蛋不耐烦地说：“你们不知道我这笔生意有多大，我爹这儿，给他请个人吧，多少钱都行。”

三叔说：“亲生儿子，那是能花钱买来的吗？”

二蛋皱皱眉头，掉头就走了出去，刚要上车，三叔从后面追了出来：“二蛋，等一下！”

陈二蛋坐上车，一边发动，一边探头问：“什么事？”

三叔大声说“二蛋，你成不了全镇第一！”

陈二蛋愣了愣，顾不上理会三叔的话，开车走了。回到城里，很顺利地签好了合同，然后又跑了一趟外地。没想到这一忙，就连续几个月都没回去，只往家里捎了几次钱。

这天，陈二蛋突然接到家里的报丧电话，老爹已经去世了，二蛋大吃一惊，匆匆回到家一看，家里已经在办后事了。陈二蛋从皮包里掏出十万块交给三叔，叮嘱他一定要把爹的后事办得风风光光的。

三叔接过钱，伤心地说“你爹临走时，还念叨着你的名字呢，你爹就你这一个儿子，走的时候儿子还不在

床前，说不过去呀！”

陈二蛋一听有点生气了，挥挥手：“别说这些了！”三叔一步三叹地走了。

处理完了老爹的后事，陈二蛋又马上回到城里，全身心扑到了他的生意上。

一眨眼过了两年，陈二蛋的身家已经突破千万大关了，放眼全镇，找不到一个可以跟他相提并论的老板。至于那个何木瓜，这两年一直默默无闻。

这一天，陈二蛋兴冲冲地回村，特意请三叔过来喝酒，喝到几分醉意，陈二蛋把筷子一放：“三叔，现在我这身家在全镇能排第几呀？”

“第二！”三叔“咕嘟”吞了口酒，抬起头说，“第一还是何村的何木瓜。”

陈二蛋一惊：“那何木瓜现在有五千万了吧？”三叔一晃脑袋：“没有这么多，他就是五百万。”

陈二蛋哈哈大笑，可没等他说话，三叔又道：“二蛋，你就是有一亿的身家，人家何木瓜还是排第一！”

陈二蛋哼了一声，说：“什么全镇第一，我看他连五百块也没有！三叔，我跟你打个赌，我和他每人拿出五十万来修路，我保证他拿不出来！”

三叔一听，两眼放光：“真的？”

“真的！”陈二蛋仗着酒气，一拍桌子，“我就不信，他能拿出五十万！”

真相大白

第二天一早，陈二蛋就去找木瓜了，到那儿一瞧，忍不住乐了，木瓜家还是那几间破旧老屋，屋里又脏又乱，桌上摆着一碗咸菜。

何木瓜见老同学登门，忙着烧水煮茶，这一次陈二蛋不推辞了，坐下来慢慢说明来意。

何木瓜听了，眼珠子差点儿掉出来：“老同学，你在开我玩笑吧，我哪有五十万啊，五十块我还得去借哩！”

陈二蛋一笑，说道："何老板，你不是全镇首富嘛，五百万里拿个五十万出来修修路，造福全镇百姓，值得啊！"

何木瓜瞪着眼在陈二蛋脸上左看右看："老同学，你是跟我说真的？"顿了一下，何木瓜猛地一拍脑门，"我明白了，老同学，敢情你真的把我这五百万当真了！"

陈二蛋摇摇手说"别说废话，你到底有没有五百万？"

何木瓜嗫嚅着说"有……咳，还是没有，这么着吧，我让你看看！"说着，木瓜起身进里屋拿了一张小纸条出来，递给陈二蛋，"我这五百万就在这里了，可这钱不能花！"

陈二蛋一瞧，分明是一张彩票嘛，他疑惑地看了又看，不明白。

何木瓜不好意思地笑着说："老同学呀，看来你是真的不清楚我这五百万的来历啊，跟你说说吧……"

原来，何木瓜几年前在广东打工时，买了张彩票。开奖前一天，他老娘突发急病，他接到电话马上赶回家。半路上，木瓜从报纸上看到了开奖消息，没想到自己竟中了特等奖五百万。可那时他一心想着回家，就顾不上折回去领奖。到家后，他日日夜夜在老娘床前服侍，根本就把领奖的事忘一边去了。等老娘完全恢复了身子，这才想起去城里领奖，可人家告诉他，领奖的期限已经过了，这五百万也就没了。

没办法，何木瓜只好把彩票留着作个纪念。没了就没了吧，这事不知咋的就传开了，大家都说他是全镇最有钱的人，身家五百万。他知道别人都是带着说笑的意思，他这人也随和，从不放在心上，哪曾想，陈二蛋居然当真了。

陈二蛋听罢，握着彩票的手指竟莫名地抖了几下："木瓜，这、这……五百万啊，你……你当时要是……"

何木瓜挠着头，呵呵直笑"五千万也没用呀，就当没中吧，反正我觉得自己没做错，钱再多也比不上给我娘尽孝吧。"

陈二蛋听着，心头猛地一颤，惭愧地闭上了眼睛。

何木瓜拍了拍他肩膀："老同学，咋的啦？咳，我要是真有五百万，我一定会答应你……"

"不用说了，"陈二蛋飞快地擦了一下眼角，"我现在全明白了，为什么三叔一直说你是全镇首富，他说的没错呀，你永远都是第一！那五十万，我替你出！"

（**题图、插图**：魏忠善）

绿版编辑部各编辑邮箱：

夏一鸣：gshxym@163.com
邢　悦：simyyue@126.com
王雅静：wyjing833@sohu.com
朱　虹：zhong98305@sina.com
杭　帆：hangfan1102@126.com

冲动是魔鬼

□韦　强

小边有一辆小货车，经常往返县城拉货。这一天，他送完货回家，觉得一身轻松，快活地吹着口哨，把车开得飞快。

开着开着，前面有个急转弯，小边仗着技高胆大，再加上天天跑这条路，过弯时丝毫没有减速。没想到，路上刚好走着一个肥肥胖胖的农村妇女，她大概刚从田里上来，光着两只脚丫，大摇大摆地走在路中间。

小边一看大惊失色，按喇叭已经来不及了，情急之下把刹车一踩到底。还好，车及时刹住了，不过，车头还是撞了一下女人的屁股。

不用说，女人被撞了个狗啃屎，她身上的肉太多，费了好大劲才爬起来，脸上全是沙子。小边吓出了一身冷汗，可见了女人这模样，又差点乐出声来，急忙一手捂住嘴巴。

女人胡乱地抹了把脸，一扬头，冲着小边张嘴就骂："你想撞死老娘呀，你小子没长眼睛啊？"小边本来想说声对不起，一听她骂得这么难听，就把话又咽了回去。

女人得理不饶人，双手往腰上一叉，咒骂声滔滔不绝地从她两片厚嘴唇里飞出来。那些话骂得既难听，又狠毒，不是一般人能骂得出口的。

小边知道今天不走运，惹了一个难缠的骂街高手。他几次张大嘴巴，可对方根本就不给他还击的机会。最后他干脆闭上嘴巴，一声不吭，坐到了路边，还慢悠悠抽起了烟，心说我看你能骂到几时。

一支烟抽完，胖女人的骂声丝毫

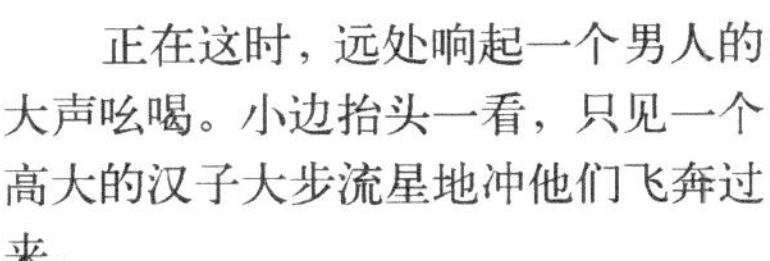

不见减弱，反而越骂越响，袖子都卷了起来，大有大干一场的架势。小边仍然忍者为上，扔掉烟头，又点燃了第二支烟。

到第三支烟抽完的时候，胖女人仍然不见一点收嘴的迹象，这女人咋就一点儿不累呢？小边知道自己不是人家的对手，还是强压着一肚子火，一支接一支地抽他的烟。

也不知过了多长时间，小边再次去掏烟时，发现刚买的一包烟竟然全抽光了。再看看表，天哪，都过了两个钟头了。

小边这下终于急了，怒发冲冠地冲女人吼了一句："你骂够了没有？"

"我就骂你这个猪头，"胖女人见小边还击，似乎兴头更高了，"老娘今天非把你骂死不可……"

小边压压火，自认倒霉，摸出五十块钱扬了扬："这钱就当我赔给你的，拿去吧！"胖女人瞧也不瞧，只顾着骂，看样子，她也不是为了要钱，居然只为了骂街痛快而已。

"走开！"小边忍无可忍了，"别挡着我的车！"说着，小边一扭车钥匙，把车发动起来，又大力连按了几下喇叭。

没想到，这一下火上浇油，可着实把胖女人激怒了，她不但没让开，反而一屁股坐到地上，一把鼻涕一把泪，竟然给小边唱起了哭丧歌。

小边气得全身都在发抖，咬牙切齿地憋出一句："这可是你自己找死！"

正在这时，远处响起一个男人的大声吆喝。小边抬头一看，只见一个高大的汉子大步流星地冲他们飞奔过来。

胖女人一见这男人，立刻一骨碌从地上爬起来："他爹，你来得正好！"

那汉子光着上身，壮得像头牛，小边一听胖女人喊他，禁不住一惊：完了，这胖女人已经这么厉害，再加上她的老公，自己这回可真是在劫难逃了。骂不是女人的对手，打架更不是汉子的对手。

就听那胖女人打机关枪一样，把事情的来龙去脉告诉了自己的男人。那汉子很快就搞明白了是咋回事，他往老婆身上打量打量，又向小边这里看了一眼，突然"啪啪"两下，就给了胖女人两个耳光。

胖女人捂着脸，嚷道："你发疯了，他在那边，我是你老婆！"汉子没理她，径直朝小边走过来。

汉子刚才这一下，大大出人意料，见汉子过来了，小边抢先说道："大哥，对不起了，是我不对在先……"汉子却咧嘴一笑："没事，谢谢你了，兄弟，你快走吧！"

小边没想到汉子竟会这么好说话，反倒愣住了："大哥，你……"

汉子又说："真的谢谢了，快走

吧，没事了！”说着走过去把胖女人拉到一边，胖女人被两巴掌打服了，再不敢吭声。

小边顾不得细想，借这个机会把车开了过去。到底逃过了这一劫，小边一边连呼幸运，一边还是糊里糊涂弄不明白：那汉子咋会帮起自己来了？不但打了胖女人，还跟他说谢谢，这也太通情达理了吧！

第二天，小边又送货进城，来到昨天出事的地点时，他特意放慢了速度，往两边一看，果然看到昨天那汉子正在田里干活。小边把车刹住停在路边，招呼那汉子。

汉子把手在身上胡乱擦着，走了过来：“哦，是你呀，有什么事？”

小边跳下车为他敬上一支烟：“大哥，昨天真是不好意思，那位大嫂是你爱人吧？”

“她呀！”汉子连连点头，露出一脸憨厚的笑容，“她就是那样，兄弟，你别跟她一般见识，当她是个疯子就行了。”

这话说得小边都有点不好意思了：“大哥，您真是个好人，其实是我先撞了她，您怎么能打她呢！”

“我不打她打谁呀？”汉子激动地说，“她不知好歹，你说当时要是你的刹车不灵，她还能站在那儿骂街吗？不被撞死也落个残废啊，捡回了一条命，她还不知足呢！”

汉子拍拍小边的肩膀继续说：“我谢谢你，那可是真心话，我这媳妇我知道，说话可难听了，骂起街来没完没了，你也真大度，要是换成别的司机，一发火不顾三七二十一把车开过去，我老婆不就完了？”

小边听得心头一惊，自己真的没想到，汉子居然是这么想的。他不由自主回忆起当时的情况，额头顿时冒出了冷汗：当时，要不是这位大哥及时出现，自己也许就会失去理智硬把车开过去，那现在，肯定不可能轻松地站在这里聊天了。

打这以后，小边再也不开快车了。

（**题图**、**插图**：刘斌昆）

让咱儿子吃个够

□王静者

有句老话叫做：癞痢头儿子越看越欢喜。白老三就是这样，提起儿子白奎来，那绝对是大拇指一跷，成套的台词就出来了："俺们奎子有出息，考到省城后，没让家里操心，自己找了个好差事，还娶了个娇滴滴的城里媳妇……"

这两天，白老三突然又加了不少新词，原来白奎来信了。只见白老三得意地扬了扬信，接着说道："前几个月，我把自家酿的醋拿给他尝尝，这不，没几天就说吃完啦，还想吃。真是的，外面什么高级好醋没有，怎么就偏爱吃自家的呢？这孩子，你们说他这叫长大啦？"

白老三说完，手一背，在乡亲们羡慕的目光中，摇头晃脑地走回家，进了门就喊："老婆子，咱奎子又来信要醋呢。"

白大娘从窗户里探出头，奇怪地嘟囔道："怎么这么快，把醋当饭吃啊？"白老三眼一瞪叫道："怎么啦？我一天不喝一斤醋就睡不好觉。咱家奎子像爹，不行啊？"

白大娘没理会白老三的疯话，说道："没一年工夫，要三回了，咱家的大麦没多少了。"白老三搔了搔头：是啊，做醋没大麦怎么成？突然，他眼前一亮说道："把种麦拿出来。"

白大娘张了张嘴好像要说什么，但看到白老三满脸坚决的样子，只好点点头道："来年再买些也赶得上，用吧，谁让咱奎子爱吃呢。"

就这样，白老三两口子忙活开了，泡大麦，煮，然后换水，再煮……几天后，把大麦装入一个竹筐里，四

周捂严实。第一遍发酵完后，再倒入缸里……这一趟下来两人都已累得头晕眼花，毕竟岁数不饶人了。

到了最要紧的时候，不但每天要翻动一回，从这个缸倒进那个缸，还要随时留意发酵的快慢，简直比伺候坐月子的小媳妇还要小心。

一晃半个月过去了。这天，白老三睡醒后，就想去看看发酵的情况，刚下床，却疼得“啊”的一声惨叫，跌坐在地上。

白大娘正在院内干活，慌忙跑进屋来，一看就明白了。她忙把白老三扶上床：“说了让你注意注意的，你这腿不能着凉。”

白老三瞪了老伴一眼：“你麻烦不？赶紧扶我去看看。”白大娘叹了口气，只得扶着白老三去看。

还真不错，已经发好酵了。白老三咧着嘴，瘸着腿，满脸开了花，喊道：“赶紧着，加水，然后把水滤出来，咱家奎子的醋，这就算成啦！”

白大娘也高兴，让白老三坐一边，一阵忙活后，装了满满两坛醋，说道：“估计够咱家奎子吃上半年的。”

白老三哈哈笑着说：“是啊是啊，老婆子，今天你辛苦点，赶紧到省城，给奎子送去。”

从山里到省城，要步行十五里路后才有汽车。白大娘背着两坛醋，终于满头大汗地挤上汽车，又倒了两次车，天快黑了才敲响了儿子白奎家的门。

门开了，白大娘看到一个女人全脸惨白，露出两个大眼珠子瞪着自己，吓得差点没晕过去。

“妈，”那女人叫道，“你怎么来了？”听到叫声，白大娘这才缓过神来，是儿媳妇。儿媳妇一边把白大娘让进屋里，一边喊：“奎子，妈来了。”

白奎出来，也是吃了一惊，慌忙把老妈背后的两坛子醋帮着拿下来，又是让座又是沏茶的，白大娘却拿眼一个劲地看儿媳妇，心说：儿媳妇这是得什么病了？

还是白奎看出些门道来，笑着说：“妈，她贴着面膜呢，为了臭美。”然后便让媳妇进卧室去，别吓着妈。媳妇也懂事，跟白大娘解释了几句，进屋去了。

白大娘这才长出一口气，捶着腿说：“奎子，娘给你送醋来了，你怎么吃得这么快？”白奎笑了笑，说：“好吃呗。”说完，就张罗起做饭了。

吃完饭已快八点了。白大娘这一天太累了，跟儿子没说两句话，居然在沙发上睡着了。白奎叹了口气，看老妈睡得那么沉，没忍心叫醒她，给白大娘盖上件衣服，转身正想进卧室。

突然，门被敲响了。白奎慌忙跑去开门，是媳妇的表妹。白奎指了指熟睡中的白大娘，示意轻声些，这才把她引进卧室。不一会儿，白奎又出来把那两坛醋拿了进去。

白大娘在外面的沙发上睡得正香，突然睁开眼，一下子就坐了起来，她闻到了自家的醋味儿了。这是给儿子吃的，谁敢擅自打开？白大娘刚要叫，却笑了起来，自己真是睡迷糊了，这不已经到儿子家了。

不过这一折腾，白大娘精神了起来，心说：傻儿子，这么着急。你不会明天再吃吗？但说归说，心里别提有多高兴了。白大娘站起身来到卧室门外，就想进去再跟儿子说会儿话。

“这醋味儿真冲鼻子。”里面传来一个陌生女人的声音。白大娘一愣：这是谁？

“就是，而且要多难吃就有多难吃。”这回是儿媳妇的声音。

白大娘有些不高兴了，但转念一想：儿媳妇不爱吃就算了，人家是城里人，吃不惯这山里的东西，只要儿子爱吃就比什么都强。

“好啦好啦，小声点，我妈睡觉呢，”是白奎的声音，“你们赶快把醋分了。”

白大娘有些傻眼了：怎么回事？分醋？不爱吃你们还要分？

正想进去看看，只听儿媳妇又说：“小芳，我告诉你啊，回去洗脸、洗手的时候，先在清水里放入两勺这醋，然后再洗，美容效果特别好，你要不是我妹妹，我都不告诉你。”

“表姐，怪不得最近你皮肤这么好，原来有这秘方啊！”是那个表妹的声音，嗲声嗲气的，“要用这醋洗脚呢？是不是效果也一样？”

“那当然，你以为我没洗过，我天天用这醋洗呢，比在超市买的白醋效果好多了。”

“是吗？我知道了，这醋是纯人工酿的，自然要比工厂机器酿的效果

好！真是太谢谢表姐了。”

听到这，白大娘就觉得天旋地转，心想：折腾了这么半天，儿子要醋居然是给儿媳妇洗手、洗脸和洗脚用的！我说怎么吃得这么快！你们这是作孽啊，那都是一粒粒粮食，是我和老头子费了多大劲才酿好的，你们难道不知道？白大娘的眼泪差点没掉下来……

第二天天刚亮，白大娘就要走。白奎拦不住，要给老妈钱。白大娘没接，看了儿子半天，真想骂他一顿，却叹了口气，说：“奎子，爹娘都老了，以后再也不能给你酿醋了，这是最后一次。”

白奎连忙点着头说：“好，好，你和爸要多注意身体，我一定省着吃。”说着，不管白大娘怎么推辞，硬是把钱塞进她手里，白大娘看着钱苦笑着摇了摇头。

一路颠簸，白大娘回到家推开院门，却见白老三瘸着腿正把一大包东西往偏房里运。白大娘连忙跑过去骂道：“老东西，你不要命啦！这是干什么呢？”

白老三笑了，说：“回来啦，咋样，咱奎子高不高兴？”白大娘咽了口唾沫，点点头说：“高兴着呢。”

白老三哈哈笑了起来：“是不是一顿饭就吃了一斤啊？”白大娘看着白老三，苦笑着说：“是，真吃了一斤！奎子他，他真吃了一斤！”

白老三笑得更响了，拍着那包东西说：“看见没有？我又买了好多大麦。我想好了，以后再也不用咱奎子说了，三个月就送一回醋，让咱儿子吃个够！”

（**题图、插图**：刘斌昆）

· **本刊信息传真** ·

故事中国网与灾区人民心手相连

在过去的2个月中，整个中华大地随着四川灾区的震动而起伏，处处涌动着关爱和救助的热浪。由《故事会》主办的故事中国网（www.storychina.cn）也在第一时间传递着灾区消息，开辟了专门的讨论区，让广大网友通过网络向灾区的《故事会》读者送去问候和鼓励。此外，故事中国网制作了地震特刊，搜集地震中最感人的故事和图片，记录下2008年这一让无数中国人难以忘怀的重大事件。故事中国网将继续关注和介绍灾区重建中发生的动人故事，欢迎网友提供素材！

2008年，故事中国网（www.storychina.cn）开设“故事点评”和“咬文嚼字”两个栏目，前者欢迎大家对每期《故事会》的作品进行点评，凡入选在网站发布的故事评论将获得50到100元的稿费，优秀评论还有机会在《故事会》上发表；后者则是将你在《故事会》中发现的任何语言文字上的错误，通过网站“举报”，就有机会获得《故事会》的合订本。

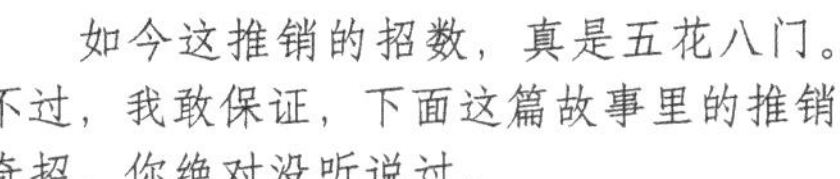

如今这推销的招数，真是五花八门。不过，我敢保证，下面这篇故事里的推销奇招，你绝对没听说过。

非常推销

□胡忠军

都说种树苗是个一本万利的好买卖，刘海棠也赶了这趟热闹，这下可闹心了，眼瞅着这植树的季节快过去了，可自家苗圃的三万棵树苗还没卖出去多少呢。

这天，老刘正在炕头抽旱烟，村里的“点子王”侯宝来找他，进门就喊：“刘哥，你家的树苗有着落了。”

老刘抬头一看是侯宝，就好像见着了救兵，一下坐了起来连忙说：“你这鬼灵精，不是糊弄你刘哥吧，有啥好主意，快说！”

这侯宝别看他个头矮小，鬼点子可多了，他见老刘心急，便故意卖起关子来：“具体是啥招数，你就不用问了。我只问你一句话：如果我把这些树苗全卖完，咋感谢老弟？”

侯宝的口气虽然是半开玩笑，但老刘心里明白，这是在要提成呢，便爽快地说道：“只要你能帮哥卖完这些树苗，我给你两千块。”

侯宝说道：“此话当真？”

老刘一拍大腿，说：“签字画押！”说着取来纸笔，就要写承诺书。

侯宝急忙拦住，笑着说：“刘哥，玩笑话，哪能当真，就凭咱俩的交情，你就等着听好消息吧。”

第二天，老刘等着侯宝给自己出点子，侯宝却没了踪影。他家里人也说不知道他到哪里去了。老刘心想，一定是外出联系销路去了。

第三天，还是没见侯宝的踪影。

第四天清晨，侯宝又早早地出门了。

这下老刘有点着急了，一连到侯宝家里跑了好几趟。快天黑的时候，侯宝从外面回来了。老刘一见他，马上就问：“销路找到了吗？”

侯宝说道：“万事俱备，只欠东风。今天晚上，就开始行动。”

老刘有点奇怪：“夜里，黑灯瞎火的，能做什么事？”

侯宝拍拍胸脯说：“刘哥，我办事，你放心。你只要帮我三个忙就可以了：一是借我四百棵树苗，二是找一辆小卡车，三是给我五个帮工。”

老刘有点不解，问：“你要这些干什么？”

侯宝哈哈一笑，神秘地说：“我要义务植树。”

“啥？义务植树？”老刘以为自己听错了，两眼直看侯宝。

明明是推销树苗，这会儿怎么变成了义务植树？这鬼灵精到底搞的什么名堂？老刘一头雾水。

侯宝见老刘迟疑的样子，忙摆摆手说道：“一切包在我身上，你啥也别管，只等着明天卖树苗就是了。”

老刘将信将疑，但现在除了相信他也没有别的法子了，便照侯宝说的做了。侯宝他们开着小卡车，趁着天黑，出了村。

几个帮工还以为侯宝这是要去送货，便问：“这树苗是谁家要的啊？这么急。”

侯宝说：“这树苗谁家也没要，今天咱要做一件好事，义务植树。”

“啥？义务植树？”几个帮工更奇怪了，“哪有三更半夜去植树的？”

侯宝只是笑，并不回答。帮工们都觉得可笑，但既然拿了人家的工钱，也不好再刨根问底了。

侯宝开着车来到了城郊的开发区，不一会儿，在开发区南端的一个地方停了车。下了车，侯宝指着一块空地，冲几个帮工说：“来，这里给我栽上一百棵树苗。”

帮工们立即照办，一番忙碌后，就将一百棵树苗匆匆栽下了。接着，侯宝又领着大伙来到开发区的东、西、北三面，在几处空地上，同样各栽下了一百棵树苗。

忙活了大半夜，四百棵树苗全部栽完，侯宝带着几个帮工，痛饮了一番，各自回家。

令人意想不到的是，第二天，奇迹真的出现了。

老刘一家正在吃中饭，就听有人喊：“老刘，你还有心在家吃饭，快去看看吧，你那苗圃可翻了天了。”

老刘不敢怠慢，急急忙忙赶到自家的苗圃里一看，可真够热闹的，一群人争先恐后在刨树苗。老刘一问，都是四周邻村的村民，来买树苗的。

这下可把老刘忙坏了，不到半天工夫，三万棵树苗卖得干干净净，而且还卖了个好价钱。

这真是喜从天降，老刘是又高兴，又奇怪。他真不明白，侯宝这小子还真是料事如神。回到家，老刘没顾上休息，揣着钱，就来到侯宝家登门酬谢。

侯宝推辞了一番，还是把钱收下了。

老刘便问侯宝：“鬼灵精，你咋知道今天有人抢购树苗？”

侯宝笑着说：“刘哥，难道你还不明白，人家为什么买树苗吗？”

老刘当时光顾着卖树苗了，哪有闲心去考虑这事。现在听侯宝一说，倒想起来了，好像听几个买树苗的在议论，说是开发区要征地了。

“我知道咋整的了。”老刘一拍大腿忽然明白过来。原来，按照国家征地规定，被征用土地上的树木，不管大小，都要补偿，最低也要补十块钱。听到这征地的消息，谁不赶快往地里大密度地栽树苗啊。

老刘这才明白，敢情侯宝那几天没在家，就是打听消息去了。想到这，他笑着对侯宝说：“你小子还真行，征地的信息你是从哪里打听到的？”

侯宝撇撇嘴说：“刘哥，开发区征不征地我怎么可能知道？”

老刘又感到奇怪了，问：“那为什么大伙儿都急着往地里栽树？”

侯宝呵呵一乐，说道：“难道我这四百棵树苗是白栽的吗？”

老刘更奇怪了：“这里面又有啥关系？”

侯宝见老刘还不明白，得意地说：“刘哥，你知道我这树是栽在什么地方的吗？”

原来，侯宝植树的那些地块的主人，都是市里领导沾亲带故的亲友。你想，这些地块一夜间突然栽上了这么多树苗，谁还不相信，这一片土地马上要被征用了呢？

（题图、插图：刘斌昆）

·传闻逸事·

她是个绝色的女子，却也是个危险的人物，谁要是冒犯了她，就要遭受蜕皮之痛！

花腰蛇精

□马凤文

北宋末年，东京汴梁城内有一人，姓徐名涣，是朝中退下的大员，为官时搜刮了不少民脂民膏，其子徐豹仗势欺男霸女，无恶不作，百姓敢怒不敢言。

这天，徐豹和几个家丁又到街上闲逛，忽见不远处有一个戏班正在表演。徐豹平时最乐于看戏，但并非冲着戏，而是去看那些年轻的戏子，有点姿色的便抢回来。

却说徐豹拨开人群往里一瞧，有点失望，原来是个老者，正在那里舞刀。徐豹刚要离开，忽听那老者喊了声："阿娇，出来吧，该你了。"

徐豹顿时眼睛一亮，只见一个年轻貌美的姑娘羞答答地从后面上来。徐豹看在眼里，喜在心里，向身后的几个家丁递个眼色，家丁立刻心领神会，说了声："少爷，您就瞧好吧！"然后分开人群进入场内。

看热闹的百姓看到徐豹一伙，心知不妙，赶紧躲开。几个家丁径直来到阿娇面前，一阵奸笑。让人意想不到的是，别看阿娇年纪不大，可胆子不小，面对恶徒并无半点惧色。

这时，老者上前，对几个家丁赔笑，家丁把老者往身后一推，骂了句："老东西，滚一边去！"

阿娇微微一笑，对老者道："爹，我看他们不像坏人，尤其是那位相貌堂堂的公子。"说着一指徐豹。

徐豹听姑娘夸他，美得忘乎所

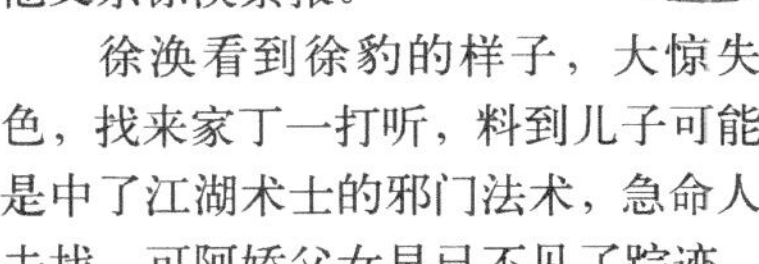

以，凑上前把阿娇上上下下来回打量，怎么看怎么顺眼，尤其是那腰肢，纤细如柳，腰间有一圈白色花带，好似镶在了肉里，上面均匀地排列着深绿色花斑，在阳光下闪闪发光。

看罢多时，徐豹道："姑娘好眼力，本少爷真就不是坏人，我看你们父女俩卖艺也够可怜的，不如随我回去，包你风吹不着，雨淋不到，吃香的喝辣的。"

阿娇笑问："有这等好事？可你怎么把我带到府上呢？"

徐豹嬉皮笑脸地说"小娘子，骑马坐轿任你选，如果你听话，让我抱着走都行。"

阿娇一笑："这可是你说的，我还真想让你抱着走。"

徐豹闻言心花怒放，伸手揽向阿娇腰肢，一用力，阿娇被徐豹抱到胸前。一时间，徐豹心旌摇曳，浑身酥软，两条腿都不知该迈哪一条了。

可突然，徐豹只觉搂在阿娇腰间的手奇痒无比，难以忍耐，一甩手将阿娇扔到了地上。阿娇嗔道："一个大男人连这点力气都没有，晦气！"

徐豹已顾不得阿娇，用力抓痒，可越抓越痒，瞬间那痒痛已沿着手臂爬满全身，整个体内像有无数条虫子在蠕动，折腾得徐豹时而抓耳挠腮，时而在地上打滚，最后，那痒痛竟让他连声怪叫不止。

家丁们不知发生何事，只好丢下阿娇父女，抬起徐豹回府向他父亲徐涣禀报。

徐涣看到徐豹的样子，大惊失色，找来家丁一打听，料到儿子可能是中了江湖术士的邪门法术，急命人去找，可阿娇父女早已不见了踪迹。

徐涣气急败坏，命人给儿子搔痒，可根本无济于事，徐豹已把身子挠得血迹斑斑，真是惨不忍睹。更让人惊讶的是，不知何故，在徐豹的皮肤上竟隐隐约约地出现一些青绿色的花斑，周围向外渗着血水。徐涣料到不妙，赶紧找来本地有名的郎中，可郎中也没见过这种怪病，连连摇头。

徐涣既气又恨，如坐针毡。这时，一个家丁建议，不如贴出告示，遍请高人，徐涣觉得有理，一边命人张贴告示，一边让人把徐豹捆绑起来，否则他非得把自己挠烂不可。

告示贴出的第七天，便有一年轻人把告示揭了下来，来到徐府。徐涣如见到了救星，把来人让进屋内，仔细询问得知，年轻人姓丁名丘，擅治疑难杂症。

徐涣把儿子的前后遭遇详说了一遍，丁丘大惊，道："大人，如果小人所料不错，少爷可能是遇到了花腰蛇精。"

"花腰蛇精？什么叫花腰蛇精？"徐涣忙追问。

丁丘说："花腰蛇精其实就是蛇，可成了精就会害人，如果碰到它身上

的奇毒，便会浑身奇痒，痛苦难忍，而且身上会长出鳞片，让人无法抓挠，最后痛痒而死。”

徐涣大惊失色，忙带着丁丘来为徐豹诊治。徐豹还被绳索紧绑，已被折磨得不成人形，丁丘解开他的衣衫一看，只见皮肤上尽是青绿色鳞片，周围渗着血水。看毕，丁丘道：“果然是被花腰蛇精所害。”

徐涣急问如何医治。丁丘迟疑一下说：“方法倒是有，就怕大人不肯。”

为了医好儿子，徐涣岂有不肯之理，忙让丁丘说出来。丁丘说：“得给少爷重换一张人皮，而被换上的人皮必须是大人您的。”

徐涣惊得差点晕倒，心说这哪里是治病，分明是要人命啊！说什么也不同意，让丁丘另想他法。丁丘微微一笑说：“如果不换皮，就只能让少爷自行蜕皮，我有一个奇方，叫做‘万鞭笞’，能让少爷身上的蛇皮蜕下，解除痛苦。”

“什么叫万鞭笞？”徐涣问。

丁丘说：“所谓万鞭笞，其实就是让一万名百姓每人抽上一皮鞭，直至把皮肤抽烂脱落。”

徐涣听完，捶胸顿足道：“我儿自幼娇生惯养，哪里受得了这等酷刑啊！”丁丘只好摇摇头说：“如此说来，小人也没有办法了。”说完，侧过身去站在一旁，再不发一言。

徐涣见丁丘也束手无策了，再看看儿子的样子，一咬牙吩咐家丁道：“去，把鞭子取来！”家丁一溜快跑取来了鞭子，徐涣叹了口气，对家丁们

说道："来，给我用这鞭子打少爷。"

家丁们面面相觑，谁都不敢去接鞭子。徐涣大吼一声："难道你们要看着少爷死？"几个胆大的家丁这才走上前来，其中一个抖抖索索地拿过鞭子，说了声："少爷，得罪了。"说完，一鞭子绵软无力地挥了下去。

丁丘站在一旁只是摇头，徐涣见此情景，发狠说："重一点，再给我重一点。"几下重鞭落下，徐豹身上立刻皮开肉绽，倒头晕了过去。

丁丘看不过去了，说："大人，这鞭子必须是百姓打才有用，如此这般，只是徒增少爷的痛苦，事不宜迟，再拖延下去，恐怕性命就不保了啊。"

徐涣老泪纵横，只好点头答应。

很快，徐豹被脱掉外衣，吊到大街的木杆上。百姓哪里见过徐豹这般模样，都在一旁指指点点。

徐涣气得刚要发作，丁丘一把拦住他，说："大人，不可动怒，还要指望他们解救少爷呢。"

徐涣心想：至于吗？难道讨打还得求人不成？

让徐涣想对了，百姓们听说徐豹患了怪病，个个解气，都想让他生不如死，哪个愿意救他？

丁丘也急了，说："大人，如果不在晌午前打完万鞭，恐怕神仙也难救了。"徐涣闻言，只好放下架子，"扑通"一声跪倒在地，求路人赏鞭，可是百姓并不领情。

徐涣没办法，只好又向丁丘求救。丁丘想了一下说："那只能用'千金散尽'之策了。"

徐涣不明白，丁丘解释说，就是让徐涣把所有的金银拿出来，花钱买鞭笞。徐涣急了，心说那些钱可是他一辈子的积蓄，可为了儿子，徐涣也想不出更好的办法。于是，命人抬出万贯家资，向百姓买打。

哪知，面对金银，百姓也不为所动。就在徐涣快绝望时，人群中有一个女子喊了声："那都是百姓的血汗钱，看在徐涣爱子的份上，就每人卖他三鞭子吧。"

话音方落，一个老汉提起鞭子冲了过去，朝徐豹狠狠地抽了三鞭子。其余人跟着上去，将无数怨气全都发在了徐豹身上，片刻工夫，徐豹已被打得血肉模糊……

一个月后，徐豹身上的伤疤开始脱落，露出了新鲜的皮肤，那钻心的痒痛也消失了。散尽千万家资，徐涣无法在京城居住下去，便收拾收拾，准备带着妻儿还乡。

启程那天，正好碰到街上有两人在演杂耍，那女孩徐豹认得，是阿娇，细腰间那青绿色的花斑还让他心有余悸；老者也被徐涣认了出来，是丁丘，尽管他乔装改扮过了。徐涣看着他们，不禁打了一个寒战：下一个经历蜕皮之痛的，不知是哪一个？

（题图、插图：黄全昌）

·悬念故事·

幽暗的酒吧里，人影憧憧，角色迷乱，是谁在导演这场戏……

谍影危情

□翟丙军

意外邂逅

有些人天生爱幻想，成天期盼着遇见什么离奇艳情。宋阳就是这么个人，他是芭娜娜酒吧的常客，经常来这里等待奇遇，不过美梦似乎从来没有成真过。

这天晚上，跟往常一样，宋阳要了一杯德国黑啤，静静地独自坐在吧台一角。忽然，他依稀察觉旁边有一双眼睛在盯着自己看，便下意识地将头扭过去。

眼前是个电影明星般的美女，看上去不过二十出头，瓜子脸，大眼睛，皮肤白皙，身材高挑。

宋阳与女孩的眼神对了个正着，那女孩冲宋阳笑了笑，宋阳也礼节性地点点头，不曾想，那女孩竟端着一杯“红粉佳人”径直朝宋阳走过来。

“嗨，我叫李婷。”女孩很大方地自我介绍。

宋阳有点慌乱：“你好，我叫宋阳。”

女孩在宋阳身边坐下，说了一句莫名其妙的话：“你是他们派来的吗？”

宋阳一脸茫然：“你在说什么？”

女孩脸上露出一丝失望。这时，一个穿黄西装的男人从他们身后走过，似乎扫了他们一眼。女孩的脸色一下变得苍白失色，宋阳看出了女孩的异样，忙问：“怎么了，你认识那个人？”

女孩点点头，说：“他是一个杀手。”

宋阳乐了，女孩却一本正经地说：“我没骗你，刚才你冲我点头，我还以为你是便衣警察，所以才会坐过来。”

“什么？”宋阳搞不清女孩是不是在开玩笑，“怎么冲你点头就一定是警察？”

“因为我跟警方约好了，今晚要在这里会面，”女孩神色惊恐地又朝西装男扫了一眼，“可是没想到，他们居然派杀手来跟踪我。”

“他们又是谁？”宋阳问。

“黑道老大朱青蛇。”女孩压低了声音说。

宋阳从来没有听说过这个名字，不过想来还是少惹为妙，便干咳了一声：“我去趟洗手间。”说着，宋阳放下黑啤，匆匆向洗手间走去。

宋阳趴在水龙头前冲了一把脸，想让自己清醒一些。这时，洗手间的门被人重重地推开了，透过眼前的镜子，宋阳看到那个西装男走了进来。

这一下可把宋阳给吓坏了，他本能地飞快转身，一下子动作过猛，手上沾着的水珠溅了西装男一脸。

“你有毛病啊？”西装男不满地擦着脸上的水珠，瞪着眼珠子说。

宋阳紧张地问：“你想干什么？”

西装男打量宋阳一眼：“废话，来这里面能干什么？撒尿，满意了吧！”

宋阳被羞得满面通红，连声道歉，逃也似的冲出了洗手间。回到吧台时，那女孩斜着眼冲宋阳笑：“怎么样，吓着你了吧？”

宋阳也笑道：“你可真能编，那个人根本就不是什么杀手，你也根本就不认识人家，对吧？”

女孩坦率地承认：“是啊，不过刚才你还是有点相信了，对不对？”

宋阳不好意思地点点头：“你装得还挺像。”

离奇遭遇

这时，有个戴墨镜的瘦男人进了酒吧。宋阳不由好奇地看了那人一眼。可看到那个瘦男人，女孩的表情一下又变得惊恐起来。

宋阳笑着说“你别告诉我，他也是杀手。”

“这次是真的了，”女孩的身体似乎在颤栗，“这个戴墨镜的是一个比杀手还危险的人物，其实……他是个间谍。”

“我晕，间谍都出来了，再过一会儿，你是不是又该变出机器战警了？”宋阳笑嘻嘻地说。

女孩狠狠剜了宋阳一眼：“我不是在跟你开玩笑，实话告诉你吧，我也是间谍，我跟他以前都是为同一个

组织效力。但是……现在我想做一个普通人，本来我已经跟警方谈好了，只要我把组织的秘密说出来，警方就会帮我改头换面。今天晚上，我跟警方的牵线人约好在这里会面，刚才我误以为你就是。”

“拜托，这一套词你已经用过了！”宋阳嘻嘻哈哈地说。

“是的，”女孩好像确实被吓得有点语无伦次了，“我承认刚才是在逗你玩儿。但是我没想到，组织里竟然真的派人来了。我想，现在酒吧里，至少有一半以上的人都是组织派过来的。”女孩越说越玄乎。

宋阳全当笑话听，心想：这女孩跟我这么多话，是不是看上我了？莫非今天我真要走桃花运了？

宋阳正美美地想着，忽听女孩又说：“我现在处境很危险，想必那个牵线人也意识到了，所以才迟迟不露面，不过不要紧，我还有另外一套联络方式。”

宋阳觉得这女孩越来越有意思，索性就配合她一下，问：“什么联系方式？”

女孩一本正经地说：“如果我到了，找不着他，我就会点唱一首指南针乐队的《回来》，他自然就会过来跟我相见。不过，如果他认为这里很危险，那他就会点唱指南针乐队的另一首《南郭先生》，提醒我赶紧逃走。”

女孩刚说完，酒吧的歌手竟然真就唱起了指南针乐队的《南郭先生》。宋阳脸上的笑容一下僵住了。这首歌已经好久没有人点过了，却偏偏在这时响了起来，这绝对不会只是巧合那么简单。

女孩的脸色越发苍白：“看来情况比我想象的还要危险，我得走了。”说着，女孩从椅子上跳了下来，可是，刚一转身，突然又退了回来。

宋阳也被女孩的这些举动给弄得莫名紧张了起来：“又怎么啦？”

女孩一脸苦笑：“来不及了，门口

有人堵着我。”

宋阳闻言朝门口望去，只见门口除了站着一个穿超短裙的迎宾小姐之外，空无一人。

这时，女孩笑了，说：“又被我骗到了吧！”

宋阳摇着头说：“怎么会这样，明知道你会骗人，还是被你给唬住了，你可真会演戏。”

说到演戏，女孩眼神里浮出忧郁的神情，说：“我本来就是个演员，我刚才是在练习我的演技呢。”

不过，宋阳总觉得有点不太对劲，问：“刚才那首《南郭先生》是怎么回事？怎么那么巧？”

女孩刚想张嘴，忽然她身后多出一个人影来，那个肥头大耳的西装男不知何时站到了女孩身后。

西装男目光凶狠，死死地盯着宋阳：“你小子是不是活得不耐烦了？”

宋阳一怔。然后他便看到，西装男的手里竟然握着一把精致的小手枪。枪管压得很低，抵在宋阳的小肚子上。宋阳被吓傻了：“大……大哥，您这是干什么？”

“少废话，你知不知道这个女人是谁？她背叛了我们朱青蛇朱老大。想必你就是那个警方的接头人吧？今天算你倒霉。我不想在这里面杀人，跟我出去。”西装男恶狠狠地说。

酒吧里灯光昏暗，乐声悠扬，没有人注意到宋阳这里发生的事情。

宋阳急忙辩解：“一场误会呀，老大，我不是什么警察，也不认识这个女的，不信我可以证明给你看。”宋阳手忙脚乱地掏出一堆证件，“你看看，我真不是什么警察。”

西装男匆匆扫了一眼，然后阴森森地说：“好吧，我暂时相信你。把你的姓名、电话留下，如果万一我们查出你在说谎，无论你躲到天涯海角，都休想逃过我们的追杀。”

宋阳被吓呆了，连忙乖乖地照做了。

西装男用枪顶着女孩走出了酒吧，临走前还凶神恶煞般警告宋阳不准报警。宋阳吓得双腿发软，从酒吧里出来时，感觉像是做了一场恶梦。

特殊真相

此后的日子里，宋阳天天在忐忑不安中度过。如此过了半个多月，就在宋阳压抑得快要疯掉之时，他又见到了西装男，仍然是在芭娜娜酒吧里。

“是宋阳先生吗？”西装男出现在了宋阳面前，“实在对不起，那天我弄丢了您的电话号码，一直联系不到您，所以我就天天来酒吧等您。”

“没关系，”宋阳有些紧张，急忙说，“现在您调查清楚了吧。”

西装男笑了，说：“真是抱歉了，那天的事情是一场误会，我早该跟您

解释的，那个女孩其实是我女儿。”

宋阳怔住了，满脸疑惑。

“是这样的，我女儿精神不太正常，她总觉得自己是个演员，天天吵着要演戏，我那天其实是在陪她演一出她事先排好的戏，而您是她选中的临时演员。”西装男不好意思地说，“那天乐队唱的那首《南郭先生》是我点的，那把枪也是假的。”

“你不是在骗我吧？”宋阳有些不敢相信。

西装男长叹一声：“我没骗您，说

起来丢人，我女儿以前真是演员，但是发生了一些事情，把她给毁了。”

原来，西装男的女儿自幼爱表演，一心想做演员。有一年，市里来了一个剧组，导演看中了西装男的女儿，想把她招进剧组做女二号。

女孩自然高兴得要命。可是，进了剧组她才知道，这竟是一伙骗子。那个导演用花言巧语将她灌醉，拍摄了大量的不雅照片，然后勒索女孩一家拿十万元过来买底片。

西装男的妻子有心脏病，看到照片后，当场病发，还没来得及送进医院，便死在了救护车上。女孩也因为这件事受到极大刺激，不久便疯掉了。

西装男本想报案，但是还没进派出所，便接到了警方打来的电话。原来，这伙骗子骗的女孩还不止一个，有十多个怀揣明星梦的少女全都上了他们的当。其中有人已经报了警，这伙骗子被警方一网打尽。

骗子虽然落网了，但西装男的家庭却已经被毁掉。

讲述这段往事时，西装男的眼角有些湿润了。

宋阳不知怎么安慰眼前这个可怜的男人，他犹豫了一会儿，若有所思地说：“您的女儿真的很有表演天分，那天晚上她演得很好。如果有机会，我还想再做一次她的临时演员。”

（**题图、插图**：魏忠善）

·海外故事·

一个戴着耳钉、扎着小辫的富商之子遭遇了绑架，他会如何做呢？

该死的花花公子

□楚横声

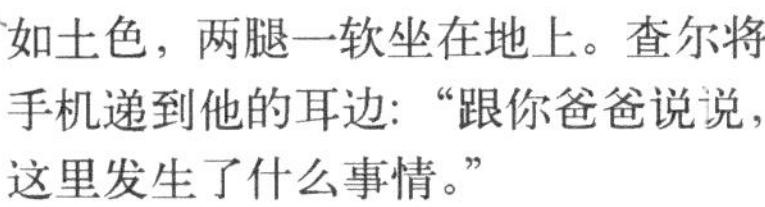

佛莱尔是亿万富翁布朗的儿子。这天，他和朋友迈克去攀岩，当他们登上阿力加斯山的峰顶时，这才发现静悄悄的峰顶上竟然站着三个大汉，后面还停着一架直升机。

见到佛莱尔他们，为首那人露出一丝残酷的笑容，说："佛莱尔，你的保镖们没上来吗？恭喜你成为我的人质，对了，自我介绍一下，我叫查尔。"

查尔说着，拿出手机按下一连串号码，一手将手机放在耳边，另一手抽出一把枪，漫不经心地对着迈克扣动了扳机。可怜的迈克胸膛上鲜血飞溅，"扑通"一声摔倒在地。佛莱尔面如土色，两腿一软坐在地上。查尔将手机递到他的耳边："跟你爸爸说说，这里发生了什么事情。"

佛莱尔哆嗦了半天，突然歇斯底里地大喊起来："他们打死了迈克，他们要绑架我……"

查尔满意地点点头，拿过手机说："布朗先生，给你二十四小时，准备两千万现金。我已经枪杀了他的朋友，不知道这样能否让你明白我的决心？"

随后，佛莱尔被他们蒙住眼睛，推进了直升机。直升机挑衅似的在空中转了一圈，然后飞离了山下佛莱尔保镖们的视线。途中，他们改乘了汽车，最后佛莱尔被关进一间屋子，双手反铐在一根柱子上。

查尔命人搜去佛莱尔身上的所有物品，包括他耳朵上的耳钉。佛莱尔

是个潮流青年，他的头发扎成一条条细小的辫子，看上去满头都是小蛇。

查尔揪住佛莱尔的几根小辫子用力一扯，轻蔑地说：“该死的有钱人，你看看你还像个男人吗？我最讨厌的就是你这样的花花公子。”

佛莱尔简直吓傻了，喃喃地说：“我爸爸会给你钱的，请不要杀我……咯咯咯……”

佛莱尔的牙关不由自主地打起战来，更奇怪的是，他的身下传来水流的声音。查尔皱了皱眉，不由得露出厌恶的神色——原来佛莱尔吓得尿了裤子。

查尔挥手给了佛莱尔一记耳光，骂道：“我绑架过七个人，像你这么没出息的，还是第一次见到……别抖了，闭上你的嘴。”

佛莱尔不敢看他，用力地闭上嘴，却止不住自己的恐惧，于是牙齿撞击的声音变得格外沉闷。

查尔眼睛一转，突然想要戏弄这个富家子弟。查尔命令佛莱尔张开嘴，然后突然抓住他的手指塞进他嘴里。佛莱尔惨叫一声，上下不断撞击的牙齿狠狠地咬在了自己的手指上。查尔的手下们笑得前仰后合。

查尔突然止住笑声：“兄弟们，该干活了。”他命令手下去监视佛莱尔父亲布朗的动静。没多久，消息不断传来，说布朗正在全力筹集现金，但是他肯定报了警，一队不明身份的人进驻了他的家。一切都在查尔的预料之中，查尔满意地笑了。

二十四小时转眼即逝，查尔拨通了布朗的电话，让他准备交钱。布朗镇定地说：“钱没问题，但我要确定我的儿子还活着，否则你休想拿到一分钱。”

查尔拔出枪，笑嘻嘻地顶在佛莱尔的头上。佛莱尔吓得面色惨白，牙关打战。查尔就是要让布朗听到这些，他嘲讽地说：“布朗先生，你知道这是什么声音？哈哈哈，你儿子吓得要死，他的牙齿都快咬碎了。”

佛莱尔突然歇斯底里地大喊：“爸爸，救我——”查尔一拳打在佛莱尔的脸上，叫声戛然而止。

查尔跟布朗谈妥交款方式后，把一个钮扣样大小的东西塞进佛莱尔的嘴里，用胶布封住了他的嘴，然后取出一个遥控器，说：“如果你爸爸敢骗我，我就会引爆你嘴里的微型炸弹，它的威力不大，但足够炸飞你的脑袋，所以，你给我乖乖的，懂吗？”

佛莱尔说不出话，只是拼命地点头。

收取赎金的人已经出动了，一切都按照查尔的计划进行着，他马上就要成为大富翁了。一个手下问查尔，怎么处置佛莱尔。查尔把眼睛凑到窥视孔上，看见佛莱尔坐在地上，被铐住的双手反抱着柱子，茫然地盯着对面的窗帘。查尔冷酷地笑了，说：“收到钱，就立刻杀了他。”

话音未落，窗子突然被撞得粉碎，几个身穿防弹衣的特种警察如神兵天降，查尔的手下们还没明白是怎么回事，便纷纷倒在血泊里。

查尔却在瞬间，撞开关押佛莱尔的房门，一个跟头翻了进去，揪住佛莱尔，把枪顶在他的脑袋上，疯狂地大喊“不要进来，否则我就杀了他。”

几个特警出现在窗前，黑洞洞的枪口指着查尔。查尔这时才庆幸自己有先见之明，这间屋子窗上装了铁栅栏，否则特警早就冲进来了，自己就什么机会都没了，而现在至少还有佛莱尔这个人质。

局面一时僵持不下，没有人敢开枪。查尔实在想不明白，特警是怎么找到这里的。可现在不是想这些的时候，他用另一只手取出遥控器，高声说“只要我按一下，佛莱尔的脑袋就没了，不想要他的命，你们就开枪吧！”

查尔边说边收起枪，拿出钥匙准备打开佛莱尔的手铐，他要押着佛莱尔逃出这个鬼地方。可他突然愣住了，佛莱尔的手铐居然是开着的。更让查尔惊讶的是，佛莱尔好像换了一个人似的，丝毫没有恐惧之色，反而充满了兴奋。

查尔慌忙举起遥控器说：“别动，别动，它会炸飞你的脑袋。”

佛莱尔甩开手铐，友好地拍拍查尔身上的灰尘，然后就要去撕嘴上的胶带。查尔大叫：“不要动，否则我要按了……”

佛莱尔好像没有听到他的话，继续撕扯着胶带。一旦佛莱尔吐出炸弹，自己就没有威胁的资本了。眼见胶带马上要被撕开，查尔把心一横，就算是死也要拉个垫背的，他绝望地将大拇指用力按了下去。

随着一声爆炸声响，佛莱尔扑倒在地。特警们正要冲进屋去，却发现佛莱尔安然无恙地站了起来，倒下的是查尔，他的肚子被炸了一个大洞，

· 快乐辞典 ·

出门旅行防盗防抢8大绝招

俗话说：不怕贼来偷，就怕贼惦记。下面的8招，包你出门平安：

◇ 如携带单肩笔记本电脑包，请在背包正面写上“同城速递”；
◇ 如携带中型手提旅行袋，请写上“管道疏通”；
◇ 如携带大型拉杆行李箱，请写上“专业保洁”；
◇ 如携带大量纸箱，请写上“商务快餐”；
◇ 如携带大袋值钱物品，请用黑色晒图纸袋包裹，写上：“某某公司建筑结构水电各10套”；
◇ 钱包上，请写上“消毒面纸”；
◇ 手机外面裹上一层纸，上书“速效救心丸”；
◇ 如随身携带更贵重的东西，最好怀里抱个小鸡，写上“小心禽流感”。

（**推荐者**：朱孔霞）

躺在地上痛苦地大叫。

佛莱尔走到查尔身边，说：“查尔先生，你太蠢了，既然我的手铐都解开了，我还会让炸弹留在嘴里吗？很抱歉，刚才我一不小心，把它掉在你的口袋里了。”

“儿子，你没事吧？”一个人大喊着冲了进来，正是佛莱尔的爸爸布朗，他抱住儿子，兴奋地说，“你太聪明了，竟然还记得我们做生意时约定的暗号，我就知道我的儿子不会窝囊到牙关打战的，再仔细一听，果然，你在用牙齿敲出摩尔斯密码，不过，你怎么知道被关押的地点呢？”

重伤的查尔悔恨地诅咒自己，原来佛莱尔害怕的样子都是装出来的，他们父子俩之间竟然有约定的暗号。不过，他始终不明白，佛莱尔一直被铐在柱子上，没理由知道自己身在何处啊！

佛莱尔笑嘻嘻地蹲在查尔面前，把手伸到脑后的小辫子里，再拿出来时，手里多了一枚发卡。他得意地说：“你搜身的时候漏了这个，它藏在头发深处，不但能保持我的发型，还可以救我的命。我头靠着柱子把它蹭落了下来，然后用它打开了手铐，要不是窗子上有栅栏，我早就逃走了。我认出了这个地方，通知了爸爸，又取出了炸弹，然后把炸弹还给你……”

看着查尔绝望的表情，佛莱尔继续说道：“为了让你相信我的恐惧，对我放松警惕，我甚至不惜尿了裤子，表演还不错吧？现在，你还认为我只是一个花花公子吗？”

（**题图、插图**：佐　夫）

一条短信，一颗爱心，孩子需要学会对父母说感恩。

爱的短信

□李　爽

棘手的问题

一大早，初二（三）班的班主任方薇刚走到教室门口，就听到里面传来一个声音："看看我的手机，昨天新买的，能拍三百万像素的照片！"话音刚落，马上有人抢白道："那算什么，我的还有摄像功能呢。"

方薇板着脸走上讲台，敲了敲桌子。教室里顿时鸦雀无声，几个调皮的学生都装模作样地念起书来。

这就是让方薇头痛不已的问题。打从这学期初起，班上很多同学都添置了手机，课间常见他们凑在一起比拼谁的手机款式新、功能全。任课老师们更是摇着头说，上课时底下"噼里啪啦"玩手机的现象太严重了。

方薇皱着眉头巡视教室。突然，她的目光停留在一个黑瘦的女孩赵小妮身上。只见，她把书摊在桌面上，眼睛却偷偷摸摸地盯着下面。方薇悄悄走过去，站在她身后咳嗽了一声。赵小妮慌乱地把手里的东西塞进桌子，但方薇还是看清了，那是一个手机！

方薇简直气不打一处来。赵小妮的家境不好，全靠着父亲打工供她读书，所以这孩子一直特别懂事，没想到，竟也沾上了班里的不良风气。

方薇真想当场把赵小妮狠狠地批评一通，但是看看她满脸通红的样子，方薇把到嘴边的话又咽了回去，只是重重地敲了敲赵小妮的桌子。走出教室，方薇暗自叹了口气，心想：看来这个问题是要好好管管了！

下午的班会课，方薇走上讲台，巡视了一下全班同学，缓缓地开了口：“这节课原定是学习方法交流会，我想先问大家一个问题，大部分同学现在都有手机，有谁能说说，手机有什么用处？”

同学们面面相觑，搞不清老师的意图。沉默了片刻，班长董博率先举手：“手机可以联络同学之间的感情。过生日发个祝福短信，闹别扭了发个道歉短信，都很方便。”

方薇微笑地点点头。同学们这才争先恐后地回答起来，还可以用来听歌，查单词，做算术……答案可谓五花八门。

“既然手机有这么多用处，我们就来举行一次比赛吧，今天不赛别的，专赛短信。”

特殊的比赛

方薇说着，转身在黑板上写下了“短信争霸赛”五个大字。班上的气氛一下子热烈起来，同学们一个个摩拳擦掌，跃跃欲试。

方薇把全班同学分成四组，很快，各组的代表就站在了讲台前，紧张而兴奋地看着方薇，被同学推举出来的赵小妮却是一脸的慌乱。

方薇拿出事先准备好的小黑板，说：“第一关‘速度我最快’，规则很简单，看谁先把黑板上的话编成短信。”说着，她把黑板翻过来，上面是李白的名作《梦游天姥吟留别》选段。

随着一声“开始”，同学们飞快地按起键来，拇指灵活得好像在跳舞。可赵小妮的频率却明显比别人慢一拍，她笨拙地按着手机，不停地去擦鼻尖上的汗珠。

突然，另外三个人几乎同时一顿。方薇知道，他们一定是被“水澹澹兮生烟”的“澹”字给难住了。她在一旁看着，并不动声色。

“老师我好了！”语文科代表丁萱萱率先举手。紧接着，班长董博也完成了任务。赵小妮和另外一个男生还在手忙脚乱地按着。方薇问这个男生原因，果然是不知道“澹”字的音。

丁萱萱自豪地说：“这个字我以前看课外书时看到过，想了想就记起来了，和‘平淡’的‘淡’是同音。”

董博不好意思地挠挠头：“我的确不认识这个字，就快速调成了笔画输入法，把这个字依葫芦画瓢地‘写’进去了！”

底下一片笑声。方薇趁热打铁地说：“同学们都看见了吧？广阔的知识面是很重要的，但是万一遇到了死角，也可以及时变换思路，同样能达到目的。”大家都信服地点点头。

方薇无意中瞥到赵小妮，她正不安地搓着衣角，满脸羞愧的神色。她的进度最慢，让整个组的同学都有点抬不起头来。

“下面是第二关‘文采我最炫’，”

方薇宣布道，“五分钟的时间，每个组即兴编出一条祝福中秋的短信。”

教室里像开了锅的水一般沸腾起来，同学们七嘴八舌地议论着，方薇在边上计时。五分钟到了，只有三个组交上了作品，大家一致评定董博组的作品最好：“八月十五夜月照，九州同庆万家欢。乐看人间真情共，举杯祝福盼平安。”

方薇对着黑板默念了几遍，突然转过身来，神秘地笑道：“董博他们的这首诗写得不错，不过，如果对标点做些小小的移动，这首诗就会变成一首词。”同学们惊异地睁大了眼睛。

“老师，我看出来了！”丁萱萱兴奋地叫了起来，三步并作两步跑上讲台，拿起粉笔在黑板上画了起来。

同学们随着她改动的标点，轻声念着：“八月十五夜，月照九州，同庆万家欢乐。看人间真情，共举杯祝福，盼平安！”

底下响起了热烈的掌声，董博兴奋得脸都红了：“嘿，真没想到我们写出了这么一首绝妙的‘诗词’呢！”

方薇挥挥手示意大家安静，转头问那没有作品出炉的一组：“你们为什么没能完成呢？”

赵小妮站起来，一脸委屈“大家吵啊吵的，每个人想法都不一样。我们刚刚把风格定下来，时间就到了。”

方薇点点头说：“不恰当的合作反而会影响效率。在集体中，不能过分突现个人的智慧，只有齐心协力，才能做出成绩。”同学们静静地回味着老师的话。

方薇又拍拍手说“第三关是‘祝福我最多’。请同学们翻翻手机里的祝福短信有多少？”教室里又热闹起来，各组都进行了统计，还真多，几乎每个节日都有。

方薇看看差不多了，就大声问道：“在节日里给过父母祝福的，请举手！”

此言一出，教室里霎时安静下来。方薇又问：“在父母过生日时给予祝福的，请举手！”还是令人窒息的沉默。

“那父母工作不顺利时，有人发短信安慰他们吗？你们惹父母生气了，有人发短信道歉吗？”方薇继续问道，同学们都低下了头。

“记住，你们的一切是父母用血汗换来的。在你们悠闲地玩手机时，他们可能正在挥汗如雨地工作。”方薇说着，特地看了赵小妮一眼。赵小妮是个聪明的孩子，立刻埋下头去。

方薇舒了一口气，说“今天的比赛就到这里吧。这节课的作业，是每人给父母发一条短信，内容不限，但应该是你们心里最想说的话。”说完，方薇意味深长地扫视了一下全班。

爱心的传递

下课后，赵小妮磨磨蹭蹭地走到方薇跟前，胆怯地开了口：“方老师，今天的作业，我……我没有办法完成。”

“嗯？”方薇有些意外地看着她，不禁生气，“难道你爸爸给你买手机，就是为了让你上课聊天，玩游戏的吗？你对得起你爸爸在毒辣的太阳底下扛水泥、搬砖头吗？”

赵小妮的脸更红了，眼里闪烁着晶莹的泪花，声音小得几乎听不见：“不是这样的，老师……我家门前的小巷子没有路灯，爸爸说不安全，每天晚上都到巷口接我……可是晚自习常常加课，没个准点……于是我让爸爸买了两个旧手机，我们各拿一个。晚上我到巷口时，就给爸爸打电话，拨通了响一声再挂断，爸爸就知道我回来了……爸爸在工地上要是想我了，也是响一声就挂断，这是我和爸爸约定的暗号……”

方薇觉得鼻子酸酸的：“原来是这样……那你更应该给爸爸发一条短信，好好谢谢他，让他高兴一下啊！”

赵小妮摇摇头，说：“老师，我爸爸……他不识字。”

方薇清楚地看到两行闪亮亮的泪水，顺着赵小妮的脸颊流下来。她想了想，把赵小妮拉到怀里，拿过她的手机，抿着唇，认真地按了起来。

赵小妮看着看着，眼睛惊奇地睁大了。原来方薇用星号在屏幕上排出的，是一个大大的爱心。

“这个怎么样？”方薇按下最后一个键，微笑着问她。

“太好了！”赵小妮高兴得语无伦次，“这个爸爸看得懂，而且他一定很高兴！谢谢方老师！我，我这就发给他！”

方薇看着赵小妮眼里闪着的激动泪花，觉得自己心里也涌起了一阵暖流。她情不自禁地伸出双臂，把这个懂事的孩子紧紧地搂在了怀里……

（**题图、插图**：谭海彦）

一块钱的佣金

大伟家的楼下，有几家擦皮鞋的小摊，大伟常去光顾。

这天，大伟在回家的路上，鞋子上不小心沾上了一层薄薄的水泥浆。大伟飞快地跑回家，想去找个擦鞋摊打理一下。然而，不知为什么，大家都没有出来摆摊。

有一个摊子倒是在，那个丑陋的女人坐在路边，身旁是她的孩子，正在做作业。这个女人看上去虽然年龄不大，可头发蓬乱，衣服也是破旧不堪。丑陋的模样加上不太精神，所以大伟从不去她那里擦鞋。

可是这天，大伟害怕水泥浆腐蚀了新买的鞋子，无奈之下，只好极不情愿地坐到了丑女人的椅子上，拿出一本杂志翻了起来，嘴里还不停地催她快点。

女人擦得挺快，也很干净。大伟如释重负地伸手去皮包里拿钱，却发现里面空空如也，再摸衣服口袋，也是毫无分文。那一刻，大伟尴尬极了，说了声："实在对不起，我……我忘记带钱了！要不，我明天带来给你！"

"这……要不……"女人似乎不太情愿。

大伟见状，掏出了手机，准备打电话叫朋友送钱过来。

"要不，你帮我儿子检查一下作业吧！"丑女人回头看看身边的儿子，然后有些胆怯地望着大伟，眼神里满怀期待，"我儿子的成绩不太好，可我和他爸又没多少文化，如果你觉得一块钱不够的话，我可以一直帮你擦鞋，直到你满意为止。"

那一刻，大伟惊得目瞪口呆，他突然发现，作为一个孩子的母亲，眼前这个相貌丑陋的女人竟然相当好看。

从那以后，大伟总会顺路去给那孩子检查一下作业，只因为他美丽的母亲支付的一块钱佣金里，承载着深深的母爱。

（**作者**：代淑蓉；**推荐者**：赵永跃）

（**插图**：安玉民）

物质之外的东西

大学里的一节课，教授给同学们讲了一个故事："大家都在饭馆里吃过面吧，一般不过区区几元钱。可是，你们知道吗，在一家五星级的大酒店里，一碗阳春面的要价是一百元。"

"哇，这么贵！"同学们发出惊奇的声音。

教授点了点头说："我曾经吃过这么一碗面。服务员把面端到我面前，我吃了一口，觉得稍微咸了那么一点点。于是，我向服务员提出，能不能给我一点清汤。他一听，连忙向我说对不起，并请我稍等。"

教授停了停，又说："几分钟后，我的桌前出现两个人：一个人穿着笔挺的西装，他是酒店餐厅的经理，他连声向我道歉。另一个人穿着雪白的厨师服，他是餐厅的厨师长，他给我摆上两碗面，并且告诉我，左边一碗的含盐量是方才那碗的一半，右边一碗一点盐也没有，但他们准备了炸酱、香菇酱、咖喱酱等十几种酱料，我可以根据自己的口味随意加入……"

课堂上沉默了。是的，以前，商家只注重产品，现在则更注重服务本身。其实真正有价值的，未必是物质，而是物质以外的东西。

（**推荐者**：木　木）

用思路疏通道路

美国某体育场为了满足大批球迷看球的要求，动工将看台上的8万个座位扩容到12万个。

这时，政府的治安管理部门发现了问题：与体育场相关的道路最多只可容纳8万人的流量，而这对12万观众来说远远不够。如果不解决这个问题，就很难避免在大型赛事中，因为交通堵塞而导致伤亡事故的发生。

于是，道路管理部门提出把道路加宽，扩大其流量。为此，政府至少得拿出4000万美元的经费，而这笔经费不算少，政府一时很难办到。

无奈之下，政府决定向市民征集建议，最后采纳了一位音乐家的方案：在足球比赛结束时，增加一些吸引人的娱乐演出，这样，有些人会因观看演出而多留一会儿，观众离开体育场的时间就不会集中，道路拥挤的问题也就会相应得到缓解。

思路往往决定出路，任何一个好的解决方案都是由新奇的思路产生的。

（**作者**：蒋光宇；**推荐者**：郝翠英）

·外国文学故事鉴赏·

最后一个疑点

□木　金　改编

高罗佩（1910年－1967年），荷兰著名汉学家，著有《大唐狄公案》等书。他将东方公案传奇与西方侦探小说的悬疑、推理手法巧妙结合，文字生动有趣，情节曲折丰富，对读者有很强的吸引力。本故事根据他的作品《跛腿乞丐》改编。

疑神疑鬼

正月十五是传统元宵佳节，浦阳城张灯结彩，老百姓喜气洋洋。

但有个人此刻却非常痛苦，谁？浦阳县令狄公。

一大清早，前来拜贺的客人就一批接一批，弄得他焦头烂额，直到送走最后一位叫林子展的富商，他这才感到浑身一阵轻松。

这时，月出东山，衙院里外已挂满了灯笼，他的三个孩子正在花园里为一个绘着八仙画像的大灯笼点火。

狄公正想走出去看看，却见洪参军走了进来，他忙问道："洪参军，有什么要紧事吗？"

洪参军道："没什么，只是城北出了件小事，一个老乞丐跌死在一条干涸的河沟里，头撞破在沟底的大石上。我问了大家，都说没见过此人，想必是外乡赶来城里乞讨的。"

狄公问："这乞丐跌死在河沟的

哪一段？”洪参军答道：“靠近富商林子展家后街。”

“哦，”狄公点了点头，对洪参军说，“今天是元宵节，你早点回去吧。”

送走洪参军，狄公正想回府，猛见影壁后闪出一个老翁，拄着竹杖一拐一瘸向他走来。眼看就要与他照面，却突然身形一闪，不见了影踪。

狄公吓出一身冷汗，稍稍醒悟，便高声大叫：“老翁出来！但见本官无妨。”花园内一片寂静。狄公壮大了胆，走近竹林又叫了几声，仍无人答应。狄公虽不信鬼魂显灵之说，但也不得不感到那老翁行迹蹊跷：莫非是在提醒自己，他死得冤枉？想到此，狄公心中愈加不安，便唤过家丁，传洪参军速至。

过了一会，洪参军气喘吁吁地赶了过来。狄公却漫不经心地道：“我想去看看那个死去的老乞丐。”

洪参军领着狄公来到一间偏室，老乞丐的尸身就躺在一张长桌上。狄公从洪参军手上接过蜡烛，挪开芦席，定睛细看：死者看上去在五十上下，皱纹凹陷很深，但脸廓却有棱有角，两片薄薄的嘴唇上还蓄着整齐的短须。他又掀开死者的袍襟，见左腿畸态萎缩，向一侧拐翻。

狄公点了点头说：“这乞丐一定跛得厉害。”洪参军从墙角拿过一根竹杖说：“是的，这竹杖是在河沟底找到的。”

狄公抬了抬死者的胳膊，却已僵硬。他又细细看了死者的手，惊道：“此人的手柔滑细润，没有茧壳，来，你将尸身翻过来。”洪参军照做了。

狄公仔细查看脑勺上的伤裂处，用手绢在伤口轻轻擦拭，移近烛光细看，不禁疑惑起来：“洪参军，伤口处有细沙和白瓷屑末，河沟底哪会有这两样东西？”洪参军摇了摇头。

狄公抬起头盯着洪参军，道：“这人并不是乞丐，也不是不慎失足跌下了河沟。他是被人杀死后扔进河沟里的！”说到这里，他问道，“这两天有没有人报家人失踪的？”

“失踪？”洪参军猛悟道，“富商林子展昨天说，他家的坐馆先生王文轩歇假后两天没有回馆了。”

狄公一怔：“真有此事？那他下午怎么不曾提起？快与我备轿，去林子展家！”

形迹可疑

说话间，便来到林府，进客厅坐定，狄公开门见山便问林子展：“本官有件事相问，府上的王文轩回来了没有？”林子展答道：“王先生前日歇假，至今尚未回馆，不知哪里去了。”

狄公问：“这个王先生长相如何？”林子展微微一惊，答道：“那太好认了，是个瘸子！”

“还有呢？”狄公追问道。林子展略一思索，又说：“人长得颇高，也很瘦，头发花白。”

狄公接着问：“他来府上坐馆多久了？”林子展道：“约有一年了。是京师一位同行举荐来的，为两个幼孙开蒙。”

狄公说：“他来浦阳坐馆，是否带了家眷？”“这倒不知，不才对家务极少关心。”林子展想想又说，“这样吧，我把管家叫来，兴许他比我知道得多些。”狄公赞道：“那太好了！”

很快，管家便传至客厅，狄公问他：“你可知道王先生在浦阳有无家小？”管家答：“并没有。”

管家见狄公和颜悦色的，便放松了戒心，补充说：“王先生生活十分清苦，他坐馆薪水本不低，却从不肯乱花。歇馆外出时，也从不见他雇轿子，总是一拐一瘸地步行。言谈中，得知他曾有家小，后来离异了。似乎是那夫人忌妒心重，两人性情合不来。”

林子展觉得管家话多了，便拿眼色制止他。管家明白自己的言语放肆了，不觉低下了头。狄公心知肚明，便起身对管家道：“能否领我到王先生书房去看看？”

林子展站起身也要跟随，狄公把手一拦，道：“林兄在此暂候片刻。”

说完，跟着管家穿廊绕舍，来到林府西院一间小屋。房内陈设十分简陋，只有几件家具，墙上挂着好几幅水墨兰花，笔势疏淡，十分有生色。

管家道：“王先生最爱兰花，这些都是他一手画的。”

“王先生如此喜爱兰花，房中为何没有摆设几盆？”

“这个——”管家似乎也回答不出。狄公拉开书桌抽屉，只见空白纸笺，并无钱银。又打开衣箱，里面尽是些破旧的衣衫，箱底有个钱盒，却只有几文散钱。

狄公问：“王先生出去时，有谁进来过？”管家暗吃一惊：“没人，这房间的钥匙只有王先生和我有。”

狄公沉吟半晌，挥手道："我们回客厅去吧。"从西院回来的路上，狄公小声问管家："这里附近可有妓馆？"

管家答道："后门外隔两条街便有一家，唤作'乐春坊'，那鸨儿姓高，是个风流寡妇。那妓馆甚是清雅，一般客官不敢问津。"

狄公不住点头，面露喜色……

半信半疑

辞别林子展，狄公一行直奔"乐春坊"妓馆。"乐春坊"因地处城北，稍稍清静一些，但在今晚，门首却也悬挂着四个巨大的灯笼，照得周围如同白昼。坊主高寡妇见是官府来人，不知何事，忙不迭将狄公一行引进一间幽静小轩。

狄公道："本官来此，只是问个信儿，没甚大事，休要惊慌。"高寡妇堆起一脸笑容道："老妇一定如实相告，只不知大人要问何事？"

"坊内共有多少女子挂牌？"狄公问。

"回大人，共有八位姑娘。我们的账目每三个月上报一次衙门，照例纳税，从不敢偷漏。"

狄公探问道："听说其中一位已被客官赎出，请问那女子的姓氏、名号。"高寡妇一听，愤然作色道："不知老爷哪里听来如此误传？"

狄公尴尬起来，好半天才说道："那必是坊外的女子了。高院主可听说坊外新近有人被赎身从良的吗？"

高寡妇见自己脱了干系，这才搔了搔头上油光的髻饼，道："大人想必是说邻街的梁文文小姐吧。梁小姐原先在京师挂牌，声名大噪。她积下私房钱替自己赎了身子，潜来浦阳想找一个合适的富户结为夫妻。新近听说与一位阔大官人打得火热……"

狄公一听，忙问："高院主可知那阔大官人是谁？"

高寡妇说："实不相瞒，听说那阔爷便是邻县金华的县令罗大人。"

狄公不禁笑了。那个罗县令，他早有耳闻，是个风流才子。梁小姐当年名动京师，如今潜来浦阳，罗县令焉能不知？故追逐到此，暗里与梁小姐结下鸳盟，亦是情理中事。狄公问清了梁文文的宅址，便起身告辞。

梁小姐的宅舍离这里果然没几十步路。洪参军道："大人，你看……"狄公摇手止住了洪参军。他早已看得明白，梁宅不仅后门正对着那条干涸的河沟，且与林府没隔多远路。

狄公上前敲门，半晌一个女子在里面问道："谁？"

狄公道："金华县令有口信给梁文文小姐。"大门立刻开了，走出来一位风姿翩翩的女子。狄公吩咐衙役在大门外守候，便带着洪参军进了客厅，分宾主坐定。狄公胡乱报了姓名，只道是从金华县来。

那女子道："小妇人正是梁文文，得见两位大人，十分荣幸。"狄公见梁文文生得弱不禁风，心中不觉狐疑。

突然，狄公的目光被窗前的花架吸引住了。那花架很高，共三层，每一层上摆着一排白瓷花盆，盆内栽着兰花，那幽香令人陶醉。

"罗县令不止一次说起梁小姐喜爱兰花。不瞒你说，在下也喜欢养兰花——"说到这里，狄公故作惊讶状，说，"哟，顶层中间的那一盆花枯萎了，能否取下让我看看？"

梁文文忙搬来一架竹梯，搭在花架上，吩咐狄公在下面扶定竹梯脚，自己小心地向上爬。梁文文端起那白瓷花盆时，狄公仰头一望，恍然大悟！

尽释前疑

却说梁文文将那盆枯萎的兰花取下交给狄公。狄公接过看了半晌，道："梁小姐，原先那只白瓷花盆哪里去了？"梁文文一怔："什么意思？"

狄公正色道："还不明白吗？梁小姐正是用那只白瓷花盆砸破了王文轩的头颅！"

"你信口雌黄，含血喷人，你到底是谁？"梁文文怒道。

"本官正是这浦阳县令，特来勘查王文轩遇害一案。梁小姐藏起了那只碎花盆，将兰花移栽到这新盆内，难怪要枯萎了。"

梁文文脸色转白，抵赖道："小妇人从不认识什么王文轩，哪里会去谋

财害命？”

狄公厉声道：“你杀死王文轩，并非为了谋财害命，而是除去自己的老情人，以便与罗县令成全好事。”

“老情人？”梁文文尖声叫道，“这跛子丑八怪竟是我的情人？呸！”

狄公道：“王文轩在京师时就为你花去了不少钱财，闻知你到了浦阳，便也赶来，为的是想续旧情。他坐馆一年，积蓄全数都交与了你。”

狄公缓了语气道：“唉，王文轩虽然长得猥琐，但心地忠厚，甘心为你奉献。而你，竟狠心杀死了一个可怜的痴情人！”狄公示意洪参军，洪参军出客厅一拍手，衙役立即进来，将梁文文押送县衙大牢……

回到衙院，狄公邀洪参军到书斋喝杯茶。洪参军喝了一大口茶，问：“大人如何会疑心主犯是一名弱不禁风的妓女？”

狄公道：“最初我见王文轩后脑伤口有细沙和瓷末，便生起疑心，猜他可能是被白瓷花盆砸死的。我先疑心是林子展杀的人。但听那管家说起王文轩因夫人忌妒心重而离异，便想到他必是迷恋上了一个妓女。那妓女榨尽了他的钱财，潜来浦阳隐居，很快又与罗县令厮缠上了。王文轩不甘心，追到这里，故生出了这场变故！”

洪参军又问：“大人如何想到去‘乐春坊’寻访？”

“别忘了王文轩是个跛子，可管家说他每回出去都是步行，故而知道那妓女必在林府不远处。而从高寡妇口中，我又得知梁文文踪迹。梁文文果然正住在河沟一侧，杀了王文轩，然后抛尸河沟，这没几步路，一个弱女子也能干得，胆大心细便行了。”

洪参军频频点头：“经大人如此分析，乃真相大白，细节疑难处都解说得合理合情。”

狄公呷了一口茶，摇摇头道：“不，还有最要紧的一个疑点我至今尚未能弄清楚。”

洪参军一惊：“怎么还有最要紧的疑点？”

狄公便把王文轩显灵的事说了一通，末了，说：“若不是他显灵，我几乎轻信了他是个不慎跌死河沟的穷乞丐，但……”正说着，狄公猛见对面影壁上又出现了那个拄杖踽踽而行的跛脚乞丐，心中大惊。

“铁拐李照在墙上了，铁拐李照在墙上了！”孩子们在花园中叫了起来。

狄公拍了一下脑袋，道：“唉，原来是小孩灯笼上的跛仙铁拐李照在墙上，我竟以为是王文轩的冤魂来衙门告状……”

洪参军笑道：“如此说来，这案子的最后一个疑点也真相大白了。大人快走，酒席都要凉了，夫人恐要责怪我们啦。”

（**题图、插图**：黄全昌）

这是一个谜一般的所在，传说进入这里的人，都会受到诅咒……

石囚的诅咒

□子　夜

闯入石城

杨梅非常爱她的老公刘家伟。刘家伟是搞考古研究的，一年到头到处奔走，四海为家。杨梅总是跟着家伟，把他照顾得妥妥帖帖的。这次，家伟来青海，杨梅也跟着来了，并在当地一所学校找了份语文教师的工作。

杨梅从住处去学校要走一段很远的山路，路上要经过一条石砌的小路，那小路往山里延伸，通向一座低矮的石城。让杨梅奇怪的是，当地人从此经过，都显得神色紧张，匆匆而过。

一天，杨梅和同事大刚聊天，无意间问起石城的事，不料，大刚一听，马上变了脸色说：“你最好别去关心它，离它远远的，那地方很危险。”杨梅好奇地问：“很危险？为什么？”

大刚摇摇头说，这个石城已经有几百年了。听老人们说，这是个被诅咒的地方，里面有许多石头囚徒，凡是走进石城的人，都会被困在里面，变成石囚。

杨梅问道：“难道从来没有一个人能够出来吗？”

“也有出来的，”大刚说，“传说有个石囚手中拿着一根蜡烛，只要你能吹灭那蜡烛，就能走出石城。不过就算你出来了，也摆脱不了石囚的诅咒，那诅咒总会应验的。”

杨梅见大刚越说越紧张，还一再告诫她不要进石城，便皱皱眉头，不再问了。

回去的路上，杨梅路过石城时，

想起了大刚的话，不由得停下了脚步，心想：这石城真的那么可怕吗？

杨梅是个好奇心重、喜欢冒险的女子。上大学的时候，她就经常和家伟，还有一个叫阿玲的女孩一起去户外探险。三个人成了最要好的朋友。当时，杨梅和阿玲都暗暗爱着家伟，最终家伟选择了杨梅。

杨梅在路边犹豫了片刻之后，便径自朝石城走去。从远处看石城并不大，可是走到跟前，却发现一眼望不到边。这是一座年代久远的建筑物，看上去黑乎乎、灰蒙蒙的。

杨梅轻轻推开虚掩的大门，走进去，里面像座迷宫，到处是大大小小的石像。这些石像雕得栩栩如生，凑近仔细一看，却令人恐惧，有的断臂少腿，有的只有半截身子，有的龇牙咧嘴，有的面目狰狞，看得杨梅不禁头皮发麻，直打寒战。

杨梅一咬牙，继续往前走，走了好久，面前出现了第二个门，门上挂着一只骷髅牌。杨梅试着摸了一下骷髅牌，门顿时无声地开了。杨梅走进去，里面一片漆黑，什么也看不到，她刚想退回来，突然听到“砰”的一声大门关闭的声音。就在杨梅又紧张又恐惧时，身后传来“丁零、丁零”的铃铛声。

杨梅转过身，只见一个白衣女孩飘然而至。那女孩长发遮去半个脸蛋，左手端着蜡烛，右手摇着铃铛，嘴里说着：“我们来玩捉迷藏好不好？你找到我，我们就合二为一，你找不到我，你就会变成石头人，永远困在这里，一辈子被我奴役。”女孩说着，高高地举起蜡烛。

杨梅吓得浑身颤抖，猛地想起大刚的话，便想扑上去吹熄蜡烛。可是，她突然看见那女孩眼睛里流出一滴滴的血。杨梅惊呆了。

女孩转身蹦蹦跳跳地往前走去。杨梅怕她会消失，忙跟了上去。前面的路越来越窄，烛光也越来越暗，女孩走得极快，杨梅拼命跟也跟不上，只觉得人好像进入了冰窖里，阴森森的寒气让她牙齿不住地上下撞击。渐渐地，她感觉自己身上所有的力气都要被抽走了。

就在杨梅快要倒下时，斜刺里突然蹿出一个黑影，猛地把蜡烛吹灭了。女孩消失了，杨梅晕倒在地上。

等杨梅醒过来时，天已经暗了，她发现自己倒在石城的大门口。她吃力地站起身，跌跌撞撞地朝前猛跑。

到了家门口，杨梅抹了一把额头上的冷汗，让自己镇定下来。进了门，杨梅喊道："家伟，家伟！"没人答应，却听到房间里电话响。

杨梅赶紧跑过去，抓起听筒，电话竟是医院打来的："是刘家伟的家属吗？刘家伟刚刚出了车祸，正在医院抢救……"

听筒从杨梅手里滑了下去，她踉踉跄跄地出了门，往医院奔去。

石囚诅咒

杨梅奔到医院，见刘家伟躺在床上，昏迷不醒。医生告诉她，他们已经给刘家伟做了各项检查，奇怪的是，他的脑电图、心电图一切正常，而其他部位也只是受了点皮外伤。为什么会昏迷不醒？医生说他们百思不得其解。

杨梅握住老公的手，眼泪顺着脸颊一滴一滴滑落下来，她心想：莫非是因为自己进入了石城？蜡烛熄灭，诅咒却跟随着她应验到了家伟的身上？

整个晚上，杨梅就一直呆呆地坐在刘家伟身边，望着他呼吸均匀，就像熟睡了一般。杨梅一动不动地坐着，她发现有一种恐惧感袭上心头，原来它一直蛰伏在内心深处……

直到天亮，家伟还是没醒。杨梅几乎绝望了，她失魂落魄地站起身，出了医院，再次来到石城。

和昨天一样，当杨梅进入第二个门时，依然黑得什么也看不见，她便拿出打火机，可奇怪的是，怎么打也打不着火。杨梅的额头上不由渗出了汗珠，她闭上眼睛，用手摸索着朝前走着。这时传来了一阵"丁零零"声，杨梅立即停住脚步，睁开眼睛。

那个女孩又出现了，这次杨梅觉得女孩的脸有点眼熟，但想不出她是谁。女孩手里高高举着蜡烛说："你要和我合为一体，还是变成我的囚徒？"

杨梅声音颤抖着哀求道："我愿意变成石头人，只要你放过家伟，求求你，放过家伟好不好？"

"你来找我啊，找到我，我就是你的了，找不到，你就会变成囚徒。"女孩说着，手里的烛光一闪一闪，蹦蹦跳跳地向前走着。

杨梅紧跟在女孩的身后。她不怕变成石囚，只要能救回家伟，她什么也不怕。她觉得如果没有家伟，自己和石囚又有什么区别？石囚残缺的是躯体，她残缺的是心啊！

女孩越走越快，杨梅又感到浑身冰冷，拼命跟着。穿过一个又一个大门，借着微弱的烛光，杨梅看到了一座大山。那女孩手里的铃铛声越来越弱，烛光也渐渐暗淡下来。

“来找我啊，”女孩的声音远远地传来，“难道你想变成石头人？”

杨梅虽然看不到女孩在哪里，但她仍然循声跟着。陡然间，在杨梅的眼前，出现了一座似曾相识的大山，杨梅跪下身，失声痛哭起来。

那个女孩的声音越来越低：“快来找我啊，快来啊……”

杨梅抹了一把眼泪，坚定地朝大山走去，她已经想起了这女孩是谁了。她顾不上岩石划破了胳膊，荆棘刺伤了脸孔，她得爬到半山腰，她要重复女孩走过的崎岖山路。终于她爬到半山腰，那儿有一株低矮的松树，松枝上，还挂着一条白色的布绳子。

杨梅攀住松树深深吸了几口气，继续往上爬，当爬到一块突出的岩石边时，她仰起脸，泪流满面地大声喊道：“阿玲，我要去找你了。我知道你在哪儿，我一直都知道，你在我的心里！”

杨梅喊罢，突然松开了手。她的身体像树叶一般往山崖下坠落，但她的脸上却露出了平静的微笑。

阿玲，一直都是她内心深处的恐惧。而现在，她不害怕了。在梦里，她已经无数次坠落悬崖，今天不过是付诸实施而已。而这如果能换回家伟的命，她心甘情愿。

解开诅咒

杨梅再次醒来的时候，发现自己又倒在石城门口。她身上的衣服被划破了，脸上火辣辣的，胳膊上也血迹斑斑。杨梅勉强支撑着身子站起来，突然她听到一阵“丁零零”的响声，低头一看，不知什么时候，自己的手上多了一串铃铛。

杨梅喃喃自语道：“阿玲，这是你送给我的吗？你走了吗？”她猛然想到躺在医院里的刘家伟，又急切地往医院赶去。

当杨梅赶到医院

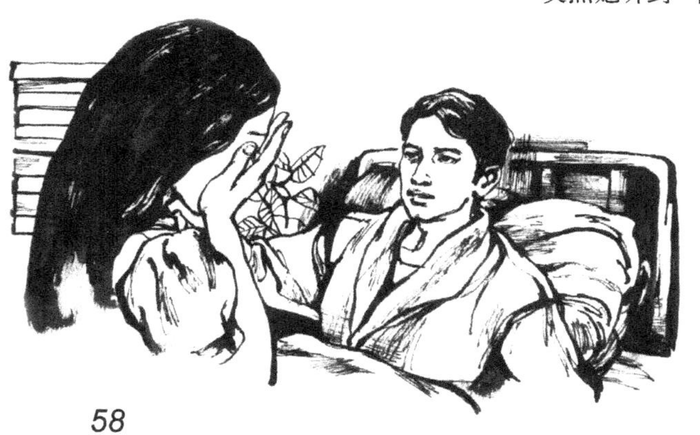

时，家伟已经醒过来了，他正焦急地询问医生他的妻子在哪儿。杨梅跑过去，紧紧抱住他。

家伟也紧紧抱住妻子，紧张地问道：“阿玲，她，她没有伤害你吧？”

“没有。”杨梅说着，将头深深地埋进了家伟的怀里。

家伟长长舒了一口气，说他昨天正开着车，突然感到心里一阵绞痛，在他的车前，他看到了阿玲。她正拿着蜡烛，要把杨梅一步步引向深渊。当时他害怕极了，拼命一踩油门，车猛地冲过去，带出一股强劲的风，终于把阿玲手里的蜡烛吹灭了。然后他就觉得四周一片漆黑，他什么都看不到，也无法发出声音，他以为自己再也看不到妻子了。

听了家伟的叙述，泪水顺着杨梅的眼角直往下流，一滴滴掉到家伟的手上。

原来十年前，杨梅、家伟和阿玲三个好朋友，结伴去爬小孤山。家伟在山的阴面往上爬，杨梅和阿玲在山的阳面往上爬。杨梅爬得很快，当她爬到半山腰时，突然听到阿玲惊恐的尖叫声。

杨梅急忙往下一看，发现阿玲失足掉进了山涧，身子挂在一株松树上。杨梅马上撕了白布绕成绳子抛下去，让阿玲系在腰间，然后用力把阿玲往上拉。当拉到一半时，杨梅已累得气喘吁吁，她便闭上眼休息了一会。

不料当她再睁开眼时，突然看见一条毒蝎子爬到了她的手上，正高高翘起尾巴上的毒针。

杨梅大惊失色，本能地一甩手。毒蝎子甩掉了，可手中的绳子也滑落了，她只听到阿玲最后的惨叫……

杨梅含着泪对家伟说：“我一直没有告诉你，阿玲，她也一直深爱着你。在跌落的瞬间，她一定以为我是故意松开了绳子。我真该死，我不该松开手啊！”

家伟温柔地抚摸着杨梅的头发，说：“这些我都知道，这不是你的错！”

杨梅回到学校，大刚和许多同事都围住了她。他们知道她进入了石城，并且解开了诅咒，他们迫切地想知道她是怎么做到的。

杨梅淡淡地说：“石城里囚禁的不是石囚，而是人的心，是人内心的弱点和恐惧。如果你能正视内心的黑暗，石囚的诅咒也就不复存在了。”

杨梅说完，望着大刚和其他同事面面相觑的样子，叹了口气。

（**题图、插图**：谢 颖）

飞来的大奖

□何洪金

意外的奖项

大卫·司汤恩是一个名不见经传的小餐馆老板。这天，邮递员送来了一封来自美国的全球特快专递。司汤恩感到很奇怪：自己在美国既没亲戚也没朋友，谁会给他寄快递呢？

拆开一看，司汤恩差点没高兴得晕过去，自己居然获得了本年度的欧·亨利文学奖。司汤恩兴奋莫名：自己不写书已经有二十年了，他们居然还没忘掉自己。难怪有的作家说自己的读者要等几十年甚至几百年以后才会大面积地出现，难道自己就是那样的作家？！

司汤恩又接着往下看，只见上面写着：请大卫·司汤恩先生于2月10日抵达华盛顿，准时出席当晚向全球现场直播的欧·亨利文学奖颁奖大会。您还可以携带一到两名家属随行，沿途产生的所有费用，均由大会承担。

司汤恩开心极了，立即把这个喜讯告诉了妻子和儿子。他们听到这个消息后，几乎都在电话里尖叫起来。平复一下激动的心情后，司汤恩告诉餐馆里的几名员工："从今天开始，大家不用来上班了，至于工资，我会双倍结算的。"

员工们简直莫名其妙，老板收到那封快递后怎么就变了一个人？一个老员工满脸疑惑地问："老板，你把店关了，以后要怎么办呢？"

司汤恩笑着说"放心，我不会再当厨师了，我这只手又要重新拿笔了。”看到员工们不解的表情，司汤恩也不想隐瞒了，兴奋地说，“我得欧·亨利文学奖了，我是世界级大作家了，以后，还用得着开餐馆糊口吗？”

员工们领了工钱走了。这时，司汤恩突然想起，要把自己得奖的消息告诉出版公司的老板米孚先生，这老头就是为他出书的人。

电话接通后，米孚先生却是一副打死也不信的口气，还说：“司汤恩先生，你别白日做梦了，就你那水平，就你那两本卖不动的书，怎么可能获得欧·亨利奖？除非，那帮评委都瞎眼了，或者就是他们弄错了。”

“你这话是什么意思，难道这么大的事，人家会弄错？”司汤恩有点生气了，“好吧，既然你不想大赚一笔，那我就明确告诉你，等我领奖回来，就把这两本书的版权公开向全世界拍卖。”

司汤恩以为这样说，对方就会软下来，没想到米孚先生叹了一口气，缓缓说道：“我看，他们真的弄错了，本市倒是有一位真正的大作家，无论从书的口碑还是销量来看，这个奖都应该是颁给他的，他的名字也叫大卫·司汤恩，想必你这个曾经的文学爱好者也听说过吧。”

司汤恩瞠目结舌，本市的确有另外一个司汤恩，虽说他比自己晚了十多年才开始出版小说，但人家一出手就成了畅销作家，每本书的销量都达到数百万册，还被翻译成了几十种文字在全球发行。那人，司汤恩从没见过，尽管他们就住在同一条街上。难道真的是搞错了？

司汤恩立即紧张起来，随后他灰溜溜地挂了电话，再也不像先前那样兴奋了。

没多久，司汤恩的妻子和儿子都赶了回来，看过那封快递后，全都兴奋得又叫又跳。司汤恩以自己兴奋过头为由，独自一人到外面大街上去溜达，他想冷静一下，看这事该怎么处理。

司汤恩一人在街上瞎逛，他不知道自己得欧·亨利奖的消息已经传遍了全市。他现在已经开始相信真正的得奖者应该是另外一个司汤恩，这么说，自己还是逃不脱厨师的命运。不过，话又说回来，凭什么说自己就不是得奖者呢？

奇怪的路人

司汤恩左思右想，心绪烦乱，像没头苍蝇一样在街上走着。突然，一个人风尘仆仆地从他身边经过，由于甩胳膊的幅度大了些，居然碰到了司汤恩的身上，那人赶紧收住脚步，说：“对不起，先生，我有急事，所以跑得急了些，请原谅。”

司汤恩心里正憋得难受，便没好气地吼道：“再急也不能撞人嘛。”

那人忙说“你不知道，我市有个

叫司汤恩的餐馆老板，我得去他家看看，迟了，怕他飞去美国了。”

司汤恩一怔，说：“你是什么人，看我干什么？”

那人一拍脑袋，说：“我的上帝呀，原来你就是欧·亨利奖的得主，尊敬的司汤恩先生，能见到你，我感到万分荣幸。我叫汤瑞，是个小作家，没什么名气，刚从和你同名同姓的作家司汤恩先生家里来，他已经听说你得欧·亨利奖的事了，除了感到震惊外，他还让我代表他对你表示祝贺。”

司汤恩瞪大了眼睛，说：“他真的祝贺我？”汤瑞说：“这还有假，不过，我看得出，他心里是不太相信的，而且他已经在收拾行李了，好像也要去美国。”

司汤恩吃了一惊，如果都去了美国，当面一对质，估计自己就得灰溜溜地被赶下领奖台了。这可怎么办？司汤恩的冷汗都下来了。

汤瑞似乎看出了司汤恩的心思，说：“我倒是有个好主意。那个奖我以你的名义去领回来，奖金归你，但以后我的书都署上你的名字，所得的版税五五分成，怎么样？”

司汤恩想了一下，说：“这倒是个好主意，只是你刚才说了，那个司汤恩已经准备去美国了，你又能怎么办呢？”

“放心吧，”汤瑞说，“我自有办法让他去不成，他不出现，就没有人会怀疑你和我。只要你答应我的要求，以后就等着天天数钱数到手抽筋吧。”

司汤恩咬咬牙，说：“好，听你的，但我要和你一起去，你是司汤恩，我就是你的哥哥汤瑞，你登台的时候，我要在台下为你鼓掌。”

“好，我们就这么办。”汤瑞兴奋地说。

真正的得主

很快，司汤恩和汤瑞来到了华盛顿，他们被安排住进了豪华的五星级大酒店，接下来频频出席各种媒体见面会，汤瑞自然每次都是焦点，无论什么场合他都能侃侃而谈，出尽了风头。

到了正式颁奖的晚上，评委会主席郑重宣布："今年的欧·亨利文学奖得主是——大卫·司汤恩先生！"

全场响起了热烈的掌声，无数闪光灯、摄像头追逐着健步登台的汤瑞。他今天穿着高级礼服，打着金黄色的领带，戴着镀金眼镜，举手投足间，尽显世界文豪的风采。

台下的司汤恩羡慕不已，只恨自己太笨，没有那个实力，否则，站在上面的，就应该是真正的自己了。

领完奖，按规矩得来个获奖感言，只见汤瑞清了清喉咙，说道："其实，我并没有接到邀请，我是冒名顶替来的。"此言一出全场震惊，负责安全保卫的警察已经准备上去抓人了。

一旁的评委会主席愣了一下，马上转念说："你真是个幽默的作家，这样别出心裁的获奖感言，估计全世界的观众都不想换频道了。司汤恩先生，借着今天这个机会，你愿意现场背诵几段你的作品让大家欣赏一下吗？"很明显，评委会主席在用这种方式验证真假。

汤瑞一听，想也不想，张口就来，并且还把当时创作的过程娓娓道来。全场又响起了雷鸣般的掌声，评委会主席显然也很放心了，这个熟悉程度是假冒者无论如何也达不到的。

就在大家以为汤瑞果真是在开玩笑的时候，没想到，他又说："我真的没有收到邀请函，而真正收到获奖通知的人，今天也在现场，请上台与大家见见面吧。"

台下又是一阵骚动，司汤恩早就吓懵了：这个汤瑞是怎么了，吃错了药？怎么自个儿把自个儿揭穿了呢？现在居然还叫我登台，这不是在全世界面前丢人现眼吗？

可四周已经有无数目光搜寻到他这边来了。司汤恩没办法，只好硬着头皮走上领奖台，他也打算豁出去了，实话实说。

全场一下变得鸦雀无声，评委会主席也手足无措，怎么会有两个司汤恩，谁才是真正的获奖者？

司汤恩上台后，结结巴巴地说："我的确是大卫·司汤恩，我确实收到了获奖通知，但刚才评委会主席问的那些内容，我完全不知道，显然我也不是真正的获奖者。倒是和我住在同一条街、同名同姓的另外一位大作家司汤恩先生，很有可能才是真正的获奖者。"

全场陷入了极度惊讶之中——还有第三个司汤恩？评委会主席也觉得事态有些严重，赶紧问道："那位司汤恩先生是不是住在威尔大街169号？"

台上的司汤恩恍然大悟道："原来是地址搞错了，他家是196号，我住的才是169号，你们把门牌号弄错了！"

评委会主席一拍脑袋，说："真

是个低级错误，你知道现在怎样才能让那位司汤恩先生，尽快前来领取属于他的奖项呢？”

司汤恩摇摇头说：“恐怕没有办法了，他就是现在马上动身也赶不过来了。”

这时，站在一旁的汤瑞忽然走上前来，说：“不用找他了，他已经把奖金和证书都拿在手里了，这不是吗？”汤瑞说着，挥了挥手里的支票和证书。

全场再次震惊了，大家都觉得不可思议。

汤瑞继续说道：“我就是住在196号的作家司汤恩，因为的确没有收到通知，便私自来了，好在我的好街坊，没有想过要冒名顶替，而且还同意和我一起来领奖。为了表示感谢，我决定将这次的奖金全部都给他。”

观众沸腾了，评委会主席激动地握住大作家司汤恩的手，连声说“谢谢你，谢谢你！”

第二天，在回国的飞机上，开餐馆的司汤恩问：“你明明就是大作家司汤恩，为什么要骗我，说自己叫汤瑞呢？”

“我只能这么说，”大作家司汤恩道，“如果我一开始，就说我才是真正的获奖者，你还会让我陪你去美国吗？毕竟，没有你手里的邀请函，我连门都进不去呀。”

餐馆司汤恩想想是这个道理，说：“其实我应该谢谢你，如果是我假冒你去领奖，真让我随便背几段出来，我可说不上来，那现在就不是坐在回国的飞机上，而是进了美国的监狱了。”话音一落，两个司汤恩都哈哈大笑起来。

回国后，大作家司汤恩继续写书，餐馆司汤恩则把以前的小餐馆真关了，他开了一家大餐厅。

由于大家都看了那场颁奖的现场直播，餐馆司汤恩出了大名，所以他的生意天天火爆。大作家司汤恩也经常来用餐，两个司汤恩便在一起喝酒吃饭谈笑风生，畅快无比。

（**题图、插图**：佐　夫）

明星可以制造，外商为什么不可以制造？一个异想天开的点子，竟引发了一出阴差阳错的荒诞剧……

制造外商

□赵　风

1．招标外商

坞山县北靠大坞山，南临濯玉河，是个经济落后的偏远山区小县。

可隔河相望的邻省天马市却是另一番景象，招商工作搞得热火朝天，城市就像个发酵的面团不断膨胀。

坞山县的头头脑脑们望着天马市，就动起心思，决定也把招商工作好好搞一搞。

于是，坞山县领导班子，带领各部委、各科局以及各乡镇的头头脑脑们，大车小车几十辆，前往天马市考察。从天马一回来，县里立马召开全县三级干部会，会上向各科局和各乡镇分派了招商任务和指标。

文化局的招商指标是五百万。文化局局长叫詹四斤，望着这五百万指标，他搔起了头皮。

詹四斤，生着个五短身材，走起路来往上一冲一拱的，很活络的样子。他虽然没什么大能耐，但对当官还是很向往的。

他中专一毕业，就当了干部。从组长一直做到乡长。在乡下干了十多年，就要求回城。要求回城的干部多，僧多粥少，不好安排。好的科局去不了，就来到了文化局。

詹四斤走马上任不到一个月，就遇到县里掀起的招商热潮，并下了招

商指标。眼看其他局的招商工作都已行动起来，一会儿听说这个局招来了开兽药厂的，一会儿又传来那个局招来个开洗脚城的，詹四斤那个急啊。

特别是听说去年和他一起从乡里调回城，到铁路办当主任的巴公楚这小子，竟也从温州招了个开卡拉OK的，詹四斤觉得心里特不舒服。

说到这个巴公楚，和詹四斤可是死对头，他们曾是同一个乡的同事，前些年，两人为争乡长的位置，一直明争暗斗。后来詹四斤当了乡长，巴公楚便和他闹别扭，处处较劲作对。

去年他们又一起调回城，詹四斤到了文化局，巴公楚调到铁路办。文化局虽然穷，但兵多将广，年轻姑娘一大群。

巴公楚调到铁路办当主任，虽说升了半级，可铁路办是个挂名单位，出门连辆车都没有，只有一枚公章一个“兵”，那女“兵”虽然眉目清秀，却长了一个蒜头鼻。但这回招商，巴公楚竟跑到了自己前头，詹四斤听了，哪能舒坦？

面对县里下达的招商指标，詹四斤急得抓耳挠腮。任务完不成可不行，县里下了死命令，年底工作总结，完不成招商任务的，一票否决，财政拨款减半。

詹四斤别的都不怕，就怕财政拨款减半这条。文化局各单位工资本来就到不了位，倘若财政拨款减半，那这个局长怎么当？

就在詹四斤急得团团转时，戏工室主任胡通走了过来。这胡通原来是剧团唱丑角的，脑子活络，点子多。詹四斤到文化局虽说还不到一个月，但胡通私下里和局长早就喝了几次酒，成了好朋友。

胡通对詹四斤说：“詹局，别急，咱要招就招个货真价实的外商。”

詹四斤鼻孔一拱，说“内商都招不来，还外商？做你的大头梦吧！”

胡通神秘地把嘴巴凑近詹四斤，一阵叽咕，詹四斤听着听着，紧皱的眉头舒展了，脸上就变成了个笑菩萨。

几天后，坞山县爆出了大新闻，说是文化局招来了一个真正的外商，叫乌尔马，是一个阿拉伯国家的大富翁，资产有几十个亿，不是人民币，是美元。

县里的头头一听这消息，就问詹四斤，此事是真是假？

詹四斤说："千真万确！过几天，外商乌尔马就要来坞山实地考查。项目嘛，炼油厂！"

县里的头头说："好！好！咱这坞山地面儿也不小，濯玉河水深，叫他们把炼油厂建得大大的，好好炼！"

2. 外商失踪

建炼油厂的外商说来还真的来了。

这天，詹四斤安排全局所有人员去迎接外商，各单位拉起横幅，打着彩旗，剧团的演员们化了妆，打着腰鼓，扭起了秧歌舞。

詹四斤还叫胡通到县实验小学，弄来了鼓号队。小学生们鼓着腮帮子，把那队号吹得震天响，鼓手把大鼓小鼓敲得地动山摇。市民们听见鼓号声，都涌到街头来看热闹。

不一会儿，一辆小车从省城方向开了过来。小车一停下，从里面走出一个身材很高的阿拉伯人，那人头上包着阿拉伯格子方巾，身上穿着阿拉伯长袍，罗圈胡子爬了个满脸满腮。

阿拉伯人在一位小姐的陪同下下了车，胡通扛着台摄像机前后奔跑。詹四斤紧挨着阿拉伯人，向县里的头头介绍道："这就是乌尔马先生！"

巴公楚听到消息，也匆匆赶来，夹在看热闹的人群中看外商，他见乌尔马非常年轻，就既眼红又疑惑。他凑到县里头头身边，小声嘀咕："乌尔马先生这么年轻，资产有几十个亿？还美元？"

县里头头一听，忙把詹四斤拉到一旁，小声问："乌尔马先生这么年轻，该不会是……"

詹四斤耸耸肩，说："外国人不比中国人，大老板一般都很年轻。"他顿了顿又说，"乌尔马先生是总经理，董事长是他老爸！"

"呵——"头头长长地吁了口气，放心了，指示詹四斤，"要用最高规格好好招待外商，一定要不惜一切代价，拿下合同。"

詹四斤设宴招待乌尔马，县里的头头都来作陪。然后，在县城最高档的宾馆"翠云楼"订下一个大套间，让乌尔马住了下来。

第二天，乌尔马当着县里头头的面对詹四斤说，他想先到全县看看，然后再看看濯玉河。还叫詹四斤把濯玉河的水文资料拿来，他要好好研究研究。

詹四斤见昨天一天的吃喝住宿招

待，就花了五千多块，现在又要他拿濯玉河的水文资料，心想：这外国人名堂多，真难弄！

胡通一见头儿的脸色，连忙扯了扯他的衣角，小声说："詹局，就按他说的办。"

詹四斤跺了一下脚，没吭声。

县里的头头听说乌尔马要到处看看，就知道来的外商货真价实，高兴得直咧嘴，忙说："好的！好的！就叫詹局长陪你到处看看！"

县里的头头发了话，詹四斤只得叫胡通借了辆桑塔纳，带着乌尔马在全县跑了一圈之后，又绕着濯玉河看了好几个来回。

当乌尔马望着那清粼粼的河水时，竟兴奋得哇哇大叫，和陪他一起来的姑娘又说又笑。胡通扛着摄像机，跟在乌尔马身后，屁颠屁颠地来回跑，忙得满头大汗。

晚上，乌尔马研究了一夜濯玉河的水文资料。第三天一大早，乌尔马一个人跑到河边来回晃了好几趟。吃过早饭，又找詹四斤要车，说是要再去一次大坞山。

詹四斤听说又要去大坞山，心想：这大坞山满山的烂石头，树没一棵，就连茅草也比瘌痢头上的毛多不了几根，有啥看头？便支支吾吾地好半天没开腔。

乌尔马见詹四斤不吭声，忙用夹生的汉语说："詹局长，我真的很想再去看看大坞山，请您方便方便！"说着，把手往胸前一放，头一低，向詹四斤行了个阿拉伯礼。

詹四斤只得把手一挥，让司机把局里的破吉普开了出来。

乌尔马倒也不计较，连司机也不要，自己开着车，一颠一颠地，和那姑娘高高兴兴地上了路。

在大坞山上转了一整天，到太阳快落山时，乌尔马才恋恋不舍地下了山。下山时，他像捧着宝贝似的，怀里还抱着一大堆山上的石灰石，回到宾馆。

乌尔马走后，詹四斤怔了好半天。一想起乌尔马那兴奋的样子，就觉得胸口憋闷，便走到窗前，“哐”地打开窗户，朝着外面吐了一口气：真是的，划不来！

詹四斤掏出手机，刚要给胡通打电话，却见胡通气喘吁吁地跑来说：“詹局，不好了！外商……外商不……不见了！”

3. 招商费心

外商咋会不见了呢？这话还要从头说起。

原来，那个一直陪着乌尔马的姑娘叫詹含辛，是詹四斤的女儿，在省城南华大学读大三。

当胡通见詹四斤为五百万招商指标发愁时，他忽然想到电视里正在重播一个叫作《明星制造》的电视剧。头脑活络的胡通，便想起了詹含辛，想起了南华大学。

他想南华大学是全国知名的大学，知名大学肯定有留学生。外商是外国人，这留学生不也是外国人吗？明星可以制造，外商为什么就不可以制造？我们先制造出一个外商，在县里头头们面前显摆显摆，然后想个法儿把他弄走，到时完不成招商任务，总不能怪文化局无能，将财政拨款减半吧？

胡通把自己的想法同詹四斤一讲，詹四斤当时就笑眯了眼。

第二天，詹四斤就带上胡通，驱车上了省城。头天晚上，詹四斤老婆听说他要上省城，还特意嘱咐他：“你这次到省城，一定要去看看小辛，这死丫头好像谈了男朋友，还是个外国人。如果真是外国人，看我不打死她！”

詹四斤听了心想：外国人有啥不好？我现在正愁找不到外国人呢！

詹四斤和胡通来到南华大学，兜里揣着胡通临时编的“剧本”，一进门，只见女儿手上拿着讲义夹子，和一个外国男孩走出教室。那外国男孩是个阿拉伯人。

一见阿拉伯人，詹四斤不由想起了老婆的话：莫非女儿的男朋友就是这阿拉伯男孩？

见詹四斤绷着脸，胡通就猜到头儿不喜欢这阿拉伯男孩。胡通觉得“制造外商”这事儿得指望小辛这丫头，不能让父女俩闹僵，于是，他一扯詹四斤，小声说：“詹局，这阿拉伯好哇，出石油呢！”

詹四斤“咕噜”一声咽口唾沫，忍着气，朝女儿走了过去……

詹四斤见了女儿，就按和胡通事先商量好的口径，把此行的目的说了。詹含辛听说是请乌尔马到坞山去扮外商，拍电视剧，觉得挺好玩，但她对乌尔马能不能演好外商，没把握。

乌尔马几斤几两，她心中有数。

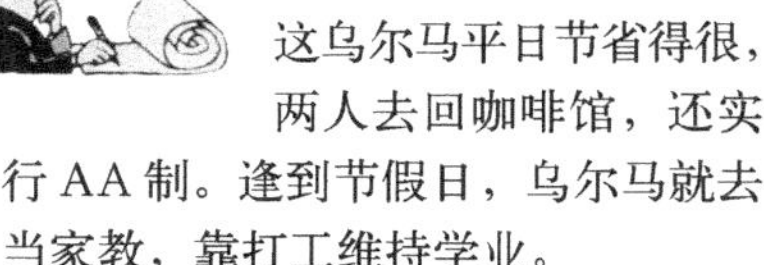

这乌尔马平日节省得很，两人去回咖啡馆，还实行 AA 制。逢到节假日，乌尔马就去当家教，靠打工维持学业。

偏偏詹含辛是个浪漫的女孩儿，就是对乌尔马着迷，一见乌尔马那身阿拉伯长袍，和满脸的阿拉伯罗圈胡子就“犯晕”。

乌尔马爱詹含辛也是爱得一塌糊涂，觉得这女孩儿很特别。他早就听詹含辛说过她的家乡，那儿山美水美，还有那高高的大坞山和清清的濯玉河，心中早已神往。

现在一听说要去她的家乡扮外商，乌尔马开心得差点跳起来。他从胡通手中接过“剧本”就认真看起来，一等学校放假，就和詹含辛来到了坞山。

把乌尔马安顿好的当晚，詹四斤就和胡通商量好了，等到乌尔马演完外商戏后，就想办法把他弄走。

谁知，胡通办法还没想出来，乌尔马却不见了。

4. 外商被拘

尽管詹四斤和胡通这两天一直在为弄走乌尔马挖空心思，可一旦发觉乌尔马不明不白不见了，不禁也慌了神。

詹四斤忙回家问女儿，女儿吃惊地望着他，急得一句话也说不上来。而胡通则满街到处找，商场超市、歌厅舞厅、桑拿会所，转了一个遍，也没看到乌尔马的影子。

胡通找了一夜也没找到乌尔马。天亮时当他拖着疲惫的脚步，刚走进詹四斤的办公室，桌上的电话突然“丁零零”地响了起来。

詹四斤一听，电话是派出所副所长侯五打来的，说乌尔马已被拘留，叫文化局派人去交罚款。詹四斤问交啥罚款？

侯五说：“你们招来的那外商嫖娼！”

啥？嫖娼？詹四斤简直不敢相信自己的耳朵，刚要开口细问，对方却把电话挂了。

詹四斤弄不明白，这到底是怎么一回事啊?

原来，昨天傍晚，侯五接到一个电话，说是有人在“翠云楼”宾馆嫖娼，并提供了房间门牌号码。

这个侯五原是街头一个混混儿，一次无意间他帮派出所抓住了一个逃犯立了功，给有关领导留下了好印象。第二年，侯五就通过关系进了派出所。他工作特卖力，每天挂着个警棍，在大街小巷到处走动。没几年，竟当上了副所长。

侯五在派出所感到“皇粮”不够吃，就自己去找。当他接完举报电话，心里乐开了花：哈哈！财运来了！于是就喜颠颠地直奔“翠云楼”。

再说乌尔马回到宾馆，刚在外间沙发上坐下，还没来得及喘口气，侯五就推门而入。

侯五一进门，抬眼一瞧，是个外商，不由一愣，但侯五这人就是胆儿大，管你外商不外商，你敢嫖娼，我就敢抓！

侯五在外间看了看，又一把推开卧室门，见床上躺着一个穿着睡衣的年轻女孩。那女孩一见警察推门而入，慌乱地把被子往身上一盖，钻进了被窝。

侯五走到乌尔马面前，“嘿嘿”一声冷笑：“乌尔马先生，请随我到派出所走一趟！”

乌尔马跟在侯五身后往里一看，见床上突然多出一个女孩，大吃一惊，又见侯五要他到派出所去，便说：“警官先生，我……我不认识她啊……”

可侯五哪容乌尔马分辩，强行将他带进了派出所。

抓回乌尔马一审，得知他竟是詹四斤从南华大学请来的留学生，侯五心里亮堂了：这詹四斤胆敢弄个假外商来糊弄县里头头们！

侯五顿时乐开了花：哈哈！爷们这个月正好缺钱花，现在天上掉下馅饼了！

这时，侯五正跷着二郎腿，坐在办公室里静等詹四斤送钱来。可等了半天，文化局也没来人。侯五又打电话催交罚款。

詹四斤瞪了胡通一眼，问：“多少钱？”

胡通伸出巴掌说：“一万五！”

詹四斤一听这数字，惊得浑身一颤：“怎么要罚这么多？一般罚款不是三千吗？”

侯五“扑哧”一笑：“中国嫖客罚三千，乌尔马可是进口嫖客，非得一万五！”

詹四斤气得朝胡通吼道：“都是你出的好主意！这一万五你自己想办法，局里没钱！”

胡通吓傻了：妈啊！我就是一年不吃不喝，也凑不齐一万五啊！

胡通急忙去找侯五。好说歹说，差点没给他磕头，侯五才答应私了。侯五接过胡通递过的五千块钱，也不开收据，揣进兜里，然后，放了乌尔马。

乌尔马从拘留室出来，但说什么也不肯离开派出所。他看过张艺谋的《秋菊打官司》，也要讨个说法。

乌尔马要说法，侯五脸就白了。

侯五抓过不少中国人，但没抓过外国人。中国人被抓，只有自认倒霉，乖乖掏钱了事，哪会要说法？

可对付外国人，侯五没经验。

侯五在屋子里团团转，一时没了主张，就冲着胡通吼。胡通听他一吼，就往文化局跑，找詹四斤讨主意。

詹四斤哪里拿得出什么主意，只好把胡通大骂一通。之后，就匆匆忙忙地往家里跑，去搬女儿詹含辛这个救兵。

詹含辛听说乌尔马被关进了派出所，吃惊地忙问詹四斤，这是为什么？

詹四斤哪敢说明事情的原委，只好随便编了个理由，然后就催着女儿赶去派出所。

见了詹含辛，乌尔马总算同意不要说法，出了派出所。第二天，乌尔马就和詹含辛登上了返回省城的汽车。

5. 外商来信

望着阿拉伯人和女儿上了车，詹四斤松了一口气：外商我招来了，却是别人赶走的。尽管到现在他也没搞清楚究竟是谁瞎举报，错将乌尔马抓进了派出所。但那减半的财政拨款，总算是保住了。

詹四斤不禁在心里暗暗感谢那举报之人。但转念一想，他的心又提了起来 万一日后县里知道真相，可咋办？看来得想个万全之策才好。

果然，第二天，县里头头就问詹四斤，好不容易招了个外商，为什么没呆两天就走了？

詹四斤哪敢说出真情，只得支支吾吾地说："外商好像是嫌咱这地儿环境不好吧？"

头儿说："啥环境不好？咱这软环境、硬环境好得很呐，政策优惠着呢！要不，你再去找乌尔马先生谈谈？"

"好，再谈谈！再谈谈！"詹四斤答应着出了县委大院，抹了抹头上的虚汗，他哪还敢再去找乌尔马？

转眼就到了年底，县里招商总结，文化局倒数第一，得了个黄牌警告。幸亏有个乌尔马抵挡了一阵，县里财政预算时，才没减文化局拨款。

但到年关时，侯五拿了一大摞发票，要詹四斤报销。詹四斤一看，近万把块，心里一沉，但又没办法，把柄被人抓住了！

詹四斤气得手打颤，拿起笔签字，笔尖把发票给戳了个对心穿。

侯五一走，詹四斤想起胡通，觉得都怪这唱丑角的！刚好这时，胡通也进来找他签字。詹四斤把脸一绷，说："签啥字？"

胡通支支吾吾地说："前……前几个月，我帮外商交……交了五千块钱的罚款，你看……"

胡通话没说完，詹四斤就大吼起来："出了这么个馊主意，你还有脸找我报销？"

胡通碰了一鼻子的灰，只好转身退了出去。见胡通垂头丧气的样子，詹四斤心里又有些不忍："回来！"

胡通一回头，詹四斤说："先把发票放在这里。"然后便对胡通交代，要他把侯五的事好好处理一下，不能让这家伙像个牛虻似的，老叮着文化局这头牛背。

不知胡通是咋弄的，反正县里终于知道了外商之所以离开坞山，是因为侯五把他当嫖客，给抓进了派出所。县里头头很生气，把公安局长叫去训了一通，并说，此人要严肃处理。公安局长挨了训，窝了一肚子火，回来就把侯五的副所长给扒了。

等到寒假时，詹含辛回到了坞山，一进门，就交给詹四斤一封信。詹四斤问："谁写的？"

女儿说："你自己看吧。"

詹四斤打开信封，信是乌尔马写的，再一看，顿时目瞪口呆。为啥？

原来乌尔马是个真外商。乌尔马的父亲老乌尔马是个有眼光的商人，早就盯上了中国这个大市场，见儿子喜欢汉语，就把他送到中国留学，让他熟悉中国国情，为日后打入中国市场做好准备。

乌尔马来中国不久，就爱上了詹含辛。但乌尔马的父亲对他要求很严，除了基本生活费外，零花钱得让他自己挣。

所以詹含辛一直以为乌尔马是个穷光蛋，但她做梦也没想到乌尔马家族的资产，真的如同胡通瞎编的那样，有几十个亿，而且是美元。

上次来坞山，乌尔马当天就看出，詹四斤请他来，并不是在拍什么电视剧，但其动机究竟是啥，却搞不清楚，他也不想搞清楚。

但乌尔马对大坞山和濯玉河确实很感兴趣。他研究了濯玉河的水文资料，知道这濯玉河水位很深，直通长江黄金水道，可以建个深水良港。而大坞山上的石头，则是生产水泥的上等原料。

他经过几天调研，搜集了不少大坞山和濯玉河的资料，正准备回国一趟，向老乌尔马汇报，并想请父亲也来坞山实地考察一下，在坞山建个大型彩色水泥厂。

谁知，就在乌尔马准备在坞山大干一场的时候，侯五竟把他“请”进了派出所，这让乌尔马很伤心。要不是詹含辛出面，乌尔马定要打赢这场官司，讨个说法……

看到这里，詹四斤的肠子都悔青了，恨自己瞎了眼，竟把个已经引进门的亿万富翁，给硬生生地逼跑了。

詹四斤当天就想去省城，再次把乌尔马请回坞山来。

可女儿说：晚了，晚了！乌尔马早回国了。

6. 鱼鳖争斗

再说侯五，他早就盯着正所长的位子了，可如今连副所长也被扒了。他憋了一肚子火没处出，心里恨死了詹四斤：要不是这家伙弄个假外商，自己哪能落到这地步？

侯五跑到文化局，要找詹四斤算账。可一打听，詹四斤出差去了。侯五气得牙痒痒，便跑去告了他一状。

詹四斤出差回来，还没下车，就接到县里头头的电话。詹四斤满肚子狐疑地走进头头的办公室。

就见头头脸色铁青，指着他大发脾气：“你詹四斤胆子也太大了，竟敢弄个留学生蒙骗县里！”

一听是这事儿，詹四斤松了一口

气，忙说："是谁说我招的是个假外商？乌尔马先生是货真价实的外商！"

头头更来气了："到这时候你还嘴硬？"

詹四斤说"不是我嘴硬，乌尔马先生是个留学生不假，但他也是个货真价实的外商！领导要是不信，我可以拿出证据来！"

詹四斤说完，就急匆匆回家，拿着乌尔马的那封信，又赶回到县委大院。

头头看完乌尔马的那封信，好半天没作声，然后打电话叫来了侯五。

侯五一走进头头办公室，见詹四斤低着头，坐在那儿，心里不禁得意起来：哈哈！詹四斤，你也有今天！

头头看完侯五当时审讯乌尔马的笔录，一时拿不定主意，搞不清楚哪个是真哪个是假，便沉着脸对詹四斤说："你必须尽快地把那个阿拉伯人给我找来，不然……"

詹四斤和侯五各怀心思，走出县委大院。

詹四斤心想：得赶快把乌尔马请回来，不然这头上的乌纱帽就要被风吹走了。

而侯五万万没想到那个阿拉伯人竟真的是个大富翁，心想：倘若让詹四斤把那阿拉伯人再次招到咱坞山来，真的在坞山建起个彩色水泥厂，那自己的好日子也就到头了！

詹四斤一回到局里，就连忙给女儿打电话，得知乌尔马已经回到了学校，便连忙借了一辆桑塔纳，急匆匆地往南华大学赶去。

侯五一边往派出所走，一边想：自己错把那阿拉伯人当嫖客抓了起来，虽说狠狠敲了詹四斤一笔，但眼下如不赶紧采取补救措施，惹恼了县里头头，自己今后只怕没得好混的了！

侯五走进派出所，一见院里那辆警车，顿时心里一动：有了！何不抢在詹四斤之前赶到省城，把那阿拉伯人请回坞山。只要能把乌尔马请回来，那就是大功一件，到时头头一高兴，自己想当个所长还不是小菜一碟？

想到这儿，侯五一伸手，拉开了车门，钻了进去。

侯五开着车，把警笛摁得"呜呜呜"直叫，一路风驰电掣地驶出了县城。

可一上到去省城的国道，侯五心里不由又打起了鼓：自己曾得罪过那阿拉伯人，我这一去，能把他请回来吗？

想到这里，他不由恨起了当初那个举报人。该死的，都怪这人多事，如今害得老子像个被人驱赶的老鼠，一刻也不得消停！

侯五边开车边想，可是一出县

界，路况逐渐平坦，侯五的心情就渐渐变得快活起来：谋事在人，成事在天，老子先赶到省城再说，至于事儿能不能办成，只好听天由命了。

这么想着，侯五一加油门，警车一溜烟地在国道上飞驰起来。只见他一边手握方向盘，一边还嘟着嘴巴吹起了口哨《妹妹你大胆地往前走》，吹着吹着，警车就驶入了邻县一个交叉路口。

这路口在一个下坡处。这时，只见侯五的车头往上一抬，紧接着就车身朝下，向岔路口猛冲而去。谁知快要接近路口时，一辆吉普车从斜岔里的一个加油站爬上了主干道。

侯五一看吉普车，好像是文化局詹四斤那辆破车。

一见吉普车“吭吭哧哧”地在前面爬，侯五不由心中一喜：幸亏有远见，看来詹四斤也是去请那阿拉伯人。但他那辆老爷车哪跑得过老子的警车？

侯五这么一想，当即加大油门，朝吉普车猛冲过去。到了跟前，侯五猛按喇叭。不料吉普车不让道，还在路上扭来扭去，不让他超车。

侯五生气了，口哨也不吹了，用手拍打着方向盘，骂道：“詹四斤，你找死啊？”

其实，侯五是骂错了人，这会儿坐在吉普车里的并不是詹四斤，而是铁路办的巴公楚。

巴公楚咋会坐在文化局的吉普车里呢？

原来，当巴公楚亲眼看见詹四斤招来一个外商时，就觉得闹心，总想挫挫詹四斤的锐气。

那天，是他让蒜头鼻躺到乌尔马的床上，然后就给侯五打了电话。

乌尔马走后，他听说乌尔马原来是个冒牌货，顿时喜得他胡子翘上了天，心想 詹四斤，有你好瞧的！

谁知，巴公楚高兴劲儿还没过去，前天他的一个在天马市工作的亲戚告诉他说，自己正在联系一个阿拉伯外商，这外商叫乌尔马，是个亿万富翁。

巴公楚一听，惊出一身冷汗，心想：天底下没有不透风的墙，原以为那阿拉伯人是个假货，谁知是个真外商，万一今后县里知道当初是自己给侯五打的举报电话，那还得了？

等亲戚一走，巴公楚连忙打电话给他在文化局开车的姨外甥，要借车子一用。他想抢在亲戚之前把乌尔马弄到坞山来，将功补过。

姨爹要车，姨外甥哪能不从？他见詹四斤借了一辆桑塔纳去了省城，就把局里那辆破吉普开出来，送巴公楚上省城。

当然，巴公楚也知道侯五和詹四斤都在打乌尔马的主意，此时，他见侯五在后面拼命想超车，哪能给他让道？

侯五见吉普死活不让道，不由火了，心里暗骂：就算把你挤到路边摔死，老子也要超过去。

于是，他一扭方向盘，强行超车。眼看就要将吉普车逼到路边，哪知一辆桑塔纳从省城方向急驰而来。

刚好这时，路面有个急转弯，三辆车同时来到转弯处，桑塔纳司机哪知道前面的吉普车和警车在国道上表演“秧歌舞”？毫不知情的他还是一个劲地急驰而来。

侯五见对面突然来了一辆桑塔纳，暗道一声不好，急忙伸脚去踩刹车，不想忙中出错，竟把油门当成了刹车。警车朝前猛冲过去，只听“咔吱吱”一阵闷响，警车和桑塔纳的“肚皮”做了一次亲密的接触。

桑塔纳被撞到半空中打了一个翻身，四轮朝天，“扑通”一声，摔到了路边的秧田里。

侯五的警车虽说没滚下路面，却一头撞向了路边一块水泥墩上，车头撞了个稀巴烂。侯五经这么剧烈的一击撞，撞得五脏六腑都挪了位，脑袋上也撞起一个大青包。

再说文化局那辆破吉普，当司机从后视镜里见警车强行冲过来时，顿时惊得急忙一扭方向盘，哪知用力过猛，虽说避过了警车的冲撞，但车身却朝路边护栏冲去。吉普车撞倒护栏，打了几个翻身，“咕咙咙咙”滚到路边长满茅草荆棘的斜坡下，顿时散了架。

车里的巴公楚好不容易从坡下爬上来，只见他衣服挂成了渔网，脸被荆棘划开了一朵花，血水流了个满头满脸，活像戏台上的小丑。

这时，侯五也从车里爬了出来，一见巴公楚，心想都是这混蛋惹出来的事，不由怒从心起，冲着巴公楚大吼：“没长眼睛啊！咋不给老子让道？”

巴公楚心里比他还气，回吼道：“你找死啊，想拉着老子垫背还是咋

的？”

两人正吵成一团时，桑塔纳里的人也从秧田里爬了起来，只见他满身泥水，成了不折不扣的大花脸。巴公楚和侯五细细一看，这人竟是詹四斤？！

詹四斤狼狈地爬上路面，坐在水泥墩上喘了一会儿粗气后，瞪着侯五，仰天长叹道：“侯五，侯五，你干的好事啊！好端端的一个外商，硬是被你逼走了！”

侯五吼道：“这能怪我吗？”他一指巴公楚，“要怪就怪这混蛋，是他瞎举报的！”

尾　声

詹四斤虽说早巴公楚和侯五一步赶到省城，但女儿却说乌尔马到外地签合同去了。

刚好这时，文化局办公室打来电话，要他马上回去，因为县里听说，又有一个大外商落户天马，要组织全县各级干部到天马去参观考察。

谁知到了天马一看，那个大外商不是别人，竟是乌尔马！县里头头气得差点当场昏过去。

从天马回坞山没几天，县里就给了詹四斤留党察看处分，把他调到铁路办去管蒜头鼻。

巴公楚重新回到原来的乡镇。

而胡通不等县里处分，便自动辞了职，到南方一家小报当记者去了。

至于侯五，职务早就扒了，由于私自驾警车酿成车祸，毁了三辆小车，被开除了公职。不过，这回他倒没去重操旧业当混混，而是在濯玉河边开了一家小餐馆。

陡然从年轻姑娘成群的文化局来到铁路办，成天面对一个蒜头鼻，詹四斤心情郁闷极了。

这天，他踱步来到濯玉河边散心，无意间走进了侯五的小餐馆。来的都是客，这时的侯五，竟自动放弃前嫌，笑容可掬地把他迎到桌旁坐下。

詹四斤刚一坐下，巴公楚恰巧也晃了进来。

三个昔日的冤家对头，大眼瞪小眼地看了一会儿，然后竟像老朋友一般，一齐坐到了桌旁。

三个人一边喝着酒，一边朝濯玉河望去，只见河对岸那家彩色水泥厂上空，“咕嘟咕嘟”地冒着白烟；到大坞山上运水泥石料的船只，在濯玉河中穿梭而行。

望着那烟，那船，詹四斤情不自禁地叹了口气说：“唉——本应建在坞山的水泥厂，却跑到天马去了！”

巴公楚和侯五也跟着长叹一声：“唉——教训呀，教训呀……”

（**题图、插图**：杨宏富）

（本栏目欢迎来稿。来稿可从邮局寄发，也可从网上传递。如为电子邮件，请发以下信箱：hangfan1102@126.com）

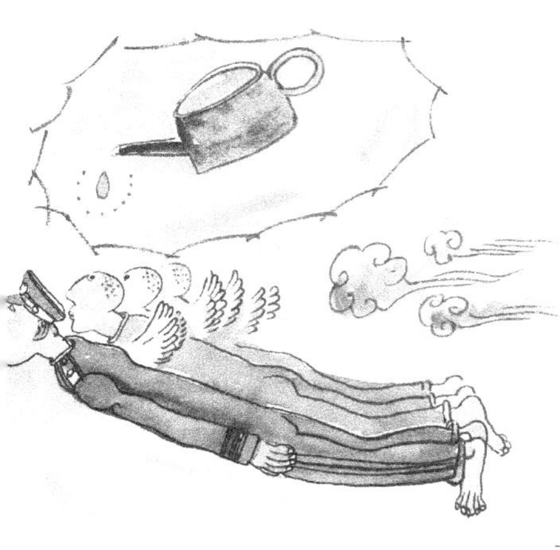

致命的油漆

英国皇家海军“西提斯”号潜艇，在建造时，即号称是世界上最先进的潜艇。

1939年6月1日，这艘潜艇前往利物浦湾开始其处女航，以便进行最后的潜航试验，随船一起参加试验的共有103人。

“西提斯”号驶出利物浦港一个小时后，由于压舱物过轻，首次下潜失败。艇长于是下令打开鱼雷发射管的外层盖子，以便海水部分涌入，增加潜艇的重量。

然而，谁都没有料到，外层盖子一打开，数以百吨计的海水即以迅雷不及掩耳之势涌入。重量激增的潜艇随即一头朝下，迅速沉入海底，再也未能浮起。

艇上人员除了4人成功逃生外，其余99人全部丧生海底。这一事故，被称为英国历史上最惨重的潜艇灾难。

“西提斯”号失事后，有关部门经过仔细核查，这才知道：早在“西提斯”号出海前数周，一名造船厂的油漆工在给鱼雷发射管刷油漆时，不慎让一滴油漆滴漏，黏住了一个用于防止事故发生的安全测试阀门，从而导致鱼雷发射管的内层盖子一直处于打开状态。

这样，艇长下令打开鱼雷发射管的外层盖子，就意味着内外两层盖子同时处于打开状态，无遮无挡的海水汹涌而入，导致了灾难的发生。

后来，人们发明了一种新装置用于防止鱼雷发射管的内层盖子被意外打开。为了纪念这一事故，该装置被命名为“西提斯栓”。

也许有人会说，“西提斯”号失事纯属偶然，可在现实生活中，这样的偶然却比比皆是。人生无小事，许多看似不经意的疏忽，却足以引发触目惊心的惨剧。

一个人活着，就得时时提醒自己：别让一滴“油漆”毁了自己的一生。

（**作者**：孙曙峦；**推荐者**：杜辉明）

关键词：西提斯栓

（**本栏插图**：安玉民　梁　丽）

· 开卷故事 ·

邮票挽救奥运会

1894年，在巴黎召开的国际体育会议上，希腊雅典获得了第一届现代奥运会的主办权。

可当国际奥委会主席将这个喜讯带到希腊时，一盆冷水却从天而降：希腊政府因为经费不足，提出要求缓办奥运会。

国际奥委会秘书长顾拜旦得知这一消息后，急匆匆赶到雅典，拜见希腊首相。可是，这位首相仍然拒绝拿钱办奥运会。

一筹莫展的顾拜旦只好抱着一线希望，去求助希腊王储。没想到，年轻的王储得知这个消息后，决定亲自接管筹备奥运会的工作，此举还获得了希腊国王的公开支持。

顾拜旦终于松了一口气，但接踵而来的却是一个更加严峻的问题：筹办奥运会的经费从何而来？虽然希腊全国各地掀起了募捐活动，但所捐的钱款远远不够。

就在大家为资金的事情而犯愁时，一个叫萨克拉夫斯的集邮爱好者提出了一个建议：能不能发行一套奥运会的纪念邮票呢？

组委会委员们经过讨论，抱着试一试的态度，发行了一套12枚的纪念邮票，并以高于面值一倍的价格出售。

这是世界上第一套奥林匹克邮票，也是世界上最早的一套体育邮票。这套邮票分为三种票形，再现的是古代奥运会的场景。

没想到，这套邮票面市后，很快就销售一空，组委会获得了大量的资金，第一届奥运会因此得以顺利举行。　　（**推荐者**：乐　乐）

关键词：奥运会纪念邮票

“开卷故事”栏目征稿

“开卷故事”欢迎广大读者踊跃荐稿！推荐作品内容不限，范围不限，但每则作品都要有故事情节或细节，且提供一个新的知识点，或者绝妙的生活思路和方法，字数1000字以内。希望大家慧眼识金，挑选此类精彩作品。本期责任编辑的邮箱是hangfan1102@126.com。

艺高人胆大

□风　云

江洋大盗杰克经过几天踩点，发现大富翁比尔是个不错的目标。

一个月黑风高的夜晚，杰克轻松地进入了比尔的家里。比尔一人在家，电视开着，人已斜在沙发上睡着了。杰克上前拍拍比尔的肩膀：“伙计，醒醒，有客人来访。”

比尔睡得正香，睁眼一看杰克，吃惊地问：“你是谁？”杰克不做太多解释，只说：“给我保险箱的钥匙，还有密码。”

比尔见杰克人高马大，便乖乖地就范了。杰克绑住比尔后，兴奋地直奔保险箱，插入钥匙，输入密码，“咔”的一声，保险箱被打开。杰克拿出袋子，把保险箱里的钱扫个精光。

杰克正准备潇洒地离开，可刚到门口，就被几个警察逮住了。杰克无论如何也想不明白，便问警察，一旁的比尔得意地告诉他：“我那保险箱的密码盘其实是电话号码盘，你拨完号，里面的装置就会自动报警。”

杰克差点气炸了肺，他问警察：“我会被判几年？”

警察说五年。

杰克大声对比尔吼道：“五年后的今天我一定会回来，你等着！”

转眼五年过去了，杰克决定回去复仇。还是一个月黑风高的夜晚，杰克进入了比尔的家里。一切和五年前差不多，杰克叫醒熟睡中的比尔，说：“你的老朋友回来了。”

比尔吓了一跳，只好再次说出密码。这次，杰克谨慎多了，打开保险箱之前，他把所有可能通往外界的线路都切断了，然后顺利地拿到了钱。

杰克刚走出门口，迎面又碰上了警察。杰克惊得目瞪口呆：“这回比尔又要了什么花招？”

警察笑着说：“你太守信用了，五年前你不是说过今天要来的吗？我们还担心你忘了，没想到你真来了。”

（**本栏题图、插图**：顾子易　包丰一）

□ 孙秋香

为什么不接电话

张不三是个看到美女就走不动的主儿，这天早上，他去交手机话费，看到人家服务员漂亮，他的黏糊劲就又上来了，非要讨手机号码。

这服务员也俏皮，歪着头看着张不三说：“给我个理由。”

张不三说：“理由多多的！现在不方便，电话里说好吗？”

服务员想了想，便报了一个号码，张不三乐得屁颠屁颠地跑开了。

回到家里，张不三迫不及待地拨

那个号码，没人接，里边在唱歌。

张不三嘟囔道：“不接？我就只当是听免费音乐，看你接不接！”

张不三不断地按“重拨”键，每按一次，手机里就换一首歌，可就是没人接听。

张不三干脆把手机设置成“扩音”状态，躺在沙发里摇头晃脑地听音乐。这样听着，一直到下午4点，他又习惯性地要去按“重拨”键。

这时，手机里突然传来了一个女孩的声音，张不三一个激灵从沙发上蹦起来说：“怎么样？坚持就是胜利吧！”

却听那边的女孩说：“对不起，你的手机话费不够拨打本次电话，请及时缴纳话费……”

张不三一听，脸都绿了，急忙跑去查询手机话费。上午的那个服务员不在了，换了另一个女孩，女孩在电脑上查询了一番，说：“不错，今天早上8点47分你缴纳了100元话费，你现在手机里的话费余额是0.17元，不够拨打一次电话。”

张不三急了，说：“不对啊，我连一个电话都没打通啊。”

女孩说：“别急，我给你查一查通话记录。”女孩低头操作了一番，又说，“你今天一共点播了200首歌曲，每首歌曲0.5元……”

张不三明白了，原来人家给他的号码是个收费的“点歌台”！

养小鸟

□李大勇

刘东把儿子强强送回乡下老家去过暑假。

临走前，强强非要带上自己刚买的小鸟。刘东见那只鸟刚长毛，觉得正好可以让儿子学着照顾小动物，就答应了。

过了半个月，刘东回老家探亲。刚进门，就看见自己的父亲正在哄强强："咱把这只小鸟放了好不好，你看它离开了妈妈多可怜啊！"

强强嘟着嘴，一脸的不高兴："我不放，小鸟那么小，万一它找不到妈妈，谁照顾它啊？"

刘东见父亲有点不高兴了，忙进去劝道："爹，算了，孩子喜欢小动物是件好事，就让他养着吧。"

父亲瞪了刘东一眼，没说话，背着手走开了。

没想到，过了几天，刘东又听见父亲在劝强强把那只小鸟放了，还说要再去买只更好看的小鸟回来。

可强强还是不愿意，说自己这只小鸟挺好看的，不要换。

刘东笑着对父亲说"爹，还是算了吧，好不好看都不重要，强强自己喜欢就行的。"

父亲一指那只鸟："可是，你看，你看那只鸟长得……"

刘东凑过去，对着那只鸟仔细观察了半天，转过头对父亲说："我看这只鸟长得挺好的啊，毛油黑油黑的，还活蹦乱跳呢。"

父亲一听这话，脸拉得更长了，他把刘东拉到一边，低声责怪道："我说小孩子不懂也就算了，你当大人的怎么也这么糊涂？"

刘东摸不着头脑，小心翼翼地问："爹，你这是说什么呢？"

父亲急了，冲刘东吼道："养什么不好，我活了一辈子，就没见谁家里养乌鸦的，这也太不吉利了！"

细节功夫

□刘勇军

前不久，阿林干起了“黑摩的”生意。可没跑几天，就被稽查队抓进去两次，罚得他直叹气：自己咋这么倒霉呢！看看同行“拐哥”，跛着脚，也没被抓过，难道有啥门道？

阿林请拐哥喝酒，酒过三巡，阿林搭着拐哥的肩膀，问：“拐哥，你上面有人吧？照应兄弟一下啊！”拐哥看了阿林一眼说：“我一个乡下人，能认识什么人，喝酒，喝酒。”

阿林不端杯，两眼盯着拐哥说：“拐哥，你看不起兄弟！”

“哪能呢，”拐哥把酒杯往桌上重重一搁，“骗你不是人。”

阿林觉得拐哥不像是骗他，便诉苦道，自己天天提防小心，一有动静跑得比兔子还快。可两次都是因为下车上厕所，就被逮住了，真是倒霉！

拐哥摇摇头：“你别不服气，还是细节功夫没到位啊！”

“细节？啥细节？”阿林闹不明白了。

拐哥呷了口酒说道：“你自个儿先琢磨，日后咱再交流。”

阿林心里暗骂了声：老狐狸，怕是还惦着顿酒呢。不过他倒长了个心眼，好几次借故到拐哥的车上坐坐，其实想看看是否安了啥先进的防捉报警系统，可人家的车比他的还破，除了几个空矿泉水瓶，啥也没有。

这天阿林又在冥思苦想，就看见拐哥的车向加油站方向开去，便悄悄跟了上去。阿林脑中灵光一闪，心想：莫非那几个空矿泉水瓶是用来装某种特别的油，一旦稽查队来捉车，就能用它来提速？

只见拐哥在90号油机前加好了油，就发动车子走了，却没见他拿出

编读往来：你的问题我来答

浙江读者方晓晴：我很喜欢你们的一个故事《不一样的结婚证》，觉得里面提到的实行期限婚姻的事情十分新鲜，请问世界上真有实行这样婚姻法的吗？

绿版编辑部：哈哈，你说的这个故事是今年4月份绿版的。首先要跟你说明的是，故事就是故事，千万不能对号入座。不过，你提到的这种婚姻法，世界上倒确有其事。我手头上就有一份材料，说爱尔兰信奉天主教，禁止离婚，所以这里实行的是期限婚姻，男女双方在结婚时可以协商婚姻关系的期限，从1年到100年不等。期限届满后若有继续生活的意愿，可以办理延期手续。

登记费用则与婚龄的年限成反比。婚龄越短，结婚证的费用越高。根据结婚期限，结婚证书也是不一样的：假如是1年，那么新人将得到厚如百科全书般的两大本结婚证书，里面逐条逐项列举了男女双方的各项权利和义务。但如果结婚期限是100年，结婚证书则薄到一张纸条，上面仅写着法官的祝福。

不过，关于爱尔兰的离婚合法争论，持续了许多年。1997年2月，爱尔兰首次把离婚和再婚合法化了。

湖南读者蒋伟：我是一个忠实读者，看《故事会》很多年了，自己也想尝试着写故事，不知道编辑部对稿件有什么要求呢？

绿版编辑部：其实，以一个故事来说，编辑最看重的是，作品一定要有一个“新、奇、巧”的故事核。就以“新”为例吧，我们希望作者能够多多挖掘一些新鲜题材，不要老是在一些诸如请客送礼、收藏鉴宝等等的老题材里打转。毕竟我们的读者朋友看故事，是想看到一些闻所未闻的事情，而不是炒冷饭的故事。当然，也不是说传统题材一定就不能写，但要注意用新的手段和创意来包装，比如去年的一个故事《升旗升旗》，就是一个传统的支教题材，但作者不脱俗套，在细节处理方面显示出了自己的独到之处，使得这个老题材翻出了新花样。总之，希望作者朋友能够多多开动脑筋，发现新的创作素材和手法，如果你手头上有好的作品，欢迎给我们投稿。

邮局寄发或网上传递皆可，本期责任编辑的邮箱是：hangfan1102@126.ccm。

矿泉水瓶。阿林正纳闷呢，拐哥的车在前面突然停下，两边的车窗都被拉上，大热的天，这是干吗呢？

片刻工夫，拐哥的车重新发动，车上骨碌碌滚下个矿泉水瓶，里面装着黄澄澄的液体。阿林大喜，定是拐哥不小心掉的，里面肯定有奥秘。他赶紧上前旋开瓶盖，鼻子凑近一闻，一股尿臊味差点将他熏晕过去。

这下阿林总算明白了，原来拐哥说的细节功夫，就是在车上解决问题，怪不得抓不到他呀！

以毒攻毒

□西　瓜

这天，李强刚下班回家，就被邻居郑大爷截住了。郑大爷吞吞吐吐地说："小李，你看，能不能把你的车借我用一晚上？"

李强虽然有些舍不得，可郑大爷是多年的老邻居了，抹不开面子，只好答应道："行，您什么时候用？"

郑大爷一听，直接拉开车门，坐到车上："就现在吧！"

李强还是有些不放心："大爷，您还会开车？"

郑大爷一撇嘴："三十年的老司机了，放心吧，明早就还你。"

眼看着郑大爷把车歪歪扭扭地开出小区，李强心里七上八下的。偏偏这时他的手机响了，有朋友喊他去外面吃饭，李强只好自己打了辆出租去饭店。

一帮人从饭店里晕晕乎乎地出来时，天已经黑了。有朋友提议说，现在流行在露天唱卡拉OK，不妨一起去热闹热闹。大家一听觉得挺好玩，便一致同意了。

正是夏天，路边有不少卡拉OK摊子，可是人都太多，排不上队。

那个朋友突然想起什么来："我知道有个地方，人比较少。"于是他带着大家，拐弯抹角，走到一个小区附近，果然这个摊子还没什么人。

小摊老板特别殷勤，立刻就把话筒和饮料递了上来。李强一见话筒就来了兴致，抓着话筒敞开嗓子就吼："我是一匹来自北方的狼……"

没想到，这一嗓子可坏了，只听附近警报声大作。再一听，还不只一种声音，可热闹了。

李强一下子跳了起来，丢掉话筒嚷道："谁啊谁啊，这是谁动我车了？"

朋友们一起笑：“醉了吧，强哥，你的车在哪儿呢？”

李强拍拍头：“喝多了喝多了，还以为在家呢。你们哥几个不知道，打买了这车我就没睡好过。附近有点什么动静，这车就报警，声音跟这一模一样。”

朋友们都笑他：“你把报警器关了呗。”

李强不服气：“关了？丢了车你们赔？你别说，我这报警器真灵，一有动静它就叫，一听它叫，我就放心了。”

过了一会儿，警报声停了。李强继续抓着话筒，吼：“我是……”

刚唱两个字，又是一连串的警报声，搅得人心烦意乱的，大家都觉得没意思，打算换个地方。

李强一摆手：“先别，咱们就这么走了，不让人小瞧了嘛。咱就是走，也得把捣乱这车的气给它放喽。”

几个朋友循着声音，在附近找了一会，很快找到了这辆车。

“妈的，这车跟我那辆一样！”李强趁着酒劲拿了一个啤酒瓶，在道边敲破了，举着半截瓶子，冲着轮胎就扎了过去。轮胎长出了一口气，瘪了。

就在这时，车门一开，出来一个人：“谁扎我车胎呢？”敢情人家车里还坐着人呢！

李强一看，傻了，这人不是郑大爷吗？他忙问：“大爷，怎么是您？那这车……这车是我的？”

郑大爷一瞪眼：“不是你的还是我的？”

原来，郑大爷的女儿和外孙住在附近。小外孙还不到六个月，怕吵。可偏偏这一阵，附近老有露天卡拉OK鬼哭狼嚎地唱，吓得孩子整夜哭。

郑大爷这才想出了以毒攻毒的妙计，借来了李强这辆带报警器的车，停在这里。让你唱，我搅得你唱不下去！

李强心疼地抚摸着破轮胎，哭丧着脸问：“大爷，你怎么知道我这车的报警器厉害？”

郑大爷眼睛一翻：“我家里的孙子天天被这车的警报声弄得看不进书，我会不知道？他明天要考试了，所以我才想了这么个办法，把这报警器给临时转移掉。”

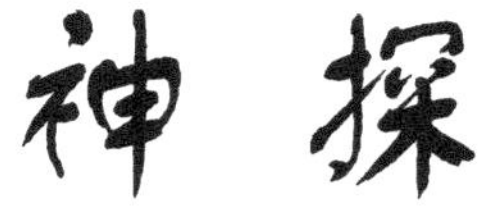

神探

□建　刚

乔治是个小偷，因为涉嫌一起珠宝失窃案，被带进了警察局。

乔治心中有数，警察手里并没有掌握什么证据，自己只要咬紧牙关不认账，他们就拿自己没办法。

果然，审问他的小警察无计可施，就一拍桌子，吓唬他说："你再不承认，我就把我们警长找来，让他亲自审你。"

乔治乐了："你是新来的吧，告诉你，你把警察总长叫来也没用，没有证据，你看我会不会承认。"

"看来，你是不知道我们警长的厉害，"小警察得意洋洋地说，"他可是神探，破案率百分之百！告诉你，我还从没见过一个能从他手下蒙混过去的犯人。"

乔治笑嘻嘻地说："破案率百分之百？你快去找来，我倒要见识一下。"

小警察说"你等着，可别后悔。"然后就走了。

不大一会儿，进来一个粗鲁汉子，他阴森森地看了乔治一眼，问："你就是那个死不认账的小偷？"

乔治毫不示弱，讥笑道"你就是传说中破案率百分之百的神探？"

神探盯着他，慢条斯理地说"看来你是不信了，我倒要看看你有多硬。"他翻了翻桌子上的卷宗，扔到一旁，接着说，"你的底细我一清二楚，先不说这起珠宝案，据我得到的线索，一周前发生在第五大道的杀人抢劫案，就与你有关对不对？"

乔治一愣，珠宝的确是他偷的，但他跟什么杀人抢劫案却完全无关。这水平，还神探呢！乔治当即摇头否认，这头摇得自然是理直气壮。

神探冷冷一笑，道"看来不吃点苦头，你是不会承认的。"说着，站起

世道不公（文：妞　妞；图：包丰一）

1. 娜娜放学回家，把书包一摔，小嘴噘得老高，一副很不开心的样子。

2. 妈妈见了赶忙问：“宝贝，谁惹你生气了？”

3. 娜娜说：“没人惹我生气，只是我感到，这个世界太不公平了！”

4. 妈妈不明白，娜娜说：“小朋友都背着沉沉的大书包，走路都吃力，可阿姨们却个个拎着小巧玲珑的小包！”

来，扒掉外衣，扩了一下膀子，然后一把攥住乔治的脖子，就要动手。

幸好，就在这时候，门被敲响了。刚才那个小警察探进脑袋，报告说：“警长，德城警察局打来电话。”

神探松开手，不耐烦地问：“什么事？”

小警察说：“他们说抓到一个抢劫犯，据那人交代，去年圣诞节那天，他曾在我们这里的第八大街开枪打死了一个人。”

神探摸了摸脑袋，狐疑地问：“去年圣诞节？第八大街？”他略一回忆，斩钉截铁地说，“不可能！”

小警察疑惑道：“那个犯人交代得很清楚，时间、地点、细节等也完全吻合，怎么会不可能呀？”

一旁的乔治心中也在想：就是呀，人家凶手自己都承认了，这事绝对是真的。

却听神探肯定地说：“当然不可能——第八大街那个案子早被我破了，犯人也早被处决了！”

“什么，这样也行啊？”乔治目瞪口呆，原来人家的破案率百分之百是这样来的，他浑身一阵哆嗦，“扑通”跪下，道，“神探，我认了，珠宝确实是我偷的。可那起杀人抢劫案，真的不是我做的呀。求您了，千万别安在我头上！”

老婆得了抑郁症

□肖德胜

这天，刘明刚回到家，老婆就兴高采烈地迎了上来："老公，我新做的头发，好看吗？"

刘明一看，只见老婆的发型完全变了，原本顺直的长发变得又枯又黄，还乱糟糟的。于是，他冷冷地说了一句："像稻草一样，难看死了。"老婆听了没有吱声，默默走开了。

到了晚上，老婆又恢复了那股高兴劲儿，靠在刘明的肩膀上，撒娇地问："老公，真的很难看吗？"

刘明没好气地说："我看到就恶心。"说完，扭过头一句话都不说了。

刘明看过两本心理学的书，他估摸着，在自己的语言"打击"下，老婆一定会回心转意，把发型变回来。可几天下来，老婆丝毫没有要做回直发的意思，反倒更加重视她的头发，一有空就跑去对着镜子拉扯自己的头发，这边拉拉，那边弄弄。

刘明的心里突然"格登"一下，心想：老婆这些天行为反常，该不会是得抑郁症了吧？不行，我得改变方法了。

于是第二天，刘明一回到家，就两眼直直地看着老婆说："新发型很好看，以前是我自卑，怕和你走在一起，显得我很老土。"老婆一听，果真心情大好起来。

可几天下来，老婆拉扯头发的频率却越来越高了。刘明忍不住了，小心翼翼地说："发型已经很完美了，你老用手去抓它，会破坏美感的。"

老婆听了，哈哈大笑起来："你真老土，人家发型师说，没事的时候要经常抓一下头发，增加蓬松度才漂亮。你以前说我头发不好看，多半是因为我抓得不到位，经过这段日子的揣摩，终于得到你的认可了。你看，我现在的造型怎么样？"

420 2008 SEMIMONTHLY 上半月版 8月

故事会

2008 年 8 月

上半月 · 红版

主　编：何承伟

常务副主编：吴　伦

副主编：姚自豪（上半月 · 红版）

副主编：夏一鸣（下半月 · 绿版）

本期责任编辑：郑继文

电子邮箱：zjw002@vip.163.com

红版发稿编辑：

姚自豪　吕　佳　周　吟　叶小萌

特约编辑：

范大宇　崔新三　申之珉

美术编辑：李宝强

电脑制作：郭瑾玮

通　联：归依玲

本社办公室电话：021-64375030

上半月刊编辑部电话：021-64332325

下半月刊编辑部电话：021-64336469

（上海市绍兴路 74 号　邮编：200020）

主管、主办：上海文艺出版总社

出版单位：《故事会》编辑部

制作、发行总监：张　凯

电话：021-64313938

广告业务：上海故事会文化传媒有限公司

广告总监：张　淮

广告业务：021-34010383

广告投诉：021-64333738

广告经营许可证

沪工商广字 3100320050022 号

发行：中国图书进出口上海公司

·笑话·

补充淡盐水

小华期末考试成绩很糟糕，妈妈狠狠地批评了他。小华很伤心，哭得一把鼻涕一把泪的。

妈妈看他哭得实在可怜，心一软，正想安慰他，却发现小华突然不哭了，拿起热水瓶倒了一杯水，还往水里加了一点盐。她看着小华一口气把水喝下，好奇怪，问："你这是干什么？"

小华说："书上说了，哭过之后，要补充一些淡盐水。"

（杨广亮）

（本栏插图：包丰一）

理解深刻

办公室里，科长放下手上的报纸，发起议论来："报上老在说交通紧张，我就不懂了，为什么不修几条运河，一条从四川到新疆，一条从江西通向云南……"

旁边有个人听了，马上答道："科长，听了您的高见，我更加深刻地理解了一句成语。"

科长得意地问："什么成语？"

"信口开河！"（乾　坤）

等酒结冰

这天，老张问老王："我昨晚看你一直蹲在路边，天气那么冷，你在等谁呢？"

老王叹了一口气："别提了，都怪我那老婆，她不让我喝酒，把一整瓶'二锅头'摔在路上，全洒了。"

"那怎么办？"

"还能怎么办？我只好一直蹲在路边，等二锅头结成冰，再把它们捡起来。"

（燕　义）

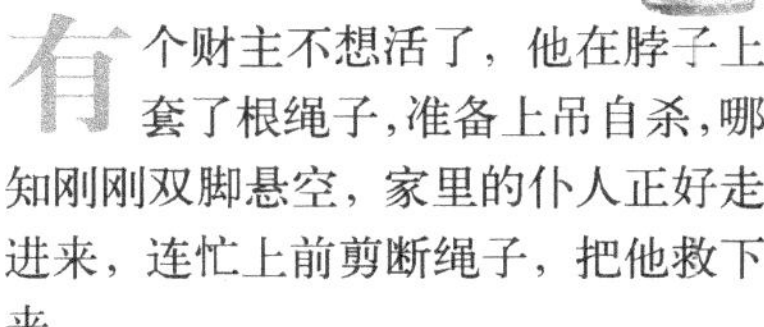

失败的乞丐

妈妈正抱着孩子走路，一位乞丐把装钱的盒子伸到他们跟前，期待着施舍，妈妈却若无其事地走过去，孩子看着乞丐盒子里的钱，问：“妈妈，为什么每个人都不要那个人的钱？”

（焦淳朴）

蜗牛相亲

有一天，蜗牛妈妈对蜗牛说：“你也不小了，明天我带你到隔壁村子相亲去。”

蜗牛说：“老妈，我才12岁，还没到法定结婚年龄呢。”

“孩子，等咱们走到那里，你就够岁数了！”

（毛　毛）

神奇的战役

记者采访一位“二战”老兵，问：“在‘二战’中，哪场战役令你印象深刻？”

老兵想了想，笑着说：“有这样一场战役，打到后来，我方只有90名军官，30名士兵，19支步枪和11发子弹，可以说是官比兵多，兵比枪多，枪比子弹多，而对方还有300多支步枪，1000多发子弹，情况非常危急……”

记者说：“你们一定吃了败仗。”

“不，我们赢了！因为对方只剩一个人了。”

（李　伟）

绳子钱

有个财主不想活了，他在脖子上套了根绳子，准备上吊自杀，哪知刚刚双脚悬空，家里的仆人正好走进来，连忙上前剪断绳子，把他救下来。

转眼到了月底，仆人接过财主发的工钱，一数，比上个月少了很多，便问：“这是怎么回事？”

财主说：“你连这个也不明白？上回我上吊用的好好一根绳子，让你一下就剪断了，我只好从你工钱里扣下绳子钱。”

（宋　敏）

·笑话·

魅力王老师

王老师特别喜欢在学生面前夸耀。这天，他在课堂上说："我上大学的时候，成绩可好了，我们班的女生都爱我！真的，我以我的人格担保。"

同学们听了，都为王老师当年的魅力所折服，下了晚自习回到宿舍，还在说这件事，宿舍里一位高年级女生听了，马上笑得直不起身子，说："他亲口给我们说过，他上大学时班上只有一个女生，架不住他的穷追猛打，成了他的太太。"

（宋　敏）

感人的舅舅

这天，舅舅用摩托带着外甥去玩，到了一个路口，遇上红灯，刚停下来，一辆汽车里一个男人伸出头，冲舅舅大叫："喂！你儿子太难看了，刚才我光顾着看他，差点撞了前面的车子！以后你别再带他出来吓人了！"说完，就一溜烟走了。

舅舅气坏了："欺人太甚！我得跟他说清楚！"他加了一把油门，朝着那辆汽车猛追！

外甥很感动，说："舅舅，别跟他计较，您开慢点儿，注意安全！"

"不行！我必须跟他说清楚！"

终于，舅舅追上那辆汽车，他跳下摩托，冲那个男人大吼："小子！你给我听着，我带的是我外甥，我儿子没你说的那么难看！"

（翁健富）

永别了

有个法国人到饭店吃饭，对饭菜质量非常不满意，他付好账，对侍者说："把你们经理叫来。"

饭馆经理听说，连忙赶过来，法国人见了，马上朝这位经理伸出双臂，说："来，我们拥抱一下。"

经理非常奇怪，问："先生，这是为什么？"

"因为我们即将永别，你以后再也见不到我了！"　（陈智斌）

不一样

夏日的一天，一学生到食堂打饭，见食堂门窗紧闭，便问师傅：“怎么把门窗关这么紧？打开凉快凉快嘛！”

食堂师傅说：“不能开，外面有苍蝇。”

学生指指在头上飞来飞去的苍蝇：“里面也有呀！”

“这些苍蝇和外面的不一样，它们已经吃饱了，外面的还饿着呢。”

（余晓静）

进 化

爸爸带着儿子去动物园，来到猴山时，儿子被那群可爱的猴子吸引住了，好奇地问：“爸爸，猴子好聪明哟！它们连吃花生的样子也跟人差不多。”

爸爸趁机给儿子讲人是从猴子进化来的，儿子听得连连点头，过了好一会儿，儿子问：“爸爸，你还记得我们原来住哪个动物园吗？”（焦淳朴）

婚姻持久的秘诀

一对美国夫妇结婚45年，他们生了11个孩子，后来又有了22个孙子。

有人请教他们始终在一起的秘诀，妻子说：“很简单，许多年前我们就彼此承诺：谁第一个想离婚走人，就必须带走所有的孩子。”（晓 晴）

生日快乐

有一位顾客一直没付买花的钱，这天，花店老板娘给这位顾客打来电话，不说话，开口就唱《生日快乐》。

顾客大感意外，说“今天不是我的生日，你弄错了。”

老板娘说：“没错呀！今天不是你的生日，却是你账单的生日，今天它已经一岁了。”（佚 名）

本栏欢迎来稿，读者、作者可将有新鲜感、有精彩细节的笑话佳作投寄给我们。来稿一经采用，最高稿费为一则100元。本期责任编辑电子信箱：zjw002@vip.163.com。

最后的号码是个“X”

这天，席先生给董事长讲的是一个有关“手机”的故事，故事的主题两个字：爱情。

王果是一个漂亮的姑娘，也是一家网络公司的项目经理，每天只顾忙工作，钱挣了一大把，快三十岁了，却连个男朋友都没有，父母、朋友都替她着急，她却毫不在乎：“不着急，还早着呢，我得把钱挣足了，再解决个人问题。”

这一次，王果连续两周在忙一个网络项目，平均每天休息时间不过4小时，实在太累了，就在她快要忙完时突然出了事：因为疲劳过度，她的眼睛得了暂时性失明的病症。王果的同事们吓得够呛，赶紧把她送到医院去，医生给王果的眼睛蒙上了一层厚厚的纱布，说至少要三天才能解开纱布。王果是个急性子，躺在床上，眼前又是漆黑一片，急得她要发疯。

第一天，同事们陆续过来看望王果，陪她聊天，给她讲笑话，好歹算是过去了。转眼到了第二天，公司的人都忙着上班，病房里只剩下她一个人，王果急得胸中像有一团火在烧，甚至想把蒙着的纱布扯掉，可她毕竟不是小孩，知道这样做的后果，只好忍住了。

大约十点钟的时候，王果正躺在床上休息，突然，她听到病房的门“吱呀”一声被人轻轻推开了，她警惕地问道：“谁？”进来的人没说话，但从轻轻的脚步声上可以判断：那人是在向床前走近，也就在这时，王果闻到了一股淡淡的百合花香，她心里在想：是谁看我来了？于是她又问了一遍："谁啊？"进来的人还是没有回答她，王果忍不住问了一句："是百合吧？"这一次，那人回答了："对，是百合。"王果说的"百合"是她的一个小姐妹，可现在答话的却是一个陌生男人的声音！王果不由得吓了一跳，紧接着，她听见那男人走到了自己床前，也不说话，听那声响，他是把手中的花插到床头柜上的花瓶里，随后，王果又听见那男人走到窗前，"刷"地一声，拉开了窗帘，然后，那男人再次走到床前，在床边的一张椅子上坐了下来。

这是一家部队医院，在城市的西郊，地点原本就很偏僻，再加上王果的眼睛蒙着一层厚厚的纱布，什么也看不见，把她吓了个半死，慌张地坐了起来，哆哆嗦嗦地问："你……你究竟是谁啊？"男人没接她的话，沉默了一会儿，说："我给你讲几个故事吧？"王果很疑惑，心想：平白无故的，怎么跑来这么个奇怪的男人呢？王果还没说让他讲，那个人却已经开始讲了起来——

陌生男人说的话没头没脑的，他说："1号呢，是个杀猪的，每天早晨五点起床杀猪，妻子、孩子都起来帮忙，捆猪，杀猪，脱毛，忙到六点半……上午他去卖肉，儿子去上学，妻子在家做家务。他生活得很快乐，每天下午要炒些猪下水，喝几杯白酒。"

王果听了这番莫名其妙的话顿时稀里糊涂的，心想，杀猪的？怕是他来医院探望病人、走错房间了吧？想到这里，王果便提醒道："先生，你找错人了吧？"男人没理她，接着又说："2号呢，是个做那种事的小姐，每天下午三四点钟起床，清晨五六点睡，没客人的时候也许可以早睡一会。她

说她活得很累，她一直渴望爱情，又害怕爱情。她最喜欢做的事，就是雨天的时候不出台，躺在出租屋的床上，关上灯，听雨‘嘀哒嘀哒’地下着……”

王果想，这个小姐和那个杀猪的有什么关系？这个小姐、那个杀猪的和我又有什么关系？王果正在想的时候，男人已经开始讲第三个人了：“第三个人是个大学生，刚买了一部手机，彩屏的，很高兴，和谁都能聊上很多。大学生说他还没有女朋友，他正在努力找，他想追班上的一个女孩，不知道那女孩的态度，不敢贸然表白，他说他在等一个机会。”

王果听那男人讲完第三个人的故事后就有些害怕了，她想：难道自己遇到了一个心理变态的杀人凶手、或者是个精神失常的人？接下来，那男人又讲了几个人——4 号是个教师，单身，四十多岁了，他对自己的评价是——“这一生值了”；5 号是个公交车的售票员，她说她自己活得很辛苦……男人前后一共讲了 9 个人，讲完后就不说话了。

房间里静悄悄的，王果的眼睛被蒙着，她不知道眼前这个男人长的什么样，也不知道接下来将会发生什么，她想，这个男人也许是心事重重，只是想找人聊聊天而已，再说了，大白天的，又是在医院里，哪有什么变态杀手啊？王果想到这里，鼓足勇气问那个奇怪的男人：“你讲完了吗？”男人说“没讲完，还有最后一个……最后一个是个女人——0号。0号是一家网络公司的部门负责人，很累很忙，顾不上自己的爱情，也许是她心气很高，一般的男人她不放在眼里。有一个男人比她小三岁，很喜欢她，她却不接受他。昨天，她劳累过度，两眼暂时失明，住进了医院，其实她不应该这么累的，应该找个人来疼她爱她的。”

王果的心“扑扑”跳了起来，她听出来了，这个男人讲的 0 号就是她自己！男人忽然不说话了，王果是急性子，火了：“你究竟是谁啊？讲这些乱七八糟的干吗？神经病啊？”男人

"呵呵"笑了，说："都这样了，脾气还这么大。我问你，半个月前，有个男人找你要电话号码，你还记得吗？"

王果想不起来有这事，她不好意思地回答说："我忘了。"男人说："你再想想……那男人盯着你要电话号码，最后你被他纠缠得烦了，就把手机号码写在那人的衬衣上……"

那男人这么一说，王果想起来了，确实有这么一回事，也确实有这么一个人，那是一个文静、偏瘦的男人，名叫张静远，是刚分配到公司来的大学生，人很帅气，又是名牌大学毕业的。这男人很胆大，居然打起了王果的主意，那天在公司大楼门口，当着很多人的面，他追上王果，问她要手机号码，还说想请她吃顿饭。那男人太主动了，王果有些意外，最后还是拒绝了他，当时王果对他说："小帅哥，什么年代了，还这么着急地谈爱情，先挣点钱再说吧。"

后来，王果被那男人缠得烦了，有些生气，便从包里找出一支在展示板上用的大号水笔，有点恶作剧，更有点为了发泄，她在那男人的白衬衫上写下十个数字，那是她手机号的前十位，但是，手机号的第十一位她没有写出来，而是画了一个大大的"×"，王果记得自己当时还讽刺地对他说："小帅哥，爱情很神秘的，就跟这个'×'一样，是个未知数！"想到这里，王果脸红了，有些不好意思。床前的那男人接着说："王果，我回去后就拨了你给我的那个号码，那个'×'，我不知道是几，我就从1拨到9，那9个号码的9个人，就是我刚才给你讲的9个故事里的主人公。我今天来就是想对你说——只要坚持不懈地做一件事，一个接一个地把电话打过去，打完了9个电话，我就知道了你的手机号码，其实爱情并不神秘。"

王果不知道自己该说什么好，就在这时，那男人一把攥住了她露在被子外面的手，轻声说："王果，你真的需要一个人来照顾你，你太累了。"王果听了这话，心里酸酸的，眼里湿湿的，她哭了……

（**本期作者**：王兴菜）

（**题图、插图**：安玉民　梁　丽）

征稿启事

"新一千零一夜"是本刊"红版"2008年新推出的栏目，希望广大读者能够喜欢。该栏目的来稿，优稿优酬，"红版"编辑部热忱欢迎作者惠赐原创佳作，要求：1.题材不限，能以较新的视角反映生活，立意独到；2.核心情节新鲜、奇巧、生动；3.篇幅在2000字左右。来稿可从邮局寄发，也可发电子邮件，请在信封或电子邮件的主题栏内注明"新一千零一夜"字样。"红版"编辑部各编辑邮箱见第58页。

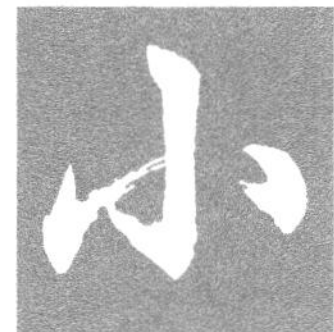

小钉子户

□谭 川

有一个大工程要征用大王村一些村民承包的土地，由于工作到位，征地工作一直很顺利，没想到，突然在一块地上卡了壳。

那是一块种着茄子和辣椒的菜地，一个十二三岁的小女孩站在地头，挡住了挖掘机。

这个小女孩叫刘云，刚上初一，她周末放假回家，一到家就听说自己家的菜地要被毁，忙跑来挡在这里，死活不让挖掘机开进来。

项目经理王成平连忙去找村主任，村主任听说是刘云，笑了，说："是她呀，没问题！这孩子很懂事，听说在学校也是品学兼优，我跟她一说就行了。"接着，村主任告诉王成平，刘云是个留守儿童，父母都在外面打工，家里只剩她孤零零一个人。

村主任带着王成平来到地头，对刘云说："刘云，你挡在这干啥？别耽误了叔叔们的工程，听话，快让开。"

刘云埋着头，说："他们要毁我家的地，不行！"

"他们毁了你家的地，有一千多块赔偿费呢，都在我这儿放着，你快让开吧。"

刘云还是埋着头，说："我不要钱，我只要地，这是我家最好的地，我妈说了，等茄子和辣椒熟了，让我卖了做学费。"

王成平在一旁劝说："你卖菜多累呀！有了这一千多块钱，你大半年的学费和生活费都有了，你要是嫌少，叔叔再给你加两百，好不好？"

刘云还是摇头："不行！我们家本来地就少，土质又不好，只有这块地能种茄子黄瓜和辣椒，我妈说了，以后我上大学，也要靠这块地出钱的，这块地是我们家的大恩人，谁毁了这块地，谁就是我们家的仇人！”

这孩子把话都说到这份上了，王成平作难了：只听说城市里动迁才出“钉子户”，没想到在这里冒出个“小钉子户”来，这孩子父母不在，而且还不要钱，油盐不进，软硬不吃，这可如何是好？

还是村主任有办法，他把王成平拉到一边，说：“这孩子倔劲上来了，但她这不是周末放假吗？过两天就得上学了，她一走，我们再动工，反正是按国家政策办，等年底她父母打工回来，我再向他们解释。”

两天过去了，村里其他孩子都去上学了，但刘云却天天一大早就去那块地里守着，直到天大黑了才回家。后来，她怕施工队趁她晚上不在时开工，干脆把被子从家里背到菜地旁边，晚上也不回家，就睡在地头上。

这天，刘云学校的黄老师来到村里，找到村主任，问刘云怎么没去上学，村主任见了黄老师，像是见到了救星，连忙把情况跟黄老师说了一遍。黄老师想了想，说：“我去看看她。”

村主任连忙叫上王成平，三个人一起来到刘云家的菜地，刘云见黄老师来了，眼睛里闪了一下，马上又把头低下去，说：“黄老师，他们不走，我就不去上学。”

黄老师轻声说：“老师都知道了，这块地帮了你们家的大忙，你很舍不得，对不对？”

刘云点了点头，黄老师说：“可你知道施工队为什么要毁了这地吗？”

刘云摇摇头。黄老师拉起刘云，手往很远的地方指着，说：“是因为施工队的叔叔们要在这地里埋一根大大的天然气管道，一直埋到上海去，因为上海是大城市，人太多，又不能烧柴火，有了天然气，他们做饭就方便多了。”

刘云一听，连忙问王成平：“黄老师说的是真的吗？你们真的是为送天

· 快乐辞典 ·

不服不行的搜索记录

有一次，到一个美眉朋友家串门，用她的电脑上网时，无意中发现了她的网上搜索记录，实在有趣，忍不住拿出来跟大家分享一下。

- 搜索条目 1：男人会把私房钱藏在哪里？
- 搜索条目 2：哪儿能买到手机监听器？
- 搜索条目 3：珍珠项链 + 铂金钻戒 + 翡翠手镯……一共多少钱？
- 搜索条目 4：哪家商场时装打折多？
- 搜索条目 5：今年诺贝尔时装奖得主是谁——哪来诺贝尔时装奖？
- 搜索条目 6：隆胸有无副作用？
- 搜索条目 7：有不用节食和运动的减肥方法吗？
- 搜索条目 8：基金的利率是多少——基金哪来利率？基盲！
- 搜索条目 9：明天买哪只股票会涨停？
- 搜索条目 10：老公侄子老婆的弟弟，我怎么称呼？
- 搜索条目 11：全世界最豪华酒店的房价是多少？如何得到免费入住的机会？
- 搜索条目 12：如何生出一个天才儿子？

（**推荐者**：潇风荐）

然气去上海埋管道？”

王成平说：“是真的！这是我们国家的一个大工程，叫‘西气东输’。”

刘云又问：“你去过上海吗？”

王成平说：“我去过！那是我们国家的特大型城市，经济发达，高楼林立，再过几年，那里还要主办‘世博会’呢！”

刘云看了看地里的茄子和辣椒，转过身抱起被子，说：“这块地我不要了，你们快点施工吧，早点把天然气送到上海去，好让我姐也用上！”

黄老师带着刘云走了，王成平松了一口气，问村主任：“这孩子怎么一下就转了一百八十度的弯？她真有个姐姐在上海？”

村主任摇摇头，说：“她家只有她一个孩子，她说的姐，是上海的一名医生。这孩子五岁那年，我们这里发生了地震，她又正好患上急性脑膜炎，那时全国人民都来支援灾区，一个上海医疗小分队来到我们村子，医疗队的一位女医生治好了刘云的病，从那以后，刘云和她父母就时常念叨那位年轻的女医生，她一听说征她们家的地是为了给上海送天然气，当然马上就同意了。”

（**题图、插图**：安玉民　梁　丽）

昨晚梦见了你

□ 刘学柱

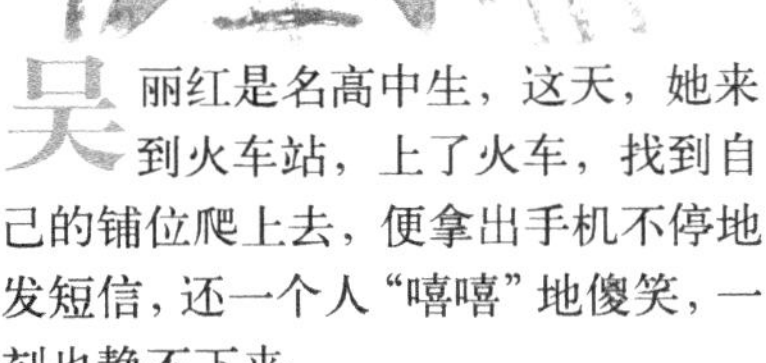

吴丽红是名高中生，这天，她来到火车站，上了火车，找到自己的铺位爬上去，便拿出手机不停地发短信，还一个人“嘻嘻”地傻笑，一刻也静不下来。

这趟车人不多，吴丽红所在的两边铺位只有两个人，除她外，还有一个三十上下的男子睡在对面中铺，这男子不时打量吴丽红，观察着吴丽红的一举一动，让她心里很别扭。

忽然，这男子打起了招呼：“吴丽红，你好啊！”

吴丽红四处张望，没见着别人，便把目光投向这男子，问：“你叫我？”

男子点点头，说：“是啊，你难道不是吴丽红？”

吴丽红惊讶得张大了嘴巴，说：“你怎么认识我？我从来没见过你！”

男子看着吴丽红傻傻的样子，禁不住笑了，说：“我昨晚做了一个梦，梦中认识了一个女孩子，她叫吴丽红，我同她一起乘火车。没想到，今天果然就遇见了你，试着一喊，你竟然真的叫吴丽红。这梦真灵啊！”

吴丽红根本不相信：天底下哪有这样的事！

男子继续说：“这事情实在太奇妙，你不相信也难怪，我再说些细节，你看能不能对上号：你出生在1990年6月7日，家住龙河市青青小区龙潭花园8栋508室……”

吴丽红听得连连点头，瞪着双惊奇的大眼睛，激动地说“完全正确！

这太神奇了！你还梦见些什么？”

吴丽红这一问，男子忽然有些扭扭捏捏，说：“当然有，只是说起来有点儿难为情！”

吴丽红急切地说：“你快说呀！没什么好难为情的！”

男子摆出一副豁出去的样子：“那我可就说了！你别生气啊——我还梦见你是我的恋人，我俩情投意合，爱得死去活来！”

吴丽红听男子说完，一下子安静下来，不再说话，一双眼睛呆呆地看着男子。从这以后，她再也不发短信了，她的手机不停地叫，一次次提醒她又收到短信了，但每次她都是匆匆看一眼，便不去管它，反倒是有一句没一句地跟这男子说话，不时被男子风趣幽默的话逗得直乐。

不知不觉间，终点站到了，吴丽红跟着男子一起下了车，朝出站口走去。男子见吴丽红跟着他，奇怪地问：“怎么？你也在这里下车？”

吴丽红脸上飞出一朵红云，说：“我是瞒着家里出来，偷偷去会网友的，本来在前三站就该下车了。刚才听你说了你的梦后，觉得我们才是前生注定的缘分，便决定不去见那个网友，这才跟着你下了车。”

男子从兜里掏出一张身份证，递给吴丽红，说：“这是你的身份证吧？你的姓名、出生年月、家庭地址，上面都写得一清二楚！”

吴丽红接过自己的身份证，忽然明白过来，问：“你说的那个梦，是根据我的身份证编出来的？”

男子点点头，说：“看你身份证，又看你的神态，我估计你可能是偷偷从家里跑出来的，便编了个故事试探你。你看，我只用一个梦便让你放弃了那个网友，说明你们的感情并不可靠。你快回家去吧，别让父母在家里着急。”

吴丽红点点头，说“你让我突然明白了好多道理，谢谢！”

（**题图、插图**：安玉民　梁　丽）

·第一推荐·

国王和罪犯

地中海有一个小海滨国，夹在两个国家之间，全国上下总共只有七千来人。国虽小，也有国王，国王有宫殿、大臣、主教和将军，还有一支军队。

有一天，一件不幸的事发生了：有个地方发生了杀人案，这可是从未有过的事，法官们隆重地开庭，用最公正的方式审理这个案子，根据法律判定，犯人应该斩首。他们把判决呈报给国王，国王当即批示："如果这犯人按律当斩，处决就是了！"

没想到难题来了：这个国家既没有断头机，又没有行刑的刽子手。于是，司法大臣写信给一个邻国，请求借给他们一台断头机和一名操作断头机的刽子手，一个星期后，回信来了，邻国答应提供一部断头机、一名刽子手，费用是一万六千法郎。国王看了回信，前思后想，觉得费用太高，无法接受，他说："那个罪犯值不了这么多钱呀！一万六千法郎，全国每人要摊两法郎还多，难道就不能便宜一点吗？"

于是，国王专门召集一次国务会议来研究对策，决定向另一个邻国发出一封类似的信。这个邻国也是君主制国家，也许可以稍微便宜点儿。

信发出了，很快就有了答复：我国很愿意帮这个忙，但是需要支付一定的费用。包括旅费在内，费用总共是一万二千法郎。这倒是便宜了一点，可国王还是觉得太贵。于是，他又开了一次国务会议，讨论降低费用的问题。有个大臣提出，找个士兵，将就点儿把事儿办了。国王觉得有理，

马上叫来将军，说："你去找个士兵，把那个罪犯的脑袋砍下来！"将军得令，马上去找士兵，可士兵们谁也不肯干："不行！我们只会在战争中杀人，行刑的事我们从未做过，无法下手！"

这如何是好？大臣们又在一起开会，讨论了几天几夜，做出决定：既然死刑执行太困难，干脆把罪犯改判为无期徒刑，既可以显示国王的宽大，又能够节约国家的开支。

他们把这个决定跟国王一讲，国王欣然同意，但还有一件事不好办：这个国家没有囚禁无期徒刑犯人的监狱，没办法，只好找到一间关禁闭用的拘留所，把那个犯人关了进去，又加派了一名看守。这位看守的职责除了看守犯人，还得从御膳房里给犯人打饭。

时间过得很快，转眼间那个犯人就关了一年。这天，国王审阅收支账目，看到看管那个犯人的费用，竟然一年用去六百多法郎，更糟糕的是，那个家伙年轻力壮，看起来能再活好几十年。这可不行！国王马上召见各位大臣，让他们处理这个问题。

大臣们又举行会议，商量来商量去，有位大臣说："我看得撤掉那名看守。"另一位大臣马上反驳"不行，这样一来，那家伙就会跑掉。"又一个大臣说："跑就跑吧，就怕他不跑！"大臣把审议结果报告给国王，国王马上签字同意。

看守撤掉后，大臣们都等着那个犯人自己逃掉，哪知道那个犯人呆得好好的，时间一到，就自己到御膳房去打饭，端了饭回到牢房中，就再也不出来，没有一丁点儿想逃的意思。司法大臣急了，直接跑去问犯人："你为什么不跑呢？没有人看着你，你想到哪儿都可以，国王不会介意的。"

犯人说"我相信这一点，可我没地方可去呀！叫我怎么办？你们给我判了刑，我的名声完了，人家不会再理我。再说，我也干不了活儿。你们这样对待我太不公平。你们判了我死刑，就该把我处决才是，接下来你们又改判我无期徒刑，还派个看守给我

“法制故事创作谈”征文启事

为进一步提高法制故事创作水平,更好地发挥法制故事的宣传效应,司法部法宣司、上海市法制宣传教育联席会议办公室、《故事会》杂志社决定共同举办“法制故事创作谈”征文大赛。

此次活动有关事项如下:

一、征文内容:法制故事如何更好地体现“贴近生活、贴近实际、贴近群众”的原则;如何从生活中发现和挖掘法制故事素材;如何结合典型案例编写法制故事;如何推进法制故事系列化、专题化等。字数一般在1500字以内。

二、评奖方法:本次活动将聘请有关专家组成评委会,部分获奖作者将应邀参加全国法制故事研讨会,优秀作品将陆续在“东方法制网”或《故事会》上发表,并结集出版。

三、征文时间:即日起至2008年9月30日截止。

来稿方法:1. 从邮局寄发,请在信封上注明“法制故事创作谈征文”字样,本刊地址:上海市绍兴路74号《故事会》杂志社,邮编:200020。2. 从网上传递,本刊为大赛所设的信箱是:wulun@vip.sohu.net,请在主题上注明“法制故事创作谈征文”字样。

打饭。我仍然没说什么,可你们又把看守撤了,我只好自己去打饭,我仍然忍了下来。现在你们竟然要把我撵走!这我接受不了。你们爱怎么办就怎么办吧,想撵我离开这里,绝对没门!”

这个问题又把大臣和国王难住了。无奈之下,国王又让大臣们召开会议,讨论来讨论去,快一个月也没个结果,国王不耐烦了,说:“给那个家伙一笔养老金,每年六百法郎。这下他总该滚蛋了吧?”

犯人得知消息后,说:“既然这样,我倒是愿意接受,但你们必须按时支付。”

问题最终得到了解决,那个犯人领取了政府预付给他的三分之一养老金,离开了这个王国,他坐了一刻钟的火车,迁居到邻国定居下来,用领取的养老金买了一块地,每隔一段时间,他就会回到祖国领取养老金,拿了钱,就到赌桌上去赌一把,然后回到家里过舒服日子。

(**推荐者**:余　华)

(**题图、插图**:佐　夫)

(本栏目欢迎来稿。来稿可从邮局寄发,也可从网上传递。如为电子邮件,请发以下邮箱:zjw002@vip.163.com)

□严国仁

丢失的黄金

奇怪的狗

陈旭东是个淘金客，这天，他淘到一块土豆样的金子，大喜，连忙放在住的帐篷里。你可别以为帐篷里不安全，这里每位淘金客都养着几只大狼狗守帐篷，这些狼狗很凶，看见生人靠近便会凶猛地扑上去，把生人赶走。陈旭东也养了四条大狼狗，守着帐篷。

这天，陈旭东回到帐篷，掀开枕头，想拿出放在枕头下的那块黄金把玩一番，没想到，枕头下空空如也，黄金不见了！

这是怎么回事？不是有狼狗守着吗？陈旭东朝帐篷口看看，四只狼狗全都活蹦乱跳，跟平时没啥两样。贼怎么能混进帐篷呢？陈旭东越想越没底，又怀疑自己把黄金带在身上，丢在外面了。这样一想，他连忙出门去找，在自己常去的地方走了几个来回，一直找到天快黑透了，还是一无所获，只好往回走。他还没走到帐篷门口，便看见帐篷里亮着灯，四只狼狗乖乖地蹲着，掀开门帘，一个人大咧咧地坐在床上，见他回了，便笑嘻嘻地站起来。

这人陈旭东认识，也是这里的淘金客，他的帐篷离这里不远，两人经常碰到，却从没打过招呼。

这人朝陈旭东笑笑，递过陈旭东正在找的那块黄金，说："我叫刘海，下午去镇上办事，经过你帐篷门口，发现你养的狼狗竟然不朝我叫，就试着走近，它们竟然都朝我摇起了尾巴。我想，要是来个不安好心的，你放在帐篷里的东西岂不遭殃了？于是便进了你的帐篷，在枕头下找到这块黄金，先替你拿着，等你回来再交给你。”

陈旭东连忙接过黄金，只看一眼，便知正是自己的，连忙收了起来，说了几句感谢的话。这时，外面的四条狼狗突然狂吠起来，很快，不远处传来一个惊慌的声音：“师傅，我母亲得了急病，我急着回去看她，请你把狗控制一下！”

陈旭东连忙出去喊住狗，心里又嘀咕了：这狗认生呀，怎么偏偏跟刘海这么熟？

得而复失

第二天，陈旭东到刘海的帐篷回访，一直走到帐篷口，刘海养的狼狗不仅不朝他叫，还摇着尾巴跑过来，围着陈旭东这里闻闻，那里嗅嗅，亲热得不行。刘海出来看到这个情形，惊讶得合不拢嘴巴，他朝陈旭东笑笑，说：“你看，我们注定是好朋友，这些狗先把我们当自己人了。”

还真别说，从此以后，他们真的成了朋友，每天都在一块儿淘金。

这天上午，陈旭东一锹扬起，便见滤网上滚下一块拳头大的石头，刘海见了大叫：“金子！你淘到金子了！”

陈旭东还在发愣，刘海已一下跳过来，捡起那块石头，在衣服上擦了几下，露出金灿灿的光来。刘海把金子递给陈旭东，陈旭东接过一掂量，天啦，只怕一公斤都不止！他兴奋得一下跳了起来。

过了一阵子，陈旭东平静下来，看见刘海在一旁闷闷不乐，便问：“喂！你这是怎么了？”

刘海摇摇头，说“你淘到这块黄金，可以回家盖房子了，可我——”

陈旭东一听，“嘿”的一声笑了，说：“你就为这呀？好办！我不走了，继续和你一起淘金，直到你也淘到金子，能回家盖房子娶媳妇……”

刘海感动地看着陈旭东，眼睛里

热热的。陈旭东又说：“以后，咱哥俩一起吃，一起干……”

陈旭东说完，喜孜孜地把金块拿回帐篷，放在枕头底下，跑到镇上买了好多东西，直到天黑才赶回来。他回到帐篷，点上灯，忽然看到枕头被人动过了，急忙跑过去掀开枕头，顿时眼冒金星，差点晕了过去：枕头下空空的，不仅今天淘的那块黄金不见了，以前淘到的那块黄金也踪影全无。这可是他这辈子盖房子娶媳妇的指望啊！他细细思索，一拍巴掌：对了！黄金肯定是刘海偷走的！别看他上回还了黄金，那是嫌金子小了，偷了后又后悔，于是送回来，先套近乎，再找机会。

陈旭东气得要发疯，拎起淘金用的铁锹，冲进刘海帐篷，大声吼道：“刘海，快把金子还给我！”

刘海已经睡下了，听到陈旭东的叫声，迷迷糊糊从床上坐起来，见陈旭东两眼喷血，手里拿着把白晃晃的铁锹，吓了一跳，好半天才回过神来，问：“金子？我怎么会拿你的金子？”

陈旭东根本不理刘海的解释，一把掀开刘海的被子，把刘海的枕头被褥翻了个底朝天，没找到金子，又把刘海放杂物的木箱翻过来，一把扣在地上。刘海看着陈旭东一副要拼命的架势，也不吱声，在一旁看着他捣腾。

陈旭东翻着从杂物箱倒在地上的东西，没找到金子，却看到一双童鞋，他拿起童鞋，这是二十几年前北方农村常见的那种童鞋，用七彩丝线绣着个虎头，很漂亮。陈旭东把这双童鞋拿在手里翻来覆去看了好几遍，问刘海：“这鞋是你的？”

刘海见陈旭东把鞋拿在手里，一下扑过来，夺过鞋子，吼道：“别动我的东西！”

陈旭东看看刘海，又问："你真没拿我的金子？"

虎头童鞋

刘海骂道："你这个疯子，也不用脑子想想，我要是拿了你的金子，还会呆在这里等你来找？"

陈旭东点点头，又指指刘海手里的鞋子，问："这鞋是你妈留给你的？"

"这是我妈留给我的念想。"

陈旭东说："我也有双这样的鞋子，你想不想来看看？"说着，头也不回地走出了刘海的帐篷。

刘海听陈旭东这么一说，心里突然激动起来，跟着陈旭东到了他的帐篷。

陈旭东从床底拿出一只箱子，从箱子里拿出一只包，细心地打开，拿出一双童鞋来，也是用七彩丝线绣着个虎头，跟刘海那双一模一样。

刘海问陈旭东："你这鞋也是你妈留给你的？"

"嗯，这是我妈留给我的念想……"

"你生在唐山？"

"你也生在唐山？"

刘海的眼泪滚滚而下，他一把抱住陈旭东，大喊一声："哥！"

陈旭东紧紧抱着刘海，哭喊着："我的兄弟呀！"

这是怎么回事呢？话得从1976年说起，那年，唐山发生了强烈地震，在那场浩劫中，有户农家一对刚满周岁的双胞胎儿子幸运地活了下来，后来，这对双胞胎兄弟分别被外地两户好心的人家收养了。这两户人一家在甘肃，一家在四川。两兄弟分别时，脚上都穿着一双用七彩丝线绣成的虎头鞋……

两兄弟一会哭一会笑，一直坐着说到天亮。陈旭东说："我就说怎么这么巧呢，我的狗不咬你，你的狗不咬我，原来狗早就嗅出我们是同胞兄弟。"

刘海说："谁说不是呢，幸好我们养了这些聪明的狼狗，不然，只怕这辈子也不能相认了。"接着，他又想起陈旭东丢失的金子，说，"怪呀，帐篷有狼狗守着，我又在附近干活，金子怎么就丢了呢？"

这一说，陈旭东又发起愁来。

正在这时，一只狼狗跑了进来，围着陈旭东蹭来蹭去。只见它嘴一张，那块拳头样的金子掉下来。

刘海高兴坏了，急忙捡起金子，又拉着陈旭东往外跑，只见帐篷外，另外三只狼狗围着那块土豆样的金子，用嘴巴拱来拱去，正闹得欢实。

原来，这几只狼狗昨天跑到陈旭东床上，把陈旭东枕头下的两块金子叼下来，当成玩具玩起来。想不到它们这一闹，竟然让一对失散多年的同胞兄弟在异乡重逢……

（**题图、插图**：杨宏富）

特别夫妻档

□吴治江

划拳找乐

云水镇上有间“长味茶馆”，每逢集日，楼上楼下就坐得满满的，热闹非凡。

这天，长味茶馆来了一个人，把大伙的目光全拉了过去：这人长得瘦瘦的，挎着个黄挎包，上肢只剩右臂，下肢只剩条左腿。胸前挂着一个牌子，上面写着四个字：比赛划拳。

有个茶客朝他喊：“喂！你是谁？怎么个比赛法？”

来人拄着拐走到一空位前坐下，叫了一碗茶，向周围点头行礼，说：“在下周川，带着老婆四处谋生，这些年别的没学到，只练出点划拳的手段，喜欢比划比划。”

周川说着，打开挎包，从里面取出一袋鸡爪，说：“这是我老婆做的卤鸡爪，味道美得你会连舌头一起吞下，我拿这玩个彩头，三场为限，我赢一场，你给五毛钱，我输了，奉送一只鸡爪。一点小刺激，增加点游戏的趣味，大家不会认为这是赌博吧？”

有个茶客接口说：“这哪是赌博，你是变着法儿卖你的卤鸡爪！”

周川朝这人跷起拇指，说：“高明！不过，划拳划出乐子来，鸡爪吃起来就更香了。何不上来试试？”

听周川这么一说，那人便端着茶走过来，袖子一撸，“哥俩好呀，四季财呀”地吆喝着划开了。

转眼间两人划了三场，周川赢了

两场，得到一块钱，这个人赢了一场，得到一只鸡爪，他拿起只啃了一口，便大叫："好吃呀！太好吃了！"

这个人这么一喊，马上又上来一个小伙子，也是输给周川一块钱，赢了一只鸡爪。他也是只啃了一口，便大叫："真好吃，真是太好吃了！"

其他茶客见了，便接二连三地上来跟周川划拳，这个周川果然有些本事，划起拳来很有章法，赢多输少，来跟他斗拳的主要是想找个乐子，还想尝尝那卤鸡爪到底是什么味道，所以赢了很开心，输了也照样嘻嘻哈哈的。一个多小时下来，周川挎包里的三十多只卤鸡爪全"输"了出去，同时赢进三十多块钱来。周川朝大伙点点头，说"各位，我带的彩头输光了，只好明天再来。告辞！"

一个茶客一边有滋有味地啃着卤鸡爪，一边喊："你明天一定要来哦，多带些卤鸡爪来！"

打这以后，周川便每天来到长味茶馆，跟茶馆里的茶客划拳，顺便把卤鸡爪当作彩头销出去，把钱赢进来。一个有心的茶客观察，周川的拳技非常高明，他其实是按一只鸡爪一块钱的价码来定输赢，暗地里都作着容让，让大家得了乐子，又心甘情愿地出钱买了他的卤鸡爪。

渐渐地，周川跟这里的茶客混熟了，话也多起来。这天，一个小青年问周川："你老婆能把鸡爪卤得这么香，一定长得很漂亮吧？下回你带她来，我好照着样儿找一个。"

周川哈哈大笑："像我老婆那样的，你打着灯笼也找不到！"

第二天，周川果然把他老婆带到了茶馆，众人一看，天啦，这样的老婆还真不好找！为啥？这女人相貌平平不说，还是个残疾人：只有一只左手。周川牵着老婆唯一的一只手，说"你们可别小瞧我老婆这只手，这只手不光能卤出鸡爪来，两只手都在时，她可是拉着二胡上过电视的。"

女人娇嗔地瞪了周川一眼，说：

"就你能吹！"

赌拳卖脸

周川成了镇上的名人，可他做梦也没想到，自己会惹着一个人。

这人叫张明，是个孤儿，也是镇上的混混，这天，他在镇上闲逛，突然遇上一个叫刘燕的姑娘，这刘燕是张明的梦中情人，张明没有一天不想着她，这回遇上了，张明又傻乎乎地凑上去，还没等他张口，刘燕就不耐烦地轰人了："去！离我远点儿！我就是嫁给那个在茶馆划拳的周川，也不会嫁给你的！人家缺胳膊少腿的谁见了都说好，你手好脚好的，哪个见了都嫌弃。一个大男人活成这个样子，你怎么不买块豆腐去撞死呀？"

张明被刘燕这一顿数落，气得血都要吐出来："那个划拳的家伙有什么了不起？我哪点比不了他？我这就去赢了他，让他永远划不了拳！"

张明平日有几个钱就跟狐朋狗友一起喝酒，划拳行令，几年下来，划拳水平越练越高，竟没遇上过一个对手。今天被刘燕一激，便气冲冲来到长味茶馆，把正在跟周川划拳的茶客往旁边一拉，手往桌子一拍，冲周川吼道："就你这屁大点本事，就敢来骗人钱财？来，我跟你划划！"

周川看看张明，说："这位朋友，我划拳不过是取个乐子……"

"什么乐不乐的，今天你要是赢不了我，永远不要在这里划拳！"

周川摇摇头，说："我划拳是找乐子，不赌狠。"

张明一把掀翻茶桌，说："你不赌是吧？不赌以后甭想在镇上呆了！"

周川端坐在凳子上，冷冷地说："要赌，得按我的章程，你输了，出五毛钱，我输了，出一只卤鸡爪。"

张明一跺脚，说："好，我让你输个溜溜光。"

就这样，两个人"七个巧啊，八匹马啊"地划上了。这次，周川虽然只有一只手，却出拳如电，不给张明任何机会，眨眼工夫，张明就连输三局，围观的茶客鼓起掌，轰然叫好！

张明涨红着脸，说："再来！"

周川不再客气，很快又赢了张明三局，张明还要继续比，周川说："我赢了你六局，你先把三块钱付了。"

张明一听，脸顿时涨得通红，他搜遍全身，竟然连一枚硬币都找不到，围观的茶客更起劲了，在一旁哈哈大笑："不付钱，脸皮抵！"按镇上风俗，输了付不出钱的，得把脸伸过去让对方打。

周川瞧着张明，说："这位朋友，你只要收回刚才那句'永远不要在这里划拳'，三块钱交不出就算了。"

想不到张明"咚"的一声跪在周川跟前，梗着脖子，吼道："哪个要你卖乖，我把脸给你了，快打呀！"

周川万没想到张明真的跪下来让

自己抽脸，吓得直把身子往后缩，说“这……这……”

张明一下从地上爬起来，吼道：“你不打是吧？好！我给你脸，你不要脸。你等着吧，我的脸不能就这样丢了，我得要回来！”

夫妻对唱

第二天，周川没来“长味茶馆”，大家正在议论他是不是走了，街上突然响起阵警笛声，窗边的茶客伸头一看，大声叫道：“快看呀！张明被警察带走了。”

很快，大家都知道了消息，原来昨天早上，张明在路上拦住周川，用匕首划下周川的一节食指，让周川再也不能划拳……

两年后的一天，张明从监狱里出来，又回到云水镇，街上的行人认出是他，吓得马上绕着走。他苦笑着摇摇头。他坐了两年牢，现在想重新做人，可从哪做起？谁又会相信他呢？

经过长味茶馆门口时，张明像中了定身法似的，突然站住：茶馆没有周川的出拳声，也没有茶客的喧哗声，却传出一阵悠扬的二胡声，中间还夹着男女对唱，谁把二胡拉得这么好？谁又能唱出这么字正腔圆的京剧？那个男声还十分熟悉！

张明走进茶馆，直奔二楼，又一下呆在楼梯口：只见周川和他的残疾老婆紧挨着坐在一起，周川的老婆用唯一的左手拨着弦，周川用他缺了食指的右手拉着弓，宛转的曲子如同行云流水一般，从他们夫妻的双手间淌开来，在二胡伴奏下，他们夫妻唱着一个京剧选段，两口子的声音严丝合缝，珠圆玉润。他们的脚边，放着一只空空的挎包，茶客们一边观看他们的表演，一边啃着卤鸡爪……

张明上前给周川夫妻跪下，说：“周大哥，对不起……”

一个月后，云水镇上新开了一家专卖鸡爪的卤味店，店主是周川，掌勺的是他老婆，店里还有一个帮工，镇上的人都认识，是张明。

（题图、插图：刘斌昆）

独特的购物卡

□张维超

这天晚上，梁三德正要给自己开的超市打烊，来了一个青年汉子，在店里转了一圈，问梁三德："老板，你们超市卖购物卡吗？"

梁三德看了青年汉子一眼，说："我的顾客都是附近的乡亲，吸袋烟的工夫来了，闲唠着就把东西买了，像串门似的，哪里还用得着购物卡？"

青年汉子说："你能为我办个购物卡吗？我要买一千多块钱的东西，可以先把钱交给你，再凭购物卡分次来买。这事儿你不吃亏，你找张硬纸板，写几个字，盖上章就行了。"

对这家超市来说，一千多块钱是笔不小的生意，梁三德一下有了兴趣，他找出一张硬卡片，对青年汉子说："这卡怎么写？你说吧！"

青年汉子从裤兜掏出一张皱巴巴的纸，说："我早想好了，就按这上面的写。"

梁三德朝那张纸看了一眼，上面歪歪扭扭写满了字，看了老半天也没明白，就说："你这字写得太潦草，还是说给我听吧。"

青年汉子说："购物卡从下个月开始办，每个月办两张，每张都办五十元，一张买鸡蛋、肉和奶粉，另一张买米和青菜，一直办到腊月，一共十一个月，二十二张卡，总共一千一百块钱，你看对不？"

梁三德说："你直接办两张，每张五百五十块，这样多省事呀！"

青年汉子笑了笑，说："还是我这

样好，每个月都有个计划，也方便。”

梁三德找出一个装饼干的硬纸箱，用小刀裁成身份证大小，一共裁了二十二张，在每张上面写好字，盖上超市的印章，递给青年汉子。

青年汉子接过来，数了数，一张张细细地看了内容，又说：“请你在每张卡片上再加几个字：当月必须用完，过期作废。”

这不是给自己为难吗？这也太奇怪了！梁三德不吱声，又拿过卡片，写好那几个字，递给青年汉子。

青年汉子接过卡，递过钱，感激地说：“大哥，给你添麻烦了。以后，我娘拿这些卡片来买东西时，请你多照应。她要是来退钱，你千万不要退给她。”

梁三德又一次感到意外：“你是为你娘办的卡？”

“是呀，我明天就要出门打工了，她老人家在家一分钱也舍不得花，整天馒头咸菜就着凉开水，我做成这种‘过期作废’的购物卡，她就只好来买东西了。”

梁三德顿时明白了青年汉子的一片孝心。

半个月后，梁三德的超市里来了位老大娘，她选了些鸡蛋和青菜，又要了半斤猪肉，来到收款台，拿出一张硬纸片来，梁三德一看就明白，这位老大娘肯定是那位青年汉子的娘。

渐渐地，梁三德知道青年汉子叫魏大顺，是十里垄村的，前些年为了照顾生重病的父亲，无法外出打工挣钱，连个媳妇也没娶上。这两年才能够出门打工挣点钱，又总是放心不下家里的娘。

一晃就到了年根，这天，梁三德正在家打扫卫生，魏大顺突然提着两个帆布包，背着一个鼓鼓的编织袋，找到梁三德家里来了。梁三德连忙接下魏大顺的东西，把他让进了屋。

魏大顺坐下后，连茶也没顾上喝一口，就急急地说：“我刚才从外地回来，下车路过你的超市，进去看了看，

发现换了老板，新老板说，你早就把超市转给他了。大哥，这是真的吗？”

梁三德点了点头，说：“是呀，转给他都大半年了。”

魏大顺一听就急了，说：“我问那个老板，有没有一个老人用购物卡来买东西，他说从来没有人拿购物卡买过东西。大哥，你怎么说不干就不干了？唉，也不知我娘这大半年的日子是怎么过的。”

梁三德满是歉意地笑了笑，没有直接回答魏大顺，只是说：“其实，我娘年初就查出肚子里长了个瘤子，大夫说如果不尽快开刀就有可能转成恶性，但我把一点钱都压在超市上，没钱给母亲开刀。你来给娘买购物卡，让我一下明白了不少道理，过了一个来月，我终于找到下家，把超市盘了出去。可没想到还是晚了，我娘长的那瘤子已经恶化了，治了几个月，她老人家还是走了。”

魏大顺见梁三德家里出了这事，就没有再往下说，又坐了一会，就站起来说了几句客气话，告辞了。他一出梁三德家的门，马上叫了辆出租，直接往家赶。到家一看，娘的气色比自己走时好多了，身子也显得很硬朗，一下放心不少，问娘：“您怎么没拿那些卡片去超市买东西？这一年您是怎么过的？”

娘见儿子说起购物卡，马上说：“你说那些纸片呀，早没用了。那个梁老板真是个好人，我只去他的超市买过一回东西，第二回还没去，他就把东西送到家来了，还说，你年纪大了，以后就别来了，一到时候我就给你送过来。后来他真的一个星期来咱家一回，我吃的米呀、菜呀全是他送的，隔三差五的还会送来奶粉和猪肉。瞧，这些肉和菜都是他昨天送来的。我看呀，你留给他的那点钱早不够他送的东西了。”

娘的话让魏大顺大吃一惊，连忙到厨房去看梁三德送来的东西，满满当当摆了一桌子，一看就知道，娘的生活比普通农村人家的要好得多，怪不得气色会这么好。

魏大顺走出屋子，朝着镇子方向深深鞠了一个躬，大声说：“梁大哥，你是个好人哪！”

（**题图**、**插图**：谢　颖）

您手中有没有得意之作？本刊辟有二十多个原创性栏目，如中国新传说、我的故事、情感故事、16岁故事和中篇故事等；您读到或听到什么有趣事可以和大家一起分享吗？3分钟典藏故事、第一推荐、外国文学故事鉴赏和快乐辞典等都是本刊推荐性栏目。热忱欢迎来稿，可从邮局寄发，也可从网上传递。邮寄地址：上海绍兴路74号《故事会》杂志社，邮编：200020；如为电子邮件，本期责任编辑信箱：zjw002@vip.163.com。

小狗学样

□李宗儒

王军在一家外贸公司工作，经常出差，一走就挺长时间，妻子刘月一个人在家里闷，就养了只名叫“晴晴”的京巴狗。这狗很聪明，会看主人脸色，让刘月非常喜欢。

这天，王军刚把娘从乡下接来，就接到公司通知，要他马上去欧洲。王军担心自己不在，刘月给娘使性子，刘月说：“你就放心吧，你在时啥样，走了我还是啥样，错不了。”

半个月后，王军从欧洲回来，进家一看，妻子笑，老娘乐，就连“晴晴”的小尾巴也摇成了一朵花，悬着的心放下了一半，但他是个细心人，忍不住还是偷偷问娘：“我不在时，刘月对你好不好？”娘说：“好，好！”

但晴晴却对王军娘不好，见了她就“汪汪”直叫，还追着咬王军娘的裤腿儿，弄得老人挺没面子。这天晚上，一家人在看电视，王军把遥控器递给娘，让她选爱看的节目，没想到晴晴竟“汪汪”叫着窜过来，叼过遥控器，送给刘月。王军气坏了，一脚踢过去，踢得晴晴在地上打了个滚，发出一声惨叫，刘月尖叫一声，抱起晴晴，哭着回了卧室。娘气得直哆嗦，骂王军：“你这个糊涂孩子，你是成心不让娘在这住了？”

第二天一早，王军娘执意要回去，王军咋说也不行。这天刘月刚好有事回了娘家，王军就把娘请到一家餐馆，算是给娘饯行。娘儿俩面对面坐着，王军劝娘喝点干红，说葡萄酒养人，老年人喝了能软化血管，娘拂不下儿子的美意，勉强喝了一杯，干核桃般的脸上立时泛出红晕。

王军知道娘是因为晴晴才走的，恨恨地说：“我明天就把那只没人性的小狗处理掉，不是卖了，就送人。”

娘喝了些酒，终于把心里藏了好些时的话说了出来：“儿呀，狗没有错，那小东西通着人性哩，主人啥样，狗就学着啥样。你跟狗较的啥劲？”

王军马上悟出娘话里的话，就说：“娘，准是我不在家时，刘月对你不好，狗才跟着她学样。”

“你甭问了。我能跟你们几天？只要她当着你的面对我过得去，我就知足了。”

王军说：“那不行，她是我媳妇，在背后也不能让你受憋屈。”

娘接着说“你要是这样想，那你就甭弄走晴晴。刘月要是明白晴晴会跟着她学样儿，以后就算你不在家，她也会好起来。”

王军一把拉住娘的手，说：“娘，你既然这样想，就再住些日子，看看刘月是不是真能变个样儿。”

娘被儿子一夸，心里觉着特熨帖，点点头，应承下来。

没过两天，王军又出差了，过了半月才回。一回来就细心地打量晴晴，嘿，这小东西真的变乖了，对娘不追不咬，还主动摇尾巴，亲热得不行。看来，这半个来月刘月真的有了转变，王军心里这个乐啊！

想不到娘一看王军乐呵呵的样子，一下就火了起来，说：“我这回非走不可！”

王军吓了一跳，忙问咋回事。

娘跟着就抹开了眼泪，说：“上回你给了那小东西一脚后，也不知你媳妇怎么教的，它也跟着变成了两面派。你不在时，跟着刘月朝我嚷，使脸子咬裤腿，你一回来，人变贤惠，它也跟着乖了，你说，我还咋住得下去？”

王军说：“娘，你一定得住下去，相信我，我一定能让刘月对你好……”

第二天，王军在单位请了假，抱着晴晴就出了门。

过了二十来天，刘月发现晴晴怀孕了，又过了两个来月，晴晴生下了一只小狗。王军娘帮晴晴接生了小狗，给它吃了很多营养品，催它的奶水。

晴晴做了妈妈，对自己的小崽子宠得不行，片刻不离地护着它，连刘月都不让碰，那只小狗崽大一点，自己能跑了，也是一刻也离不了晴晴，到哪都跟着晴晴，谁要是对晴晴不好，就朝谁“汪汪”直叫。

也许是这段时间王军娘对晴晴照顾很多，晴晴对王军娘再也不乱叫了。刘月把这些看在眼里，渐渐懂得了做娘当儿女的道理，也不再嫌婆婆是乡下老太太，从心里对婆婆好起来。

（题图：刘斌昆）

拆架子

□湛鹤霞

经过一年多的建设，规模宏大的汾江大桥终于修建成功，现在，只剩最后一道工序——拆除脚手架。

工程指挥部总指挥江大山决定在拆除脚手架后，马上举行竣工典礼。他请来省市有关领导，各相关部门和兄弟单位的负责人，还有省市电视台的记者，准备隆重庆祝一番，把这个庄严时刻送上电视荧屏、载入全省路桥建设的史册。

没想到，这时出了件意想不到的事：在场的民工没有一个人愿意上桥，拆除搭在上面的脚手架。

江大山马上把施工单位的项目经理杨小伟喊来，问到底是怎么回事。

杨小伟支支吾吾地说："前几天，湖南垮掉了一座桥……"

江大山一听，眉头立时皱了起来。前不久，湖南省凤凰县有座刚建好的大桥在拆除脚手架时突然垮塌，当场压死好几十个人。江大山粗着嗓子说："这里又不是湖南凤凰，汾江大桥的建设是高质量的，安全是有保证的嘛！"

杨小伟说："这些我都跟他们解释了，可没一个人听得进，谁也不愿意上桥拆脚手架。"

江大山马上召集建设和施工单位在场的管理人员开会，会开了老半天，大家讨论来讨论去，谁也没说出一个好法子。最后，还是建设单位的财务部长想出个点子，说："给所有上去拆架子的民工每人买50万元人身保险，解除他们的后顾之忧。"

江大山觉得这是个可行的办法，当即拍板实施。

杨小伟把买50万元人身保险的

方案回去对民工一说，大家还是无动于衷，好说歹说，总算有十来个民工同意上去拆架子，他连忙把这个情况向江大山汇报，江大山总算松了一口气。

这时，保险公司的人也到了指挥部，这个人看了看被脚手架围得密密实实的汾江大桥，又从包里拿出张报纸，把湖南凤凰垮桥的新闻拿出来仔细看了几遍，摇了摇头，对江大山说：

“这笔业务有点问题，我得向领导请示。”说完，他跑出指挥部，掏出手机，跑到一个角落打起电话。过了好一会，他打完电话回来，朝江大山耸耸肩，说：“对不起，我们公司老总指示我放弃这笔单子，他说这样的保险他不敢卖……”说完，他拎起包，一溜烟地跑了。

江大山又问杨小伟：“你给我说老实话，汾江大桥的质量是不是真的没问题？”

杨小伟刚说了声“当然没问题”，忽然又打住，说：“要不，我让监理公司的总监跟你说说？”

监理公司的总监接到通知马上赶过来，说：“质量应该是没问题的，要不，让检测工程师来跟你说说？”

检测工程师接到通知也来了，他翻了翻带来的施工日志，说：“这些石头都是那些民工自己一块块垒上去的，钢筋是他们一根根绑上去的，水泥也是他们一点点浇起来的，工程有没有质量问题，难道那些工人自己心里没数？”

杨小伟马上找来包工头，问：“你带的队伍，你们自己干的活儿，难道不知道质量有没有问题？”

包工头一听就急了，忙说：“他们不肯上去拆架子，并不是冲着质量去的，说穿了就是为了几个钱。你要是不信，给他们发双倍工资，包准一个个都像猴子一样蹿上去……”

杨小伟手一挥，大咧咧地说：“钱不是问题，只要肯上桥拆架子，每人发200元！”

包工头连忙回去告诉手下的民工，还是没几个民工同意上桥拆架子。杨小伟只好加到300元，但这群民工没人作声，加到400元，也没人上桥。杨小伟心一横，牙一咬，喊道：“谁愿意上桥拆架子，我给他1000元奖励！”

没想到他这一嗓子更坏事了，话音刚落，前面那些原先答应上桥拆架子的民工全都不愿意上桥了。他们说：“不就拆个架子吗？你怎么发这么多钱？这不明摆着是大桥有质量问题吗？”

江大山的秃脑袋上一层层往外冒汗。

这时，一个叫“智多星”的人开口了，他说：“我倒是有个办法。”

大家忙问什么办法。

“智多星”说：“工钱还是原来的工钱，保险也不要另外买保险。只要让在场的所有领导全部上桥，现场指导，这架子一会就能拆下来！”

检测工程师第一个反对：“拆架子不属于质检范围，只需管安全的上桥指导。”

管安全的是建设单位项目部的厨师，正在忙着洗菜煮饭，为竣工典礼做准备，哪有工夫上桥指导拆架子！

江大山一看不能拖了，又说：“既然管安全的不能来，那就由项目经理代替吧！”

领导开了口，杨小伟没办法了，他低着头，说“好吧，等……等一下，我打个电话。”说完，他拿着手机躲到一边，给妻子拨了个电话，告诉妻子家里的存折放在什么地方，密码是多少。

打完电话，杨小伟爬上汾江大桥，站在桥上看着大家。电视台的摄像师一看，连忙扛着摄像机跟上去，江大山一看，关键时刻他这个当指挥长的也该露把脸，也给家里打了个电话，接着也上了桥。下面的民工见两位领导都上了桥，不好意思再窝着，一个个戴好安全帽，跟在后面上了桥。

桥上的脚手架一根一根地被拆下来，不多一会就拆了一大半，突然，一个好心人扯着嗓门儿大喊了一声：“小心呀——”

这一声大喊特别刺耳，让整个工地顿时乱成了一锅粥，江大山和杨小伟也慌得把手上的扳手一扔，撒开脚丫子，没命地往桥下跑，一直跑出去好远，才喘着粗气停下来，回过头一看，汾江大桥还好好地立在那里，天上却下起了雨，那个好心的大嗓门儿还在扯着喉咙继续大喊——

“小心呀——下雨了——当心滑倒呀！”

（题图、插图：魏忠善）

一定要快乐

□路 华

小梅在小区边上开了家卖米粉的早餐店，店里的顾客比较固定，收入也比较固定，每天除去成本，一般能赚个五十来块钱。小梅的老公阿忠每天收工回家，小梅就把当天赚的钱交给他。

这天晚上，阿忠一回家，又朝小梅伸出手："钱呢？拿来！"小梅一把抓出收银台抽屉里的钱，气鼓鼓往阿忠手里一塞："就这么多了，拿去吧！"阿忠一数，眼睛瞪大了，问："怎么才44块？比平时少了快10块钱啊！"

小梅一听更来气了，说"你不要以为昨晚上我们吵了架，我就会把钱藏起来。你看看簿子上的'正'字，比昨天少卖了10碗！"小梅说着，把店里的流水簿子推到阿忠跟前。

原来，小梅文化低，每卖出一碗粉，就在簿子上画一下，直到画出一个"正"字。中午收了摊，数一数画了多少"正"字，再乘以一碗粉的利润，就知道当天赚了多少钱。

阿忠一看，流水簿子上今天画着11个"正"，共55画，的确比昨天少卖了10碗。阿忠又一想，"扑哧"一笑，说："又没人在旁边看着你，你少画几杠谁也不知道啊！"

小梅听得柳眉倒竖，一把扭住阿忠的耳朵，说："昨晚的事你还没说清楚，现在反倒怀疑起我来了！我今天气得一天没吃饭呢！你现在就给我说清楚，不然咱俩没完！”

原来，阿忠昨天开着三轮车在街上拉客时，碰到了以前的恋人小蓝，小蓝正要去民政局登记结婚，碰巧搭了阿忠的车，又正好被上街买菜的小梅看见了，小梅连忙拨阿忠的手机，巧的是阿忠的手机正好没了电，一直关机，这下小梅不依了，跟阿忠大吵了一架，把阿忠的耳朵扭得又红又肿。

阿忠昨晚被扭肿的耳朵今天还没消肿，现在被小梅一扭，又钻心地痛起来，阿忠连忙从口袋掏出小蓝送的结婚请柬，小梅看了，立即眉开眼笑，“叭”地给了阿忠一个吻……

第二天晚上，阿忠收工回来，小梅就笑容满面地把钱递到阿忠手上，说：“今天比昨天多赚了11块！”

每天的备料都是阿忠与小梅一起在晚上弄的，质量和数量完全一样，小梅给人家的料也是一样的，为啥昨天比平时少了10碗，今天又比平时多了10来碗呢？肯定是小梅在吵架后故意少划几道杠，让阿忠不开心！

阿忠想到这里就乐了，他附在小梅耳边说：“我知道你的秘密了！昨天你说少卖10碗，其实是你故意少画了10道杠！”小梅笑呵呵地擂了阿忠一拳，说：“你爱怎么说就怎么说吧，反正你以后别让小蓝再搭你的车，她要是再搭，你得先给我电话，经我同意！”

听小梅这口气，还是不承认故意少画了杠。

过了没多久，这情况又出现了。原来，阿忠一直喜欢打牌，来点小刺激，跟小梅结婚后，他基本戒掉了这个嗜好。这天，他看到几个同行在街边打牌，一时看得手痒，经不住别人的激将，也上去来了一把，结果一发不可收拾，把当天拉客的收入输了个精光，小梅知道后，跟阿忠大吵了一架，第二天晚上回来时，小梅一把将钱塞到阿忠手里，没好气地说：“今天

只赚了这点钱，全拿去输了吧！”阿忠接过一看，只有40块钱，心里一盘算，比平时整整少卖了15碗米粉。

阿忠这下晕了，为什么每次吵架后小梅赚的钱就少了？她这时候把钱藏起来干什么？阿忠这么一想，就对小梅说：“老婆，我知道我赌博不对！可你藏个十来块钱干什么？想引我注意吗？没这个必要吧？”

小梅一听，大吃一惊，说：“你怎么还是以为我故意少画杠？你要是还不相信，就请个人来监督我吧！”

阿忠细心地看小梅说话的神情，怎么看都像是被冤枉的，他又搞不明白了，想了半夜，好奇心大发，决定揭开这个谜底。于是，他故意找茬跟小梅大吵了一架，第二天一大早，他开车出去，把车子停在一个地方，然后偷偷绕回来，躲进隔壁一家小店里，这小店的老板跟阿忠比较熟悉，听阿忠说了意图，哈哈一笑，就由着阿忠了。阿忠躲在背后，看到小梅一副无精打采的样子，气鼓鼓地开了门，又气鼓鼓地生起炉子，等客人进来点米粉时，她脸上还是一副气鼓鼓的样子，不过每卖出一碗粉，小梅还是不忘记在流水簿子上画一道杠。

这时，一群女孩叽叽喳喳走过来，来到小梅的早餐店门口，有个女孩子看了看，犹犹豫豫的，正要进去，却被旁边另一个女孩拉住，说：“你也不瞧瞧老板娘那张脸，像跟咱们有仇似的，我们躲着点，换一家吃。”旁边的女孩子跟着说是，嘻嘻哈哈跑到了另一家早餐店，阿忠一看，这几个女孩子是旁边那家大医院的护士，好家伙，足足有10个人，一笔好生意就这样跑了！

阿忠怔了半天，猛然明白过来，原来小梅并没有少画杠，而是小梅气鼓鼓的脸色，不知不觉就吓跑了很多顾客……

从此，阿忠再也不惹小梅生气了，他每次跟人吹起做生意的门道，就说：“做生意一定得快乐，快乐就是财富！”

（**题图、插图**：魏忠善）

·本刊信息传真·

“第一推荐”面向全社会征稿

本刊“第一推荐”栏目面向海内外读者征集“最好听的故事”。除发行量较大的文摘类杂志（如《读者》、《青年文摘》、《特别关注》等）外，凡公开或内部发表的作品均可推荐。推荐作品要求故事性强，有口传性，能引起读者的兴趣。推荐稿务请注明原作者、出处，一经采用，每篇付稿酬100—200元。

来稿方法：1. 从邮局寄发，请在信封上注明“第一推荐”字样，本刊地址：上海市绍兴路74号《故事会》杂志社，邮编：200020。2. 从网上传递，可直接发至各责任编辑的电子信箱，请在主题上注明“第一推荐”字样。本期责任编辑的电子信箱：zjw002@vip.163.com。

□朱美洪

庄稼汉咬老婆

夫妻吵架

夫妻接吻，本是件甜蜜事儿，但世上的事真难说，百雀村有这么一对夫妻，他们的接吻就有另外的名堂。

这对夫妻男的叫郭丰收，他原先的妻子死了，经人介绍，认识了外乡一个叫顾美丽的女人，这顾美丽比郭丰收小十来岁，她想男人年纪大些会疼人，就嫁给了郭丰收。

结婚后，郭丰收果然非常体贴顾美丽，连农活也不让她做，只让她在家里做点家务活儿，闲着没事，就看看电视。顾美丽喜欢看爱情片，看到电视上那些夫妻搂着接吻的镜头，心里非常向往，想，这郭丰收真死板，从来不吻我一下！

这天中午，郭丰收从田里回来，问顾美丽："中饭熟了吗？"

顾美丽正在入迷地看一个言情片，电视上，丈夫下班归来，亲密地吻了一下妻子，看得顾美丽都呆了，听到郭丰收在叫自己，这才缓过神，回头一看，郭丰收满头大汗，卷着裤腿，手上握着一根赶牛的鞭子。她连忙站起身，走到丈夫跟前，接过鞭子，朝着郭丰收嫣然一笑，仰起脸，希望郭丰收能低下头吻她一下。

郭丰收诧异地瞅着顾美丽，说："我问你中饭熟了没有，你拿我手上的鞭子干啥？"顾美丽不说话，把身子往郭丰收怀里又凑了些，仍旧仰着脸，希望郭丰收能弯下头来吻自己，郭丰收瞅着她，问："你这是怎么了？”

天下竟然有这么不解风情的人！顾美丽气得把鞭子往地上一扔，拉长脸，从厨房里端出饭菜，气鼓鼓地往桌上一扔，郭丰收瞅着顾美丽，更加觉得莫名其妙，问：“你到底咋啦？对我一会笑一会光火的，你是不是有病啊？”

顾美丽再也忍不住，冲郭丰收吼道：“你才有病呢！”

两口子顾不上吃饭，先吵了起来。这吵声惊动了村上的人，一群村妇跑到他们家门口，问他们为啥吵架，郭丰收说不出，顾美丽又不说，只扯着嗓子一个劲地哭。郭丰收看着顾美丽哭得痛断肝肠的样子，不再吭声，从地上捡起牛鞭子，拉过站在门口的一位妇女到一旁说了几句话，便下田去了。村妇们劝了一会儿顾美丽，一直劝得她不哭了，这才各自回了家。

奇怪的吻

过了半个来小时，正在地里干活的郭丰收突然吆喝一声让牛停下来，走上地头，急匆匆往家赶，一进家门，见顾美丽坐在椅子上，噘着嘴，郭丰收径直走近顾美丽，伸出沾满泥水的双手，朝顾美丽抱过来。

顾美丽一怔，将郭丰收一把推开，说：“你想干啥？”

郭丰收不理顾美丽，一把搂住她的脖子，低下头，猛地亲她的嘴。顾美丽没想到郭丰收这时候倒来吻她了，可郭丰收满脸的汗，嘴唇上还粘着泥，就不停地摆头，紧抿着嘴，不让郭丰收吻。郭丰收急了，用力抓住顾美丽，一定要凑上她的嘴亲她。

这时，刚才那群村妇又跑过来，脸上都带着惊慌，在一旁看着郭丰收跟老婆接吻。顾美丽看到这群妇女在旁边看着，非常难为情，拼命想摆脱郭丰收，可郭丰收的手像老虎钳，生生捏开顾美丽的嘴巴，硬生生把舌头伸进了顾美丽嘴里。

郭丰收旁若无人地吻了妻子后，这才松开顾美丽，抿着嘴唇，调头就朝门外走。这群村妇全都拥进来，围着顾美丽，说："你们家郭丰收真不容易啊！他娶了你，心里可疼你了，你可别做出让他伤心的事来！"

咬一辈子

顾美丽气呼呼地说："我丈夫吻我，你们跑来凑什么热闹！你们想看接吻，还不如叫你们男人吻！"

村妇们齐齐摇头，说"你说到哪儿去了，我们才不看郭丰收吻你！"

顾美丽瞅着这群没情调的女人，说："你们快走吧，别呆在我家！"

可村妇们都不想走，顾美丽烦了，怒气冲冲地把她们赶出门，然后"砰"地一声关上了大门。被赶出来的村妇冲着在地里干活的郭丰收大喊："郭丰收，你快回家看看吧！"

正在地里耕田的郭丰收听了，急忙喝住牛，急匆匆朝家走。

郭丰收推开家门，见顾美丽冲他一笑，脸上很不自然，急忙搂住顾美丽，低下头，拿嘴来吻顾美丽。这回顾美丽不挣扎了，她觉得丈夫还是很浪漫的，居然又从田里跑回来吻她。这时，那群村妇又一起拥进来。顾美丽斜着眼瞟了下村妇，暗自说：真没素质！想瞧？那就让你们瞧个够！

郭丰收吻了她几下，又抿抿嘴唇，出了门，下田去了。

顾美丽摸摸让丈夫亲吻过的嘴，扫了眼围观的村妇，说："我跟丈夫吵了嘴，丈夫向我道歉，就吻我，这有什么好看的？"

村妇们说："你丈夫是个老实人，你以后别跟他吵嘴了，弄得你们嘴对嘴的，多难为情呀！"

顾美丽一笑："跟你们实话说吧，今天我就是想他回家时吻我，可他不懂我的意思，这才吵起来的。"

村妇们愣住了："就为这事儿吵嘴呀？"

顾美丽又说："没想到我丈夫现在才明白过来，两次跑回家吻我，手脚都不洗，弄得我脸上脖子上都是泥，真有意思！"

村妇们七嘴八舌地说："你丈夫根本没有吻你！"

顾美丽一愣："咋不是吻我呢？你们都亲眼看到了！"

"我们是亲眼看到了，那只是嘴对嘴，不是吻！"

顾美丽笑着说："难道我傻得连接吻也不知道？"

一个村妇走到顾美丽跟前，问："你知道郭丰收的前妻是怎么死的吗？"

顾美丽摇摇头。

这位村妇说，有一年，郭丰收跟

·情感故事·

半夜妻叫

□冯琼普

丈夫荣升

郭长德是国税局的副局长，这些年来一直没把前面那个“副”字去掉，就在他不抱信心时，机会来了，他前面的朱局长因为收受贿赂被逮捕查办，坐了大牢，郭长德顺理成章转了正。

接到任命这天，郭长德下班回家，一进门就闻到扑鼻的菜香，他高

前妻吵了嘴，其实也没怎么大吵，吵完后，郭丰收就下田干活去了，哪晓得前妻一时想不开，在家里喝了农药，她刚把农药喝下，郭丰收从田里回来喝水，前妻看见郭丰收，又不想死了，她不好意思说自己喝了农药，只是叫郭丰收过来亲她一下，因为郭丰收只要一亲就能闻到她嘴里的农药味，就能救她了。哪想到郭丰收还在气头上，又忙着赶地里的农活，就没理睬妻子，喝了口水又下田干活去了，一直忙到中午回家吃饭时，才发现前妻倒在地上，嘴流白沫，早已没了气。

顾美丽大吃一惊，下意识地捂住自己的嘴：原来郭丰收不是在吻自己，而是拿嘴来试她有没有喝农药！

村妇接着说：“打那以后，咱村里的男人跟老婆吵了嘴，无论农活多忙，干一会儿就会赶回家，跟老婆对对嘴，老婆不想对嘴，丈夫也要强行掰开老婆的嘴。这不叫吻，叫庄稼汉咬老婆，要咬一辈子的……”

（题图、插图：谭海彦）

兴地跟妻子桑小菊打趣，说："哟！老婆大人，咋把娘家的祖传手艺都使出来了？"

桑小菊笑道："郭局长升官了，待遇也该提高了嘛！"说完，她就把饭菜端上桌，郭长德吃了两口，马上说"老婆，你今天对我这么好，一定是有什么事。"

桑小菊说："真是什么都瞒不过你。实话跟你说吧，我不想在单位干了，想自己开个服装店，你可千万别反对啊！"

郭长德点了点头，说："这个事呀？好说！你那单位一直半死不活，还是出来好。可开一个服装店少说也得七八万，我们哪来这么多钱？"

桑小菊笑着说："把家里的积蓄拿出来，再凑上三万块钱，这店一准能开出来。"

郭长德说："三万块倒不是什么大数目，我去想想办法吧。"

四万借款

过了没几天，郭长德交给桑小菊一个厚厚的牛皮纸信封，桑小菊打开一看，里面放着四叠百元大钞，她顿时激动起来，问："这……这是开服装店的钱吗？"

郭长德大笑起来说："够不够？不够的话，再弄两万！"

桑小菊抱住郭长德亲了一口，说："够了！老公，你真好！"

突然，桑小菊像是想起了什么，一把推开郭长德，瞪大眼睛问："你这钱哪里来的？"

"我跟一个朋友借的，你可别想歪了，你老公做事是很有分寸的！"

桑小菊有了钱，马上就办好辞职手续，又很快办好营业执照和各项手续，服装店很快开张了。店虽不大，生意却很好。才三个月工夫，桑小菊就拿出四万块钱，交给郭长德，说："你赶紧先把朋友的钱还了吧！"

第二天，郭长德一回家，桑小菊就问："那笔钱还了吗？"她见郭长德点了点头，又喜滋滋地说："老公，小店今天一天的毛利就有五百多，这样下去，我们很快就能发财了！"

郭长德奇怪地看看桑小菊，问："你什么时候变得这么财迷了？"

桑小菊瞪了郭长德一眼："钱有什么不好？有钱能使鬼推磨。我就是喜欢钱，怎么啦？"

从此，郭长德一回家，桑小菊便兴冲冲地告诉他小店今天又赚了多少钱。郭长德越听越烦了，说："你每天只知道钱，你能不能不给我提钱？你也不想想，你这点钱能叫钱吗？"

桑小菊不服气地说："你才当上几天局长？就瞧不上这点钱了？你也不算算账，我们再这样做几年，连以后的养老都富富裕裕的！"

郭长德当上局长后，工作逐步走上正轨，经常加班，回家的时间越来越晚，但不论他回来多晚，桑小菊都在家里等着他，郭长德一进门，她就喜滋滋地说今天服装店又赚了多少钱。郭长德工作上的事本来就多，一回来就被钻到钱眼里的老婆烦，觉得实在没劲，渐渐就不大搭理桑小菊了。这桑小菊也怪，她根本不看丈夫的脸色，每天照旧喜气洋洋地汇报当天的战果。

这天，郭长德一进门就听桑小菊说自己今天又赚了四百块钱，实在受不了，朝桑小菊吼道："你要是再跟我提你那点钱，我就搬出去！"

这一下，桑小菊吓得看着丈夫，一声也不敢吭。

哪知道，郭长德刚松了一口气，又发觉不对劲了。为什么？他发现桑小菊对自己盯得越来越紧，不是翻自己的衣服，就是动自己的包，有一次还偷偷拿着郭长德的身份证，到移动公司把郭长德手机的通话记录全打印出来。郭长德火死了：老婆原来好好的，怎么突然就变得这样神经质了？

梦中醒来

这天半夜，郭长德睡得正香，忽然被桑小菊的叫声惊醒了，只听桑小菊在睡梦里大叫："老公，你快出来，别丢下我不管啊！"

郭长德急忙打开床头灯，只见桑小菊一脸的泪，连忙摇醒她，问："你这是怎么了？做噩梦了吗？"

桑小菊揉了揉眼，生气地说："你把我弄醒干什么？人家睡得正香呢！"说完，朝被子里一钻，继续做梦去了。

第二天早上，郭长德又说起桑小菊晚上说的梦话，没想到桑小菊坚决否认自己说过，郭长德笑着说："好好好，你没说过。下次你要是再半夜里惊叫，我就用手机录下来，看你承认不！"

这事刚过一天，桑小菊又在半夜

大叫："老公，你快出来吧！快出来上班去呀！"

郭长德又被吵醒了，拿起手机正要录音，桑小菊却突然不叫了。过了一会，郭长德刚睡着，桑小菊又大叫起来："老公，你别丢下我，你快走出来啊！"郭长德气得一下从床上坐起来，打开床头灯，一巴掌把桑小菊拍醒，骂道："你是不是犯了精神病？深更半夜不停地叫，还让不让人睡觉？"

桑小菊睁开眼睛，看着一脸怒容的郭长德，泪水突然"哗哗"地流下来，说："长德，你实话告诉我，那四万块钱你到底从哪弄来的？我向你所有的朋友都打听了，他们根本没借钱给你。"

郭长德想不到桑小菊还记着那四万块钱，叹了口气，说："那四万块钱是我回老家拿的，爸妈听说你开服装店还缺三万块钱，他们刚好有四万块积蓄。为了让你资金富裕些，就让我把那四万块全带回来了。你跟他们关系一直不好，我怕你会犟着不要，才没告诉你。你怎么一直当包袱搁在心里呢？"

听了这话，桑小菊松了一口气，马上擦干眼泪，说："没事了，赶紧睡觉吧！"

第二天一早，桑小菊对郭长德说："你今天能不能请个假？我们一起去个地方。"郭长德一想，今天的事正好不太多，便同意了。

桑小菊拉着郭长德出了门，招了辆的士，直奔西山监狱，到地儿付了车钱，两口子刚走下车，便见监狱外的路边站着个披头散发的女人，朝着监狱里大声哭喊："老公，你快出来啊！快别睡懒觉了，赶紧上班去吧！"

郭长德大吃一惊，这不是朱局长的老婆吗？

桑小菊叹了一口气，说："她疯了。"

郭长德忽然明白过来，一把搂着桑小菊，说："老婆，你故意在半夜里叫我，原来是害怕站在这里叫我！"

桑小菊满是委屈地扑进郭长德怀里，说："我之所以要辞职开一家小服装店，还不停地告诉你赚了多少钱，不是我变得财迷，而是想让你明白，家里的钱越来越多，我们不必为钱财发愁，免得你起了贪心……"

（题图、插图：谭海彦）

加一颗珠子

豆子是个漂泊在城市的小伙子，个子矮矮的，虽说十七了，看上去也就十四五岁的样子，靠替人擦鞋为生。

这天，豆子在一个小饭馆揽生意。他一桌一桌问过去，转了一圈，一宗活儿也没揽到，反倒让一个客人不高兴，一脚踢翻了他的工具箱。

豆子怒视着这个人："你——"

这人一扬手，给了豆子一个耳光"你什么你？老子正喝得高兴，你进来乱叫个屁！"

豆子抚着半边脸，两眼紧紧盯着这个人。

这时，店外一颠一颠跑进来一个女孩，问："豆子，你怎么啦？"

进来的是豆子的邻居阿梅，她是个跛脚女孩，虽然跟豆子做邻居时间不长，却好得像一对姐弟。

豆子摇摇头，捡起擦鞋工具，默默地走出了小店。阿梅追上来，拉住豆子，问："豆子，你没事吧？"

豆子朝阿梅笑笑，说："阿梅姐，你别担心，我没事儿！"

阿梅看着豆子走进了另一家饭店，找到了一宗活，这才走回去。

晚上，豆子回到家时，阿梅正在门口等他，说，今天是她的生日，买了酒和菜，请豆子过去吃饭。

豆子连忙跟了过去，两人开开心心吃完饭，豆子还喝了点酒，脸上红红的，他说："阿梅姐，你看，我连生日礼物也没给你买一件。"

阿梅笑了笑，看了看豆子，说："豆子，咱们背井离乡出来打工，免不了要受人欺负的，尤其像咱们这样的……以后，要是遇上人家欺负你，你就躲得远远的。"

豆子默默地点了点头，说："阿梅姐，你别为我担心，今天的事对我来说太平常了，我早就忘了。"

阿梅摇摇头，说："你说得太轻松，我不信。"

"真的！"豆子把左手一举，露出戴在手腕上的一条手链，说，"那件事我真的忘了，因为我有这个法宝！"

阿梅一看，这根手链上只有一颗用黑榄核串成的小珠子，"扑哧"一下就乐了："这是什么法宝呀？"

豆子说，这串手链是妈妈给他穿的，是他小时候的玩具。十三岁那年，继父把豆子赶出家门，让豆子到外面养活自己。豆子离家的时候，母亲哭着追出来，特意为他戴上这串手链。

阿梅问："怎么只一颗珠子呀？"

豆子低声说："我从家里出来时，这条手链上有108颗珠子，可以在手上绕三圈，这几年，越取越少，到昨天时只剩两颗……"

阿梅疑惑地问："好好的你取下它干什么呀？"

"我娘叮嘱我，如果在外面受了欺负，就取一颗珠子下来，扔掉它，就当把受的气扔掉……"

阿梅愣了半晌，喃喃地说："只剩一颗！只剩一颗了呀！"她突然一惊，又问："要是上面的珠子取完了呢？"

豆子一下子神色黯然，说"珠子取完了，我就不用再听我娘的话了！我就……我就不活了！像我这样的人，活着也没意思……"

阿梅吓了一跳，叫道："豆子，你可不能干傻事呀！"

豆子一抹泪，古怪地笑了笑，说："我才不会干傻事呢！我不会白白去死，谁再欺负我，我就和他拼命，我人小力气小，可我有一把刀！"说着，他眼里露出一种可怕的光，倒满一碗酒，一气喝完了。

阿梅看着豆子，心底不由得打了个颤：兔子急了还咬人，一个老实人若是突然发起狠来，太可怕了！

第二天，豆子从外面回来时，阿梅正等着他，见了豆子就焦急地问："豆子，你的珠子呢？"

豆子一愣："珠子？还在呀！"

"真的？你给我看看！"

豆子乖乖地伸出左手，撸起袖子，让阿梅看他手链上的最后一颗珠子。

这之后，阿梅每天傍晚都会守在门口，检查豆子手上的珠子。

这天快收工时，有一桌人让豆子给他们每个人擦鞋子，豆子一口气擦了十几双鞋，没想到这是一帮痞子，一分钱也不给。

豆子默默地忍住泪，默默地收拾好工具，走出饭店，他扯下手链上最后一粒珠子，一把扔得远远的。

快到住处时，豆子又看见阿梅在门口守着，一低头就想闪开，阿梅一把抓住豆子，问："你的珠子呢？"

豆子说："在，还在呢！"

阿梅一把抓住豆子的左手要看，豆子突然把手一甩，跑进屋，关上了门。阿梅在外面使劲拍门，边拍边喊"豆子，你可别做傻事呀！"

豆子躲在屋里，趴到床上，任阿梅在外面怎么喊，就是不吭声，到了深夜，他从箱子里翻出一把尖刀磨起来，一直把刀子磨亮，放在枕头下，这才睡下。

天亮了，豆子像往常一样打开门，却怔住了：阿梅站在门口，伸着手，说："豆子，把刀子给我！"

豆子像个做了亏心事的孩子，低着头，不吭声，两人僵持半晌，阿梅轻声道："豆子，你抬起头看看我！"

豆子微微抬起头，阿梅"啪"的一声，在豆子脸上打了一巴掌，大喊"豆子，我打你了，我欺负你了，你快拿刀捅我吧！"

豆子瞪着阿梅，"哇"地一声哭了："你为什么要对我这么好？"

阿梅拿出一条手链，拉起豆子的左手，把手链套上去。

这条手链只是一根红线，上面穿了一颗红红的塑料珠子。

阿梅一边给豆子套这条手链，一边哭："豆子，以后，遇到一个好心人，就穿一颗珠子上去，一根穿满了，就接着再穿，一直穿下去，要不了几年，你就能穿好多这样的手链。懂吗？"

豆子眼泪汪汪地点点头，摸了摸手链，背起工具箱，朝阿梅挥挥手，上街头揽活去了。

(**作者**：宾 炜；**推荐者**：wzq5804285)

(**题图、插图**：谭海彦)

□ 韦风新

绑架蒙娜丽莎

这天，警长克里斯刚到办公室，就接到一个报案电话，一位女士在电话里慌张地说："警官，我又收到恐吓信了！"

克里斯一听口音，就知道是苏珊太太，这已经是她第三次报案了，每次都是收到一封恐吓信，恐吓者在信中说，如果不送五百万美元，就要绑架"蒙娜丽莎"。这蒙娜丽莎是一位叫凯梅伦的独居老太太的宠物狗，凯梅伦不久前去世了，临终前，她把几千万美元现金及别墅等遗产全部留给她的宠物狗蒙娜丽莎，并委托苏珊太太负责饲养蒙娜丽莎。警局接到报案后，派人去调查，却找不到线索。

克里斯这次决定亲自去看看，他驱车来到蒙娜丽莎所在的别墅，只见别墅内外全是保安，戒备森严，苏珊太太在门口迎候克里斯，并陪同克里斯参观这幢属于狗所有的豪华别墅，显而易见，这只狗是这幢别墅的核心，这些保安措施全是为它布置的，还有几个人围着那只狗在玩耍，逗那只狗开心。

克里斯四处转了一圈，觉得防备得这样周密，绑匪根本不可能进来。但苏珊太太说，她为了蒙娜丽莎万无一失，不得不请人来守护别墅，随着绑匪不断威胁，只得继续增加看守数量，让蒙娜丽莎旁边一直有人。

奇怪的是，匪徒虽然没拿到勒索的巨款，却也没有采取进一步的行动。克里斯检查那封恐吓信，信寄自本市，信纸和信封上的字都是打印的，信上只有两个人的指纹，一个是苏珊太太，另一个是别墅里的一名保安。苏珊太太说，她拿到这封信时，曾经给这名保安看过。光凭这一封信，

的确没法找到任何线索。

克里斯又到邮局调查，仍没有得到有价值的线索。看来，要想抓住恐吓者，只有等他下一步的行动。

几天过去了，恐吓者仍然没有动静。

这天，克里斯参加警局另一件刑事案件总结会，这个案子是一伙歹徒在大街上抢劫一名女子，正好被过路人将当时的情况摄录下来，警察根据这段录像抓到了抢劫者。

克里斯看着录像，里面一个人引起了他的注意，这个人是苏珊太太，她正走过街道，进了一所邮局，而恐吓信正是这家邮局收发的。克里斯拿出那封信，一看，邮戳上的日期是九月八日，与抢劫案发生在同一天。

为什么匪徒投信的那一天，苏珊太太也到了同一家邮局？克里斯意识到这里面有文章，他立即走访了与蒙娜丽莎别墅相邻的居民。

一位邻居笑着说：“绑匪可真帮了苏珊太太的大忙，苏珊太太管理着那么多钱，一直发愁怎么将它们花出去。这下好了，绑匪给了她足够的花钱理由。”

克里斯一怔，又拿出那封信来仔细研究，发现信纸上除了对折的纹线，一个角上还有一条淡淡的印痕，似乎是被机器压的。

克里斯又来到蒙娜丽莎的别墅，苏珊太太急忙问：“是不是找到线索了？这两天我正思谋着再增加人手，加强保卫措施。”

克里斯笑着说：“我这次来是想对别墅里的安全设施检查一遍，看看有没有漏洞。”

苏珊太太犹豫了一下，点点头，说：“好吧，请你跟我进来！”她带着克里斯到了别墅的每一间房子，来到凯梅伦原来的书房时，克里斯从桌上的电脑打印机上取下一张白纸，这张纸的一角，有一条浅浅的折纹。克里斯从包里拿出那封恐吓信，将信纸打开，和桌上的白纸一对照，上面的折纹一模一样，他冷笑一声，说：“我已经知道这封恐吓信是谁发的。”

苏珊太太面色一变，但随即镇定下来，说："太好了，如果你将他们找出来，我们以后就可以放心了。"

克里斯一笑，拿起两张纸，摊在桌上，对苏珊太太说："你看，两张纸上面的折纹完全相同。恐吓信就是从这里打印的，用的是同一叠纸。"

苏珊太太叫道："不可能！这完全是巧合。如果你仅以此断定恐吓信是从这里打印的，那你这位警官的能耐也不过如此！"

克里斯拿着信封，指着上面的邮戳说："当然不止这一点！我再问你，九月八日你到这家邮局去干什么？"

苏珊太太脸色大变，急忙说"我没有去过邮局。"

克里斯笑道："你还记不记得当时邮局附近发生了抢劫案？你站在路边看着，还大叫了一声。那些人逃掉后，你才走进邮局……"

苏珊太太叫道："我会自己恐吓自己吗？我为什么要这么做？"

克里斯说："我开始也想不通你为什么要这样，但得知你代管着凯梅伦太太的这笔巨款，我就清楚了。你被恐吓是假，你是在有意制造紧张气氛，因为这样一来，你就有理由加强狗的安全措施，将蒙娜丽莎得到的遗产尽快花掉。"

苏珊太太叹了一口气，说"没想到你分析得这么准确，不错，恐吓信是我写的，但我并不是为了自己才这样做，你可以查一查，这些钱没有进我的腰包。"

克里斯吃了一惊，问："那你是为什么？"

苏珊太太说，她代管凯梅伦太太的巨额遗产后，尽力照顾着蒙娜丽莎，让它过得很舒适。可这笔遗产实在太多，就算蒙娜丽莎再活上几百年，也花不光这些钱。她很想拿些钱去资助别人，但她不能违背凯梅伦太太的遗嘱，没有资格这样做。

这天，她看到几个找不到工作的人在街上流浪，突然冒出一个主意，这些人不是没有工作吗？利用蒙娜丽莎就可以给他们工作机会呀！于是，她以需要人手保护蒙娜丽莎为名，让这几个流浪汉来别墅当了保安。

为了防止律师知道她的目的，根据遗嘱条款来阻止她的行为，她还向警局报了案。后来，她觉得这些钱实在太多，还可以资助更多的人，于是就再次报警，再次增加别墅里的工作人员，让他们都有事情可做。

苏珊太太说"我这样做，只是为了让这笔巨额遗产使更多的人受益。"

克里斯把那封勒索信收起来，放进包里，跟苏珊太太握了下手，说："看来我的判断并不准确，这起案子仍需继续寻找线索。你如果今后再收到恐吓信，请立即向警局报案，我会及时过来协助你的。"

（**题图、插图**：佐　夫）

阿P开锁

□农　秋

这天一大早，阿P骑上新买不久的电瓶车，来到市里最大的商场，准备给小兰买件礼物。他把电瓶车锁在商场门口的停车场，吹着口哨走进了商场，走了一大圈，最后买了一瓶香水。没想到，阿P走出商场，一摸口袋，傻眼了：装在衣服兜里的电瓶车钥匙没了。他摸着脑袋想了半天，想不起钥匙丢在哪里，转回去一处处找，费了老半天工夫，也没找到电瓶车钥匙。

没有钥匙就开不了电瓶车，怎么办？瞧，还是阿P聪明，他一拍脑袋，眼睛一亮，一溜小跑，不一会就在商场附近找到一个修配钥匙的小摊子，阿P走上前，朝着正低头干活的摊主问道："大哥，忙呢？你给不给人开车锁啊？"

摊主头也不抬，说："开啊！只要给钱，啥都能给你开。你把车锁拿来我看看！"

阿P说："我的电瓶车钥匙弄丢了，电瓶车在商场门口停着，得麻烦你走过去。"

摊主抬头看看阿P，说："哦，你这是'走活'，我得扔下摊子跟你走一趟，这价钱得贵一些。"

阿P怕摊主故意抬价，装成很内行的样子，说："对，是'走活'，师傅，多少钱，你说个价！"

摊主伸出三个指头："先不说你是什么车锁，好不好开，单就我扔下摊子跟你跑这一趟，收你三十元钱，不算多吧？"

开个锁竟然要三十块钱，阿P急了："我买那把锁才花十六块钱，大哥，这，这也太……你少要点行吗？"

摊主摇摇头，那口气根本不容商量："三十块，一个子也不能少！你还得等我把手里的活忙完了。"说完，他又低头忙上了。

阿P给气坏了：不就是开个锁吗？你牛个啥呀！我才不信没有你这个开锁匠，我就骑不了电瓶车！你不开，我自己把锁撬了，再买个新的换上，也才十六块钱嘛！

主意打定，阿P回到商场，准备找工具撬锁。突然，他看到自己那辆电瓶车旁蹲着一个男青年，鬼鬼祟祟地在摆弄着车锁，一边还神情慌张地四处张望。

阿P何等聪明，马上明白那是个小偷，在偷自己的电瓶车！他正要大吼一声冲上去，抓住小偷送到派出所，突然，念头一转：我不正要自己撬锁吗？何不让这个小偷替自己把锁撬了，等他撬完锁，立马抓住他，扭送派出所，一箭双雕，没准还能得一个“见义勇为”奖呢！

阿P想到这里，把自己佩服得不行，他拍拍脑门，得意地自言自语：“阿P啊阿P，你这小脑瓜咋就生得这么聪明呢？”紧接着，他转过身子，躲在不远处一个不起眼的角落里，猫下身子，偷偷注视着那个小偷的一举一动，只等小偷把车锁打开，就一个箭步冲上去，来个“捉拿归案”！

也不知是那个偷车贼心理过于紧张，还是因为是个刚出道的新手，拨弄了老半天，也没能把阿P的电瓶车锁打开。阿P一边替小偷着急，一边一个劲地给小偷鼓劲：“加油，加油！千万不能放弃啊！”

没想到，阿P正在起劲地给小偷加油，他身后突然悄悄摸过来一名男子，一声大吼，一个“猛虎扑食”，一把将阿P摔了个“嘴啃泥”，然后将阿P死死摁在地上。

阿P好半天才缓过神来，回头一看，除了压着自己的这个男子，身后还站着一个穿制服的警察。阿P冲着警察大喊：“喂！你们凭什么抓我？我犯了什么法？”

警察冷笑一声，说“你嚷什么？你这种人我见得多了，等到了派出所，有你嚷不出来的时候！”说完，不由分说，把阿P押上了停在旁边的警车。

阿P被带到派出所，发现那个撬自己电动车锁的小偷也被抓了进来。

不一会儿，那个警察走过来，问阿P："说，你这是第几次了？"

阿P听得一头雾水："什么第几次了？"

警察一拍桌子，喝道："少在这里装蒜，你们一共偷了几部车子？"

一听这话，阿P一个劲地大呼冤枉，说自己一直是本份人，从来没干过偷偷摸摸的事。

警察指着那个小偷，对阿P说："别以为我们不知道，告诉你，我们注意你们有一会儿了，他偷车子，你在旁边给他把风，分工合作，配合很密切嘛！"

阿P吭哧老半天，也没办法解释清楚，急了，结结巴巴地说："其实，他，他偷的那辆车子是我的……"

警察一听就笑了："车子是你的？这事新鲜，他偷你的车子，你在旁边给他把风？你当我们是三岁小孩吗？"

阿P越想说清楚，越是说不清，急了，拿出行驶证，往桌子上一摔，说："你去对对车牌子，看看那车子是不是我阿P的！"

警察打开行驶证看了看，又拿到外面跟车子上的牌照一核对，发现车子真的是阿P的，进来再细细一问，终于弄清了来龙去脉，忙给阿P道歉，把阿P送出了派出所。

阿P刚才又气又急，但一出派出所，他又乐了：幸亏我带了行驶证，要不然，只怕说破了天，警察也不会相信我做的聪明事……

（**题图**、**插图**：顾子易）

·本刊信息传真·

欢迎来《故事会》的客厅做客

杂志的网站好比是杂志的客厅，为读者朋友们提供交流沟通的场所，在这里可以畅所欲言，对杂志评头论足、出谋划策。故事中国网(www.storychina.cn)就是《故事会》的客厅，这里汇聚着四海宾朋，全国各地的故事迷。

2008年，故事中国网开设"故事点评"和"咬文嚼字"两个栏目，前者欢迎大家对每期《故事会》的作品进行点评，凡入选在网站发布的故事评论将获得50到100元的稿费，优秀评论还有机会在《故事会》上发表；后者则是将你在《故事会》中发现的任何语言文字上的错误，通过网站"举报"，就有机会获得《故事会》的合订本。

故事中国网还推出了2008最佳笑话段子活动，发布每月最新、最有趣的笑话段子，并在月底评出当月最佳，参与年底总评。凡在网上推荐精彩笑话段子的读者将有机会获得丰厚奖金和奖品！

此外，故事中国网的网上商城也于近日开张了，目前提供图书杂志、学习用品和数码产品，欢迎来淘一淘你喜欢的东东哦。

□樊 涛

一幅绣像

“针神”得宠

清朝末年，北京有个叫刘补遗的绣师，人品不怎么样，却做得一手好绣活，什么东西到了他手里，都能绣得栩栩如生。

合该刘补遗发迹。据说，冬至这天，侍候慈禧的宫女从刘补遗的绣店买了一双棉靴，回到宫里，把鞋放下，不一会儿，宫女突然听到几声蝈蝈叫，她一琢磨，不对呀，外头地上的雪有一尺来厚，麻雀都快冻死了，怎么会有蝈蝈呢？又仔细一听，叫声似乎是从桌子上传来的，回头一瞧，嗬，一只碧绿的蝈蝈正趴在茶碗边上喝茶呢！她蹑手蹑脚走到桌子边，猛一扑，蝈蝈却蹦到了床边的棉靴上，她赶紧用手一捂，还真捂到了，慢慢松开手，傻了：这蝈蝈是绣在鞋面儿上的。她马上把这件事当笑话讲给慈禧听，当时慈禧心情好，就让那宫女把靴子拿来看看，只见鞋面儿上一只碧绿的蝈蝈，叼着一颗露水珠儿，“呱答呱答”正喝着哩！慈禧大喜，赞道：“这个绣师称得上‘针神’哪！”

老佛爷金口一开，刘补遗这“针神”的金字招牌马上响彻了北京城，还受到慈禧的接见。这刘补遗的逢迎吹拍之术也是一绝，一来二去的，慈

禧竟然封他做了皇家织造局的采买。

这可是个肥差。按那时的规矩，每年苏杭两地的生丝开市时，先由皇家织造局入市采买。刘补遗趁机拼命压低丝价，从中套取差价，牟取暴利。

这年夏天，刘补遗又一次到苏杭采买生丝。这天到了杭州，还未进入市场，就被一群蚕农围住，这些蚕农求他不要再压低丝价，刘补遗哪肯松口，眼看僵持不下，他忽然计上心头，大声说："都说苏杭刺绣甲天下，你们当中如果有人能在绣功上胜过我，丝价将如你们所愿；如果没人胜得过我，你们就认命吧！"

蚕农打擂

蚕农们没有退路，只得应承下来，并推举一个叫黄玄渊的年轻人和刘补遗打擂。双方当即在织造局门口设了擂台，摆开架势。

第一阵比"快"，限时一刻，以所绣针数多者为胜。只见刘补遗双手翻飞，用彩线在布料上绣了一条彩虹，足足一千针！再看黄玄渊，他也足足绣了一千针，但他绣的是一枝兰花，神韵生动，和刘补遗绣的彩虹一比较，难易程度不可同日而语。刘补遗倒吸了一口凉气：幸好这一阵只比针数多少，两相持平！

第二阵比"稳"。得在一个时辰内绣出一条金龙，并且得在右腕上放满满一碗茶，飞针走线时若是溅出半滴，便是输了。一个时辰后，两人金龙绣成，腕上的茶水都纹丝未动。不过，黄玄渊绣的乃是五爪金龙，是龙中之王，和刘补遗所绣的四爪龙高下立辨。刘补遗心里又是一惊。

第三阵比"细"。这可是刘补遗的拿手绝活。绣活中，丝线劈得越细，绣出的东西越有神。一般的绣师能把丝线劈成十六份，高手也不过劈成六十四份，但刘补遗能把一根丝线劈成一百二十八份。只见他屏住呼吸，细如发丝的一根丝线硬是被他平分了七次，劈出了一百二十八份。他劈好线，回头再看黄玄渊，竟然坐在那里一动不动，刘补遗得意地笑道："黄家小子，认输了吧？"哪知黄玄渊拿过刘补遗手中分出的一根丝线，迎着光轻轻一晃，又把它分成了两根。

不用说，这一场擂台是黄玄渊赢了，刘补遗提高了生丝收购价格，苏杭两地的蚕农都得了利益。

过了十来天，刘补遗扮作一名商人，带了随从，到黄玄渊住的村子去打听，村里一位大婶告诉他：黄家世代以刺绣为生，非但能劈出极细的丝线，还会一手"变针"的绝活，能让丝线在不同时间现出不同的颜色……

通过针法让丝线在不同的时辰变颜色？天下哪会有这样的事！刘补遗自然不信。但是，另一个消息让他吃惊不小：黄玄渊正在准备一件绣品，打算在慈禧老佛爷五十寿诞时晋献。

如果让慈禧看到更好的绣品，刘补遗就会失宠，荣华富贵必成泡影……

当晚，一把大火将黄家烧成白地……

一年后，慈禧要过五十大寿，刘补遗晋献了一幅一丈二尺的慈禧绣像，一帮媚臣大声叫好，竟议定为慈禧建一座生祠，将这幅绣像挂在祠堂正中。

生祠建好后，慈禧亲自去看了看，在自己那幅绣像前站了不少辰光，不多时，宫中把一个包裹送到刘府，还传出话来：这幅绣像的眼睛缺少灵气，限五日改正，若还是绣不出老佛爷的光彩神韵，当以欺君之罪论处！

刘补遗吓得冷汗直流。原来，这幅绣像其实是黄玄渊所绣，去年他带着随从潜入黄家，杀死黄家人，抢了黄玄渊还未完工的这件绣品，拿回住处细细端详，觉得这件绣品真是巧夺天工，自己万万不及，但绣像上一双眼睛还没来得及绣。这次他用足心思，使出浑身解数，补绣了眼睛。没想到老佛爷眼睛太毒，一下就挑到了眼睛上的毛病。

这幅绣像一只眼睛有鸡蛋那么大，要想绣出眼睛的神采，就得将丝线劈成二百五十六份。但刘补遗最多只能将丝线劈成一百二十八份，当今的法子，是迅速找到一个能把丝线劈成二百五十六份的高手，为自己备好丝线。不然，只怕是躲不过杀身之祸。

一夜之间，皇家织造局的招贤榜文贴遍了京城，紧接着，四天之内，赏金由一万两升到五万两，但没人揭榜，把个刘补遗急得像热锅上的蚂蚁。

到了第四天傍晚，刘补遗收到一封信，展开一看，信中别无他物，只夹着一束若有若无的东西，正是劈成了二百五十六份的细丝线。

刘补遗忙问："送信的人呢？"家人回禀说："送信的是位少妇，她走时留下话，让老爷到织补胡同关家老宅去会面，必须得您一个人去。"

"变针"绝活

刘补遗觉得这事很蹊跷，但信里有他性命攸关的丝线，别说是离刘府不远的关家老宅，就是龙潭虎穴，他也得麻着胆子走一回。

关家老宅是一间小四合院，推开院门，进了正屋，只见黄玄渊端坐正中，双目炯炯有神，直视刘补遗。刘补遗吓得双膝一软，跪倒在地。

这时，里屋走出一位浑身缟素的少妇，说："你不用如此害怕，这只是亡夫的一幅绣像。"

刘补遗吓得面无人色："你——你是谁？"

少妇说："我是黄玄渊的未亡人马氏，你去年火烧我全家时，抢走了亡夫没绣完的那幅绣像。我今天专为那幅绣像而来，那是我亡夫毕生心血所聚，他在天之灵，也盼着绣像能重见天日，你若肯在我夫灵前跪一个晚上，我便助你完成那幅绣像。"

刘补遗忽然见到一根救命稻草，哪有不从的，连忙到外面买回香烛冥品，在黄玄渊绣像前跪了一个通宵。

第二天一早，马氏开始为那幅绣像点睛，只见她针法繁杂，精奇无匹，半天工夫便绣好了慈禧的眼睛，端的是明眸若水，灵动无比。刘补遗喜不自胜，连忙捧起绣像，送入宫里。慈禧看了，十分满意，命挂在生祠正中。

谁也没想到，第二天一大早，一大队御前侍卫突然将刘府围了个水泄不通，将刘补遗全家一个个绳捆索绑，扣押在院子里，刘补遗哭着爬上前，向钦差询问情由，这钦差一脚将刘补遗踢翻在地，骂道："你这个千杀的狗才，竟敢在老佛爷的绣像上做手脚，让那幅绣像的眼睛在晚上冒出绿莹莹的光，如同饿狼一般……"

刘补遗猛然想起一年前听说的"变针"绝活，当时横竖不信，没想到，今天它将自己置于死地。他瘫在地上，口中念叨："针神……针神……"

与此同时，关家老宅里，马氏在黄玄渊绣像前点上三炷高香，说："你胜了刘补遗后，为了苏杭蚕农不再受他盘剥，决意压过姓刘的风头，为那老婆子绣了一幅画像，哪知却给自己带来杀身之祸。现在，我用黄家的'变针'为你报了仇，你可瞑目了。"

（题图、插图：黄全昌）

红版编辑部各编辑邮箱：

姚自豪：yaobianji@126.com；
郑继文：zjw002@vip.163.com；
周　吟：keyin118@163.com；
吕　佳：lujia411@yahoo.com.cn；
叶小萌：xiaomeng.ye@gmail.com。

□ 华登喜　改编

红气球作证

冬天到了，雪茄镇下起了今年的第一场大雪，雪没下完，就传出一个消息：老富翁加尔先生死了！他躺在镇外荒野的一片空地里，喉咙被切开，鲜血染红了周围的雪地。

皮克探长到了现场，发现现场被大雪盖住，既看不到脚印也找不到凶器，他围着尸体转了几圈，摇了摇头，说："加尔先生现在的样子，说明他死亡时很镇定，没有痛苦。万松医生来了吗？我需要知道加尔先生死亡的时间。"

万松医生是镇上唯一的医生，同时也是警局的兼职法医。不一会儿，他就带着工具箱赶到现场，解开加尔身上的毛皮大衣，用刀片割开加尔胸前的皮肤，掏出一支温度计，插进了死者胸部，过了一会拔出来一看，肯定地说："尸体的温度只有三度，说明加尔先生至少死了十二个小时，也就是说，他死在昨天晚上9点前。"

跟着过来的镇长说："昨晚加尔先生到库蒂那里收房租，还在库蒂开的酒吧喝了点酒，刚过七点就从酒吧走出来，那时候还没下雪……"

皮克探长戴上手套，将手伸进加尔先生的口袋里，一下就掏出一大把钞票，说："钱没被偷走，贵重物品也没丢失，难道是自杀？"

镇长一个劲地摇头："不可能！如果他想自杀，还会去收房租？"

这时，库蒂匆匆忙忙赶过来，看到加尔的尸体就嚷了起来："他昨天晚上很古怪，一出门就买了几只鲜艳的红气球，牵着那些气球回了家！"

皮克探长忙问万松医生："听说

有种病，叫气球综合征？”

万松医生点点头，说：“那是老年痴呆症的一种，有些人犯病时，会对气球之类的玩具感兴趣。”

皮克探长马上说：“不管加尔先生是自杀还是他杀，必须找到那些红气球。”

镇长说：“那些气球早就飘得远远的，还能找到吗？”

皮克探长说“昨晚突降大雪，不断有雪花落在气球上，气球飞不高，它肯定飘不远的！现在不早了，我们先回镇上吃午饭，下午两点再来这里碰头吧。”

到了下午两点，几个人全到了，皮克探长还带着一只气球，他放出气球，充满氢气的气球很快升起来，随风飘去，一行人在气球的引导下，朝着不远处的森林走去。

走进森林后，他们很快看到四只红气球，被绳子捆在一起，挂在一棵树的枝头上，绳子的末端系着一把剃须刀片，上面沾着殷红的血迹！

镇长大叫起来“天啦，这些气球杀死了加尔先生！”

皮克探长点点头，说“不错，正是这些气球杀了加尔先生，不过我不认为这是一桩谋杀案，加尔先生是自杀的。万松医生刚才说加尔先生患有老年痴呆症，他的神智出了问题，想离开人世，但他知道自杀者不能葬入家族坟墓，于是买了几个气球，将剃须刀随身带着，然后在镇外空无一人的荒地用刀片割断自己的喉管，而沾着血迹的刀片离开加尔先生，跟着气球飘走，这样一来，就不能认定他是自杀，他就可以顺理成章地葬入家族墓地……”

镇长根本不同意探长的判断，说：“皮克，你真是异想天开！”

万松医生说：“前段时间加尔先生到我的药店买药时，非常痛苦，说自己承受不了老年痴呆症的折磨。”

这一说，大家都认为加尔是自杀，库蒂爬上树，取下那串气球。

皮克探长戴上手套，小心翼翼地将刀片取下来，交给万松医生，道："医生，麻烦你把这刀片拿去化验，查验上面是不是加尔先生的血型。"

没想到，就在万松医生伸手接刀片时，皮克探长的手微微一抖，刀片一下划破了万松医生的手指，鲜血流了出来，皮克探长连连道歉。

万松医生没吱声，从药箱里掏出"创可贴"，包扎好手上的伤口，皮克探长却偷偷掏出一张试纸，把刀片上的血迹抹到试纸上……

大家在树林里又搜索一番，没有发现新线索，镇长说："探长，你可以结案了，加尔先生是自杀的！"

这时，皮克探长从口袋掏出一张纸片，大声说："不，加尔先生不是自杀，证据在这片纸上！"

镇长不耐烦地嚷道："皮克，这么冷的天，你别拿我们开玩笑了，刚才说自杀的也是你啊！"

"不，我刚才只是想把凶手引出来，凶手就在我们中间！刚才我已经用试纸测试了刀片血迹的血型，与加尔的血型完全不同，却与万松医生的血型完全一样！"

皮克探长说完，目光如电地看着万松医生，说："万松医生，加尔先生是被谋杀的，是你谋杀了他……"

万松医生气愤地吼道："你这个疯子！你的证据呢？"

"这些气球就是你犯罪的确凿证据。这里这些气球是哪儿来的呢？它不是自己飞来的，而是被人带到这儿来的，这个人就是凶手，他的目的是给加尔自杀提供证据。如果我没猜错，中午的时候，你根据风向，带着气球和刀片来到这里，瞧，树干上还有爬上去留下的抓痕。而这刀片上的血型与我割破你手指后出血的血型是一样的，说明刀片上根本没有加尔的血，你在刀片上抹的是自己的血，因为你是镇上唯一的法医，鉴定血型时，你就可以换成加尔的！"

皮克探长接着说："我从一开始就怀疑你了，你在测试加尔先生体温时，居然连温度计都没甩一下！所以我故意给出自杀的推理，再看你的反应。没想到你在中午放出气球，在气球上拴上刀片，好让我们得到加尔自杀的证据。其实，你昨天晚上在这里袭击了加尔！"

听了皮克探长的话，万松医生软了下来，说："好个聪明的探长，你说对了！一年前，加尔那个老东西来我诊所看病，我在他的药物中掺进安眠药，然后在他药性发作呼呼大睡时去他家偷金币，每次都很顺手。昨天，我又去他家偷金币，没想到老东西昨天没吃药，他发现了我，还说要去警察局告发我，我只好把他打晕，搬到这里，抹了他的脖子……"

（**题图、插图**：佐 夫）

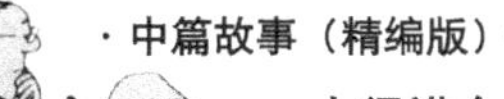

· 中篇故事（精编版）·

人得讲个体面，可光讲体面，不脚踏实地地做事，就会弄得没体面……

好衣裳，破衣裳

□范国清

1. 村主任借衣

俗话说：人靠衣装，马靠鞍装。赵家屯有个叫赵春的，打小就讲究穿戴，现在都快三十了，讲究得更厉害。可他越讲究，越是讲究不了。为啥？穷呀！

赵春的妻子叫孟巧巧，长得挺漂亮，当初看中赵春穿着体面，能说会道，还懂电焊技术，这才嫁给他。结婚后，孟巧巧发现赵春虽然穿戴得很像那么一回事，却一点也不肯吃苦，那个灵活的脑瓜子整天只想着排场，家里的日子越过越暗淡。

这天，赵春跟孟巧巧不知为啥事大吵起来，引得村里的人都来围观。正吵得不可开交，村主任赵栓从外面开会回来，他西装革履，一只手拎着公文包，一只手叉在腰上，喝开围观的人，吼道："你们两口子吵个啥？吃饱没事儿干了，啊？"

赵春抖了抖手上的一套新西服，说："村主任你倒是瞧瞧，我马上就要到省城打工了，让她给我买套像样点的西服，她却花六十块钱给我买了这套地摊货。做工差不说，料子也太差了！这叫我怎么穿着去省城？"

孟巧巧说："你是去城里打工，又不是去做模特，穿那么好干啥？"

赵栓点点头，对赵春说："出门打工，不能穿得太好，你媳妇说得对。"

赵春不满地说："清官难断家务事，你不懂就别进来瞎掺和。"

赵栓一听生了气，说“怎么了？不服呀！我今天就是要断一断你这家务事！你倒是给我好好说说，你凭啥要挑三拣四！”

原来，赵春的二叔去年春上得病死了，丢下二婶和两个年幼的儿女，日子过得很艰难，孟巧巧就想赵春出门打工挣点钱回来，帮一帮二婶。赵春觉得打工太苦，不想出门，孟巧巧就说她有个高中同学，在江城开了家“海王星造船厂”，赵春可以直接去找那个叫顾大成的同学，她怕赵春不相信，还给顾大成写了封信，交给赵春。赵春得知孟巧巧有个这么出息的同学，心思也活络了，但他要孟巧巧为他买一套名牌西服，可孟巧巧只给他买了一套六十块钱的地摊货。

赵栓一听就摇头，说“你不过会点电焊，就算那个顾大成肯给巧巧面子，顶多给你个电焊工干干，你穿名牌西服有什么用？”

赵春不接赵栓的话茬，瞅着赵栓的一身穿戴，点点头，说：“嗯，红格领带，船王牌西服，一双皮鞋也行，手上还拎个公文包，你这一身行头凑合，我就想要身你这样的。”

赵栓说：“像我这样的？我这身是到外面开会才穿的！”

赵春说：“这你就不懂了！我只要有你这身穿戴，出门准能混出个人样，在那个造船厂起码能混上个中层干部。”

赵栓听得大笑起来：“赵春啊赵春，大白天你做的是什么梦啊。行！你要是真能在那厂子混出个人模狗样，我这副行头就借给你！”

赵春拍拍胸，大咧咧地说“要是有你这一套穿戴，我一准弄个中层干部给你瞧瞧！”

赵栓大手一甩，说“好你个混小子，我还真信你了，就把我这套行头借给你！”

不一会儿，赵栓的一身穿戴就套到了赵春身上，嗨！就像给赵春量身定做的，马上让土不拉叽的赵春焕然一新，活像一个都市白领。

第二天一早，赵春啥也不带，套着赵栓那身穿戴便出了门，孟巧巧又给了他二百五十块钱，一直把他送到大路口上，千叮咛万嘱咐，说“赵春，赵栓这副行头要值一两千块，他出门开会才舍得穿，现在借给你了，你可不能把人家的东西弄坏了。再者，你一定要好好干，混出个样子回来，这些年我跟着你没少怄气，你要是在我老同学跟前再给我丢人，我就不活了，我要当着你的面跳塘！”

2. 旅社失窃

赵家屯离江城不算太远，赵春当天就到了。下车时，天色已经暗了下来，他不知道顾大成的电话号码，更不知道“海王星造船厂”在什么地方，

便决定先找个小旅社住下来。

他走进一条小街，没走几步，便有一个乞丐向他打招呼：“老板，给点钱让我买个包子吧！瞧你这样子，准是个做大官发大财的人……”

听到乞丐的话，赵春忍不住停下脚步，只见这乞丐穿了套邋里邋遢的衣服，那阵怪味让赵春直捂鼻子，但乞丐的话让赵春心里美得不行，于是“唰——”的一声，他拉开公文包，手往里面一掏，掏了半晌，掏到两张百元大钞，连忙放回去，他估计赵栓的公文包角落里肯定会有一两枚硬币，就继续在里面掏，掏了老半天，还真让他掏出一枚一角的硬币，上前递给乞丐，说：“包里只有这点零钱。”

这乞丐名叫胡路，见赵春老半天才掏出一角钱硬币，非常失望，便梗着脖子，缩着手，说：“老板，一角钱别说买肉包子，屁也买不到一个呀！你也太小气了吧？”

赵春不高兴了：“我小气？一角钱不是钱啊？你到底要不要？”

胡路往地上吐口痰，不再吭声。赵春只好将一角钱硬币放进公文包，拍拍身上的西服，走了。

胡路没讨到赵春的钱，看看天色不早，也不再蹲了，他数了数口袋里的钱，想想好久没打牙祭了，就去街边的小店买了只烧鸡，一瓶白酒，往前走了一会，看见一家私人小旅社，就走了进去。

小旅社的老板娘看见胡路进来，急忙说：“去！这里没钱给！”

胡路说：“怎么？我花钱住旅社，不行呀？”

老板娘见胡路拿得出钱，犹豫了一下，就让他拿出十块钱，住进了地下室。

胡路一进地下室，便看见赵春正坐在床沿上，捧着碗方便面在大吃。赵春一抬头，见胡路手里拎着一瓶酒、一只烧鸡，不禁怔住了，说：“一个讨饭的也吃鸡喝酒，真有你的！”

胡路打开酒瓶，很响地呷了一口，说：“我又没要你一文钱，管得着吗？”

赵春哑口无言。

胡路津津有味地大吃大喝，故意做给赵春看，想不到做得过了头，竟然一口气喝下了半瓶酒，搞得晕沉沉的，便把余下的酒和鸡往床头柜上一放，倒在床上，呼呼大睡。

赵春吃完方便面，把孟巧巧写给顾大成的信拿出来看了半天，看得皱着眉头直摇头，一把将信撕了，自己掏出纸和笔，模仿着孟巧巧的笔迹，写了起来——

顾大成老同学：你好！

一晃十五年过去，你还记得高中时一个叫孟巧巧的同学吗？应该记得的！听说你事业有成，在江城开了一家造船厂，我有一件事想拜托你：我丈夫赵春精明能干，一直在北京一家公司当部门经理，最近他嫌那家公司老板付的薪金低了（月薪只有三千），他就想跳槽……所以，我介绍他来找你，希望你能在工厂给他安排一个合适的位子。拜托你了，谢谢！

老同学：孟巧巧亲笔

9月10日

赵春写完信，又看了几回，得意地笑了，想，那顾大成看了这样的信，又看我这一身穿戴打扮，肯定会高看我一眼，再凭我活络的脑子一活动，一准马到成功。

他把介绍信放进公文包，脱下赵栓的那套穿戴，摆在床头边，正要躺下，忽然闻到一阵扑鼻的酒香，抬头便看见胡路放在床头柜上的酒和烧鸡，都在散发着诱人的浓香。赵春只觉喉头里一条馋虫在不停地爬动，他终于忍不住，一只手向那边的床头柜伸了过去……

天蒙蒙亮时，胡路醒过来，打了个哈欠，抬起身子便看床头柜，这一看不打紧，只见酒瓶子空空的，自己吃剩的半只烧鸡踪影全无！再看邻铺，只见他鼾声如雷，一只手伸出被外，手上还捏着根鸡腿骨！

胡路简直不敢相信自己的眼睛：这个穿得如此体面的家伙，竟然会偷吃乞丐的鸡，偷喝乞丐的酒！胡路气坏了，他看着赵春放在床边的公文包、名牌西服、领带和一双锃亮的皮鞋，顿时眼睛一亮，一骨碌从床上下来，蹑手蹑脚走过去，将那身好衣裳往自己身上一套，拎起公文包，摇摇晃晃地走出了地下室……

3. 人靠衣装

赵春一觉睡到天大亮，睁开眼，大吃一惊：村主任赵栓的那副好行头变成一堆臭哄哄的乞丐衣，连皮鞋和公文包也不见了，那个乞丐也没了影子。他失魂落魄从床上跳下来，奔出地下室。

这时，小旅社老板娘正坐在沙发上梳头，看到赵春只穿一条裤衩，慌里慌张地从地下室里跑出来，就大喝一声，问："你，你怎么这样？你想干

什么？”

赵春这才发现自己只穿了条裤衩，立即觉得十分尴尬，他弯下腰护住裆部，说：“老板娘，我的衣服被那个乞丐偷了，你们旅社要负责，得赔我衣服！”

老板娘瞅瞅赵春，不屑地问：“真的吗？”接着，她去地下室把那套乞丐衣裳拎出来，说“你把这套衣服穿上，让我看看。”

赵春瞧着那套又破又脏、散发着刺鼻气味的衣服，连连摇头。

老板娘说：“你不穿，我咋知道你说的是真是假？想我赔你一套好衣裳？休想！”

这时，长着一脸横肉的老板出来，听了老板娘的话，二话不说，一把将赵春推出大门，跟着将那套乞丐衣裳甩到了旅社门外。

赵春立在街边，又气又难堪，又不能穿条裤衩在街上走，只得咬着牙，将那套乞丐衣穿在身上。老板娘站在旅社大门口一打量，乐了，对赵春说：“我就说嘛，你昨天来时就是这个样子的！”

赵春又气又羞，掉头就走。

再说乞丐胡路，他偷了赵春的衣服后，沿街走了一段路，停下来将公文包拉开，一看，包里有一百八十多块钱，还有赵春的身份证和一封信。他看了身份证和信，知道赵春在北京一家公司当部门经理，月薪三千还嫌少，又带着老婆的亲笔信想找薪水更高的工作，不禁大骂：“穿得这么体面，薪水又这样高，居然偷鸡吃，偷酒喝！没档次！”他夹着公文包在一家早餐店吃了顿肉包子，打着饱嗝儿刚从店里出来，便看见赵春穿着那套又破又脏的衣服，沿着街道踉踉跄跄往前走，胡路捂着嘴，笑得几乎要岔过气去。他决定今天不讨钱了，悄悄跟着赵春，看看赵春穿着乞丐衣去见老婆的同学，会是多么可笑！

赵春漫无目的地在街上走，看见前面有个治安岗

亭，就走了进去，苦着脸把在旅社被胡路偷走衣服的事向值班的警察说了，这警察很负责，马上就要帮赵春跟家里人联系，问赵春家在哪儿，家里有没有电话。

赵春一听，脸色顿时灰白。赵家屯只有赵栓家有电话，但这事要是让赵栓知道了，肯定马上就会说给孟巧巧听，还会当成笑话在村里讲，孟巧巧要是知道他一到江城就这么丢人现丑，没准真的会急得跳塘。他朝警察摇摇头，苦笑一下，转身走出治安岗亭。

赵春身无分文，一直走到傍晚，走到长江边，忽然看见江岸不远处有家工厂，工厂的大门上方闪烁着几个大字："海王星造船厂"。他心里一喜，朝这家工厂走过去。

忽然，工厂大门里闪出一个保安，朝赵春喝道："你这个乞丐，晚上跑到这里来干啥？快走！"

赵春吞吞吐吐地说："我……不是乞丐，我找你们的老板顾大成。"

保安一愣："你认识顾总？"

赵春说："顾总跟我老婆是同学。"

保安看看穿得又脏又破的赵春，根本不信，又问："你老婆叫啥？我跟顾总打个电话。"

赵春不作声。

保安笑着说："一瞧你这鬼样子，我就知道你在胡说，你老婆怎么可能跟我们顾总是同学呢？又怎么会有女人嫁给你？还不快滚！"

赵春简直要给气昏了，真是狗眼看人低呀！他离开大门，在工厂围墙边坐下，想：我这一天走下来，连饭也没吃上一粒，要是再不弄点吃的，只怕会晕过去。他挣扎着站起来，朝一家亮着灯的副食店走去。

副食店里有几个男人在打牌，一个女人站在一旁观看，赵春走到店前，冲那个看牌的女人说："大姐，行行好，给我一点东西吃吧？"

女人正为丈夫输了钱恼火，见突然冒出个乞丐，就没好气地说："哪有晚上来讨钱的！"说完，继续看牌，不理赵春。

这时赵春已经饿得头昏眼花，他见谁也不理自己，就蹑手蹑脚溜进店里，从货架上抓了一袋火腿肠，转身就往店外跑。

女人听到动静，回过身看见正在逃跑的赵春，马上大喊："抓贼——"

店里几个打牌的男人马上放下手上的牌，操起店里的棍子和凳子，追了出来。

一直跟着赵春的胡路远远地看见赵春从一家小店跑出来，很快被几个男人追上，摁倒在地，喊打声响成一片，赵春在地上发出一声接一声的惨叫。胡路给吓得浑身颤抖，再也没心思跟踪赵春，赶紧挟着赵春的公文

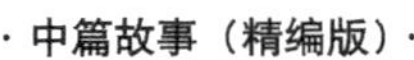

包，一溜烟跑了。

4. 有苦难言

一直到第二天早上，赵春还蜷缩着睡在“海王星造船厂”大门外的围墙边。

一辆轿车开过来，在大门前停下，车里走下一个人，喊来保安，朝赵春一指，问：“那乞丐怎么睡那儿？影响厂容嘛！”

保安说：“那个乞丐昨晚在一小店偷东西吃，被人狠打了一顿，估计受了点伤。他昨天还来找过你呢，说他老婆跟你是同学。一看就知道在骗人。”

保安这一说，顾大成就来到赵春跟前，用脚尖轻轻碰了碰睡着的赵春，说：“喂！醒醒。”

赵春被顾大成弄醒，慢慢坐起来。

一旁的保安指指顾大成，说：“昨天你不是找顾总吗？他就是。”

赵春打量一眼顾大成，不作声。

顾大成问：“你是哪儿人？你老婆跟我是同学？”

赵春点点头。

“你老婆叫什么？”

赵春犹豫一下，说：“我不想告诉你。”

顾大成见赵春怪怪的，转身便要离去。

赵春见他要走，又忍不住了，说“我老婆真是你同学。”接着，他把来江城后的遭遇一五一十地说了。

顾大成听了，忍住笑，说：“你老婆叫什么名字？如果她真是我同学，我会帮助你的。”

赵春说：“我老婆叫孟巧巧。”

顾大成一听就愣了：孟巧巧？那可是高中时班上最漂亮的女生，当时自己对她很着迷，连吃饭、上课、睡觉都想着她，可孟巧巧傲慢得像个公主，总是一副爱理不理的样子。后来，孟巧巧高中没毕业就辍学回了家。想不到十五年没见，今天却见到她的乞丐丈夫，这才叫一朵鲜花插在牛粪上！

顾大成想给孟巧巧打个电话，就问赵春：“你家住哪儿，有电话吗？”

赵春摇摇头，说：“我家里没电话，我也不想让我老婆知道我现在这样子。”

顾大成让保安到食堂拿了几个包子，递给赵春。

赵春强忍住饿，没接包子，对顾大成说：“顾总，你能让我做点事吗？”顾大成点点头，让赵春吃下包子，又让保安带着赵春去找一个工头做事，并偷偷吩咐保安，赵春在厂里干活，给饭吃，但先不要给他钱，也别给他换衣服。顾大成美滋滋地想，孟巧巧知道赵春下落后，肯定会来给赵春送衣服，到时，他要让昔日骄傲的公主当着他这个成功人士的面，看看自己乞丐丈夫的丑态。

赵春干的是扛钢板的重活，一天扛下来，累得汗流浃背，那套又破又脏的衣服更臭了，他实在受不了，又找到顾大成，想先支点工钱，洗个澡，换套新衣服。

顾大成笑着说："我们这么大一个厂子，是有财务制度的。你干满一个月，肯定按时发你工资，到时你想洗一百个热水澡都随你。"

赵春苦着脸，把手伸进衣服里搔着，说："这套衣服太脏，穿着太难受了。"

顾大成马上把手机递给赵春，说："衣服？好办！你马上给孟巧巧打个电话，让她把衣服送来。"

赵春才不会给孟巧巧打这个倒霉电话，他脑子一转，又说："顾总，我的电焊技术可好了，你别让我扛钢板，让我当电焊工吧！"

造船厂正缺电焊工，顾大成听赵春这一说，马上叫他试一试，这一试，赵春竟然真的会。于是，顾大成当场安排赵春做了名电焊工，但还是不提预支工钱的事。

电焊工是技术活，工资比扛钢板高多了，但钱再多也只在账上，赵春还是得穿这身乞丐衣裳，他度日如年，咬紧牙关，只想着再干两个月，只要赚到能赔赵栓那身穿戴的钱，立马回家！

这天，赵春正在做电焊，偶尔抬一下头，忽然发现不远处有个西装革履的人在打量自己，手上拎的那个公文包挺眼熟，再一打量，这不正是那个偷衣服的乞丐吗？赵栓那套行头一件不少全套在他身上了！赵春气得扯开嗓子大喊："抓住那个乞丐小偷！"

这个人正是胡路，他本来是来找赵春的，冷不防被赵春的大嗓门吓了一跳，又见赵春摆出一副拼命的架势扑过来，哪里还敢跟赵春啰嗦，吓得撒腿就往大门外飞跑。赵春连手上拿的电焊钳和面罩都忘了放下，撒开脚丫便追上去，只听"咔嚓"一声，电

焊钳上连着的电线被扯断了，赵春也不管，边追边喊："抓住那个偷东西的乞丐！"随着胡路跑出了大门。

大门口的保安只听到有人在喊抓小偷，接着便看到一身破烂的赵春拿着电焊钳子和面罩，跑出了工厂大门，连忙高喊着跟在赵春身后追了上去。

赵春气喘吁吁地跑过上次那家偷火腿肠的小店门口，店里突然冲出几个男人，一齐扑上来，将赵春打翻在地，边打边骂："你这个狗日的乞丐，真是不长记性，又在当小偷！"

这几个男人正是上回打赵春的那几个人，他们见造船厂的保安跑在赵春身后，大喊"抓住那个偷东西的乞丐"，又见他手上拿着电焊钳子和面罩，以为赵春又在偷东西，气不过，上前把他死死摁在地上，不由分说，对着他就是一通老拳，打得赵春鬼哭狼嚎。

好在厂里的保安很快追了上来，给赵春解了围。赵春鼻青脸肿地从地上爬起来，哪里还有胡路的影子，他想接着找胡路，保安却把他拉回厂里，说："你别拿着厂里的东西到处跑，我可没看见偷东西的乞丐，你给我放老实点！"

赵春分辩不得，再也忍不住，"哇"的一声大哭起来。

这时，顾大成也赶了过来，一副关心的样子，又把手机递给赵春，说："还是给你老婆打个电话吧，你老婆一来，一切都好了。"

赵春"哇哇"哭着，说："我老婆要是知道我这个样子，她会跳塘的……"

5. 衣破心不破

这事过了七八天，这天，赵春正在船甲板上干活，忽然看见顾大成陪着孟巧巧一起走了过来，他顿时吓呆了，连忙低头看看自己身上破烂的乞丐衣裳，又紧张地望了一眼滚滚东流的长江，结结巴巴地说："巧巧，我……你要想开一点，我……"

孟巧巧眼睛里满是泪，说："赵春，你可真有本事，把村主任一身好好的穿戴变成一套破衣烂衫，你快撒泡尿瞧瞧你现在这个样子，我是没脸再回赵家屯了！都怪我瞎了眼，嫁了你这么个不成器的男人，我，我这就跳江去！"

赵春连忙拉住转身要跑的孟巧巧，"扑通"一声跪下，说："巧巧，我没用，我无能！我求你想开点……"

孟巧巧脸上泪水直淌，大喊一声："你这副鬼样子，我怎么想得开？"

顾大成在旁边看着笑话，心里偷偷直乐，嘴上却说："巧巧，就算一朵鲜花插在牛粪上，你也得认命！女人嘛，嫁鸡随鸡，嫁狗随狗，嫁了根棍子你只好搂着走。"

赵春又急又愧，正不知如何对付

老婆，顾大成这一说，马上就把矛头转了过去："我是牛粪？是鸡？是狗？是根棍子？我看你才是心怀鬼胎！你偷偷把我老婆找来，就是想让她看我这样子，出我洋相？"

顾大成连忙说："我可没去找孟巧巧，是她自己找来的。"

孟巧巧抹了把脸上的泪，猛地把手上的包往赵春怀里一塞，重重地说："赵春呀赵春，一个大老爷们，不怕衣破，就怕心破，骨头破。你自己看着办吧！"说完，她转过身，捂着脸朝工厂大门跑去。

赵春呆呆站在铁船上，望着妻子跑出工厂大门，这才低下头打开怀里的包，包里是一套簇新的冬衣。想想现在还是秋天，她就送冬衣来，分明是要自己在这里一直干下去……

转眼到了年底，赵春离开海王星造船厂，回乡过年。他拎着大包小包的东西，刚到村口，就遇上了村主任赵栓，赵栓一见赵春就乐了，说："你回来了？你小子早该还我那套行头了！"

赵春走上前，把一个包裹往赵栓怀里一塞，不好意思地说："都怪那个乞丐，偷走了你那身好穿戴，要不然，我早就还你了！"

赵栓接过包，又问赵春："你借了我的行头，有没有混出个中层干部？"

赵春一听脸就红了，说"我现在领到了焊工证书，还是海王星造船厂的电焊班班长，虽说不是中层干部，但也是我一个秋冬实打实干出来的，你那身穿戴根本没起作用。"

赵栓点点头，说："我就说嘛，啥事都是干出来的，哪有穿得出来的！"

赵春满是感慨地说："是呀，我总算明白了，人是得讲个体面，可光讲体面，不干，就会弄得没体面。"

赵春告别赵栓，走进村子，突然看见妻子孟巧巧正在二婶家的房门上贴大红喜字。正在奇怪，又见一个穿戴齐整的男人从二婶家屋里出来，细一瞅，这不是那个偷他衣服的乞丐吗？仇人相见，分外眼红，赵春上前

一把揪住胡路，抡起拳头便打。

孟巧巧转过身子，正好看见赵春要打人，连忙大叫：“赵春，打不得！他是你二叔哩！”

这时，赵春的二婶也从屋里跑出来，一把拉住赵春的手，说：“胡来！你怎么能打你二叔呢？”

赵春急得大喊“二婶，这是个坏家伙，他把我害惨了！”

二婶红着脸，说：“啥坏家伙不坏家伙的，他都来小半年了……”

赵春愣住了：这到底是咋回事呀！

原来，胡路偷了赵春那套穿戴后，穿在身上没两天，就出了问题。因为别人看他穿得这么好，再也不肯给他钱。他想把这身衣服卖掉，又一时找不到买主，想来想去，他决定去造船厂找赵春，把那套乞丐衣服换回来。哪知道赵春一见他就要拼命，吓得他转头就跑，结果又给赵春招来一顿痛打。他又一次看着赵春被人死死摁在地上，打得哭爹叫娘，眼看已是秋天，再这样下去，只怕赵春不给人揍死，也会被活活冻死。这全是自己害的！他心里一软，想给赵春家打个电话，却不知道电话号码，想想赵家屯路不算远，反正自己也没事做，干脆走一趟赵家屯，让赵春的家人赶紧送一套衣服过去。

胡路一到赵家屯，便遇上村主任赵栓，赵栓一眼就认出胡路手上的公文包是自己的，再看胡路的穿戴，正是自己外出开会才舍得穿的那套行头，便一把抓住胡路，问了个清楚明白。他又要胡路赔自己那套行头，胡路双手一摊赔不出，赵栓一想，赵春的二婶家正少个干活的，不如让胡路帮着干干，也能抵扣一点损失。跟胡路一说，胡路一听有个吃饭的地方，连忙应承下来。

胡路帮赵春的二婶收大豆、割甘蔗、播小麦，一天也没闲着。二婶见胡路是个种庄稼的好手，便问他的身世。原来胡路是安徽人，本来有个家，那年冬天，他媳妇和儿子一起出车祸死了，一下把胡路打垮了，觉得活着没意思，啥事也不想干，渐渐浪迹江湖做起了乞丐。二婶见他可怜，忍不住关心起来，一来二去的，两个人对上了心思，在赵栓的撮合下，两家合一家，这两天正在布置新房。

胡路愧疚地说：“赵春，以前我衣破心也破，现在都被你二婶缝好了。往后，我要做你的好二叔！”

孟巧巧在一旁笑着说：“赵春，快叫二叔呀！”

赵春开始很尴尬，慢慢地脸上就浮出了笑容，说：“二……叔！当时我也不好，不该偷你的鸡，喝你的酒。往后，我做你的好侄儿吧。”

旁边的人听了，哈哈大笑……

（**题图、插图**：杨宏富）

一个聪明得能取到龙珠的人，却栽在一只猴子手上，这中间是有道理的……

龙珠呈瑞

□梅纪国

1.富贵逼人

清朝雍正年间，陈家庄有个老汉叫陈老七，他无儿无女，孤身一人，带着只猕猴浪迹江湖，以玩杂耍为生。这猕猴聪明伶俐，颇通人性，陈老七还给它取了个名字，叫山子。

这天，陈老七带着山子来到云州县城，选了个繁华地段摆开场子。山子随着陈老七的指令，时而攀爬跃纵，时而怪相百出，吸引很多行人驻足观看。一场表演下来，山子手捧铜锣，朝着观众打拱作揖，乞讨赏钱，不一会儿，铜钱就堆满了铜锣。

这一天收入颇丰，陈老七很是高兴，散场后找了一家小客栈，要了几个小菜，喝了一壶酒，美滋滋地吃饱喝足，便上床休息。谁知第二天早上醒来，陈老七只觉头疼欲裂，浑身上下没有一丝力气，只得在床上躺着。

山子一看天都大亮了，主人还躺在床上不起来，急得上蹿下跳，陈老七见了，叹了一口气，说:“山子啊山子，你再通人性也只是个畜生，要是我身边有个一男半女，断不会眼睁睁看着我受这份罪……”

山子瞪着两只黑溜溜的眼睛，好像听明白了陈老七话里的意思，转身拉开房门，“哧溜”一下蹿出了客栈。它来到熙熙攘攘的街头，左顾右盼，瞧见一家药铺，径直走了进去，药铺伙计见闯进一只猴子，急忙往外赶。

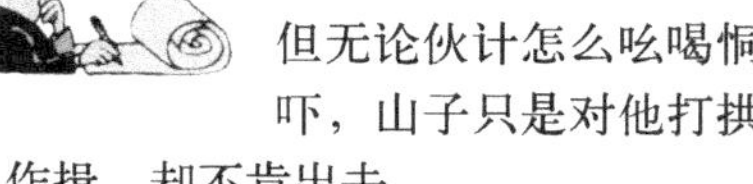

但无论伙计怎么吆喝恫吓，山子只是对他打拱作揖，却不肯出去。

就在这时，药铺掌柜从里面走出来，这掌柜的名叫古子久，见山子这个样子，禁不住“咦”了一声，说“这不是昨天在街头卖艺的那只猕猴吗？怎么跑到这里来了？”

山子见伙计对古子久很是恭敬，马上就对古子久鞠躬作揖，牵着古子久的衣服往外拖。

古子久好奇心大起，跟着山子来到客栈，一看躺在床上的陈老七，一下明白了山子的用意，拍拍山子的小脑瓜，说：“好一只通人性的猴子！”

古子久给陈老七配了一服药，煎好后亲自给他送过来，陈老七服下后，出了一通大汗，又睡了一觉，病立时就好了。他拿出诊金，古子久却说什么也不肯收，陈老七过意不去，便叫了些酒菜，请古子久吃一顿。这下古子久没有推辞，坐下跟陈老七对饮起来。

酒至半酣，古子久问陈老七“陈老哥，这只猴子跟你多长时间了？真有灵性哩！”

说到山子，陈老七马上得意起来：“山子这小东西就是通人性，这几年跟着我走南闯北，抵得上我半个儿子。”

古子久给陈老七倒上一杯酒，又说：“老哥一把年纪了，有没有为自己将来想过？总不能后半辈子还在江湖上漂泊吧？”

陈老七叹一口气，说：“有啥法子？我就这穷命……”

古子久说：“也不尽然。我最近手上倒有个买卖，老哥要是出上一臂之力，定能成功，到时，你后半辈子会有享不完的荣华富贵……”

陈老七一听，顿时来了兴致，问：“什么买卖？我一卖艺的，能出什么力？”

古子久喝了

一口酒，说："当今圣上喜好岐黄之术，正在广征天下奇花异草，以求长生不老。只要能采上真正的奇花异草，献给皇上，这叫献瑞，皇上一高兴，献瑞的人就能升官发财。兄弟我是个俗人，天天都想着升官发财，这几年走遍深山老林，希望能找到奇花异草，想不到，上个月真让我在云州城外的凤凰山发现一株灵草，很像古医书上记载的'仙人草'，只是那株仙人草长在三四十丈高的悬崖峭壁上，人根本爬不上去……"

陈老七马上明白了古子久的意思，说："古掌柜，别的我不敢说，要说攀爬悬崖峭壁，那可是山子的拿手好戏！"

古子久顿时兴奋不已，一把拉住陈老七的手，说："这么说老哥是同意了？如果我们能采下那株仙人草，得到朝廷赏赐，我将和老哥共享富贵……"

陈老七喜不自胜，第二天就带着山子，跟古子久一起来到云州城外的凤凰山脚下。

2. 灵草异兽

凤凰山山高林密，山头名叫摩天岭，高耸入云，十分陡峭，没有人能攀上去。他们在摩天岭下找到一小块刚能落脚的平地，极目仰望，又经古子久一番指点，陈老七这才看见山顶一处峭壁上果然隐约可见一株异草，生得翠绿水灵，顶端还结着一颗通红的小果子。

陈老七看着这异常险峻的山势，又看看身旁的山子，心里不禁打起了小鼓。古子久忙说："老哥，我知道让山子上去有点冒险，但富贵险中求，冒一回险，你下半辈子就有指望了。"

陈老七一咬牙，把山子抱在怀里抚了又抚，指指长在峭壁上的仙人草，说："你上去摘下来！"

山子马上明白了陈老七的意思，它看看高耸入云的峭壁，又回头可怜巴巴地看看陈老七，陈老七毅然决然地喝道："快去！"

山子无法，又看了一眼陈老七，见陈老七没有半点松口的意思，只得向上攀爬，它越爬越高，离那株仙人草也越来越近，就在这时，山子突然焦躁不安，眼看仙人草伸手可及，却再也不肯向上攀爬半步。陈老七厉声向山子大喝："山子，快去把那株草采下来！"

陈老七的指令让山子更加不安，它想上前，又像是害怕什么东西，只在峭壁上左右来回挪移。

陈老七生气了，更加大声地喝道："山子！快上去！"

最终，山子鼓足勇气，一点一点向仙人草移去，眼看就能采到仙人草了，突然，山子一个跟斗从悬崖上摔了下来，幸好它眼疾手快，半空中抓住一根青藤，这才稳住身子。

陈老七一看这情势，只好让山子先下来。他对古子久说："古掌柜，山子今天十分反常，莫非那仙人草有什么古怪？"

古子久没吱声，抬头看着那株仙人草，这时，一只苍鹰从那里飞过，突然，峭壁上闪电般跃出一道黑影，将那只苍鹰吞了下去。

两人大为惊骇，又仔细一看，这才发现仙人草生长的旁边有块凸出的岩石，岩石的后面有个黑黝黝的洞口。

古子久说："怪不得古人说，有灵草的地方必有异兽守护，那洞内肯定藏着一只异兽，守护着仙人草。山子不敢上去，多半是怕那只异兽！老哥，本来我以为那仙人草再怎么稀罕，无非就是一株草而已，今天看到有异兽守护着，那就是神品了，要是能采下，那……"

古子久这话又让陈老七振奋起来，但随即面露难色："不管是凡品还是神品，山子害怕那只异兽，只怕再也不肯上去了……"

古子久沉吟良久，说："要让山子采那株仙人草，有一个法子……"

陈老七忙问："你有什么法子？快说来听听。"

"要让山子不顾性命采回仙人草，关键在你……"

3. 龙珠现世

古子久说着，从怀里掏出一颗乌黑的药丸，说："这是麻沸丸，你服下后，会暂时失去知觉，这时我告诉山子你得了重病，只有那株仙人草才能救你，以山子对你的情分，它定会不顾性命把仙人草采回来。"

陈老七听了好生犹豫，说："一定得服下这麻沸丸吗？我假装病了，山子也会冒死为我去采仙人草的。"

古子久摇摇头，说："山子何等聪明，你假装生病，只怕骗不了它，只有让它觉得你真的病得有性命之忧，它才会以命相搏。”

古子久说完，又从怀里掏出一颗红色的药丸，说：“这是麻沸丸的解药，不管山子肯不肯上山，能不能采回仙人草，我都会把解药给你服下，让你在半个时辰里醒过来。”

陈老七左想右想，最后一狠心，接过那颗麻沸丸，一把扔进嘴里，很快，他眼前一黑，一头栽倒在地……

山子从摩天岭上逃下来后，一直惊魂未定，远远躲在一边，突然听到身后发出“扑通”一声响，回头一看，陈老七已倒在地上，急忙跑了过来，拉陈老七的手，挠他的耳朵，不见陈老七有一点回应，马上急得围着陈老七“叽叽”乱转。这时，它看到站在一旁的古子久，连忙上前对着古子久不住作揖，求古子久救它的主人。古子久两手一摊，摇了摇头。山子又跑过来扯古子久的衣服，古子久又摇摇头，无奈地指指摩天岭上的那株仙人草。山子明白了：只有摩天岭峭壁上的那株仙人草才能救主人！

山子不再犹豫，纵身就朝摩天岭攀上去，不多时，它便靠近了那株仙人草，只见它突然一个纵跳，一把抓住那株仙人草，将仙人草连根拔起，双腿一用力，猛一下弹了开来，朝着崖下急坠，坠到半空，又是一个纵跃，抓住崖壁上的一根青藤，缓得一缓，不敢停留，继续往山下纵跃。

就在山子抓住仙人草的同时，仙人草旁边的洞中突然冲出一道黑影，朝山子扑了过来，山子跑得极快，那黑影竟然冲出山洞，跟着山子追了出来，原来那是一条数丈长、水桶般粗细的大黑蟒。这大黑蟒虽然体形庞大，却灵巧无比，它顺着峭壁飞快地下滑，一步不落地追了过来。

这边，古子久也没闲着，他从怀里掏出一个黑色瓷瓶，把里面的粉末全部倒出来，撒在昏迷的陈老七身上。很快，山子从岭上逃下来，把嘴里叼着的仙人草拿出来，交给古子

久。古子久大喜，连忙摘下仙人草顶上的那颗红果子，放在鼻下闻了闻，果然奇香无比，他把果子塞进陈老七嘴里，自己一溜烟跑开了……

山子在一旁见陈老七吃了仙人果，却没醒来，急得“叽叽”大叫。这时，一阵腥风吹过，黑蟒飞快地扑了过来，山子凄厉地惨叫着，迎上前，试图把黑蟒赶跑。黑蟒哪里把山子放在眼里，只见它扬起尾巴，“嗖”地一下，山子便飞了出去，重重撞在峭壁上，倒在地上不能动了。

黑蟒没再理会山子，径直向昏迷不醒的陈老七爬过来，用信子在陈老七身上嗅来嗅去，终于从陈老七的嘴里嗅出了仙人草红果子的香味，但此时陈老七牙关紧闭，黑蟒绕着陈老七游走几圈，也无法把那颗红果子弄出来，终于失去耐性，张开血盆大口，把陈老七整个儿吞了下去……

黑蟒吞下陈老七后，慢腾腾地回转身子，想顺着峭壁爬回洞里，但这时它肚里装着陈老七，行动很不方便，于是慢悠悠地盘成一堆，准备消化一会，再回山洞。没想到，过了一会，黑蟒突然扭动着庞大的身躯，翻江倒海般在地上剧烈地翻腾起来，不消一顿饭工夫，便一动也不动了。

又过了好一会，古子久从一棵树上爬下来，小心翼翼走到黑蟒身边，试了试黑蟒，见它真的死了，兴奋地掏出一把锋利的小刀，在黑蟒的腹部开了个口子，从里面取出颗比鹅蛋还大的珠子，哈哈大笑：“古书早有记载 龙隐于天地间，借蟒腹以生子。龙珠！我要的就是这颗龙珠啊！”

4.义薄云天

一年前，古子久还是一个游乡串村的草头郎中，他有次上山采药，竟然采到一株千年灵芝，马上献给官府，得到了一大笔赏赐。他用这笔赏赐在云州城开了家药铺，自己做起了掌柜。后来，古子久知道当今皇上喜欢祥瑞，献瑞的人都能得到重赏，更加起劲了，有事没事就到深山老林转悠，希望能发现更奇异的花草或珍宝献给皇上，得到更大的赏赐。前不久，他在凤凰山摩天岭上发现一株从来没见过的异草，上面还结着一颗红果子，他遍翻野闻秘史，终于在一本古书上找到记载，说那株草叫仙人草，结的果子能发出一股奇异的香气，这股清香会引来异兽在它旁边栖息，捕食闻着香气觅来的其他动物。后来，古子久又小心地观察，真的在那株仙人草旁发现一条大黑蟒。

古子久又查阅有关大黑蟒的记载，在一本书上看到这样的记载：龙隐于天地间，借蟒腹以生子，灵蛇异蟒，腹内必有龙珠，服龙珠者，长生不老……

正当古子久得知这些情况、苦苦

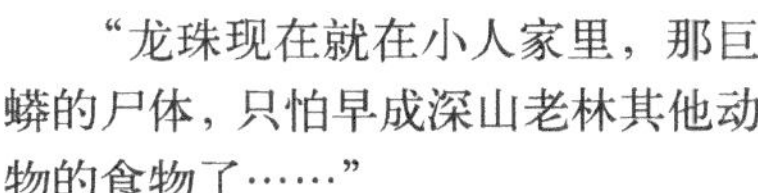

寻思如何才能得到黑蟒身上的龙珠时，遇到山子前来为主人求医，于是，一个获取龙珠的歹毒计划，很快便在他脑子里成形。他先骗陈老七服用麻沸丸，又把一种特制的毒药撒在陈老七身上，再让山子把黑蟒引下来，他知道，黑蟒闻惯了仙人果的清香，只要把仙人果放在陈老七的嘴里，黑蟒一定会把陈老七整个吞下，这样，撒在陈老七身上的药粉就会把黑蟒毒死，他就能得到龙珠……

得到龙珠后，古子久欣喜异常，这天一早，他赶到云州县衙，见到知县，倒头便拜“恭喜大人，贺喜大人，云州福地，有祥瑞现世！”

云州知县对古子久早就认识，向来没什么好感，就说：“你不就是去年那个献灵芝的草头郎中吗？这回又找到什么异宝了？”

古子久说：“大人，当今皇上圣明，四海升平，所以才会天降祥瑞，让龙珠现世……”

知县大吃一惊：“龙珠？你弄到了龙珠？”

古子久点点头，添油加醋地叙说自己杀死一条巨蟒，从蟒腹得到龙珠。知县半信半疑，又问：“那条恶蟒头大如斗，身长数丈，你是如何把它杀死的？”

古子久煞有介事地说：“我先毒死一只羊，又用这只羊作诱饵，毒死了巨蟒，得到了龙珠。”

“那龙珠和巨蟒现在何处？”

“龙珠现在就在小人家里，那巨蟒的尸体，只怕早成深山老林其他动物的食物了……”

知县再也不敢怠慢，马上带领随从，亲自跟着古子久去药铺取龙珠。一行人从古子久的药铺取了龙珠回到县衙，一路上锣鼓喧天，看热闹的人挤满街头，古子久手捧装着龙珠的锦盒，骑着高头大马，好不得意。不想

行至半路上，突然蹿出一只猴子，横立当街，拦住了护送龙珠的队伍。古子久定睛一看，这猴子虽然模样憔悴，骨瘦如柴，但他还是一眼认出是山子，失声惊呼：“你这猴子，你、你不是已经死了吗？”

山子双目喷火，盯着骑在马上的古子久，突然奋力一跃，怪叫着扑了过来。古子久大惊，急忙闪身躲开，但他骑着的那匹高头大马受了惊吓，长嘶一声，把古子久掀了下来，古子久结结实实摔在地上，手里的锦盒被甩在一边，从里面滚出一颗比鹅蛋还大的白珠子，闪闪发光！

古子久趴在地上，声嘶力竭地大呼：“快，快护住龙珠！”随行的衙役这才如梦初醒，赶紧一拥而上，但他们哪有山子的手脚利索，只见它一把捡起地上的龙珠，另一手抓住一家店铺门前垂下的幌子，“腾”地一下就蹿上屋顶。

龙珠这样的神品，必须晋献给皇上，现在当街被抢，弄得不好就要掉脑袋。县令急忙带着人去追，古子久顾不得摔疼的屁股，也跟在后面追过来。

山子跑在前面，并不着急，跑一段还回过头来看看古子久。不知不觉竟到了凤凰山脚，接着又到了摩天岭下，山子再也不跑了，它捧着那颗龙珠，回头看着追过来的人，它的身后，赫然躺着那条乌黑的巨蟒，这黑蟒已死去多时，尸体却完好无损，除了肚腹那道被古子久划开的口子，并没有被其他动物啄食的痕迹。

这时，半空中一只苍鹰发现了下面的死蟒，飞扑下来，山子见了，马上“哇哇”怪叫着冲过去，把那只苍鹰吓跑了。大家这才明白，山子一直在这里守护着黑蟒的尸体。

知县是个精明人，心知有异，马上让随从上前查看，一看不打紧，竟然在黑蟒腹内发现了陈老七的尸骸，这样一来，古子久用山羊毒杀黑蟒的谎言不攻自破，知县马上对古子久严加盘问，古子久不能自圆其说，终于交代了事情的来龙去脉。

山子看到衙役给古子久戴上枷锁，突然一下瘫坐在地上，嘴里喷出一口鲜血，然后艰难地向陈老七的尸骸爬过去，爬到陈老七边上，头一歪，再也没有起来……

知县命仵作查验山子的尸体，不一会，仵作过来回报说：“这只猴子前几天受过重创，而且腹内空空，想不到竟能活到今天……”

知县感慨山子的义举，吩咐衙役把它和陈老七葬在一起，还专门给山子立了一块碑，在碑上刻了“义猴”二字。

至于那颗龙珠，后来有人考证，只不过是一枚普通的蟒蛇蛋。

（题图、插图：黄全昌）

说的是啥

1968年墨西哥奥运会上，海因斯打破了百米跑世界纪录，并闯进10秒大关，他激动地摊开双手，仰头朝天高喊了一句话。当时他身边没有麦克风，谁也不知道他到底说了什么。

16年后，一位记者在资料片上看到了海因斯的那个镜头，他想，海因斯当时一定说了非常重要的话，于是，他去采访海因斯，问他当时到底说的是啥。

面对记者的提问，海因斯笑了，说："我当时冲着天上说——'老天爷，原来那扇门是虚掩着的！'"

海因斯接着说，自从欧文斯创造了10.3秒的百米跑世界纪录后，科学界断言，人类肌肉纤维所能承载的运动极限不会小于10秒，人类不可能跑进10秒大关。看到自己跑进了10秒大关，他突然明白，原来10秒大关这个门并没紧锁，它是虚掩着的，一推就开。

人类正是突破一个又一个"不可能"，才走到今天。

（推荐者：阳　光）

用四根手指接球

乔治患有先天性白内障，出生时两眼全盲。

乔治6岁时，一天下午，和他一起玩的伙伴忘记乔治是看不见的，朝他扔过来一个球，乔治被球击中了，他十分不解，跑去问妈妈："为什么我不知道球会打到我？"

妈妈握住乔治的小手，说："你有五根手指，就像人有五种器官，它们分别负责听、触、嗅、味和看。"她弯下儿子的一根指头，又说："你和别人不同，你少了视觉，就像少了一根指头，接球时，别人能用五根手指，而你，只能用四根手指。"

妈妈让乔治伸出手臂，再把球朝乔治扔过来，乔治感觉触到了球，赶紧合拢双手，把球接住了。

妈妈说"你永远不要忘记，你用四根手指也能接到球。只要不断努力，你照样能拥有成功的人生。"

（推荐者：栀子花）

这也会过去的

1954年足球世界杯上，舆论普遍认为，实力雄厚的巴西足球队将获得冠军。然而，巴西队在半决赛中输了。

巴西国家队球员回国时，已经做好了挨骂的准备。没想到，总统带着两万多名球迷默默地在机场迎候他们，一条横幅格外醒目：这会过去的！

全体队员顿时泪流满面，总统和球迷们都没说话，目送着球员们离开机场，但是，这些队员都获得了力量。

4年后，巴西足球队不负众望，终于赢得了世界杯冠军。

队员们回国时，16架喷气式战斗机为他们的专机护航，从机场到首都广场将近20公里的道路旁，聚集起100多万球迷，迎候英雄们凯旋。

球员们走出机场时，又看到一条非常醒目的横幅：这也会过去的！

巴西足球能一直位居世界最前沿，与这样的支持和鼓励密不可分。

（**推荐者**：蓝　天）

三分钟的比赛

橄榄球队有个叫杰利的队员，他父亲去世了，奔丧回来时，一场重要的比赛正要开始，他马上找到教练，请求参加比赛。杰利水平不高，教练本来不想让他参赛，但这时心一软同意了，准备让杰利上场三分钟，时间一到，马上把他换下来。

到了球场上，杰利突然变得非常敏捷、技巧纯熟，一次次勇猛地突破对方防线，三分钟过去了，教练让杰利继续留在场上，杰利继续着出色的发挥，率领球队赢得了比赛。

教练激动地抱住杰利，说：“孩子，你从来没有这么快，这么强壮，技巧如此纯熟，到底发生了什么事？”

杰利说：“我父亲是个盲人，从没看过我的比赛。现在，他到了天堂，终于能看到我的比赛了。一想到父亲在看着我，我就有了一切……”

教练明白了：爱能推动一切！

（**推荐者**：憨　人）

胜利的手势

洛瑞是一个少年足球队的教练，第一次和小队员见面那天，他让小队员站成一排，让他们一个个说出自己的名字。

他从一个个孩子面前走过，夸奖那些自信地喊出自己名字的孩子，最后，他走到队尾一个瘦小的男孩面前，男孩紧张地看着洛瑞，缓缓把左手伸到他面前，小声说：“我叫鲍勃。”

洛瑞说：“这可不行！你应该知道用哪只手来跟人握手，而且你的声音还可以再大一点。小家伙，我们再来一次？”

旁边有个孩子说：“鲍勃的右手生来只有两根手指。”

洛瑞平静地把右手伸到鲍勃的面前，温和地说：“你愿意跟我握下手吗？”

鲍勃迟疑着将残缺的右手放到洛瑞的手心，洛瑞用双手握住鲍勃微微颤抖的小手，微笑着说：“鲍勃，你记住，你有一双幸运的手。上帝如此安排，为的是让你比别人更快地打出‘胜利’的手势。”

鲍勃一听，苍白的脸上露出了灿烂的笑容。

几年后，鲍勃成为一位足球明星，名扬天下。

（**推荐者**：阳　光）

谁来证明你的品德

有个男孩酷爱足球，总是在球场外看队员们踢球。教练看得多了，便问男孩想不想来这里踢球，男孩非常想来，教练故意刁难他，说：“你得拿一张证明书来，证明你的品德没问题。”

男孩一听，非常高兴，说：“这太容易了，我的老板迈格斯先生能证明我的品德。”

几天后，男孩又来足球场看队员们踢球，那位教练对他摇摇头，说：“迈格斯先生一直没来证明你的品德。”男孩说：“我知道的，因为我没让迈格斯先生来证明。”

教练非常奇怪，又问：“你不是很想到这里来踢球吗？”

男孩说：“是呀，我很想在这里踢球，但迈格斯先生和我谈了你的品德问题……”

刁难别人的同时，你的品德缺陷也随之暴露出来。

（**推荐者**：小背篓）

（**本栏插图**：安玉民）

借我一点钱

□黄　云

眼看就到春节了，却一连下了好多天大雪。这天，退休工人老孙正围着煤炉子取暖，突然接到外甥保良的电话，把他高兴坏了。

说起这保良，跟老孙可不一般。九年前，老孙的妹妹出车祸走了，保良的爸爸把刚十岁的保良托给老孙，自己去广东闯荡，两年后才把保良接走。头几年，保良还和老孙时不时打打电话，后来就渐渐失去了联系。

老孙接了保良的电话，十分高兴，忙不迭地问保良的情况，保良随意地说了两声“还好”，突然话锋一转，说：“舅，最近我出了点事，手头有点紧，你能不能借我一千块钱？”

老孙一听这话，忙问：“保良，你出啥事了？”

保良说：“没，没什么大事……”

“孩子，你到底出了什么事？你要和舅说啊！”

那头的保良沉默了一会，说：“也没啥大的事，我的手机让小偷偷了，想重新买一部，可手头紧，一时凑不出来……我下个月就还你。”

老孙一听是这事，心里松了一口气，说：“这事呀，好办！你表哥前几天刚给我买了部很漂亮的手机，还是名牌的，我现在退休了，不想要这么时尚的东西，就把它送给你吧！你给我一个地址，我这就给你寄去……”

保良一听要给他寄手机，支支吾吾好一会儿，吞吞吐吐地说：“寄来寄去太麻烦，再说，也容易摔坏。要不，你就借我五百？”

这保良说来说去，就是想借钱。五百块钱在当下不是大数目，何况保良不是外人，老孙不会舍不得，但保良这么些年一直不联系，突然打个电话来，张口就借钱，实在有点蹊跷。再说，保良在广东生活这几年，怎么也会有几个熟人，难道连五百块钱也借不到？最不济也能找他爸要呀！这些念头一直在老孙脑子里打转，让他好一阵子没吱声，保良在那边等得不耐烦，“啪”的一声就挂了电话。

到了晚上，老孙在床上翻来覆去睡不着觉，天一亮，他就对老伴说：“昨晚上我梦到我妹了，她哭得像个泪人。我就这么一个妹妹，我妹就保良这么一个孩子，他要是出个什么事，我怎么向九泉之下的妹妹交待？想来想去，我得去广东看看保良，如果这孩子真有什么事，天大的难我也要帮他！”

老伴说：“保良这孩子也是，把话说个半截儿……你是不是担心他在吸毒？”

老孙接口说：“或者是被卷进传销组织……”

老伴说：“你看这大雪天的，很多火车都停运了，你年纪也大了，还是在家过了春节再说吧！”

老孙摇摇头，说：“我不去，这心一刻也放不下来，你就别拦我了，一定得去！”

老孙只带了几件换洗的衣物，匆匆忙忙上了一趟去广州的列车，谁也没料到，车到湖南境内，大风雪封了路，列车在路上被阻了三天三夜，老孙在车上又冷又饿，突发心肌梗塞，死在车上……

一个月后，老孙家来了位年轻人，这人西装革履的，一副有钱人打扮，但神情看上去很憔悴。

老孙的老伴打开门，疑惑地问：“你是——”

“舅妈，我是保良呀！”

老孙的老伴看着保良，指着正厅上挂着的老孙遗像，突然放声大哭：

2008 年“《故事会》最有影响力的故事”征文启事

为鼓励多出优秀作品,《故事会》杂志社决定继续举办 2008 年“《故事会》最有影响力的故事”征文大赛，并对优秀作品实行四大奖励措施:

1. 入选作品除在杂志上发表外，还将收入《第一推荐 · 最具人气的故事 D》一书; 2. 入选作品可得两笔稿酬: 在《故事会》杂志发表的作品，首发稿酬每千字 400 元; 获“《故事会》最有影响力的故事”优秀作品奖，再追加每千字 1000 元; 3. 入选作品均颁发奖励证书; 4. 本刊将邀请有关作者参加年底的颁奖大会,所有费用均由编辑部承担。

征稿范围: 1. 具有现实感、新鲜感且可读性强的中短篇(包括超短篇)原创作品; 2.故事性强、有口传性、能引起读者兴趣的推荐作品。

超短篇(如“幽默故事”)的字数一般在 1500 字以内，短篇(如“中国新传说”)的字数一般在 5000 字以内，中篇故事的字数一般在 15000 字以内。

来稿方法: 1. 从邮局寄发，请在信封上注明“征文大赛”字样，本刊地址: 上海市绍兴路 74 号《故事会》杂志社，邮编: 200020。

2. 从网上传递，可寄各责任编辑信箱，请在主题上注明“征文大赛”字样，本期责任编辑的邮箱是: zjw002@vip.163.com。

“孩子，你舅放不下你，他……”

接着，她把保良让进屋，说了老孙的死因。

保良听得如五雷轰顶，呆立半晌，突然放声大哭:“舅，我该死……是我害了你啊……”

原来，保良不仅没什么事，这两年，他着实好好风光了一把。别看他年龄不大，却是个炒股理财的高手，又赶上了这两年的大牛市，一下子从股市赚了好几百万，过上了十分富足的生活。万万没想到，他竟然年纪轻轻患上了胃癌，医生说，他拖不过五个月……

保良这几年一心扑在股市上，几乎跟内地所有的亲友中断了联系。得知自己患了绝症后，保良想起很多很多人，就想试探一下谁还记得自己，于是，他给所有的亲戚朋友一个个打电话，向他们借钱，有的借一千，有的借两千，家庭经济困难的，就只借几百，想不到竟然没有一个人愿意借给他。他是最后给舅舅打的电话，没想到，从前对自己那么好的舅舅，竟然连五百块钱也不肯借给他。保良伤心地搁了电话，心里痛苦不堪。

这段时间，保良想来想去，实在想不明白那么好的舅舅竟然连五百块钱也不借，于是，他亲自上门，准备再试探一次，舅舅心里到底还有没有自己……

老孙的老伴看着保良让病魔折磨得脱了形的样子，叹了一口气，说:“你这个糊涂孩子，哪有这样测人心的……”

(**题图、插图**: 安玉民　梁　丽)

捡钱之后

□赵彪彪 编译

卡姆普附近的小村庄里生活着一对夫妻，丈夫彼得在外捕鱼和打猎，妻子格里特在家纺线，过着平常的日子。

这天晚上，彼得出门去看鱼网和陷阱，走到半路上，却捡到一大袋钱。于是，他抱着钱迅速往家赶，准备给格里特一个惊喜，快到家时，彼得突然停住了脚步，他想：格里特太多嘴了，啥都藏不住，她要是知道我捡到钱，明天一大早全村的人都会知道。

于是，彼得把钱袋藏到一棵大树后面，然后接着去看鱼网和陷阱。果然，鱼网里网了一条肥大的鲑鱼，陷阱里也套住了一只狐狸，他弄死鲑鱼和狐狸，再把鲑鱼放到陷阱里，把狐狸放到鱼网里，做完这些后，他回了家。

还没到家门口，彼得就大声喊："亲爱的格里特，快和我一起出去吧！外面太黑了，我需要你陪着我。"

格里特听到彼得的喊声，连忙出了门，和彼得一起出去了。他们路过村公所时，看到里面的工作人员开着灯。

格里特感到很奇怪："为什么村公所这么晚了还开着灯？"

彼得说"这有什么好奇怪的，护林人正和魔鬼在那里结清账目。"

"哦，彼得，这是真的吗？"

彼得得意地说："难道你不知道吗？护林人和魔鬼每年都要结一次账的。"

两口子说着话，到了鱼网那里，发现了里面的狐狸；然后又到陷阱那儿，发现了里面的肥鲑鱼。于是，他们高高兴兴地提着鲑鱼和狐狸回了家。在路上，彼得突然说："好像要下雨了，我们去那棵大树下避避雨吧。"

编读聊天室：众手浇开故事花

湖北浠水读者张德才：《故事会》是一本走进千家万户的好杂志，希望它在好看耐读的基础上，强化一点生活和时代的气息。

编辑部：谢谢你的提醒，这也是我们一直努力的目标。本月正值奥运盛会，本期"三分钟典藏故事"栏目选编了六篇体现奥运精神的小故事；此外，还有几篇故事涉及到地震、雪灾等题材，体现了亲情、感恩、互助等主题。希望你能喜欢。

浙江杭州读者王欣：4（上）有一个中篇故事叫《有话好好说》，我老婆看了后大发感慨，说："这篇故事能给人启发，一点芝麻绿豆的小事，弄来弄去差点不可收拾。那个赵青山以为自己占了十足的理儿，哪知道，最后跟自己还是脱不了干系。读这样的故事，能明白与人相处的道理，好！"

网友刘若英：我认为，所谓故事，就是要在平淡的生活中弄出些亮点和热闹，把木匠阿三和裁缝王七都吸引了来，伸长脖子扯起耳朵听了去，然后屁颠颠地跑去说给小贩玉莲和做豆腐的小芳。《故事会》的故事应该为这些人写，卖给这些人看。

吉林四平读者李欣：编辑老师，我是一名初中生，我们班上好多同学都在看《故事会》，请你们多发些学生题材的故事，我们都爱看。

编辑部：中小学生是《故事会》的中坚读者，我们一直非常关注，非常感谢你的提议。

说着，彼得带着格里特来到那棵藏着钱袋的树下，自然，彼得发现了那个装钱的袋子。

彼得说"亲爱的，我们快点回家吧，不能让别人发现我们捡了钱，你也不要和任何人说我们捡到这么多钱。"

格里特高兴地连连点头。

但没过几天，格里特就把这件事告诉了邻居莱特，莱特又告诉了玛丽，玛丽又告诉了扬……结果，全村人都知道彼得夫妻捡到了一大笔钱。村长听说后，把他们请到村公所，要求他们把那些钱拿出来。

彼得对村长说："我们没有捡到钱。"

村长说："你妻子亲口对别人说的，你还是乖乖地交出来吧！"

彼得马上站起来，急得直摆手："村长先生，你又不是不知道，我妻子总是会说一些不着边际的话。"

格里特听到丈夫这么说她，生气了，喊道："天哪！你是在说我愚蠢吗？但我们那天晚上的确捡到钱了，我到现在还记得我们捡钱的经过：那是在护林人和魔鬼结账的晚上，而我们刚好在鱼网里捕到了狐狸，在陷阱里捕到了鲑鱼。"

彼得朝村长一摊手，说："村长先生，你都听到了，我还用说什么吗？"

村长不耐烦地朝他们挥挥手，说："我终于知道是怎么回事了。行了，你快带着她回家吧！"

（**题图**：安玉民　梁　丽）

千万别放弃

□ 刘祖光

这天，养猪户王国旗一回家，老婆小叶就迎上来，又是递毛巾又是送热水，搞得王国旗心里直犯嘀咕：太不正常了！他想：老婆以前经常大呼小叫，还动不动就来点经济和行政上的严厉制裁，今天换了个人似的，肯定有阴谋！于是，他战战兢兢地说："老婆，我今天回家非常准时，跟客户生意谈得很顺利，那些猪让我一个个喂得肚皮儿溜圆。还有，我今天只抽了五支烟……"

小叶亲昵地打了下王国旗："你瞎说个啥呀，来，快用热水洗把脸。"

这一来，王国旗更紧张了，哆哆嗦嗦地说："老婆，那个小梅，昨天给我打电话，天地良心，我一句没说就挂了。你瞧，我正要向你汇报……"

小叶又打了下王国旗的手，还是温柔地一笑，说"你说的啥呀，老公，快洗脸，忙了一天，肯定累坏了……"

突然，王国旗"咚"的一声跪下，哭丧着脸，说："老婆，我上个月给我父母寄了一千块钱，真的只有一千，是从你给的零花钱里省下的……"

小叶不说话，把王国旗拉起来，往椅子上一按，直接用热毛巾擦着他的脸，然后把饭菜端出来，送到王国旗跟前，柔声说："老公，趁热吃吧！"

王国旗把筷子往桌上一拍，大声说："老婆，你这到底是为啥？你这么温柔，我受不了哇！"

小叶"哇"地一声哭起来："老公……我炒股……被套了……"

王国旗顿时松了一口气，说："行情这么不好，大家都套着嘛。你亏了多少？"

"我把家里的钱全投进去，你辛辛苦苦赚的三十多万，现在只剩一万了。我以后再也不炒了……"

王国旗连忙说："老婆，哪怕只剩一块钱，你也要炒下去！股市真是个好地方，太难得了，把你都整得这么温柔……"

老王买房

□陶柏军

老王结婚时，家里穷，没有自己的住房，就在乡下租房住，这一租就是十多年，眼看孩子都要小学毕业了，老王终于攒下四万块钱。这天，他约上好朋友大李，一起到城里看房子，准备买一套。

到了城里一看，老王立刻傻了眼：最小的户型也有60平米，一平米得1200元，一套房没个七八万下不来，老王头也不回地走了，他想，不就少三四万吗？过几年再来！

过了几年，老王又挣了不少钞票，省吃俭用攒够十五万，他再次叫上大李，牛皮烘烘地说："走，帮哥哥看房子去，这回我要买一大套的！"

没想到进城一看，老王又傻了：看了几个楼盘，没有低于4000元一平米的，现在60平米的小套至少也得24万了！老王一掉头又回了家，想，过两年我还来，看你怎么涨。我就不信我买不了一套房子！

转眼又过了两年，这天，大李遇上老王，问："老哥，怎么不去城里看房了？"老王结结巴巴地说"那房价坐着火箭往上涨，没法买了……"

过了几天，大李来找老王，说："老哥，你现在不买房了，要不先把钱借我吧，我有急用。"

老王一听，嗫嚅了老半天，才说"那笔钱，我买房了……"

大李一听就愣了："咋回事呀？你前几天还说不买房的。"

老王递给大李一份合同书，大李一看，一张《购买墓位合同书》！

老王说"瞅眼下这架势，这辈子我是没本事买房了。可活着没房子，死后也得有个窝呀。前几天听说接下来墓地也要飞涨，我一慌，赶忙在昨天买了两个……"

（**本栏题图、插图**：顾子易　包丰一）

421  8月 
SEMIMONTHLY
下半月刊
STORIES
欢迎登录本刊主办“故事中国网”（www.storychina.cn）

2008 年 8 月
下半月刊 · 绿版

主 编：何承伟
常务副主编：吴 伦
副主编：姚自豪（上半月 · 红版）
副主编：夏一鸣（下半月 · 绿版）
本期责任编辑：朱 虹
电子邮箱：zhong98305@sina.com
绿版发稿编辑：
夏一鸣 王雅静 邢 悦 杭 帆
特约编辑：
范大宇 崔新三 申之珉
美术编辑：李宝强
电脑制作：郭瑾玮
通 联：归依玲
本社办公室电话：021-64375030
上半月刊编辑部电话：021-64332325
下半月刊编辑部电话：021-64336469
（上海市绍兴路 74 号 邮编：200020）
主管、主办：上海文艺出版总社
出版单位：《故事会》编辑部

制作、发行总监：张 凯
电话：021-64313938
广告业务：上海故事会文化传媒有限公司
广告总监：张 淮
广告业务：021-34010383
广告投诉：021-64333738
广告经营许可证
沪工商广字 3100320050022 号
发行：中国图书进出口上海公司

·笑话·

还是个男人吗

三个摩托车骑手冲进一家饭店，看到有个老头正津津有味地吃早餐，不禁动起恶作剧的念头来。

第一个骑手走上前去，拿起老头的甜饼，把烟头摁在上面。第二个骑手则把口香糖吐到老头的咖啡杯里；第三个骑手索性把桌上的盘子全翻了个儿。可那老头愣是一句话也没说，乖乖地离开了饭店。“这老家伙还是个男人吗？”三人大笑不止……

“还真不是个男人！”一个服务员走过来附和道，“哪有这么笨的？连车都不会开！”“怎么啦？”“刚才，我看到老头在倒卡车，竟然从三辆摩托车上轧了过去。”（汪海静）

（本栏插图：包丰一）

寻 找

一位雕刻家正对着一块花岗石左看右看。这时，一个小男孩走过来问他：“叔叔，你在找什么？”雕刻家神秘地笑了笑，说：“小朋友，过几天你就知道了。”

几天后，小男孩又来了，看到雕刻家已经将花岗石雕成了一匹骏马。小男孩惊异地注视着这匹马，然后转向雕刻家问道：“叔叔，你怎么知道有马藏在里面呢？”（钱不多）

没条件

囚犯恩格的服刑期满了，到了释放的那一天，监狱长问他：“出狱后你准备干什么？”

恩格不假思索地回答：“我要去参加海底隧道工程建设。”

监狱长听了，十分惊讶地问：“为什么？你有这方面的技能吗？”

恩格很认真地说：“因为我在狱中把挖地道的书都看了一遍，就是没条件实施。”（梅学问）

黑舌头

一个男人满面愁容地走进诊所，落座后张开大嘴，露出一个黑糊糊的舌头。

大夫一看，惊讶地问道“怎么会这样？发生什么事了？”

男人无奈地说：“我昨天酒喝多了，结果醉倒在新建的柏油马路上了。”

（刘圣任）

上　火

这天是国际禁烟日，公司规定员工不得在单位吸烟，违者重罚。

到了下午，小张和小王实在憋不住了，便想到楼道里偷着吸两口。谁知刚走下楼梯，就发现主任站在楼梯窗户前。两人只好尴尬地向主任打招呼：“您好，主任。”

主任点点头，说：“近来上火，透透风嘛！你们要干什么去？工作时间离岗可不好啊！”

小张解释说：“没事，我们也透透风。”

这时，主任的裤袋里突然冒出烟来，把他的裤子烫了个洞。

小王忙说“主任，你的裤子冒烟了。”

主任赶紧在裤袋上捻了又捻，说道：“真是的，上火怎么这么厉害？”

（吴宪志）

乞丐存钱

唐先生有急事要到银行去取钱，不巧前面有个乞丐在存钱，因为全是些零钱，工作人员花了半个多小时也没有清点完。

情急之下，唐先生把电话打到了报社投诉。记者听完他的叙述后，告诉他乞丐也有存钱的权利，急也没用。最后记者问他：“你找银行相关部门投诉了吗？”

唐先生无奈地说：“找了，他们说得更气人！”

记者好奇地问：“他们怎么说？”

唐先生气呼呼地说：“他们说：‘谁让你们把零钱给乞丐的？’”

（小　东）

闭嘴和麻烦

闭嘴和麻烦是两个小男孩，他们是朋友，但有时也会打架。

一天，他们各买了一个冰淇淋，麻烦不小心把冰淇淋掉到了地上，于是他抢过闭嘴的冰淇淋就跑掉了。闭嘴追了半天也没有追到，就哭了起来。

就在这时，一个警察走了过来，问闭嘴：“小朋友，你叫什么名字？”

闭嘴答道：“闭嘴。”

警察一听有点生气，又问了他一次，可得到的是同样的回答。

这回警察真生气了，就说：“你是不是想找麻烦？”

闭嘴点点头说：“是呀，那个麻烦抢了我的冰淇淋。”（董　行）

例　外

小区里有个小胡子经常来收废品。这天，小胡子正麻利地称着东西，突然，他停了下来，对卖废品的人说：“师傅，等等，对面四楼有人吵架，那里肯定有生意。”

卖废品的人一愣，问道：“什么生意？”小胡子笑了笑，说：“四楼住着一对夫妻，他们经常吵架。”卖废品的人仍是一头雾水。

随着吵闹声越来越大，小胡子的脖子也伸得越来越长。可持续了十几分钟，楼上战火渐灭。小胡子摇了摇头，失望地说：“哎，今天不走运，以前他们夫妻吵架，我总能捡到从窗口扔下的枕头、被子、衣服。有一次还白得了一条高档香烟。今天是怎么啦？架都吵完了，怎么啥也不扔了呢？”（宋绍武）

两种花

木木送给女友几十种花，女友都不满意。

木木实在猜不透，便问女友：“你说你喜欢花，我几乎把花店里的所有品种都买过了，你怎么一种都看不上？”

女友把手上的一束鲜花扔在地上，叹道：“唉，难道你真不知道女人都喜欢哪两种花吗？一是有钱花，二是尽量花！”（谢小英）

都比咱们小

傍晚，琪琪和老公去买灯泡。买完后，两人就手拉手在街边散步。

这时，迎面走过来好几对情侣，琪琪一脸甜蜜地说："看，都跟咱们一样。"

老公却摇了摇头，说："都比咱们小。"

琪琪一听这话就不乐意了，她嘟着嘴瞪着老公说"你跟别人比，确实是老气横秋的。可是我，看起来多年轻啊。"

老公连忙解释说："别误会，我不是那个意思，你看——别人都拿糖葫芦、棒棒糖，只有我们，拿个大灯泡……"

（张朝元）

遗嘱

汤米是个铁杆球迷，常常一边看球赛，一边喝啤酒。

这天他在观看电视台转播的球赛时，看到有个球员受了重伤，于是他对太太说："如果有一天我不幸成了植物人，我可不愿靠机器维持生命，不愿靠瓶子里的液体苟延残喘。"

听完汤米的话，太太马上站起身来，拔下电视机电源线，然后连同他所有的啤酒都扔了出去。

（钱　坤）

鞋坏了

小李突然接到老婆的电话，只听老婆焦急地说："老公，我在咱家楼下，我的鞋坏了！"

小李想起老婆今天穿了高跟鞋，鞋坏了，肯定爬不上楼了。于是，小李十万火急地冲下楼。

来到楼下，小李见四下没人，就快步走到老婆跟前说"我背你上楼。"老婆开心地趴到丈夫的背上。

小李气喘吁吁地把老婆背到五楼的家中，累得瘫倒在沙发上，他问老婆："你的鞋哪里坏了？"

老婆一脸幸福地说："鞋上那朵漂亮的鞋花掉了！"（党建萍）

破旧的木板车上，演绎着最朴实无华却感人肺腑的人间真爱……

木板车的

爱

□张春风

三年前，黄一飞的妻子过世了。当时，他哭得死去活来。黄一飞是个性情中人，这三年来始终不肯续弦。爹娘就劝他："你一个大男人，无儿无女的，将来可怎么办？"没想到，他隔天就从福利院抱养了一个女婴，对爹娘说："将来，我就指望她了！"黄一飞给女婴取名叫"水莲"，对她非常疼爱。

眨眼间，六年过去了。黄一飞的水果生意越做越好。此时，他已经拥有了几十万的资产。而水莲也到了入学年龄，黄一飞将她送到了最好的学校，每天亲自接送她上学放学。

那天，水莲刚被接回家，就关上房门号啕大哭。黄一飞赶紧跟过去，问："水莲，你这是怎么了？"水莲红着眼睛，说"爹，为什么我没有娘？"原来，今天是母亲节，老师要求每个孩子准备礼物。水莲没有娘，当场就哭了起来。黄一飞心如刀绞。当晚，他躺在床上，彻夜未眠。

第二天清早，黄一飞拎着烟酒，找到了邻居赵大婶，支支吾吾地说："婶子，我……想求你一件事……"

赵大婶是个热心肠，赶紧问道："大侄子，有事你就直说。"

黄一飞红着脸，犹豫了半天才说："我想……求你做个媒。水莲……

她不能没有娘！”

赵大婶笑了，说：“放心吧，大侄子！以你的条件，那还不是一抓一大把啊！这事，就包在婶子身上！”

然而，事情并不顺利。赵大婶接连介绍了两个对象，黄一飞一个也没看上。原来，黄一飞的相亲方式很特别，别人都去看电影、逛公园，可他却从库房推出一辆破旧的木板车，说是带对方去兜风。

第一个对象，是个老姑娘。三十好几没谈过恋爱。那天，她打扮得花枝招展。黄一飞说要带她去兜风，老姑娘喜上眉梢。她心里暗想：真没想到，这水果老板都买了轿车！谁料，推出来的是一辆肮脏的木板车。老姑娘差点气晕，当即拂袖而去。

第二个对象，是个离异的女人。她倒没嫌木板车脏，一屁股就坐在了后面。女人知道，那是在考验她呢。黄一飞笑了笑，上车蹬起了轮子。女人始终微笑着，静静地坐在他身后。一圈兜下来，黄一飞说：“我看，咱俩还是不合适！”那女人一听，焦急地问：“为啥？”黄一飞有点尴尬：“不为啥！”女人火了：“你有病啊？拿我寻开心！”说罢，扬长而去。

赵大婶得知后，脸上有点挂不住了：“大侄子，有你这样相亲的吗？你再这样，我可不管你了！”

黄一飞低着头，愣是不走，低声说：“婶子，求你……再给介绍一个！”

赵大婶摆了摆手，说：“好吧！不过我丑话说在前头，这可是最后一个！”

黄一飞无奈地点了点头。

第三个对象，是个瘦小的寡妇。黄一飞抬头一看，她长得挺秀气，穿着也朴素。没说几句话，黄一飞又推出了那辆木板车。寡妇不吭声，从怀里掏出一块手绢。先在黄一飞的座位上擦了擦，接着，又在后面擦了擦。一路上，两人没说一句话。

上坡的时候，女人轻轻跳下了

车。黄一飞的轮子蹬在半空，正觉得吃力的时候，寡妇帮着推了一把。下坡的时候，经过一片田野。女人轻声说道："你……等一下！"黄一飞觉得很纳闷，停下车看她干什么。很快，寡妇手里抱着一束野花，红着脸追了上来。

不知不觉，又一圈兜了下来。黄一飞红着脸说："大妹子，你是个好人！可是，咱俩还是不合适！"寡妇抬起头来，说："嗯，那……你把这束野花带给水莲吧！"说罢，转身要走。

黄一飞心头一热，忍不住追了上去，说："大妹子，我……对不起你！可是，我忘不了死去的妻子！"

这个陌生的女人，有一股奇特的亲和力。黄一飞当着她的面，将藏在心里的话全说了出来。

原来，当年黄一飞只是个卖水果的街头小贩。每天清早，他踏着这辆木板车去城里进货。那时，他的新婚妻子就坐在车后。不论刮风下雨，一路跟随。那天，迎面驶来一辆汽车，情急之下，女人用粗壮的臂膀将他推了出去，自己却倒在了血泊中。

黄一飞眼中噙着泪，说"我妻子很胖，有整整150斤。这六年来，我始终无法忘记她的重量。每次，她坐在木板车上，我的心里就踏实了！"寡妇明白了。这样一个痴情的男人，让她顿生好感。寡妇抬头望了望黄一飞，羞涩地说："大哥，三天后，能再让我坐一回木板车吗？"黄一飞觉得很诧异。可是，又不忍拒绝。

三天后，女人如约而至。

黄一飞将木板车停在门口，叹了口气说"上来吧！"寡妇乞求道："大哥，你……别回头看我！"黄一飞点了点头，真的不看她。过了好一会儿，寡妇说："大哥，好了！"黄一飞蹬起轮子，突然觉得有点异样。六年前那种熟悉的感觉仿佛又回来了。可是，她不可能在三天之内变成150斤，这究竟是怎么一回事？

黄一飞忍不住回头。只见木板车后，寡妇的怀里抱着水莲，两人正灿烂地朝他笑。凝视间，黄一飞突然泪流满面。寡妇和水莲加起来，远没有150斤。原来，那重量并不重要。他忘不了的只是对妻子的爱。可是，生活仍要继续。遗忘伤心的过去，才不会错过当前的美好。

这时，水莲笑嘻嘻地说："爹，快蹬木板车呀！"黄一飞擦了擦眼泪，说"好咧！"那辆破旧的木板车载着一路欢笑，幸福地朝远处奔去……

（**题图、插图**：安玉民　梁　丽）

绿版编辑部各编辑邮箱：

夏一鸣：gshxym@163.com
邢　悦：simyyue@126.com
王雅静：wyjing833@sohu.com
朱　虹：zhong98305@sina.com
杭　帆：hangfan1102@126.com

夫妻名分，并不是靠金钱就能买得来的；夫妻情分，亦不是靠一纸婚书就能维系得了的……

丈夫的名分

□胡秀欣

我是一名邮递员，每天下午2点左右，都要到临园小区投递。一到这个时间点，3号楼402室的主人就会提前打开房门，等着拿当天的报纸。

主人年近七十，戴一副宽边眼镜，气质儒雅，是个退休教师。他一年前开始订报，一次就订了三份不同的报纸。主人的老伴也就五十多岁，打扮得挺时尚。两人看上去很不般配，听人说这是对二婚“鸳鸯”，结婚才一年多。

这天，我又准时上楼送报。刚走到门口，就听到屋里传出激烈的争吵声，声音很乱，听不清说什么。我敲了几下门，无人理会，只好将报纸塞进报箱里。刚放进去，门“砰”的一声开了，老头气哼哼地走出来。他脸色发青，身体有些颤抖，看见我，只是点了下头，便哆嗦着往楼下走。女主人追到门口，探出半截身子，朝着老人的背影恶狠狠地骂道：“死老头子，你去死吧！有种的，你再也别回来……”女人的脸有些扭曲，让人瞅着不寒而栗。女人说完，狠狠地把门关上了。

老人的双腿有些发软，步子迈得很不稳，看样子是气坏了。我怕他摔着，连忙紧追几步，从后面搀住他的胳膊，劝道：“老大爷，居家过日子，哪有舌头不碰牙的？两口子吵架，犯不着生这么大的气。”

老人余怒未消，气愤地说：“小伙子，你给评评这个理。今天民政局的同志来家里普查低保，她居然说她丧偶，没有经济来源。为了占国家这百十来块钱的便宜，她竟诅咒我死了。我每月近2000块钱的退休金全部交给她，却买不来我做丈夫的名分，在她的眼里，我竟是个活死人……”老人气得胡子直抖动，眼里噙满了泪水。

我把老人扶到花坛边的椅子上坐下，劝慰道：“老大爷，您别气坏了身子。这丧偶不丧偶又不是她说了算。”

安慰了老人一会儿，我便起身告辞。刚转身想走，老人却猛地抓住我的胳膊，用哀求的语气说：“小伙子，求你点事儿行不？”我忙停住脚步说：“老大爷，有事您尽管说，别客气！”

老人稍一犹豫，问：“铁北街那一段，归不归你投递？”我点点头说：“是我负责。”老人的眼里闪过一丝喜色，欲言又止。好半天，他才有点难为情地说，铁北街小桥头左边第一家，住着一个叫王玉珍的老太太，那是他的前妻。他的意思是如果我方便的话，想求我去趟她家，看看她现在过得好不好。

常言道：人在难处，最先想到的往往是和自己最亲近的人。老人满脸无助的表情，让我觉得心酸。我不解地问：“老大爷，您这么惦记她，为什么当初要和她分开呀？”

老人叹了口气，说：“哎，真是一失足成千古恨啊！因为一念之差，我就……”原来，老人退休后闲着无事，就常常去跳舞解闷。于是在舞厅里认识了他现在的老伴，那时对方刚死了丈夫，一来二去，两个人就好上了，老人就狠狠心和妻子王玉珍离婚了。末了，老人连连摇头，一脸无奈地说：“不说了，让你们年轻人看笑话，一步走错，后悔晚矣！”我看得出，老人生活得并不幸福。

铁北街是平房区，是我每天投递的最后一站。赶到铁北街的时候，太阳已经快西下了。我找到了王玉珍家，发现门锁着，于是想找个人打听一下王玉珍去了哪里。我环顾左右，发现河对岸的垃圾堆边有一个老太太，弯着腰在捡垃圾。

我走过小桥，来到老太太跟前，用手指着王玉珍住的房子问："老大娘，你知不知道王玉珍老人去了哪里？"老太太直起身子，疑惑地说："我就是，你有啥事？"

天哪！她就是王玉珍！我一时语塞，竟不知该说什么了。好半天，我试探着问："您老就靠捡垃圾生活？"

老太太笑了笑，算是回答。

眼前的王玉珍，头发有些散乱，脸上布满皱纹和尘垢，一双粗糙的手上全是皴裂的口子。一看就知道她日子过得很艰难。我不由得说："老大娘，您这么大岁数了，还出来捡垃圾呀！生活困难，您可以向政府申请低保金呀！"老太太连忙摆手，说："我不需要救济，我老伴是退休教师，一个月的退休金快到2000块钱哩，我过得很好！"说这些话时，老太太的脸上漾出了满足的笑容。

我的眼泪再也止不住了，我真想跑回去告诉那老人，他做丈夫的名分在这里！

（**题图、插图**：安玉民 梁 丽）

枪手作家

□无　量

江小天是个小有名气的青年作家。那天，他突发奇想：何不当个枪手作家？这年头，有钱的孩子不少，可多半很懒惰，给他们代写作文一定赚钱！

于是，江小天在网上发了个帖子。果然，生意特别好。顾客们口耳相传，很快，江小天在网上声名鹊起。短短两个月，他就赚了几千块。江小天欣喜若狂，从此，再也无心搞文学创作，专门开设了一个网站，饶有兴致地经营起这桩生意来。

一年后，有个网名叫“安徒生”的人加他的QQ。“安徒生”很有礼貌地问：“听说，你是位很有名的枪手作家，能帮我改一篇作文吗？”江小天傲慢地说：“没问题！不管什么文体我都信手拈来！”

“安徒生”打字很慢，过了好久才说：“可是，我这篇要求有点特殊。”江小天哈哈大笑，在QQ上贴了很多作文比赛的奖状：“瞧，这都是我为顾客赢得的荣誉，你还不放心吗？”

“安徒生”沉默片刻，说：“那好！你把这篇作文往差里改！”江小天蒙了：“什么？往差里改？”

“安徒生”问：“怎么，你改不了吗？”江小天突然来了兴致，他还从没接过这样的生意。他匆匆回答：“我当然能改！”

很快，“安徒生”将作文传了过来。这是一篇低年级的小学作文，题目是《我的梦想》。江小天读了一遍，感觉还不错。真搞不懂，“安徒生”为什么要将这么好的文章往差里改呢？

第二天，江小天将改好的文章传了过去。没想到，“安徒生”并不满意，一字一句地说：“你改得太成人化了！别忘了，你要站在一个三年级小学生的角度去写！”江小天又读了一遍，果然，“安徒生”说得很有道理。

当晚，江小天特意读了几篇小学生的范文。渐渐地，他找到了感觉。他努力将句子改得平淡，将词语改得幼稚。可是，“安徒生”仍然不满意：“这像孩子写的作文吗？为什么我感觉不到半点的童真？”江小天觉得很尴尬，“安徒生”说得没错，一年来，他写文章已经完全机械化。只要有钱，他就写，所以，他已经流露不出真实的情感。而这一切，只有内行人才看得出来。

江小天有点怀疑“安徒生”的身份。可是，作为“枪手作家”，他不能随便询问顾客的隐私，这是行规。

江小天决定去乡间寻找灵感。当天，他独自骑着自行车踏青。骑得累了，便闭上眼睛，赤足躺在草地上。久违的青草芳香让他陶醉，童年的记忆一下子涌上心头……

他记得小时候，自己常常把《卖火柴的小女孩》错写成《买火柴的小女孩》；他写作文从来不分段，并且全篇都是逗号；他还喜欢在自己名字后面加上一个“著”，因为，这让他看起来更像一个作家……

当晚，江小天一挥而就。

这一次，“安徒生”相当满意：“太像了，这实在是太像了！”对方不停地重复着这句话。江小天长舒了口气。

钱货两清后，江小天就将这事忘了。

半个月后，江小天突然收到一个邮包。他打开一看，里面竟然是一本泛黄的作文簿。封面上，写着三个歪歪斜斜的铅笔字：“江小天”。

“天哪，这居然是我小学三年级的作文簿！”江小天简直不敢相信自己的眼睛。他小心翼翼地翻开第一页，一篇标题为《我的梦想》的作文映入眼帘。

江小天看了几行，突然心头一颤：那记忆犹新的错别字，那全篇一成不变的逗号，还有，名字后面那大

·快乐辞典·

网痴老婆的九个症状

◆ 家里电脑总是热的，开水总是凉的；她的眼圈总是黑的，眼珠总是白的；我的白袜子总是花的，黑袜子总是硬的。

◆ 她去商场订购的电饭锅很多天没给送来，叫我去质问。我去了，发现她在送货单的“地址”一栏写的是：dawanzi3122@sohu. com。

◆ 女儿的写字板玩具找不到了，问她。她说“单击开始，然后找到程序，再找到附件，肯定就在那里。”

◆ 去银行取钱，她把密码输了好几遍，仍然不对，惹得工作人员满脸狐疑。我急忙过去看，发现她输的是她电子邮箱的密码。

◆ 家里盘子不够用，我让她捎几个回来，她说：“科技市场太远了，不知道你是要硬盘、软盘还是光盘。”

◆ 老家养鸡的叔叔打电话过来，说近几天老是死鸡，看能不能捎些这方面的书回去。她说：“这个我懂，对付死机最简单有效的办法就是重启。”

◆ 她坐出租车丢了包，好心的司机给送回家。一看是来还包的，她特别激动，第一句话是“你QQ号码是多少？我加你！”

◆ 我泡在脸盆里的螃蟹跑了一只，动员全家找，结果她在冰箱后面找到了，并说：“跑什么跑，上了网我也认识你！”我一看，是一只蜘蛛。

◆ 因为她沉迷电脑，我们吵了一架，我象征性地打了她一下。她却恼了，趁我一不留神，收拾大包小包回了娘家，临走留下便条一张，上书：55，555，5555，88，886，落款是：7。

（**推荐者**：晓　雪）

大的“著”，一切都是如此熟悉。文章的末尾，是老师用红笔写的评语：“我喜欢你的文字，纯真无邪，富有想象力，充满了朝气，让老师仿佛回到了自己的童年。老师希望，你能永远保持这份童真……”

刹那间，江小天有些哽咽。

原来，“安徒生”就是他的小学启蒙老师。如今，她早已白发苍苍。江小天难以想象，她是怎样戴着眼镜费力地敲打键盘。而这一切，只是为了让他迷途知返。

江小天流着泪，轻声朗读着作文的最后一段：“我的梦想，是将来成为中国的安徒生。我要像他一样，给孩子们描绘最美丽的童话世界……”

第二天，江小天便将网站的名字改成了“安徒生网”。在网站首页，印着一行醒目的文字：“本网站免费指导写作，欢迎广大中小学生光临！”

很快，江小天的“安徒生网”创下上万次的点击率。他的名气更响了……

（**题图、插图**：安玉民　梁　丽）

亲情固然无价，但最难能可贵的是陌生人之间的关怀、爱护和尊重……

窗外

□韦　强

老山离了婚，独自带着一个十二岁的女儿小沙，父女俩相依为命地过日子。老山没有固定收入，而过了暑假，女儿就要升学了，要用一大笔钱，他一时起了歪念，从一家厂里偷了两件进口的东西，结果第二天就被警察逮到了派出所。

老山倒也痛快，一口就招了，赃物现在就藏在离他家不远一间废弃的老屋里。警察当即就让他带路去提取赃物。老山抬腿刚要走，猛地心里一沉：自己这么一去，不是都被女儿看到了吗？

老山住的地方是一条老巷子，房间对着巷子有一扇窗户，在窗户下摆了一张小书桌，女儿每天放学回家，都要坐在桌子前看书写作业，巷子里走过什么人，一抬头就可以看得清清楚楚。而这个时候，女儿已经放学回家了。如果她看到自己戴着手铐，被警察押着从窗子前走过，她会怎么想呢？她一定会想，原来爸爸是个坏人！老山最怕的就是被女儿知道自己是个贼。

想到这，老山的心揪了起来，抬头对警察恳求道："能不能……不给我戴手铐？"

警察问为什么。老山低下脑袋说："到那去要经过我家门前，我不想让女儿看见我这个样子。"

这个请求让警察犯了难，几个警

察商量了几句，对老山说："我们请示一下领导，看能不能答应你的请求。"

没过一会，去打电话请示的警察推门进来，老山紧张地抢着问："怎么样？同意了吗？"

警察遗憾地告诉他，为了保证不出意外，领导没有批准他的请求。

老山一听，一屁股跌在椅子上，双手痛苦地抱着头，眼前立刻出现了女儿看见他时的模样。最后，他还是在三个警察的押送下，悔恨交加地坐上了警车。

到了巷子口，车不能再前进，警察就把他围在中间走进了巷子。

一下车，想到自己的模样即将被女儿亲眼目睹，老山感觉自己就像被押赴刑场的死刑犯一样，两条腿就不由自主地打起了颤，脑袋也一直低垂着。当走到自家窗前时，他把脑袋压得更低了，羞愧难当，踉踉跄跄走过了那几步，眼睛始终没有勇气向窗前望去一眼。

走到那间废弃的老屋，老山给警察翻出了那两件赃物，警察提了赃物，掉头又带他回派出所。老山心里在暗暗期待着奇迹发生：也许今天女儿并没有在家，而是跑到同学家玩去了……可当他第二次走过自家窗前时，却隐约听到女儿说话的声音，他的头顿时轰的一下。

浑浑噩噩走到了警车前，有个年纪很大的老警察忽然对他说道："你女儿长得很可爱，学习应该也不错吧。你是当父亲的，以后做什么事情，都要想想自己的女儿……"

这话听在老山耳里，就像一把刀子似的剜着他的心。突然间，他的脑子变得一片空白，他猛地挣脱了手臂，接着又用头撞倒了一个警察，像头发疯的野牛一般向大街上撒腿狂奔。几个警察还没来得及追，一眨眼的工夫，老山就消失在人群之中了。

老山像个疯子似的一口气跑出几条大街，脑子这才渐渐恢复理智，自己竟然在警察眼皮底下逃脱了，这肯定会让他罪加一等的。可这会儿后悔也来不及了，他瞧了瞧手上的手铐，知道戴着这玩意儿，走到哪儿都会引人注目的，就逃到了一个桥洞底下藏着。

躲到晚上，老山才摸到一个开锁高手家里，求人家帮他打开手铐。开了锁，那位锁匠也不知道他犯了多大的事，没敢收留他。

老山心里清楚，这时候家里肯定都是警察，不用说，一回去就是自投罗网。而且，他也没有勇气和脸面再去面对女儿了。家里有米有面，女儿已经懂得照顾自己了，他倒不是怕女儿会挨饿，而是怕女儿问他是不是个贼。

老山在外面又东躲西藏过了一天，到了晚上，他实在忍不住了，跑到一个公用电话前给女儿打个电话。听到女儿的声音，老山心里愧疚极了，好久没说出话。女儿在那头焦急地问他："爸爸，你去哪儿了？为什么不回家呀？"

老山小心地说："我、我……我有事。"顿了顿，试探着问，"小沙，你昨天下午放学回家了吗？""回了。""做作业了吗？""做了呀。"

老山的呼吸一下重了："你、你看到爸爸了吗？"

小沙想了想，说："没有，你一天都不回来，我自己煮面条吃了。"

老山愣了一下："你没有看到爸爸？"

小沙说："嗯，真的没有！"

老山的手不禁颤了一下："昨、昨天，你从窗子里看见什么了？"

小沙似乎在考虑，过了半晌说："我看见外面有个人在楼顶喂鸽子，他的鸽子真多呀！"

老山的眼泪刷地下来了，哽咽着说了句："小沙，等着爸爸，我这就回家！"

放下电话，老山的眼前一片模糊，没想到，女儿小小的年纪就这么懂事了。他心里清楚得很，女儿既然在家，哪能会没看见他呢？从小书桌前往窗外看，只能看见对面人家的门和墙，女儿显然在说谎话。老山决定立刻就回家去，向女儿坦白自己是个贼，然后该怎么样就怎么样，出来后给女儿做个堂堂正正的好爸爸。

老山抹了一把泪，又给派出所打了个电话，说自己就是逃脱的那个贼，现在想投案自首，任凭警察处理，只是有一个要求，就是让他回家和女儿见一面。

对方考虑了一会儿，然后同意了。得到派出所的答复后，老山迈开大步就往家走。走进巷子口时，在昏暗的路灯下，他发现四周隐隐约约有十几双眼睛在盯着他。老山知道，警

察已经把这里都包围了，他老老实实伸出手大声说：“你们过来把我铐上吧！”

有个警察向他走过来，不过，他却没有拿手铐铐他的手，而是把他的手按了下去：“手铐就不用戴了。”老山觉得挺意外，再一听声音很熟，仔细一瞧，原来是昨天对他说话的那个老警察。

老山感激地点点头：“我保证不会再逃跑！”

“这回你想跑，也跑不掉了，越跑，你的事越重！”老警察拍了拍他肩膀，又说了句，“见了孩子，说话注意点，就说你有急事到外地去了，刚回来，别让孩子知道她爸爸是个贼。”

老山一听怔了怔，接着苦笑着摇摇头：“昨天，她明明亲眼看见我戴着手铐，被你们押着，怎么会不知道我是个贼？”

“昨天，你应该听我把话说完。”老警察叹了口气，语气十分肯定地说，“她没有看见你戴手铐！”

老山愣了一会，然后抬脚快步往巷子里走去。到了自家门前，从窗子里一眼就看见小沙正伏在桌上写作业。小沙一抬头，看见了他，高兴地喊了起来：“爸爸，你真的回来了！”

进了屋，小沙问他去了哪，为什么不回家。

老山犹豫着说：“爸爸……有急事，忘了跟你说……”

小沙一点都不怀疑，嗯了一声。

看女儿的样子，一点也不像装出来的，老山心中不禁又惊又喜：难道女儿真没看见自己戴着手铐吗？他下意识地往窗外看过去，迟疑地问：“小沙，昨天，你坐在这儿写作业，真的没看见爸爸吗？”

“没有。”小沙肯定地说，想了想，又补充道，“我只看见一个警察伯伯。”

“警察！”老山的手一抖，强笑着问，“他和谁在一起？”

小沙奇怪地说：“他只有自己一个人呀！他走到我们家里来了。”

老山愣了：“他……进来干什么？”

小沙说“警察伯伯看见我，就叫我先别写作业了，拉着我的手走到这边，叫我往窗外看，说有好看的东西。”

老山顺着女儿的手一看，顿时什么都明白了。这间房子后面还有个小窗，从这往外看，可以看到别人家的楼顶，远处有一家人的楼上，养着许多鸽子——女儿并没有说谎，她真的没看见自己戴着手铐，因为在他走过来之前，那个老警察已抢先一步进了他的家。

老山紧紧地搂了搂女儿，说道：“爸爸今晚还有一件急事，你一个人睡吧。”说罢，拉开门走了出去……

（**题图、插图**：魏忠善）

有时，不去在意别人的眼光，努力地做回自己，需要很大的勇气……

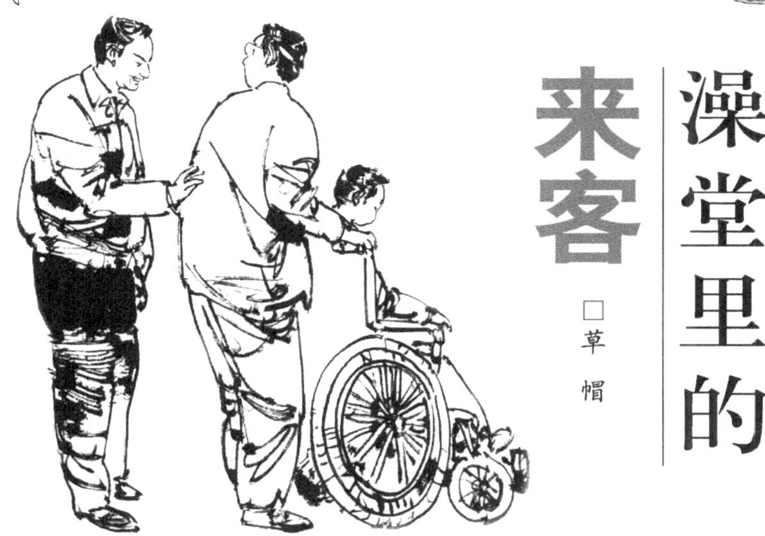

澡堂里的来客

□草帽

那天晚上，白云澡堂的吴老板正要打烊，突然门口进来一位戴眼镜的中年男子。吴老板朝他摆了摆手，说："对不起，请明天再来。"中年男子磨蹭了半天，问："老板，我想跟你商量个事……"

吴老板抬起头，问："什么事？"中年男子掏出200块钱，说："你能不能推迟一小时打烊，我儿子……想洗澡！"

吴老板很高兴："行，当然行！"这阵子澡堂生意冷清，他一天也挣不到200块。中年男子感激万分。很快，他推着一辆轮椅走了进来。吴老板明白了。原来，他儿子是个残疾人。怪不得，非要等没人的时候才来。

轮椅上的男孩大约十三四岁，神情有些黯淡。中年男子尴尬地说："这是我儿子小龙，不好意思，给你添麻烦了！"说罢，他推着轮椅进了浴室。很快，又独自走了出来。

吴老板忍不住搭讪："他……看起来挺健壮！"中年男子叹了口气，说："是的，小龙曾经是学校的游泳冠军。可是，一场疾病夺走了他的双腿。半年来，他始终没有勇气走出家门！"吴老板递给他一支烟，两人相视无语。

15分钟后，澡堂里传出小龙的声音："爸爸，你能进来给我搓一下背吗？"

吴老板试探着问："要不……让我去？"中年男子有些犹豫。吴老板却很坚持："我不能白拿你这200块钱。放心吧，我的搓背手艺很好！"说罢，吴老板连衣服都没脱，就拿着毛巾走进了浴室。

小龙正趴在浴池的边上，他显然很吃惊："你……"吴老板笑了："这是我们澡堂的服务，我对所有的顾客都一视同仁！"小龙无奈，只好乖乖躺了下来。吴老板偷偷瞥了他一眼。他的体格真的很好，只可惜，双腿齐膝没了。

小龙背过脸去，问："我的样子……是不是很难看？"吴老板摇了摇头，说："不，你长得很英俊！"

小龙苦笑一声。过了好久，他才说道："叔叔，你……是不是很累？看你搓得那么吃力。"吴老板擦了擦额头的汗："是啊，好久没给顾客搓背了！听说，你曾经是游泳冠军？"

小龙的眼中闪过一丝光亮："是啊！那时谁也游不过我！可是……一切都过去了！现在，我甚至不能在浴池中保持平衡……"吴老板拍了拍他的肩膀，说："有些事，只有坚强地去面对！你今天能来澡堂，就已经很让我敬佩了！"

很快，小龙洗完了澡。临行前，吴老板偷偷将200块钱还给了中年男子，坚定地说："从今往后，只要小龙来洗澡，我都免费！"

半个月后，小龙又坐着轮椅来了。中年男子看了看表，抱歉地说："不好意思，又耽误你打烊了！"小龙看起来开朗多了，他笑着对吴老板说："叔叔，今天我还要你搓背！"吴老板疼爱地摸了摸他的头："行，你先进去，我马上就来！"

小龙在浴池边等了好久。突然，澡堂里又闯进几个男顾客。小龙吓了一跳，高喊道："叔叔，不是已经打烊了吗？"外面的吴老板却仿佛没听见。小龙光着身子，只好痛苦地闭上了眼睛。过了好久，小龙也没听到什么动静。于是，他悄悄睁开了眼睛。原来，那几个男顾客正惬意地躺着泡澡，他们甚至连看都没看小龙一眼。

这时，吴老板拿着毛巾进来了。小龙带着哭腔说："我以为……他们会嘲笑我。"吴老板的眼睛有点红："怎么会？你完全不必在意别人的眼光。只要努力做好自己！"小龙若有所悟地点点头，说"叔叔，谢谢你！"

小龙不知道，那几个客人其实是吴老板找来的。当时，已经夜深人静。吴老板给几个朋友打了电话，让他们一起给小龙演一场戏。吴老板再三嘱咐，你们什么都不用做，只要一声不吭地在旁边洗澡。

小龙再一次来到澡堂，竟然是几天后的下午。当时，澡堂里的人很多。他艰难地从轮椅上下来，自己拄着拐杖走进了浴室。

中年男子握住了吴老板的手，颤抖地说："谢谢你，让小龙走出了阴影！"吴老板却羞红了脸说："对不起，我欺骗了小龙！"说罢，他慢慢解开了自己的衣袖。中年男子怎么都想不到，吴老板的右手竟然是一个假肢。

原来，吴老板以前只是个搓澡工。三年前，一场车祸夺去了他的右臂。当时，他拿着10万块赔款欲哭无泪。他想忘记过去的一切，于是，背井离乡来到这里，开了这家澡堂。吴老板掩饰得很好。这里，没有人知道他是残疾人。可是，他始终无法抹去心中的创伤，直到失去双腿的小龙出现。

吴老板说"一开始，我只是出于好奇才为小龙搓背。因为，我和小龙同病相怜。后来，我深夜请朋友来洗澡，是想鼓舞小龙，但更想鼓舞自己。可是，我又一次退却了。我看起来很善良，却始终躲在善良的背后。是小龙激励了我，他的勇敢让我无地自容。三年来，我从来不敢在别人面前裸露身体。今天，我决定做回自己！"

吴老板脱去衣服，卸下假肢，从容地走进了澡堂。中年男子望着他的背影，泪流满面……

（**题图、插图**：刘斌昆）

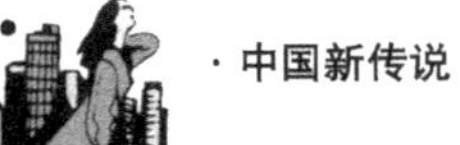

· 中国新传说 ·

走遍中国

□黑　马

春风得意

小海是旅游局局长的秘书，平日里吃香的喝辣的，那是不用说了，最让他满足的就是能跟着领导天南地北地跑。这个秘书才做了一年半，小海就跑遍了大半个中国。

这年的黄金周，小海风尘仆仆赶回了山里的老家。他想利用这个难得的机会尽一下孝心，带一辈子窝在山里的老爹出去转一圈。

老爹见儿子回来，自然是喜出望外。晚上，小海打开带回来的名贵酒，父子俩对桌坐下喝了起来。小海的老爹是乡里的邮递员，小海就问爹，这个黄金周单位放几天假。

老爹随口说："乡下哪能跟你们城里比，什么黄金周白金周，农村没这个。"小海一摆手说："不管放不放假，这几天你别上班了，我带你出去转转。"

小海满以为老爹一定会笑逐颜开，谁知老爹却不假思索地说："我还得送信哩。"

见爹竟然没有什么兴趣，小海一愣，接着不解地皱了皱眉头："爹，你天天在山里跑呀跑呀，难道就不烦呀？"说来也是，老爹干了三十多年邮递员，天天走村串寨，年年拿先进工作者，在小海的印象中，老爹从来就没缺过一天勤、请过一天假。老爹的事迹还上过当地的报纸呢，上午去县里领奖，下午他还赶回来送信。

老爹笑了笑说，以后再说吧。小海有点急了，老爹现在五十多岁了，不趁着能走动的时候出去见见世面，难道还要等到老了跑不动的时候吗？老爹见儿子一片孝心，好像有点动心了，低下脑袋想了想，又摇起手说："外面不都一样，转来转去的没啥意思，年轻时，我也去过省城哩……"

"爹，你知道中国有多大吗？"小海差点笑出声来，"长城，你爬过了吗？东海，你见过了吗？泰山，你上过了吗……"他用手指一下一下地敲着桌面，如数家珍地报出了一串长长的地名。老爹放下筷子，满面笑容地望着儿子。等儿子停下来，老爹小心翼翼地问："这些，你都去过了？"

"去过了！"每当想到自己去过这么多地方，小海就禁不住一阵自豪，"爹，你连飞机都没坐过，那不是白活一辈子了吗？"

老爹呵呵一笑："儿子，不瞒你说，我早就把全中国都走遍了。"小海一怔，知道老爹在跟他开玩笑呢，自己也只是跑了大半个中国，他能把全中国都走遍，鬼才相信哩。

小海给爹添了酒，笑着说："爹，反正钱我也准备好了，你想去不想去，今晚想清楚，咱们明天就走。"

于是，父子俩接着喝酒聊天，结果都醉了。

第二天一早小海醒来，一看老爹已经不在家了。不用说，肯定又是去上班了。他知道是劝不动老爹啦，郁闷地在家呆了一会，想想没意思，就留了些钱，自己回城里去了。

一落千丈

眨眼过了几个月，小海的领导被查出有问题，换了个新领导。新领导也换了个新秘书，把小海下放到了办公室。而办公室里早已经人满为患，小海在那里连张桌子也没有。

这一下身份地位一落千丈，让小海感觉就像从云端直接掉进了深渊。他在单位里整天抬不起头来，回到家里，总是神情黯然地盯着墙上那张中国地图伤心。地图上画着许多红圈圈，以前他每次从外面回来，都要兴致勃勃地拿支红笔在去过的地方画个圈，然后盯上半晌，很有成就感。

他本来还计划着，再有两年的时间，地图上所有出名的地方都应该会画上红圈圈的，可现在看来已经是不可能完成的心愿了。

屋漏偏逢连夜雨，就在小海情绪最低落的时候，老爹这时又生病了，打来电话，叫他立马回家。小海匆匆忙忙赶回家，谁知一看，老爹人好端端的，精神得很哩。他这才明白，老爹是装病叫他回来的。

小海当即就发火了："爹，你没病骗我回来干啥？我现在够烦的了，没事别烦我！"

老爹也板起了脸，大声道：“我知道你烦什么，你这个秘书干不成了呗！我不骗你回来，只怕你要把自己憋死！”小海一听，火气顿时小了下来，原来老爹已经知道他的事了，看来一定是妻子担心他，偷偷告诉了老爹。

小海一屁股坐了下来，耷拉着脑袋一声不吭。老爹气呼呼地瞪了他一阵，突然问道：“还没来得及走遍全中国吧？”

小海脸上立刻火烧一样，埋着头没回答。老爹坐在他对面，伸出一根手指一下一下敲着桌子：“台湾，去过了吗？西藏，去过了吗？喜马拉雅山，爬过了吗……”

小海仍然闭着嘴巴不出声。

“我去过！”老爹哈哈一笑，“你去过的地方，我去过，你没去过的地方，我也去过，全中国我都走遍了！”

小海惊愕地抬起了头，茫然地盯着老爹。上次回家的时候，老爹好像就说过他走遍中国了，那时他只是一笑了之，可现在再听老爹这么说，虽然明知道这是不可能的事，不知咋的，居然有三分相信了。

老爹大声说：“吃了饭，洗个澡，明天我带你出去转转，让你知道什么叫不白活一辈子！”

心满意足

第二天一大早，老爹就把小海从床上叫起来，让他跟自己去上班。小海无精打采地跟着爹到了乡邮电所，老爹取了信件报刊，看见有汇款单子，就把钱取了出来。

老爹一边忙乎，一边说道：“山里人出来一趟不容易，人家信得过咱，就把钱取出来送去。”

完了来到街上，老爹又从怀里摸出一张皱巴巴的纸，上面密密麻麻写满了字。老爹拿着纸进了商店，像个采购员一样买这买那，都是些日常的生活用品，都是人家托他买的。

看着爹一副忙碌的样子，小海就越发替爹抱不平：爹几十年如一日就干这些琐碎小事，太委屈了。

全部买好了，老爹就把东西绑在自行车后座上，再加上那些书信报刊，车上已经是满满当当的了。老爹在前面推着车走，小海在后面跟着。因为走的都是山间小路，大部分是不能骑的，有的路还得把自行车扛在肩上。走了半天，才到了第一个村子，老爹告诉他，这个村子有一封信和一个汇款，另外还有三家托买的东西。

进了村子，全村的人都围了上来，递烟的递烟，端水的端水，热闹得很。离开村子，老爹拿出一张白纸，拿支笔在纸上点了一个圆点，告诉小海，这个村子叫什么名字，下一个村子离这有二里远，位置就在这个村子的后面一点。

小海嗯了一声，不理解老爹跟他说这些有什么用，但也懒得问。

又走了一阵，就到了第二个村子，这个村子虽然没有书信，但经过这儿，也得进去看看人家需要买点什么，顺便抽个烟、歇歇脚。从村子出来后，老爹又拿笔在白纸上画了个圆点，告诉小海这叫什么村，接下去，要怎么走。小海也只是烦闷地嗯一下。

这一趟出门，直走到傍晚才回到家。小海累坏了，坐下了就不愿起来。老爹一边忙着做饭，一边呵呵笑着问小海："咋样？这下你能安心干你的工作了吧？你想想，你把全中国都走了个遍，还有什么不满足的？"

小海鼻子里哼了一声，有气无力地说："爹，虽然我替你感到不值，但我真的佩服你，天天就这样周而复始在山里跑，我绝对做不到！"

老爹哈哈大笑："你错啦！我天天都走遍中国，心里不知有多高兴，你想，天下能有几个人跟我一样？"

小海懒洋洋地说："算了吧，爹，你根本就不知道山外面的世界有多大、有多好。"

老爹掏出白天画圆点的白纸递给小海，只见上面被老爹画了许多小圆点，每走过一个村子，老爹就在纸上画一个圆点。小海数了数，说道："一共是三十四个村子……"

老爹含笑说："你用笔把纸上的圆点连起来。"

小海就拿笔在纸上画起了线，把纸上的圆点连了起来，看了看说："爹，画好了……"不等老爹回答，猛地一怔，眼睛瞪大了：纸上竟然出现了一幅中国地图。

小海顿时恍然大悟，抬头望着老爹，鼻子酸酸地喊了一声："爹……"

老爹头也不回地说："回去就好好干你的活，委屈的时候，就想一想，咱可是把全中国都走遍了的人……"

（题图、插图：谭海彦）

特别的窍门

□ 刘江波

小江辞职后，在商业街租了间门面房，开了家东北大米专卖店。就在小江隔壁也有一家卖大米的，老板戴着副眼镜，人家都叫他“林眼镜”，他经营的是南方大米。

由于东北大米的市场前景好，小江的生意一开始就不错，也影响了隔壁的“林眼镜”。眼看着“林眼镜”的生意日渐冷清，但“林眼镜”却毫不在意，对小江也相当热情，有一天晚上还炒了两个菜，约小江去喝一杯。

小江见“林眼镜”这么热情，感动地说：“林哥，都说同行是冤家，我抢了你不少生意，你怎么不恨我？”

“林眼镜”拍了拍小江的肩膀，说：“兄弟，中国有十三亿人，这生意可不是一家做的，你别看老哥现在卖不过你，眼看春节就要到了，到那时候，我一定比你挣得多。”

春节说到就到了，小江进了一批优质大米，就等着顾客上门。果然，这天就来了一个人，进门就问大米的价格，还说准备订几百袋。

对于一个小店来讲，这可是桩大生意，小江连忙迎上去，一边给他介绍东北大米的优点，一边报出了价格：60块。这人一听，摇摇头就走了，小江急忙追出去，说：“您先别走，咱们商量商量，55块怎么样？”

可无论小江怎么喊，这人都没有回头，直接进了“林眼镜”的米店。跑了一桩大生意，小江心里很郁闷。可让小江更意外的是，下午又来了两拨人，都是团体购货的，一听小江报的米价，一个个也都摇着头走了。看着他们又进了隔壁，而且最后是“林眼镜”边说边笑地送他们出来，小江知道他们的生意又做成了。小江不禁纳闷了：这是怎么回事呢？我要的价格也不高呀。我觉得，这里面一定有窍门，我得想办法，把这个窍门学到手。

晚上，小江喊“林眼镜”来喝酒，“林眼镜”高高兴兴地过来了，说今天挣钱了，接连来了三批团购的。小江一边恭喜他发财，一边频频向他敬酒，不一会儿，“林眼镜”就喝醉了。小江就想趁这个机会，套他说出秘密来。

“林眼镜”一开始还支支吾吾不肯说，后来禁不住小江林哥长、林哥短地叫着，他得意极了，拉着小江去了他的店里，只见墙角竖着一块牌子，上面写着：南方大米，100块一袋。

小江吃了一惊，他记得这种南方大米的价格只有50块，“林眼镜”这是翻了一倍。“林眼镜”酒劲上来了，说话也没了顾忌：“兄弟，做买卖不能死心眼，得讲究个窍门。现在出来团购的，都想趁这个机会，捞点好处。你把价格抬高点，然后把多挣的钱当成回扣，都给他留着，这样他能发笔财，咱们也赚钱，以后年年都能到你这里来采购。这个窍门，也就咱俩这关系，一般人我可不告诉。”

小江用了一顿酒，就套出了“林眼镜”的实话。看着“林眼镜”倒在床上呼呼大睡，小江心里得意极了。

第二天，小江就用上了这一招，果然成功地谈妥了两笔生意，再看“林眼镜”那屋，又冷清起来。小江心想：如果照这个趋势，到了明年，我肯定能把“林眼镜”的店挤垮，到时候再把两家店兼并了，东北大米和南方大米一起卖……

小江正美美地想着，突然一辆轿车停在了门口，两个干部模样的人下了车，走进小江的店里。他们一进店就问大米的价格，小江脱口而出：“东北优质大米，100块钱一袋。”

这两个人相互望了一眼：“100块钱？”小江看他们有点犹豫，急忙说：“这批大米口感好，味道特别香，今天早上又订了五批，卖了几百袋呢。”

听小江吹完，这两个人笑了，他们掏出了工作证，说：“我们是工商局的，有人举报你哄抬物价、牟取暴利，如果情况属实，我们将按照规定吊销你的营业执照。现在请你拿着营业执照和进货发票，跟我们走一趟。”

小江一下子蒙掉了。被他们带上车的时候，小江想起了一个问题：这高价大米，他只订出了两份团购的，普通顾客来买米，还是原价，怎么会有人举报他？难道……

小江猛地回头看了看“林眼镜”的米店，发现原先那块牌子被竖在了门口，牌子上已经改成：南方大米、东北大米，质优价廉。

（**题图**：刘斌昆）

吝啬鬼救美

□吴水群

这天，雨梅心情不好，独自来到了西郊那片桃花园散心。远离了都市，呼吸着林中的新鲜空气，她顿时觉得心情舒畅了不少。

雨梅正在园中走着，突然，不知从哪儿蹿出四个流里流气的小伙子挡在她面前。其中一个满头黄毛的家伙淫笑着说："大姐，怎么一个人看桃花呀？要不要弟弟陪陪你呢……"说着就上来动手动脚的。

雨梅一惊，赶忙大喊"救命"，可她喊了半天，都不见旁边有什么人经过，这时那几个坏小子笑了起来："你喊呀，看看有谁能来救你。要不弟弟也帮你喊喊？"说着就嬉皮笑脸地喊起来，"这是谁丢的钱啊，快来捡啊……"

雨梅见状，绝望地哭了起来。那几个坏小子看雨梅不叫了，就示意黄毛先上。

可就在这时，一个穿着西装的光头汉子，一路小跑过来，大声嚷嚷："钱？钱呢？钱在哪儿？"

黄毛没想到还真跑出一个捡钱的人，笑道："你这家伙是不是想发财想疯了？要真有钱老子早捡走了，还等你来捡啊？"

光头汉子一听可不干了："没钱你小子杀猪似的瞎吼什么……"

"好好好！给你！"黄毛掏出一枚一元硬币扔在地上，"那不是钱吗？快捡起来滚蛋！"

没想到这光头汉子居然真把那一元钱捡了起来，边走边嘀咕说："一元钱也是钱嘛！没听说吗，一分钱难倒英雄汉……"

站在一边的雨梅傻眼了，她原以为光头汉子会救自己，可没想到他竟是个吝啬鬼，黄毛用一元钱就把他打发了。眼看着光头汉子越走越远，雨梅一着急，喊道："大哥！快救我呀！我给你钱，给你钱……"

一听说有钱，那光头汉子又转身走了回来，冲雨梅喊："给多少钱？少了可不干！"

雨梅见有了希望，挣脱了坏小子的手，冲光头喊："一百元！"

谁知光头汉子嘴一撇，一脸的不愿意："才给这么点钱啊，太少了，不行！"

雨梅没想到这光头胃口还不小，就和光头汉子认真地讨价还价起来。那四个坏小子哪见过这种事情，当下就傻愣愣地看着两人讨价还价。终于，两人达成一致：四个小流氓每个二百五，一共一千块！

这下四个坏小子才回过神来，纷纷抽出刀来。黄毛一把抓住雨梅，冲其他三个喊："快，先把这光头摆平，别让这小子坏了咱们的好事！"

黄毛话音未落，三个坏小子就拿着刀把光头汉子围了起来，正准备动手，只见光头汉子突然摆着手大喊起来："慢慢慢！你们可不能这样对我下手啊！我被你们扎几下不要紧，可扎坏了我这套西服就惨了，"说着把身上的西装扒了下来，嘴里咕哝着，"这可是我结婚时花一千五买的。我救这位女士，才得她一千元，可我的西服要是扎坏了，我不是还得倒赔五百元？这赔本的买卖我可不干，要动刀子，等我先把西服脱了再说，反正你们要捅的是我，又不是我身上的西服，你们说对不对……"

几个坏小子刚开始还很警惕，担心光头汉子耍花招。可听到他的话，差点没笑得背过气去，天下竟真有这样的吝啬鬼，真是要钱不要命！

没一会儿，这光头汉子竟然真的脱光了衣裤，全身上下，就剩了条裤衩。

光头摆好架势，等着三个坏小子的进攻。可对方刚要动手，光头汉子又像那裁判员一样，双手做了个暂停的姿势，冲对方喊"暂停"，然后顿了顿说："咱可说好了，等你们捅过我之后，可不许再欺负这位女士了，否则我那一千元奖金可就泡汤了……"

光头的话差点没把三个坏小子笑死：等会儿我们一顿刀子就把你送上西天了，你居然还想着那一千块钱的奖金，你就到阎王爷那里去要吧……想到这，三个坏小子就爽快地答应了他。

可这三人刚举起刀子，光头汉子

又喊起了“暂停”，只见他扭过脸望着雨梅很认真地说：“你看，人家流氓也是讲信用的，人家说捅了我就不找你麻烦了。你也得讲信用，等会儿万一我被他们捅昏过去了，你得自觉地把钱塞到我西服上面的内口袋里。”

三个坏小子摇头笑道：“这下啰嗦完了吧？该让爷爷们动手了吧？”

说着又要举刀子，可手到半空中却不敢动了，只见那光头汉子摆出几个姿势，身上圆滚滚的肌肉亮了出来，整一个施瓦辛格！

三个坏小子顿时镇住了，怪不得这光头汉子那么从容不迫，原来是身怀绝技啊。

站在一边的黄毛急了，冲那三个坏小子喊道：“别怕！他那是健美表演，经看不经打，快用刀子捅他！快！”

话音刚落，只听背后一声吼：“举起手来！”原来警察赶来了……

一场劫难终于过去，总算是有惊无险，雨梅在警察局作完证词，出来时天色已不早了。为了感谢光头汉子，雨梅拉着他进了旁边一家餐馆，两人一边吃一边聊。

雨梅很不好意思地说：“我今天身上没带那么多钱。这样吧，你给我留个地址或者电话，明天我一定把那一千元给你送过去。”

哪知光头汉子一听就笑了：“你还真把我当成吝啬鬼了？”原来，这光头汉子叫林达，是个健美教练。今天下午，也来这片桃花园里散步，没想到就碰上了雨梅。林达见流氓有四个，知道自己不是对手，于是就先报警，然后再想办法和四个坏小子周旋，以便争取时间，等警察到来……

（题图、插图：刘斌昆）

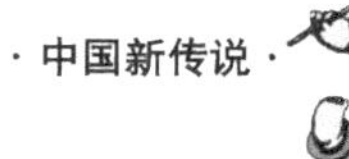

躲不掉的亲情

□宾　炜

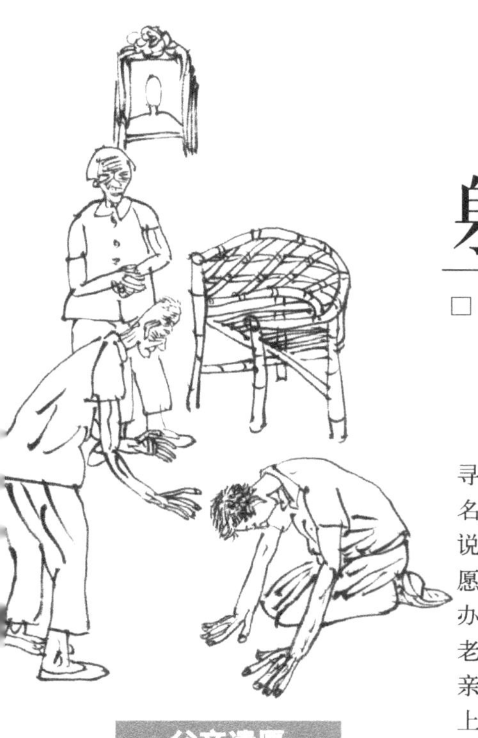

父亲遗愿

吉力出生晚，他结婚的时候，父亲已经过七十了。婚后没多久，一场急病，父亲说走就走了，临死前只来得及说出三个字："找……弟弟……"眼神直勾勾地瞪着吉力，五根手指紧紧地抓住他的手。

吉力急忙冲父亲点头，父亲的眼睛这才慢慢闭上。父亲有个唯一的亲弟弟，两兄弟在三十年前就已经失散了，父亲这些年一直没放弃过寻找弟弟，可惜直到去世也未能如愿。

吉力知道父亲的遗愿，就是叫他寻找失散的叔叔，可他只知道叔叔的名字，住在上海，其他的就不清楚了。说真的，吉力并没有把父亲的这个遗愿放在心上。他在一个街道小单位当办事员，妻子在超市打工，还有一个老娘要养，日子一直过得不宽裕，父亲的后事还是东借西凑才办成的。加上现在妻子肚子大了，他满脑子想的就是怎么给未来的孩子赚点奶粉钱，哪有什么心思去找叔叔？

再说，吉力从出生到现在，就没见过叔叔，三十年也这么过来了，早就习惯了，这个叔叔找到也罢，找不到也罢，对他来说并不重要。于是，自打老爸去世后，寻找叔叔这个事就耽搁了下来。

谁知，吉力不急，老娘却替他急了。过了一段时间，老娘见他没有啥动静，就提起了这事。开头几次，吉力都是随便搪塞几句，应付老娘。后来，老娘提得多了，整天在耳边啰嗦

个不停，吉力就烦了。

有一回吃着饭，老娘又问了起来。吉力不高兴地大声回答说：“找找找，上海这么大，你叫我怎么找嘛？”

老娘一听，沉默了半晌，语重心长地说：“找不找得着，那是另一回事，可我看你就没用心找，你根本就没把你爹的话当回事呀！”吉力把碗重重一放：“妈，我问你，你认识叔叔吗？”

老娘摇摇头。吉力气呼呼地说：“这就是了，大家是互不相识的人，也都过了这么多年，又何必一定要找到为止呢？找到了又有什么呀？再说，人家也许就不打算认咱这个亲，不高兴咱们去打扰他们啊！照我说，就当咱没有这个叔叔，该怎么过还怎么过！”

老娘听了这话，气得扬起了巴掌：“你也当没有我这个娘吧！为啥非要找？他是你亲叔叔呀，是咱的亲人，是亲人就该在一起，你也是读过书的人，怎么连这点道理都不懂呢？你想让你老爹死不瞑目啊！”说着说着，老娘身子颤抖，眼泪直流。

吉力一看真把老娘气坏了，这才把嘴巴闭上。想了想，最后对老娘保证，明天开始一定用心找叔叔。

被迫寻亲

可说到真找，吉力犯了愁，他哪有那么多的时间和财力跑去上海找人。后来，他无意中得知网上有一个替人寻亲的网站，就抱着一丝希望在上面发布了自己寻亲的消息。

让吉力没想到的是，才过了半个月就有了消息，那个网站按照他提供的线索，帮他找到了一个最有可能是他叔叔的老人，并且给他留了老人现在的地址，让他自己去认亲。这可真是踏破铁鞋无觅处，得来全不费功夫呀，老爸找了几十年毫无结果，他一下子就找着了。吉力没想到事情会这么顺利，也禁不住一阵高兴，跑回家告诉了老娘。老娘的眼眶顿时湿了，不住地喃喃自语："老天有眼，老天有眼啊，你老爹在地下也能安息了！"说着，就使劲催吉力快点动身去上海，认回叔叔。

吉力向单位请了几天假，坐上了开往上海的火车。在火车上的两天一夜，吉力片刻也睡不着，想到即将要见到自己的叔叔，脑子里就禁不住胡思乱想。

到上海后，吉力顾不得找个地方落脚，就带着行李，照着人家提供给他的地址找去。转来转去，离叔叔的家越来越近，地方也越来越偏僻，最后走进了一条阴暗狭窄的小里弄。一看这个地方，吉力的心不由自主地一沉，在小弄堂口愣了半晌，然后还是照着路两边门顶上模糊剥落的门牌号，一家家找过去，终于走到了叔叔家门口。

吉力站在门外往里一看，里面的房子低矮灰暗，屋内陈设十分简陋，看得出，这是个十分拮据的家庭。一个七十岁左右的老人正在一扇窗户底下生煤炉，一股难闻的气味飘了出来。老人忽然抬头往门外看了一眼，吉力猛地吃了一惊，这不是父亲吗？随即又立刻回过神来：里面这个老头一定就是他的叔叔了。他刚抬腿往前走了一步，突然又收住了。

看到叔叔家的情景后，吉力的心一下就凉了。他原来想象中，叔叔住在大上海，怎么说也应该比他强，认了亲，兴许以后还能沾点叔叔的光。可现在一看这样子，叔叔过得还不如自己家呢！以后沾什么光那是没指望了，说不定，叔叔可能还要自己经常照顾照顾哩！

吉力在门口犹豫了好半天，始终打不定主意是不是要走进去。忽然，有辆三轮车驶了进来，上面是个四十来岁的中年汉子，把车停在叔叔家门前，跳了下来。见到吉力，奇怪地打量他两眼，问道："兄弟，你找谁呀？"

吉力心想，这可能就是叔叔的儿子，他的堂哥，这兄弟真没喊错哩。他有点慌张地说："我、我没找谁。"汉子哦了一声，也没在意，掉头进了屋。

吉力知道自己不能再站在这儿了，要么进去认亲，要么掉头离开。他犹豫了一会，一狠心，拔腿就走。出了小里弄，他找了个小旅店住了一夜。第二天一早，他想通了：罢了罢了，就当没有这回事吧，他们过他们的，我们过我们的。于是买了一张火车票，拍拍屁股回了家。

到家后，吉力没敢对老娘明说，撒了个谎，说其实那个人并不是他叔叔，搞错了。老娘听罢，仿佛一下从云端掉了下来，唉声叹气不止。

吉力原以为，这事就算永远完了。可没曾想，过了十来天后，一天他回到家，看见老娘和妻子脸上喜气洋洋，好像捡到了什么大宝贝。见他

回来，老娘就喜不自禁地拿出一张报纸说：“你叔叔找到了，他找咱们来了！”

吉力接过报纸一看，大吃一惊，上面的一则新闻果然是叔叔要寻找吉力父亲的内容。叔叔这几十年也一直在默默寻找哥哥，但也是毫无结果。直到两天前，他才想到求助媒体，从上海跑到这里的报社，给记者讲述了自己苦苦寻亲却没有结果的故事。吉力没有看完，头就大了，他以前可没想过，原来叔叔也在寻找自己。

老娘催他马上就去报社，通过记者联系上叔叔。吉力强笑着说：“娘，既然找到了，也不用急在一时，我明天再去吧！”

亲情无价

晚上两口子进了房，妻子瞧着吉力的神色奇怪地问：“叔叔找到了，怎么看你一点也不开心呀？”吉力一脸苦笑，想了想，就把上次去上海认亲的真相悄悄跟妻子说了。

妻子张大了嘴巴：“你咋能这样呢？唉，你不认人家，人家也来认你了，认了就认了吧，他穷，咱们也穷，谁也不用怕谁！”

吉力苦笑着说：“现在我哪还能不认呀！老娘非气死不行，我就是……就是难为情呀，叔叔和堂哥都见过我了，过两天再见面，你说我还有脸吗？”

妻子也觉得这确实是个问题，想了半天，灵光一闪：“有了！你叔叔找你，不也是跟你找他一样的心理吗？他以为咱们家混得不错呢，他要是知道咱们比他还穷……”听妻子这么一说，吉力猛拍大腿：对呀！现在最好的结果就是让叔叔知难而退，主动打消这个寻亲的念头。可他们家已经够穷了，要比他们穷，还真是不太容易。

两口子合计了一晚，打定了主意。第二天早上，吉力拿了个袋子从家里出来，在街上偷偷摸摸地换上父亲的一套破旧衣服，往脸上抹了两把灰，打扮成个灰头土脸的民工模样，然后径直来到报社。

记者听说寻亲的人来了，热情地接待了他，一核对，证实他就是老人寻找的哥哥的儿子。吉力愁眉苦脸地告诉记者，他的父亲已经过世了，自己下岗多年，现在只能靠捡废品卖钱过活，老母亲现在生了病，可还没钱送医院……倒了一大堆苦水，然后恳求记者快点帮他联系叔叔，他是没钱到上海认亲了，只能让叔叔来找他。记者答应尽快把他的情况告诉上海的叔叔。

过了两天，吉力在单位接到了妻子的电话，告诉他，叔叔找到家里来了，带着三个儿子一块来的，让他赶快回去。吉力放下电话，不禁苦笑着连连摇头，看来装穷这一招并没有吓住对方呀！想了想，脸上又不禁发烧，这一下可真是弄巧成拙了，让人家知道他故意装穷，面子往哪搁呀？

不过，人家已经认上门来了，这一回是躲不掉的了。吉力极不情愿地往家里走，进了门一瞧，好家伙，果然满满一屋子人，当中就是那个生煤炉的老汉，还有那个骑三轮的汉子。

老娘含着泪招呼他："吉力，这就是你叔，快过来磕个头！"

吉力脸一红，叔叔两个字还没喊出口，叔叔就颤抖着抱住他，左瞧右看，脸上老泪纵横："你就是我侄子？你今年多大了？"

吉力松了口气，叔叔倒没认出他来，愣了愣，说他三十了。叔叔仿佛松了口大气："上天有眼，上天有眼，让我找到了你们啊！你刚三十岁，还来得及……"

吉力问："什么来得及？"叔叔擦着泪道："这些年，我天天都在找你，就怕赶不上啊！"

吉力茫然地望着叔叔，叔叔叹着气说道："你爸爸没有跟你说过，是怕你担心。你不知道呀，咱们家族有个遗传怪病，好端端的人，过了三十五这一年就会发病。你太爷爷和爷爷就是这么死的，到了我和你父亲这一代，医学发达了，这种怪病其实是可以治好的，但有一条，那就是必须要有亲属的骨髓，我和你父亲就是这样互相捐献骨髓渡过那一难的。早几年，你有一个哥哥也发了病，也是另外两个哥哥捐骨髓渡过去的……"

听到这，吉力大吃一惊，不敢相信地瞪着叔叔："这、这是真的……"叔叔摸了摸他脑袋："你不用怕，现在我找到你了，万一你到时候发病，你三个哥哥都在这呢，做手术的费用，你也不用担心，我们一块想办法。"

听到这，吉力腿都软了，心中又是惊恐，又是惭愧，望着白发苍苍的叔叔，扑通就跪下了，从心底里喊出了一声："叔！"

（题图、插图：魏忠善）

安吉洛的女富翁

□魏　炜

在安吉洛小镇郊外一片静谧的树林边，有一座破旧的房子。谁都不会想到，在那里住着全镇最富有的人。但这个秘密，还是被刚出道的小偷安得森发现了。

那天，安得森到银行前去物色对象，偶然发现一个衣着朴素的老太太竟一下子取出了两万美元。安得森原本想冲到老太太跟前，抢过她的皮包就逃跑，但没想到老太太非常机警，不停地回头看，这让安得森根本无法靠近，更没有下手的机会。安得森只好跟踪老太太，看着老太太进了屋，这时他又有了新主意：老太太既然如此富有，自己何不偷走她更多的钱呢？

于是，从第二天起，安得森每天埋伏在老太太的房子附近，仔细观察老太太的行踪。他发现老太太的生活很有规律，每天吃完晚饭后都会出去很久，而这段时间，足够安得森把她家翻个遍了。

这天晚上，安得森摸准了时间，蹑手蹑脚地溜到老太太家门前，确信家里没人后，他就撬开窗户，钻进她家，开始翻箱倒柜地找起来。真没想到，这个老太太竟然是个大富翁呀，她的箱子里存放着许多贵重物品，哪一件都能卖大把的钱。安得森越翻越高兴。

突然，安得森听到一阵敲门声，接着是一个洪亮的声音：“辛格娜太太，我是警官弗雷德。我接到你的电话了，你遇到什么麻烦了吗？”安得森不觉猛吃了一惊：门外站着一个警官，而且听他那口气，是接到报警电话才赶过来的。难道自己的行踪已经暴露了？他见床下面还能藏得住自己，就赶紧掀起床罩钻了进去。

可刚钻进去，安得森就感觉到旁边传来沉重的呼吸声。他顿时吓得魂飞魄散，浑身的寒毛都竖了起来。他匆忙转头看去，只见自己身边还缩着一个黑影。他吓坏了，小声问道：“谁？”可那个黑影却不停地往后退，一直退到了墙边，并不说话。

这时，门外的警官又敲了敲门，继续问道：“辛格娜太太，你怎么不说话？你在家吗？”

安得森转了转眼珠，突然想到，这个黑影很有可能就是辛格娜太太呀。她发现自己进来偷东西，这才藏到了床底下，并且报了警。如果她再不说话，那个警官冲进来，自己就要露馅儿了。他壮着胆子低声恐吓：“你再不吭声，就别怪我对你不客气了！”这时才从黑影那里传来一个老太太颤抖的声音：“请……你不要伤害我！我……我……”安得森听得出，说话的正是辛格娜太太。

安得森见辛格娜太太吓得直哆嗦，说不出话来，心里反倒有了主意“你快对门外的臭警察说，家里没事，让他快走。否则，我真对你不客气！”

辛格娜太太果然很听话，冲着外面喊道：“我没事，弗雷德警官。刚才我听到声响，还以为是坏人呢，可能是老鼠的声音吧，现在已经没事了。我已经睡下了，就不请你进来了。谢谢你啊，弗雷德警官。”

只听弗雷德警官回答：“听到你的声音我就放心了。晚安，辛格娜太太，有事可以随时给我打电话。”说完，他就走了。

安得森听着弗雷德警官的脚步声远去了，这才从床底下钻出来。他正要拉开门跑出去，突然又顿住了：弗雷德警官并没走远，如果辛格娜太太再给他打个报警电话，他很快就会赶回来把自己逮住的。于是，安得森又走回房里，掀开床罩，低声命令道：“你快出来！”

辛格娜太太从床底下爬出来，满脸的惊恐，依然在瑟瑟发抖。

安得森又命令她：“把你的手机交给我。”辛格娜太太听话地照做了。安得森把手机装进自己兜里，又把房子的各个房间都检查了一遍，没有找到别的电话，辛格娜太太报不了警，他这才放心地拉开门走了。

奇怪的嗜好

谁知，安得森走到半路，这才发觉他偷的那些财物都落在了床底下，并没有带出来。他只好又回到了那座老房子。

房子里依然黑咕隆咚的，没有一点动静。果然，辛格娜太太是个胆小怕事的人，并没把他光顾的事报告给警察。

安得森依旧从窗户里跳进去，大声说："辛格娜太太，我又回来了。"没有回音。他借着窗外照射进来的月光仔细搜索着，这才发现床上根本就没有人。辛格娜太太到哪里去了呢？突然，他发觉床罩在微微抖动，就掀开了床罩，果然辛格娜太太正在床底下呢。他大声命令道："把那包财物拿出来。"辛格娜太太顺从地把财物递给了他。

安得森拿到财物，正要转身离开，但不见辛格娜太太钻出来，不由得满腹狐疑："辛格娜太太，你怎么还不出来，难道你要睡在床底下？"

辛格娜太太连连点头，说："是的，我就睡在床底下。"

安得森仔细看去，这才看清楚，辛格娜太太的床铺叠得很规矩，不像要睡觉的样子，而床底下却铺着一张皮毛的毯子。他不禁大吃一惊，问道："辛格娜太太，你一定要告诉我，这是为什么？"

辛格娜太太沉吟半晌，禁不住他一再追问，终于说出了真相：她年轻的时候，和安得森干的是同一个行当，而且她的手艺比安得森要高明许多，从没失过手。她家里的那些金银珠宝，都是她偷来的。但她偷来的宝物要换成钱才能用，这就让她暴露了行踪，警察追查她，同行想谋害她，还有很多想拿到警方高额奖金的线人，搅得她寝食难安，后来竟患上了恐惧症，怕见到亮光，怕听到动静，怕见人，甚至怕在床上睡觉。她躲在这个偏僻的地方，心里还是觉得不踏实，只有睡在床下，才能睡得着。她已经在床下睡了四十年，看来要睡到死了。

安得森一听，惊讶地叫出声："什么？你在床下睡了四十年？"

辛格娜太太点了点头，眼睛里满是泪水，哽咽着说："检察官知道我患了精神病，已经不再追究我的责任了。但我仍然改不掉这个习惯，还是怕见人，还是要睡在床底下。假如上帝再给我一次重生的机会，我就是当个乞丐，也不要过这样的日子呀。"说着，她竟哭了起来。

安得森听了，手一抖，那包财物掉在了地上。

辛格娜太太捡起那包财物，放到安得森手里，说："这些财宝，你都拿去吧。我留着已经没有用了。"

安得森像是拿到了一个烫手山芋，慌忙把那包财物递还给她，说："不，辛格娜太太，我不能拿走你的财宝了。我想，正像你所说的那样，我现在虽然穷困潦倒，但我还有一份轻松。我不想过你这种暗无天日的生活，更不想这一辈子就睡在床底下。"他没有告诉辛格娜太太，别看他是一个高大的男人，实际上他非常胆小，最怕的就是蚂蚁、蜈蚣之类的小虫子。要他在地上睡四十年，简直比要了他的命还让他难受。

说完，安得森把手机也还给了辛格娜太太，转身要走。

意外的贷款

这时，辛格娜太太却叫住了他："先生，请等一等。"安得森站住了，疑惑地望着她："还有什么事？"

辛格娜太太问他："假如给你一笔贷款，你会做什么？"安得森两眼放光，激动地说："假如我能得到一笔贷款，我会开一家汽车保养部。现在很多人会开汽车，但却没时间保养，也不会保养，导致汽车故障增多，交通事故发生率居高不下。我想汽车保养部的生意会很兴隆。可是，谁会给我这个一无所有的穷小子几万美元的贷款呢？"

辛格娜太太突然笑了："我会给你。"安得森大喜过望。

辛格娜太太微笑着从提包里拿出一份贷款合同，又拿出两万美元，一同递给了安得森。安得森签下了合同，拿起那两万美元，千恩万谢地走了。辛格娜太太认真地收起那份合同，放进了保险箱。

这时，弗雷德警官又回来了。他掏出钥匙开了门，一见到辛格娜太太那高兴的样子，就笑了："妈妈，您又签了一份合同？"

辛格娜太太掩饰不住自己的兴奋，滔滔不绝地说："是的，孩子，安得森是一个可以挽救的孩子。他从没动过伤害我的念头，只是想拿到钱。他一定是到了穷途末路，才动了歪念头。我想，他的计划可行，他很快就会还上我们的钱……"

弗雷德点了点头，会心地笑了。其实，弗雷德是小镇上的巡警，早在安得森第一次跟踪辛格娜太太时，弗雷德就发现了，并且和母亲一起合演了这出戏。

这么多年来，辛格娜太太一直保守着这个赚钱的秘密，她是安吉洛小镇上最富有的人，她富有的不仅是金钱，还有她的善良……

（题图、插图：佐 夫）

深海人鱼

□阿　辞

吉米是一条深海里的人鱼。人鱼和人一样，有男有女，吉米就是一条男性人鱼。

吉米对人间很好奇，一直很想到人间看一看，可人鱼国有规定，人鱼是不准上岸的，一旦违规被抓住，就会被处死。

于是，吉米偷偷去找巫师，献上自己家唯一的珍宝，请求巫师把他变成人。巫师给了他一颗大大的药丸，说："吃下这颗药，你就能变成人。但是，药效只能维持三年。三年后，你必须回到海底，否则你会全身溃烂而死。这种药，一条人鱼一生中只能吃一次，不能多吃。所以，你在人间最多只能呆三年，一定要记住。"

吉米谢过巫师，辞别了父母，偷偷到海边吃下了那颗药，变成了一个英俊的男人。看着自己健美的双腿，吉米觉得又高兴又新奇。

吉米沿着海滩一直走，突然听到有人在海里喊救命，吉米想都没想就跳进海里救人。但他忘记了自己已经没有鱼尾巴，还没试过用腿游泳，所以慌乱之中他根本游不好，不但救不了人，连自己都保不住，最后还是一个女孩把他给拉了上来。

女孩很漂亮，名叫贝贝。贝贝把他拖上来后，责怪道："你自己都不会游泳，怎么还跳下去救人？"

这是吉米第一次接触人类的女孩，而且又是这么漂亮的女孩，他不禁红着脸说，自己当时没想那么多。

见他脸红，贝贝也笑着说："不过，我觉得你游泳的天赋很好，沉下去那么久居然没事，我教你游泳吧。"

吉米暗笑，心想：我是人鱼，当然淹不死。

贝贝热情地教吉米游泳，吉米很快学会了，而且游得非常好。贝贝兴奋地说："我从没见过有人学游泳学得这么快、这么好，你简直是个天才，你是做什么工作的呀？"

吉米笑笑说："我刚从外地来，还没找到工作呢。"

贝贝说，她在一个游泳馆当教练，他们游泳馆正好缺救生员，问吉米愿不愿意做。吉米当然愿意，他喜欢游泳，更重要的是，能和贝贝一起工作。贝贝是他认识的第一个人，他对贝贝有一种说不出的依恋。

就这样，吉米成了滨海市一个游泳馆的救生员。他和贝贝都住在游泳馆的宿舍里，他们上下班经常在一起，贝贝教给了他很多知识。他发现自己越来越爱贝贝了，虽然他知道，他们不是同类，他不能在人间久留，不能给贝贝幸福，但终于吉米还是忍不住对贝贝表白了自己的感情。

吉米以为贝贝也是爱他的，因为贝贝平时对他那么好。可没想到贝贝说，她只是把吉米当朋友，没有别的意思。

吉米很伤心，听说酒这种东西能消愁，于是他买了一瓶白酒，一口气灌了下去，结果胃很难受。见他痛苦的样子，贝贝好像很心疼。第二天，等他酒醒之后，贝贝带来一个很漂亮的女孩，说是给他介绍女朋友。

吉米礼貌地拒绝了，等那个女孩走后，吉米不解地问贝贝："你为什么要这么做？你明知道，我只喜欢你，别人再漂亮，我也不会喜欢的。"贝贝说："我还小，不想谈恋爱，更不想结婚。"

吉米说："我只要你让我爱你就行了，我不和你谈恋爱，不和你结婚，我们还是朋友。"贝贝摇摇头说："你还是不明白我的意思，我不要你爱我，为我耽误时间。"

吉米无奈地说"我是不明白，你不爱我也就算了，为什么还不愿我爱你呢？"贝贝说："你太单纯了，你应该找一个和你同样单纯的女孩，我们真的不合适。"

两人不欢而散，贝贝当天就辞职走了，没人知道她去了哪里，只是听说离开了滨海市。

见不到贝贝，吉米觉得天地失色，日月无光，做什么都提不起精神。

吉米一心想找到贝贝，哪怕只能偶尔远远地看着她，他也会觉得满足。他猜贝贝还是做和游泳有关的工作，所以通过网络，和各地的游泳馆联系，寻找贝贝。

吉米的痴情感动了很多朋友和顾客，大家也帮他留意。工夫不负有心人，半年之后，他终于打探到贝贝的消息，贝贝根本没有离开滨海市，她只是换了一种工作，在一家房地产公司上班。

吉米突然出现在贝贝面前，贝贝愣了，问："你怎么知道我在这里？"

吉米可怜巴巴地说："你知道我找你找得有多苦吗？请你不要再躲我了，好吗？我可以不打扰你，我远远地望着你总行了吧。"

贝贝的眼里闪过一丝感动，不过很快没了。晚上她和吉米一起吃饭，和吉米认真地谈了很久。她告诉吉米，她来自一个贫困的家庭，她的资本只有年轻和美貌，所以，她一定要嫁个经济条件好的人，她要过有房有车的生活。

吉米毕竟是在海底长大，他不解地问："房子和车子对你就那么重要吗？"贝贝肯定地点点头。

吉米笑了，如果有房子和车子就能换来贝贝的爱情，他觉得这事情好办多了，能够用钱解决的就不是难题。

当然，凭吉米的工资，一百年也买不起房子，所以他得另想办法。吉米想到了海底的珊瑚、珍珠和沉船，要想尽快弄到一大笔钱，还是得回海里。

于是，吉米每天夜里偷偷潜回海里，寻找值钱的东西。如果他被别的人鱼发现，他就死定了，所以，他是在冒着生命危险做这件事。

经过半年的努力，吉米终于攒够了钱，买了房也买了车。

房子和车子对吉米来说，其实是没有用的，他是为了把这些财产送给贝贝，希望能带给贝贝快乐和幸福。可他没想到，当他把贝贝领到新房和新车面前时，贝贝并不开心，只是惊讶地问："你哪来这么多钱？是合法的吗？"

吉米急切地说："是我自己努力挣来的，绝对没有问题。"他担心贝贝会问他到底怎么挣来的，正想着该如何回答，哪知贝贝只是冷冷地说："吉米，我知道你对我好，我索性把话挑明吧。"

就在吉米的新房里，贝贝的一番话让吉米绝望了。贝贝说，她以为吉米挣不来房子和车子，所以才说要过有房有车的生活，好让吉米死心。其实，她的要求远不止这么简单，她真正想嫁的是富豪或者权贵，她绝对不会把自己的青春浪费给一个普通人。

贝贝走了，这次她真的离开了滨海市。

吉米崩溃了，他根本没想过要贝贝嫁给他，甚至都不求相爱，只要能让他看见贝贝，他就开心了，可是贝贝居然这么绝情，连这么小小的愿望都不能满足他。

吉米一病不起，思念和绝望让他的身体彻底垮了，人类的药物对他根本起不了作用。

吉米这种特殊的病例引起了医学界的关注，医院通过各种媒体发出通告，寻求专家的帮助。专家来了很多，但都对吉米的病束手无策。

吉米知道自己快不行了，他请求医生把他扔进海里，医生以为他在说胡话，自然不同意。吉米正准备说自己是人鱼时，一个护士进来说，门外有个叫贝贝的女孩非要闯进重症病房来看吉米。吉米多想再看贝贝一眼，可想到自己已经不成人样了，怎么能让贝贝看见自己这副模样呢？所以他狠狠心说："不见！"

贝贝还是闯了进来，吉米忙叫医生拉上床边的帘子，贝贝哭着说："你就这么不愿见我吗？"

吉米说："是的，你走吧，我不想再看你一眼。"

贝贝哭得更凶，说："我走，但你一定要听我讲个故事。"

医生和护士看出他们的关系非同一般，都出去了。

贝贝讲了这样一个故事，有一个穷孩子，他用自己所有的钱买了一支烟花，他很爱这支烟花，所以一直好好地藏着，舍不得燃放，一年又一年过去了，最后烟花受潮了，没用了。

贝贝哭着说："那个可怜的穷孩子，终于还是失去了烟花，而且是这样可悲地失去，连一瞬间的灿烂都没有过。就像我对你的爱情。吉米，对不起，我爱你！我不该舍不得爱你，是我害了你。"

吉米虚弱地问："你真傻，为什么要舍不得？"

贝贝已经泣不成声："因为我不是人类，我是深海里的人鱼，我只能在陆地上停留三年，我不能给你永远，我害怕我们的爱情像烟花一样短暂，带给你永久的伤痛。"

吉米激动地睁大了眼睛，眼睛里有回光返照的光芒和无法抑制的悲痛，他用尽最后的力气拉开帘子说："贝贝，我也是人鱼——"

说完这一句，吉米永远闭上了眼睛。他死了，两条腿变回了鱼尾巴。看着吉米的尸体，贝贝呆了，眼泪由透明变成了血红色……

（**题图、插图**：安玉民　梁　丽）

把鱼养瘦能挣钱

□谢元清

大明租了一口小山塘养花鳙，他起早摸黑“伺候”这些鱼，把鱼养得又肥又大，眼看丰收在望，可一上市却卖不出好价钱，算下来这塘鱼要亏本一万多元。

大明这下可慌了，他想到在城里开酒家的老同学吴经理，便把鱼运过去请他帮忙促销。吴经理杀了几条鱼招待客人，顾客吃过后都摇头说：“这鱼有股子土腥味，太难吃了。”无奈，大明只好把鱼又挑回来。可刚回到家，塘主又找上门来，说是鱼塘租期已到，催着要清塘了。

大明走投无路，心想：反正都是亏，倒不如先把鱼养起来。于是将鱼起塘，暂时投放到门前大河的网箱里。这时，大明再也没钱购买鱼饲料了，只好让鱼儿喝清水。鱼儿没啥吃的，一天天瘦了下去。

一个月后，吴经理又到乡下来收购鱼，大明把吴经理请到家中，没啥招待的，就到门前网箱捞了几条鱼来做菜。吴经理尝了一口大明做的鱼，立刻拍案叫绝：“这鱼肉质结实、鲜嫩，没有杂味，一定是天然的吧！”

大明惊愕地说：“不会吧！这就是上回你说土腥味重的鱼啊！”大明舀起鱼汤尝了尝，味道果然与先前判若两样，奇怪道，“我把它放到河里饿了这么久，身子瘦了一大圈，怎么味道反倒变好了呢？”

吴经理显得有点激动：“这种鱼有多少我要多少，你先给我来500斤，

2008 年《〈故事会〉最有影响力的故事》征文启事

为鼓励多出优秀作品,《故事会》杂志社决定继续举办 2008 年“《故事会》最有影响力的故事”征文大赛，并对优秀作品实行四大奖励措施:

1. 入选作品除在杂志上发表外，还将收入《第一推荐，× ×则最具人气的故事D》一书; 2. 入选作品可得两笔稿酬: 在《故事会》杂志发表的作品，首发稿酬每千字 400 元; 获“《故事会》最有影响力的故事”优秀作品奖，再追加每千字 1000 元; 3. 入选作品均颁发奖励证书; 4. 本刊将邀请有关作者参加年底的颁奖大会，所有费用均由编辑部承担。

征稿范围: 1. 具有现实感、新鲜感且可读性强的中短篇（包括超短篇）原创作品; 2.故事性强、有口传性、能引起读者兴趣的推荐作品。

超短篇（如“幽默故事”）的字数一般在1500字以内，短篇（如“中国新传说”）的字数一般在 5000 字以内，中篇故事的字数一般在 15000 字以内。

来稿方法: 1. 从邮局寄发，请在信封上注明“征文大赛”字样，本刊地址: 上海市绍兴路 74 号《故事会》杂志社，邮编: 200020。

2. 从网上传递，可寄各责任编辑信箱，请在主题上注明“征文大赛”字样. 本期责任编辑的信箱是: zhong98305@sina.com。

价钱绝不亏待你！”大明大喜过望，当即和吴经理达成了口头协议，但他也感到有点奇怪: 这鱼儿经过“瘦身”后，泥土味怎么就没了呢?

大明去街上买了一条池塘养的花鳙来比较，发现瘦身鱼明显比池塘鱼体形更瘦长、肉质也更光滑。大明不死心，又去翻资料，这才弄明白: 原来瘦身鱼生活在原生态的河里，流动的河水增加了鱼儿的运动量，使得鱼的肉质结实了许多，再经过一个多月的饿，又把原先吃饲料时体内沉积的“毒”素排出来，肉质自然变得细腻、鲜美了。

果然，食客吃了大明的瘦身鱼后，一迭声叫好，吴经理酒家的生意因此一天比一天红火。

消息传开后，其他酒家也纷纷前来大明家高价购鱼，这花鳙的价钱不断飙升，还是供不应求，这不没几天工夫，大明家的花鳙销售一空，算算账，这一塘鱼净赚了六万多元。

大明自然是乐得合不拢嘴了，从此也对养殖瘦身鱼产生了兴趣，他钻研出一套养殖方法，专门收购别人养好的肥鱼来瘦身，经他调养的瘦身鱼价格比原先高出近一倍，利润十分可观。没几年，大明的瘦身鱼养殖搞得红红火火，成了远近闻名的养殖大户。

（题图: 魏忠善）

婚姻存折

小美出嫁那天，妈妈递给她一个存折，小美打开一看，里面只有1000元。小美有些失望，妈妈却笑着说："这是我特意为你们办理的'婚姻存折'，以后每逢值得纪念的日子，都可以存一笔钱，等到老的时候，里面除了钱，还有无限的幸福……"

小美当时并没在意，倒是丈夫记在了心上。婚后没多久，丈夫就先后存了两个500元，第一个是因为他升职了，第二个是因为小美病愈出院。

没过多久，小美怀孕了，这一次，她往里面存了2000元。但很快，他们开始有了争吵。照顾孩子的麻烦代替了新生命带来的喜悦，也加剧了他们感情的恶化。而那本婚姻存折像被遗忘了，上面的数字久未见涨。

小美和丈夫闹离婚的时候，妈妈说，你们先把存折上面的钱花光了再离吧。于是，小美第一次从存折里取出了1000元。可当她拎着几件心仪已久的衣服刚要离开商场时，突然又折回去对售货小姐说："对不起，我不买了，请你把钱退给我吧。"

当时的局面窘迫极了，但小美脑海里想到的是那1000元婚姻积蓄的来源：丈夫是个害羞的男人，但一次在街头大声地对小美说"我爱你"，小美为此存下100元；丈夫记得小美的生日、鞋号、密码、最怕的事，小美为此存下300元；丈夫不给暗恋他的女下属任何机会，小美为此存下500元……想到这存折里有这么多的幸福积累，小美的眼睛湿润了。

回到家，小美把存折递给丈夫，说："赶紧花吧，花光了好离婚。"第二天晚上，丈夫把存折递到小美手上，小美打开一看，发现反而多了1000元。丈夫说："那上面的每一元钱都记录着我们走过的历程，我第一次发觉自己原来是这样爱你，索性又存进了1000元。"两人从此又和好如初了。

（**推荐者**：超　超）

（**插图**：安玉民　梁　丽）

没有鱼的鱼汤

有一对盲人夫妻十分恩爱。一次，丈夫突然得了急病，妻子背着丈夫，摸索着涉过冰冷刺骨的溪水，把丈夫送到医院。丈夫得救了，妻子却从此落下了腿疼病。

一天，丈夫买了条活鲤鱼。为了让妻子增加营养，他谎称买了两条鱼，做好后一人一条。鱼汤做好了，丈夫故意说自己的一条鱼已盛在碗里，另一条让妻子自己去盛。

妻子摸索着盛了半天也没盛到剩下的那条鱼。她想，也许是丈夫粗心，误把两条鱼都盛去了。这正是她求之不得的，丈夫是家中的顶梁柱，更应该多补充一些营养。想到这，妻子盛了一碗汤有滋有味地喝起来。

两个人高高兴兴地吃完鱼，又同时收拾桌子，可当他们用手摸索桌面时，都觉得不对劲儿，鱼刺哪儿去了？于是丈夫摸过妻子的碗尝了一口，虽然有咸味却没有一点鱼味；妻子也摸过丈夫的碗尝了一口，什么味都没有，就是白开水。这是怎么回事呢？

两个人又摸到灶台旁，在灶台底下同时摸到了那条鲤鱼。原来那条活鱼在入锅时还活着，遇到热水后，一个激灵跳出锅外，可丈夫并没有发现。

两个人心领神会，感动得热泪盈眶，紧紧地相拥在一起。

（**作者**：王　位；**推荐者**：唐正均）

母爱至纯

有一个三口之家，原本过着温馨和睦的日子。然而，天有不测风云，女人遭遇了车祸，虽然捡回了一条命，可留下了后遗症，会间歇性神经失常，隔三岔五做出异常的举动。

一天，女人的精神状态还可以，就去学校接孩子。不料，在学校门口，女人又一次发病了，坐在街上做出各种奇怪的姿势，引得路人纷纷围观。

这时学校的放学铃声响起，她的儿子走出了校门，见到眼前的情景，忙一把拉起发病的女人说："妈，咱们回家。"女人随着小男孩的声音站起身来，但没有停止她的"表演"。就在这时，一阵风儿刮来，穿着单薄校服的男孩不禁打了个冷战。

就在这时，那个发病的女人突然停止了"表演"，她望了一眼孩子，忙伸手脱下自己身上唯一的一件衣服，并套在了儿子的身上。

刚才还在哄笑的路人都愣住了，许多人的眼眶都湿湿的，他们被疯女人对孩子爱的行为所感动。

（**作者**：朱胜喜）

·传闻逸事·

螺旋剃

□程小成

初显手艺

民国初年一个隆冬的傍晚，寒风凛冽，大雪纷飞，保定城的街道上几乎看不到一个行人。守着剃头铺的郑大，正准备关门歇业，突然听到门外传来一阵急促的脚步声，他好奇地刚想探出头去看，一个人一头撞进他的怀里，哀求道："老师傅，快救救我。"

郑大仔细一看，是一个蓬头垢面的年轻后生，正气喘吁吁地想在他的剃头铺里寻找藏身之处。郑大稍一犹豫，迅速地将青年按在铺子里那张笨重的铁制皮椅上，然后手拿剃头刀，往挂在墙上的一块老牛皮上，"哧溜哧溜"擦过来磨过去，接着悬腕停在半空，突然手一抖，只见刀儿上下飞舞，瞬间发丝飘飘。青年只感到满面温热如酥，神清气爽。片刻工夫，镜子里出现了一个干干净净的后生。

青年刚想说话，一阵杂乱的脚步声，在门外戛然而止。郑大对着青年，大声说："好嘞，自个儿去洗洗吧。"

话音刚落，"呼"的一声，一阵冷风灌进铺子里。郑大抬头一看，一个打头的红脸男人，诡异地向屋子里瞄了一眼，望着郑大问："可看见一个乡下人来过？"

郑大摇了摇头，赔着笑说："爷说笑话了，乡下人再有钱，咋也不会跑到保定城来剃头，况且，这天也不早了……"

红脸男人鼻子"哼"了一下，突然过去一把抓住正在洗脸的青年，只见青年脸庞白净，皮肤微红，眼睛清澈。红脸男人手一松，看了一眼放在一边烧得正旺的煤炉，对站在门口的弟兄们说："算了算了，你们再往前去找找，我在这里刮个脸，剃个头。"

红脸男人一坐下来，郑大向青年使了个眼色，就把一块白围布"刷"往前一抖，落在红脸男人身上，围住、掖好，郑大这才低声地问："请问爷，您这头，是要浅剃，还是深剃？"

红脸男人一愣，好奇地问："嗬，我剃了几十年头，还就没个人问我什么浅剃、深剃。你说说看，什么是浅剃，什么又是深剃？"

郑大"嘿嘿"一笑，向红脸男人介绍说："这剃头手艺，说简单，也着实简单，修修剪剪，也就是头上那一把毛发，可真正细究起来，它里面讲究可就多了。就说这浅剃吧，是为削发，就是快刀顺刀迅速推落；而深剃，则可除火，讲究刀倒剃、刀舔刮，好比拔火罐，更胜拔火罐，就是要把毛孔全部打开。"郑大一说完，红脸男人就说："那就来个深剃。"

郑大应了一声，忙拿过一条雪白毛巾，往红脸男人头上一包，十根手指准确无误地按住头顶上十处穴位，接着紧三下，松三下，如此反复数遍，红脸男人就有点昏昏欲睡，神情慵懒，浑身上下道不出的清爽……

半个时辰后，红脸男人被郑大轻轻推醒。红脸男人揉着惺忪睡眼，只见自己面部焕然一新，精神十足，十分高兴。郑大忙替他解下白围布，抖掉上面的毛发，扶他站起。红脸男人望着郑大，问："老师傅这么好手艺，我以前咋就没听说过？"

郑大"嘿嘿"一笑，道："爷是忙人，平时没工夫来此小铺，初次来，是为好奇。我这手艺，周围人也不足为怪。"

红脸男人点了点头，掏出几块铜板丢给郑大，最后说："记住你这铺子，往后我还会来。""谢谢，我会尽力为爷服务。"郑大送走红脸男人，向外张望了几眼，便封了煤炉，关门准备休息，突然，刚才那个青年竟然又回来了。

郑大忙拉他进屋，关上门，把青年带到铺子后面的小屋里，担心地问："你咋还不走？还跑回来干吗？"

青年勾着头，说："我就没想过要走。"原来，青年来自巴水城，叫王稚，带着刚刚成亲的媳妇，坐车来保定走亲戚，谁知一下车，就被一伙人跟上，生生把他的媳妇给抢走了。王稚到处打听，终于知道这些人是保定军阀胡三俊府上的人，便前去要人，但几次都被他们打出门。今天下午，他跟着一个给府里送菜的大嫂，混了进去，可就在他寻找媳妇下落时，突然被人发现，一路追杀，他翻墙逃了出来，要不是郑大出手相救，可能早已死在他们手上。

郑大听完王稚的话，叹了一口

气，说："如此乱世，你还敢与他们作对？唉，你那媳妇落入他们手中，这也是她的命。"

王稚一听，倔强地说"你们怕他们，我可不怕。他们作恶多端，为百姓所唾骂，我就是去死，也要去和他们拼了！"

郑大又叹了一口气，说："俗话说：恶有恶报，善有善报，不是不报，时候未到，你此时又何必再去冒险？

好了好了，今晚就在我这歇一夜，明早速速离开，这里已经没你的事了。"

再显技艺

三天后的一个傍晚，漫天风雪还不见停歇，寒气从门缝里直往屋里钻。郑大刚把一只铜壶放在煤炉上，突感身后一阵冷风袭来，一回头，前几天在这里剃头的那个红脸男人，裹着一身风雪走了进来。郑大忙放下手中活计，迎了上去。红脸男人二话没说，径直往铁制皮椅上一坐，对着郑大客气地说："上次老师傅给我剃完头，着实舒服。这两三天，我这头皮又痒起来了，老师傅再替我剃剃。"

郑大连声答应着，忙替红脸男人围上白围布，十指往男人蓬松的头发里一钻，随后就抽了出来，望着镜中的红脸男人说"爷这是逗老儿了。你这头皮平滑如缎，发丝柔软似锦，何曾会痒？"

红脸男人一惊，也望着镜中的郑大问："老师傅既然这么高深，那你就猜猜，我不剃头，我又为何而来？"

郑大手拿剃头刀，往一边墙上挂着的老牛皮上蹭着刀子，慢条斯理地说："爷见笑了，我一个剃头匠，吃的是手艺饭，爷想什么，我哪能猜到？"

红脸男人显然有些失望，身子往铁制皮椅上一躺，说："原来这样，我还以为真遇到世外高人。"说着，红脸男人突然回过头，看着郑大问，"我问你，有种毛发坚硬，头屑多，头皮奇痒难耐的头，你可会剃？”

郑大说道：“那可是抗刀子的硬茬头，发质坚硬如针……”

红脸男人忙点头说：“对对对，就是这样。抗刀子的硬茬头？什么意思？”

郑大放下剃头刀，介绍说，这抗刀子的硬茬头，是最难剃的六种头之一。其他五种难剃的头，有下不得刀子的沟背头、蹦刀子的紧皮头、滑刀子的软毛头、吃刀子的松皮头、受伤生疮的凹凸头。碰到这六种难剃的头，一是靠腕功，二是靠手指扒功，三是四面运刀功，四是应急特殊功。末了，郑大说：“剃抗刀子的硬茬头，关键就要用好腕功。这样的头，年龄越大，发质就越发坚硬，头皮是奇痒不堪，夜不能眠。当然，这样的头，也只有见了，才敢按头而剃了。”

听郑大这么一说，红脸男人突然站了起来，对郑大说：“好了，天不早了，我改日来剃头。”说着，红脸男人起身推开门走了。

这一夜，风雪大作。第二天，天刚刚放亮，郑大就打开了铺子的门，听到行色匆匆的路人正在议论，保定河边一大清早发现有具溺水而亡的尸体。郑大心头一愣，忙锁上铺子的门，冒着风雪，撒腿就往保定河边赶。

果不其然，死者不是别人，正是王稚的媳妇。王稚的媳妇浑身是伤，眼睛睁着，一看就不是溺水而死，是有人先将她杀死后，再丢入保定河里的。郑大倒吸一口凉气，见四周没有可疑之人，拉起号哭不止的王稚，叫来几个帮手，买了一口薄棺，草草地收尸上岸，就地埋葬。

回到剃头铺，已经是中午时分，郑大再也没有心思去打理生意，他望着漫天飞舞的风雪，久久凝视，自言自语道：“难道时候还没到吗？”

终极绝剃

半个月风雪之后，终于雪霁天晴了。又是一个傍晚时分，郑大的剃头铺里冷冷清清，可郑大却固执地守着铺子，他期待自己还能等来今天的最后一个顾客。就在这时，郑大听到一阵熟悉的脚步声，正向着这边过来，郑大深深地吸了一口气。只听门外有人粗声粗气地问了一句：“老师傅晚上还剃头吗？”

郑大一回头，一个五大三粗的男人，像一块门板一样，堵在了门口。郑大忙弯腰作揖迎了上去，说：“开门守店，哪有不做上门生意之理？”说着，郑大把五大三粗的男人，引到铁制皮椅上坐好，一抖雪白的围布，披在男人身上。

郑大拿过一条毛巾，包住男人的头，十指往男人发丝里一钻，他就心知肚明。郑大又吸了一口气，十根指

尖就开始在男人的头皮上抚摩起来。男人格外舒服惬意，浑身像浸泡在温泉里，根根骨头都松散了，整个人飘飘然的，可意识清醒。

随后，郑大磨好了剃头刀，揭开男人头上的毛巾，突然说道“世事真是难料，谁曾想到，十年前街上一个小混混，如今竟然当上了保定城里一个大军阀头子。”

男人一惊，可身子却不能动弹，只好望着镜中的郑大说：“你认识我？”

郑大也不看男人，用手试着刀口，说：“认识，你不就是胡三吗？当了军阀，后面加了一个俊字，可我还是认识你。我跟你走了十年，你最先是在蕲州城当小混混，坏事干尽，无恶不作。后来，遇上奉军一个长官，摇身一变，也成了个军人，便去了东北。你去过沈阳，也到过长春，你还去了哈尔滨，我就一路跟着你。去年，你来到保定，我也跟着来到保定了……”

胡三俊吃惊地瞪大眼睛，但还是不认识郑大。此时，他四肢无力抬起，有些无奈地瘫坐在铁制皮椅上，盯着郑大害怕地问：“你到底是谁？为什么对我这么了解？”

郑大往胡三俊面前一站，看着胡三俊问：“你可记得，十年前的一个雪夜，一个叫小思的姑娘……”

胡三俊的脸，一下子吓白了。十年前，他对住在蕲州城南门口的姑娘小思，早已垂涎三尺，多次前去骚扰，都没有得逞。终于，在一个风雪之夜，正在大街上闲逛的胡三，突然看见去剃头铺给父亲送晚饭的小思，正一个人走在路上。胡三不禁窃喜，几步上前就抓住小思，封住嘴巴，拖到一个无人的小巷子。小思拼命反抗，怎奈不是胡三的对手。胡三把她打昏后，就残忍地将小思强暴后杀害了。

三天后，郑大发现女儿被害，在女儿的手掌里，紧紧握着一块玉佩。这块玉佩大家都认识，就是小混混胡三挂在脖子

上的玉佩……

郑大接着说道:“女儿死后，老伴没过多久，也跟着去了。我想替女儿报仇，可你哪把我这个老头放在眼里。后来，你一路发达了，你更不曾想到，那个小思的父母，还会找你报仇。还是俗话说得好，这叫山不转水转……”

“你想怎么样？你可不要乱来，这保定城，到处都是我的人！”胡三俊满脸恐惧，威胁郑大说。

郑大没吭声，淡淡一笑，说:“我是个手艺人，我就替你剃个头吧。”说着，郑大就冲屋里吆喝了一声，“端水——”

这时，只见一个青年从里面走出来，端出一盆热水。胡三俊抬头一看，这不是三番五次跑到自己府上，要他媳妇的王稚吗？胡三俊吓得浑身直冒冷汗，话都说不出来。郑大又缓缓说道:“你这个头，十年前我就给你剃过，是个硬茬头，发质坚硬，现在人到中年了，更是奇痒难耐，保定城里已经没人会剃了。我想了好多办法，想把你引过来剃头，你都不敢出来。还是认识王稚后，知道他媳妇被你抢去了，便和他商量着，把你身边最信任的人引过来，说不定你就会来了！”

王稚在一边也说:“我把你副官引过来后，老师傅就叫我走，可我不走。我想见识见识老师傅的手艺。”

郑大“嘿嘿”一笑，走到胡三俊身后，对着他耳朵又说:“剃头有个规矩，叫做僧前道后，官左民右。也就是说，给和尚剃头，第一刀是从前面开始的；给道士剃头，则从后面开始；你在我眼里，既不算是官，也不算是民，左剃不行，右剃也不行，要不，我就从你顶上开始，给你来个螺旋剃！”

郑大说着，只见锃亮的剃头刀，在他手中上下飞舞。片刻工夫，郑大气定神闲地收起剃头刀，对着胡三俊的眼睛看了一眼，然后将剃头刀扔在地上，狂笑一声，和王稚一起走了。

第二天，保定城内各路人马都在寻找失踪一天一夜的大军阀胡三俊，但都不见其踪影。临近傍晚，他的副官突然想起什么，带着一路人马赶到郑大剃头铺，只见大门已锁，副官让人砸开大门，胡三俊果然端坐在铁制皮椅上。副官小心翼翼地上前叫了一声，胡三俊没有吭声，细细端详，只见胡三俊新剃的头非常奇特，头上四周毛发不见，只有顶上有一小撮毛，远远看去，就像一只苹果，那撮毛就是苹果的蒂。

副官小心地提着那撮毛，胡三俊的整张头皮，就像被人削好的苹果皮一样，旋转着被提了起来。副官惊恐地大叫一声，他那张红脸，早已吓得惨白惨白……

(题图、插图：黄全昌)

最真诚的甩卖

□聂志红

比尔在科伦多大街上经营着一家中型商场。不知怎么的，近来商场的生意一直很不景气，比尔和店员想尽了各种促销办法，都未能带来丝毫起色。眼看商场就要倒闭，比尔整日坐卧不宁。

这天临近中午时分，比尔正望着没有一个顾客的卖场唉声叹气时，突然看到门口进来了五六个顾客。比尔心头一喜，立即示意店员上前招呼。

“欢迎各位光临……”一位迎上前去的女店员还没说完这句，就蓦地发出一声尖叫。只见六个“顾客”各自从怀里掏出一把锃亮的手枪，把黑洞洞的枪口指向在场的每个人。其中两个直奔收银台，威胁道：“快，把钱给我通通装进一个袋子，别磨蹭，最好放老实点！”

“我的天哪，这到底是怎么啦？”比尔见此情景，当场就一把眼泪一把鼻涕地大声哭喊起来，“我每天都亏损几十万元，可还有人要打劫我！求求你们，求求你们就杀了我吧……”

比尔叫着向劫匪扑过去，劫匪用力踢了他一脚，恶狠狠地说：“我们会的，如果你不按照我们说的办！”

比尔从地上爬起来，跌跌撞撞地跑到收银台后面。“好，我照办！”他“哗”地把装钱的箱子拖了出来，然后把钱全部倒在了桌子上，扯着一张苦瓜脸继续诉苦，“看吧，这就是我们今天的营业收入，尽管拿去吧。”

劫匪一瞧，桌子上仅有为数不多的几张零钞，加起来大概也不会超过2000元。他们十分不满，命令比尔将保险柜里的钱拿出来。比尔二话没说，又打开了保险柜给他们看，只见里面空荡荡的，一分钱也没有。

劫匪愣了许久，再次审视整个商场的情形，最终似乎相信了比尔不是在撒谎。他们交换了一下眼神，显得有点傻眼了。

比尔满以为劫匪要无功而返了，可没想到半分钟后，劫匪的眼睛滴溜一转，不知又想出了什么新花招。他们用枪指着比尔，命令道："快拿刷子和纸来。"

比尔疑惑地叫人取了平时写海报的用具过来，交给劫匪。只见一个劫匪拿过刷子，"刷刷刷"几下就在一张横幅上写了一行大字，然后叫店员把它张贴到外面去。

比尔一看，那横幅上写的是"全场商品1-3折大甩卖，欢迎抢购"。他顿时哭笑不得，真没想到，这些家伙居然要来个现卖现劫。

横幅被贴出去了，劫匪中的两个留在收银处劫持着比尔，其余几个扮成店员，胁迫其他店员一起接待顾客。可是，等了好一阵，仍然没有一个顾客光临。科伦多大街上不乏人流，可是他们大都对横幅上宣传的内容一笑置之。劫匪们沉不住气了，其中一个索性跑出去，拉住一个正准备离去的中年妇人："夫人，今天本商场所有商品一律1-3折甩卖，这么好的机会，您为什么不进去看看呢？"

妇人一个劲地摆手："不用看了，不用看了，你们这些招数我可都领教过了，哪能再上当啊……"

"夫人，这次可不同了，绝对是真的，很便宜啦，您不妨看一下再走！"劫匪半拉半拽地把妇人拉进了商场，他把妇人领到皮草专柜，指着一件貂皮大衣，问，"夫人，你觉得这个怎么样？在别处要卖多少钱呢？"

妇人不屑地说："别处不打折也比你们卖得便宜，最贵也不会超过八万块吧！"

劫匪满脸堆笑地说："夫人您说得一点也没错，但现在我们是降价甩卖呀，如果我告诉你，这件貂皮大衣目前只卖一万块，您觉得自己可以接受吗？"

妇人顿时愣了，当她确定自己没有听错之后，不禁拿起那件貂皮大衣，仔细地翻看着。

劫匪继续游说“夫人您放心，它并没有任何质量问题。不只是它，全场的每一样商品，只要您喜欢，今天您都能以难以想象的超低价格将它们买走。”

结果可想而知，妇人不仅高兴地买走了貂皮大衣，还买了一个名牌皮包、一把新型电热水壶和一打卫生纸。与此同时，另一个劫匪也成功地以6000元的价格推销掉了一台54英寸的背投彩电，那对年轻夫妇在抬走这个原价三万多的大家伙时显得欢天喜地……

很快，顾客就一个接一个地进来，又一个接一个地满载而归。卖场内摩肩接踵，热闹极了，顾客买得开心，“店员”卖得更开心。

不到两个小时，已经有了超过200万的营业收入。劫匪们满意地装好钱，然后穿过拥挤的人群，大摇大摆地登上门外的一辆汽车扬长而去。

比尔望着劫匪远去的背影，似乎久久没回过神来。“老板，我们报警吧！”一旁的店员朝他喊道，并迅速拿起桌上的电话准备报警。

“不，不许报警！”比尔厉声制止道。

大伙不解地望着他。只见比尔呆了好一阵，又强调了一句“绝对不能报警”，接着他走到广播台前，通过麦克风向全场宣布道：“亲爱的各位顾客，大家下午好，本商场今天的降价甩卖活动暂告一段落，所有商品恢复原价，请各位错过了机会的朋友不要泄气，我们以后还会不定期地举行此类促销活动，带给大家更大的惊喜，希望大家常来光顾，祝大家购物愉快！”

所有店员一听全都目瞪口呆，顾客则反响热烈，有人大声欢呼，有人轻声叹息，更多的人表示赞赏。因为，这是他们经历过的最真诚、最大幅度的一次降价甩卖活动。

在当天的工作会议上，比尔意味深长地对店员解释道：“今天我总算明白，为什么我们商场会陷入困境！现在想起来，我们之前惯用的那些‘明降暗涨’的甩卖行为，其实是多么愚蠢的做法，它让我们的信誉一点点降低……这一次，我们虽然损失了1000多万，但是，我们又重新赢得了顾客的信任，我们商场就还有希望……所以，今天商场遭劫的事，大家要绝对保密！”

果不其然，通过这次事件，商场拥有了良好的口碑，经营状况起死回生。

经过几年的发展，比尔的商场最终成为了全国最大的连锁超市之一，同时也成为业界诚信商家的典范。

（**题图**、**插图**：佐　夫）

阿P也浪漫

□东　关

小兰的生日快到了，阿P一心想着制造一点小浪漫，让老婆高兴高兴。

恰好，单位发了一笔奖金，阿P寻思着给老婆买件生日礼物。买什么好呢？他请教了几个年轻同事。大伙儿都说，女人最喜欢的当然是钻石，买钻戒好了。大伙儿还你一言我一语的，为阿P设计了一个浪漫无比的生日之夜，说只要你依计而行，别说你老婆这半老徐娘了，就是纯情少女，如此浪漫，也会幸福得一塌糊涂。

阿P大喜，当即兴冲冲地直奔金店。到了柜台，一看那钻戒的价格，他的心立刻就凉了，最便宜的也要一万多，手上这点钱，哪里买得起？钻戒虽好，也得量力而行啊。最后，他选了一款小巧的白金戒指，相信小兰到时候一定也会喜欢。

转眼，小兰的生日到了。晚上，阿P带着小兰来到一家西餐厅。这家西餐厅环境不错，布置精致，情调高雅，氛围非常浪漫，很适合情人约会。

两人来到提前预定好的席位坐下，阿P变戏法似的从桌子底下抽出一束玫瑰花，递到小兰面前，像情圣一样深情款款地说："老婆，生日快乐！"

立刻，小兰双眸放光，激动得脸色绯红，她双手捧着花，像少女一样娇羞无限。

阿P暗暗得意，心说好戏还在后头呢。

在轻柔、舒缓的音乐声中，大堂里的灯光暗淡下来，服务员过来为他们点燃桌子中间的蜡烛。烛光摇曳，小兰幸福无比，很少喝酒的她，高兴之下，不知不觉竟喝下了两杯红酒，看阿P的眼神，更是情意绵绵了。

阿P见时候差不多了，便借口去洗手间，其实偷偷跑到餐厅的工作间，将戒指亲手交给正在忙碌的面点师，请他做蛋糕的时候，将戒指藏到上层的心形图案里。面点师对这种浪漫的小把戏见惯不怪，一口答应："没问题，包你满意。"

阿P回到座位上，想象着小兰呆会儿发现戒指的惊喜表情，越想越美。

今天点蛋糕的客人不少，阿P催了两次，服务员终于把蛋糕送过来了。小兰看到那精致的蛋糕，自然又是一番惊喜。阿P好不容易压抑住激动的心情，将蛋糕上层的那颗心挑到了小兰的盘子中，深情款款地说："老婆，再次祝你生日快乐。"

小兰最喜欢的就是甜食，端起蛋糕，大口吃起来。

阿P的心一下子跳到了嗓子眼，他紧张地盯着老婆的嘴，眼睛一眨不眨，等待着那激动人心的时刻。

然而，小兰将盘中的蛋糕都吃完了，那时刻也没有出现。

阿P慌了，难道是埋在了下层？他赶紧将剩下的蛋糕翻查了一遍，却仍没找到戒指。

阿P赶紧去找面点师，问他是不是忘了放戒指。面点师信誓旦旦地说放了，怕阿P不信，他指了指天花板的一个摄像头，说："我们这里有监控，不信你去查录像。"

阿P问："那为什么没吃出来呀？"

面点师想了想，断定说："哥们，你那戒指也太小了，不细嚼慢咽吃不出来，肯定是被你爱人吃到肚子里去了。"

阿P傻了眼，失魂落魄地回到小兰身边，小心翼翼地问；"小兰，你感觉怎么样？"

小兰面如桃花，陶醉地叹了口长气，说："好，太好了！阿P，今天是我这辈子感觉最幸福、最快乐的一天。"她挽起阿P的胳膊，媚眼如丝，温柔地说，"P，咱们回家吧。"

阿P都快哭出来了："小兰，咱先不回家，还是先去医院吧。"

在路上，阿P交代了事情经过。小兰听完，酒意全消，立马觉得肚子也疼起来。她痛斥阿P："阿P，你真是吃饱了撑的，没事找事！"

阿P委屈地说"我这不是要浪漫

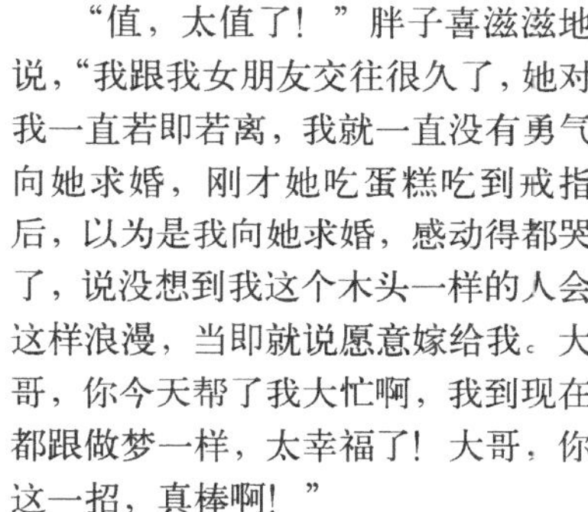

一下，给你个惊喜吗？”

然而，到医院一检查，在小兰肚子里并没有发现金属物体。

一番折腾后，两人从医院出来，阿P估计那家西餐厅还不会打烊，要小兰陪自己回去找戒指，小兰怒道：“我才不跟你回去丢人！”她直接打道回府，临走撂下话，“回去再跟你算账！”

阿P只得一个人再次回到西餐厅，刚进门，就听有人欢呼：“那人回来了。”立刻，一个胖子冲过来，紧紧握住阿P的手：“谢谢，谢谢，太感谢了！”

阿P正感到莫名其妙，那个面点师诚惶诚恐地跑过来，连连道歉：“哥们，实在对不起，刚才我忙糊涂了，把你们的蛋糕错送给这位先生了。”

阿P一听，是这么回事呀，气坏了，可事到如今生气也没用，能把戒指追回来就行了，他忙问：“那我的戒指呢？”

先前那胖子忙说：“大哥，你别着急，你的戒指在我女朋友……不，在我未婚妻手上戴着呢。”

阿P问：“那你未婚妻呢？”

胖子说：“我刚才把她送回家了，特意回来等你。”

阿P急了：“那可是我的戒指！”

胖子说：“大哥，你别着急。多少钱我买了，你说个数，一万够不够？”

阿P的心这才放下来，见胖子挺真诚，就说：“其实不值那么多。”

“值，太值了！”胖子喜滋滋地说，“我跟我女朋友交往很久了，她对我一直若即若离，我就一直没有勇气向她求婚，刚才她吃蛋糕吃到戒指后，以为是我向她求婚，感动得都哭了，说没想到我这个木头一样的人会这样浪漫，当即就说愿意嫁给我。大哥，你今天帮了我大忙啊，我到现在都跟做梦一样，太幸福了！大哥，你这一招，真棒啊！”

阿P瞠目结舌，没想到自己无意中竟然促成了这么件好事。他看着张着大嘴一个劲傻乐的胖子，心中的不快立马烟消云散，顿时得意起来，手舞足蹈地吹嘘道：“当然棒，浪漫无敌啊！女人都喜欢浪漫，你以后多学着点啊。”

众人均佩服至极。胖子把钱点给阿P后，担心地说：“大哥，嫂子今晚没收到戒指，会不会……”

阿P一听，立马泄了气，是啊，小兰还在家等着跟自己算账呢。不过，他一转念，又神气起来，说：“没事，没有戒指，送钞票一样可以浪漫啊。”他将钞票扎好，又让面点师找来一条彩带，在上面左绕右缠，装饰得花团锦簇、赏心悦目，毫无铜臭之气。

然后，我们的浪漫大师阿P，就哼着小曲，高高兴兴地回家去了。

（**题图、插图**：顾子易）

□邢　东

善恶对台戏

常家有最好的戏台，有最好的戏班子，还有众多乡亲捧场，而对方却连戏台都没有。然而，对台戏开场后却来了个乾坤大逆转……

两座戏台

清光绪六年的一天傍晚，山西的常家大院里灯火通明，常家盖了三年的大戏台，终于完工了。常家的当家掌柜常远决定：请著名的晋剧班子红遍天大唱三天。这下全村还不都跟过年似的，老百姓们都互相约好了来看戏。

大伙儿正忙着，夜空里突然传来了一阵阴森的笑声：“常远老贼，三年前，你使诡计谋夺我段家财产，害得我家破人亡；三年后，我段金鹏回来跟你算账了。明天，我要在你家戏台对面与你唱对台戏，要是你输了，就老老实实地把我段家的产业还我，不然，哼……”

话音渐渐消失了，常远的眉头蹙成了一团。这段金鹏大伙儿都认识，是同村另一大户段家的大儿子。三年前，山西大旱，段家乘机囤粮买地，哄抬物价，结果被巡抚大人发现，将段家的财产悉数充公，屋舍田园都划归常家所有，段家人全部发配边疆。当时，段金鹏神秘消失了，据说是上了终南山求仙访道去了。没想到，三年之后，他居然回来了，而且要跟自己赌唱对台戏!

常家的管家常义看当家的愁眉不展，就劝道:“老爷不必发愁，咱们有这么好的戏台和戏班子，就是唱对台戏，他段金鹏也不是咱家的对手! ”

常远摇了摇头，说“我倒不是担心比不过他，只是现在的段金鹏似乎走上了邪道，我担心明天的对台戏无论谁胜谁负，都会给咱们村的乡亲带来祸害啊。”

此时，周围的百姓都感到愤愤不平。在三年的灾荒中，段家坑害百姓，逼得大伙儿卖地卖房卖儿女，后来遭到报应是罪有应得;可常家为了帮助大伙儿渡过难关，拿出巨资修建戏台，只要能帮一把手的，都可以在常家吃一天饭。这个戏台，救了数不清的人。现在常家有难，大家自然不能袖手旁观。于是，附近的老百姓都打着灯笼赶来了，大家把常家戏台围了个严严实实，看他段金鹏怎么搭戏台，他连戏台都没有，凭啥比过常家?

大伙儿一直守到半夜，突然天空中乌云密布，一阵又一阵的黑风呼叫着从四面八方刮过来。黑风中，影影绰绰有鬼怪野兽的影子在晃动，这些鬼怪野兽的身上都背负着各种各样的砖石柱子，依次安置在地上。大伙儿都被眼前的景象吓呆了。过了一会儿，黑风散去，在常家戏台的对面，赫然立起了一座大戏台，那戏台，比常家的更高大、更气派。

大伙儿一看，个个目瞪口呆。过了好一会儿，常远叹了口气，对大伙儿说:“明天的对台戏，咱们认输吧。”

这时，常义凑到常远跟前，说:“老爷，你不用担心，咱们还有最好的戏班子呢，咱们还有这些乡亲呢!明天开戏的时候，我敢保证，这些乡亲

都会站在咱家的戏台前，他段金鹏的戏台前一个看戏的也没有，怎么说也不能算他赢啊！”大伙儿听了，纷纷点头说是。明天，就算段金鹏把嫦娥请下来，大伙儿也都钉在常家戏台前，看他段金鹏还有什么手段。

常远摇了摇头，说：“这段金鹏在终南山三年，看来是学会了驱动鬼神的法术了，明天一比，胜负难料啊。”

必输无疑

第二天一早，常家戏台前已经被挤了个水泄不通，而段金鹏的戏台前却空无一人，只有一张桌子，一把椅子。段金鹏身穿一件八卦仙衣，坐在椅子上，得意洋洋地喝着茶水，一副胜券在握的样子。

转眼到了开戏的时间，可常家戏台上迟迟不见动静，常义到后台去催，却发现后台一个人影也不见了，连锣鼓家伙也一起消失了。常义正纳闷，突然听见一阵锣鼓响，他连忙跑出来一看，段金鹏那边已经开戏了，登台演出的正是红遍天那帮人！

常义气坏了，他昨晚千叮咛万嘱咐，跟红遍天的班主说定了，今天早晨的戏，大伙儿都要拿出百倍的精神来，绝对不能出任何问题，没想到……

常义招呼几个手下，要到段家戏台上找红遍天班主讨个说法，却被常远拦住了。常远指着对面戏台上的演员说：“不用了，跟红遍天的人没关系，你没看到他们的眼神都空洞洞的吗？段金鹏能驱使鬼神为他盖戏台，控制几个唱戏的还在话下？”

“那、那我们坚决不看他的戏，我们就是守着空戏台，也不看他的戏！”台下的众人纷纷大呼。

于是，一个滑稽的场面出现了：常家戏台下人头攒动，戏台上却空无一人；段家戏台上热闹异常，台下却只有一个段金鹏。

不过，常远明白：这场面支撑不了多久，红遍天的戏真好，那些唱腔就像长了翅膀似的，一个劲儿地往大伙儿的耳朵眼儿里钻，已经有年轻人憋不住，偷偷往那边回头了，用不了多久，大伙儿都得转到那边去。

段金鹏哈哈大笑，说：“常老爷，胜负已经分出来了，你那里连戏班子都没有，怎么跟我唱对台戏？认输吧！”

常远点了点头，站起身来，朝段金鹏走过去。常义拦住了他，说：“老爷，不能啊，咱不能向他低头啊，当初段家败掉是咎由自取，你向他低头，就等于承认咱家谋财害命，要落一辈子骂名的啊！”

常远深深叹了一口气说：“我常某人身败名裂倒是小事，要是惹怒了段金鹏，恐怕咱们这一带都得遭大殃啊！”

峰回路转

正说着，常家戏台上突然响起了锣鼓声，常远抬眼望去，奇了，自己的戏台上竟然又出现了一个戏班子，戏班子里的人和段家戏台上的人长相、扮相都一样，唱的戏也一模一样！所不同的是常家戏台上的演员眼神是灵活的，个个顾盼生辉，一下把台下所有观众的眼神全勾了过去。

这下常远彻底糊涂了：莫非天底下还有两个一模一样的红遍天？

此时，段金鹏也迷糊了：今天早晨，自己暗地里施法，把红遍天赶到了自己的戏台上，可眼下常家戏台上那些演员是哪里来的？他暗地里念动咒语，想再把常家戏台上的演员赶到自己这边来，可这次咒语居然不管用了！眼看常家戏台上精彩纷呈，戏台下掌声雷动，段金鹏的眼珠子都要鼓出来了，他决定孤注一掷，使出自己的撒手锏，再次念起了咒语。

没过多久，天就阴了下来，突然有一股黑色的旋风，呼啸着从远处朝常家戏台卷过来。可奇怪的是那股旋风虽然来势汹汹，但到了常家戏台前，竟然像泥牛入海一样，顿时消失得无影无踪。常家戏台岿然不动，大伙儿也没受到什么影响，依然兴致勃勃地看戏。

段金鹏恼羞成怒，一遍又一遍地念动咒语，旋风越刮越大，转眼间，连段金鹏和他自己的戏台都被卷了进去……

风停过后，段金鹏抬眼望去，自己昨晚搭起的戏台早已经坍塌了，而常家戏台还在照常演出。段金鹏面如死灰，抽出宝剑，纵身一跃，越过众人头顶，跳上常家戏台，朝台上的演员刺去。随着台下众人一阵惊呼，台上的演员一个个站住不动了，身上的彩色戏衣全都不见了，剩下的只是一尊尊泥塑的城隍、土地、判官。

段金鹏惊呆了，他愣了一会儿，

转头朝常远说："常老爷，并非我段金鹏没有手段，今天有老天助你，我段金鹏甘拜下风！"说完，起身朝台下走去。

常远上前一步，拦住段金鹏，说"贤侄且慢，三年前你家的事，的确与我常远无关。官府把你家产业划归我常家之时，我常远已经立下誓言，一定为你们段家保管好这份产业，等段家后人归来之日，原样奉还。你段家的房契、地契都在这里，现在，也到了完璧归赵的时候了。"说完，常远让常义把段家的房契地契拿了出来，段金鹏一看，果然是原封不动，再看常义手中还端着几本厚厚的账簿，上面记载着每年的收成和支出，一笔一画，明明白白。

段金鹏彻底折服了，怪不得自己家会衰败下去，就凭常家的仁义和守信，自己也比不过人家。他把房契、地契和账簿交还给常义，对常远说："常老爷，这些身外之物，对我段金鹏来说已经没什么用了，您还是把它用在更需要的地方吧。"说完，他转身走下台去，在人群中晃了几晃，一下就不见了……

老百姓们欢呼起来，伴着喧天的锣鼓，大伙儿把戏台上的城隍、土地和判官抬回了庙里。

大伙儿都说：常家搭戏台，救了那么多条性命，感动了神仙，所以连神仙都来给他帮忙。那戏台是成百上千的老百姓带着感激、一砖一瓦修起来的，每块砖瓦都饱含着老百姓的心意，自然不会倒塌。而段金鹏的戏台是他驱使鬼怪野兽修起来的，这鬼怪野兽谁愿意被人驱使？所以每一块砖瓦都充满了怨恨，根基不稳，被风一吹，自然就倒了。

（**题图**、**插图**：黄全昌）

智慧生财

泰山顶上的几处古建筑年久失修，危及游客的安全，泰山管委会决定投资对这些古建筑进行修缮。

杨树德经营着一家大型的古建公司，凭借着雄厚的技术力量在工程招标中一举中标，与泰山管委会签订了合同：必须在“十一”黄金周前完工，否则就要向泰山管委会交纳巨额违约金。

泰山山路险峻，沙子、水泥、砖块都要靠人工运上山去，一个人一次充其量运一百斤左右的建筑材料，一天只能往返一趟，每人一天的工钱就要八十元钱。离“十一”黄金周还有不到三个月的时间，杨树德一计算，不但运费惊人，而且照这样的运输速度，根本无法按期完成工程，不由得焦急万分。

一天，一位五十多岁的老人敲开了杨树德办公室的门。老人说他是乡下的养羊专业户，要承包往山上运料的活儿，报出的运费只是预算的一半，杨树德喜不自胜，当即与老人签订了合同。老人向杨树德要求借用一片场地，正好备料场还有一块空场地，杨树德便答应了老人的请求。

第二天，老人运来几车草料堆放在备料场上，又赶来四百多只高大威猛的小尾寒羊。老人背着一个大麻袋，里面全是一米五左右长的绳子和编织袋。老人把水泥、沙子装进编织袋内，一头拴上砖，一头拴上一个编织袋，将绳子搭到羊背上，浩浩荡荡地向泰山出发了。这些羊都是爬山的能手，驮上这些东西根本算不了什么，一边悠闲地吃着路旁的青草，一边爬山。老人日出而作，日落而归，晚上让羊群在备料场吃草休息，不出二十天就将所需的建筑材料全部运到山上。杨树德提前完成了工程，老人也狠赚了一笔运费。

财富启示：手中如有获取财富的资源，不妨用你的慧眼寻找商机。聪明才智加上手中的资源，财富也就离你不远了。

（**作者**：杨启范）

（**本栏插图**：安玉民　梁　丽）

· 财富故事 ·

颜色的价值

有一家肉铺，由于老板经营有方，生意兴隆，赚了一大笔钱。

为了能让生意更加红火，肉铺老板计划要重新装修一下自己的铺面。为了让这个店铺看上去神气十足，档次更高，老板特意选用了橘红色调作为墙壁的颜色，说是意味着“热情大方”、“富丽堂皇”。

重新开业那天，场面非常热闹。除了老客户外，还有不少图新鲜的新顾客，一时间买肉的人摩肩接踵。

可是四五天后，生意却一天一天清淡下来，后来竟很少有人光顾了。

肉铺老板很纳闷，实在想不明白：为什么店铺重新装修后生意竟不如从前了。

于是，肉铺老板便去请教别人。可是用了好多方法，生意都不见起色。

这天，有一位室内设计师来到店里看了之后，告诉老板，如果把墙壁涂成白色或浅灰色，保证能把生意再揽回来。

肉铺老板将信将疑地又一次装修了店面，没想到，把墙壁颜色改成浅色后，生意果然兴旺起来。

肉铺老板再次将设计师请到店里，询问原因。

那位设计师微微一笑，说：“顾客看了你店堂里许多鲜艳的颜色，再看看你柜台上的肉，就觉得那些肉颜色变灰了，再新鲜的肉也看不出新鲜来，怎么还会再买你卖的肉呢？而现在的颜色则更能衬托出肉的鲜红颜色。”

财富启示：不同的颜色会带给顾客不同的视觉与心理作用。选对颜色，至关重要。

（**作者**：沈福煦；**推荐者**：王　莹）

（本栏目欢迎广大读者投稿或荐稿。要求作品情节性强，并且每则作品都包含一个财富金点子。一旦选用，稿酬从优。）

一个黄釉青花葫芦宝瓶，引出了一幕幕明争暗夺、尔虞我诈的轻喜剧……

偷天换日

□翟丙军

1.劫宝惹祸

唐朝年间，北天池山上盘踞着一伙强盗，头子叫卢长天，因他轻功了得，号称“飞天鼠”。他们成立了天道帮，专门打家劫舍。这些年赶上“安史之乱”，天下的官兵们都忙着打仗，顾不上围剿卢长天。所以，他这个强盗头子倒也过得逍遥自在。

然而，强盗终究是强盗，逍遥的日子毕竟长久不了。这不，就在前些天，卢长天莽莽撞撞地劫了一支不该劫的镖，惹下了杀身大祸，他的逍遥日子就算是过到头了。

卢长天劫的是一支什么镖呢？他劫了一个黄釉青花葫芦瓶。说起这个黄釉青花葫芦瓶，还真大有来头。相传这是本朝定国之君太宗皇帝李世民最爱的宝物，后来，太宗把它赐给屡立战功的尉迟敬德。可惜，这位尉迟将军是个粗人，他只懂得领兵打仗，压根儿就不懂得欣赏陶瓷玉器之类的风雅物件。他把宝瓶拿回家，稀里糊涂地随手一放，日子一久，宝瓶便不见了踪影。为这事，太宗差点要治尉迟敬德的罪。

几十年之后，那个失踪的黄釉青花葫芦宝瓶突然又重现人间，被河东郡太守张廷璧意外地从一个商人手里

得到了。

张廷璧得此宝物后，本打算将它贡奉给当朝天子玄宗李隆基。可是，就在张廷璧准备献宝之时，突然发生了“安史之乱”。玄宗皇帝被赶出了长安城。皇帝逃跑了，张廷璧的献宝计划也只好无限期地拖延下去。

张廷璧所在的河东郡正处于郭子仪的郭家军与叛军的中间，张廷璧如果联合郭家军，对抗叛军，那么河西走廊一带便可保平安无事，郭家军就可以安心对付叛军，而不必担心后院起火了。可是如果张廷璧投靠了叛军，那郭家军的形势就大大不妙了。

因此，张廷璧便成了郭家军与叛军争相拉拢的对象。张廷璧几经盘算之后，放出风声，要派偏将刘万琦运送宝物黄釉青花葫芦瓶，贡奉给新君肃宗，此举无疑表明了他要与郭家军共同抵御叛军的决心。

然而，正所谓好事多磨，宝瓶在被送往灵武的途中，却意外地遭到卢长天一伙强盗的抢劫，他们杀退了押运宝瓶的官兵，将宝瓶收入囊中。

此事一出，天下哗然。张廷璧立即派出手下最厉害的三个人称“三脚猫”的捕快，追捕卢长天。郭子仪也派出手下武功最高的四位号称“四条腿”的爱将，捉拿卢长天。就连一些江湖好汉，也觉得卢长天这次抢劫宝瓶是大逆不道的行为，于是他们也主动配合朝廷，追杀卢长天。一时间，卢长天这个“飞天鼠”成了人人喊打的过街老鼠。

2. 逃亡遇险

卢长天知道这山上是呆不了了，他就地解散了天道帮，只带着“快嘴”白二和“快刀”常山两名心腹，背着抢来的黄釉青花葫芦瓶，一路向西北逃亡而去。

逃亡路上他们昼伏夜出，不敢走官道，只敢在夜色掩映下，翻山越岭，走在人迹罕至的乡间小道上。这天，天快放亮时，他们来到了孤山脚下，三个人在附近找到一个洞穴安顿下来。

进入洞中，卢长天和白二忙着寻找枯枝、干草，搭铺睡觉，常山却呆呆地坐在洞口，好像在想心事。

卢长天见常山情绪反常，便问道：“常兄弟，你怎么了？”

常山支吾道：“没什么，只是有件事，兄弟我想不通。”

卢长天一听，立即停下了手里的动作，问道：“什么事想不通？”

常山说：“这个宝瓶是张廷璧贡奉给朝廷的信物，大哥为啥要抢？咱这么做，不就等于在帮叛军的忙吗？那些叛军烧杀抢掠，无恶不作，咱身为侠盗，怎么能……唉……”常山说到这儿，叹了口气，说不下去了。

“你以为我想抢呀？”卢长天一屁股坐在草堆上，张了张嘴，好像有什么难言之隐不便出口，但他犹豫了一下，愤愤地说，“实在是他张廷璧欺人太甚，这些年他围剿了咱们多少次，有多少兄弟死在他的手上？咱们跟张廷璧的梁子算是越结越深了。还有就是那个押运宝瓶的狗屁偏将刘万琦，他也太目中无人了。他从我的北天池山下经过时，一边耀武扬威，一边大言不惭，说什么他要在护送宝瓶进京的同时，顺道再把我们天道帮给灭掉，你们说，他这不是摆明了要逼咱们跟他拼命吗？我也是忍无可忍，不得不先下手的呀。”

一旁的白二插嘴道：“反正咱们原本就是强盗，抢东西天经地义，不抢东西那还当什么强盗？既然抢了，断无退回去的道理，到店铺里买东西还不允许退货呢！”白二顿了顿，继续说，“事情既然如此，索性咱们逃得远远的，等风声过了，咱们便给这个宝瓶寻个买主，卖个好价钱，也算没有白辛苦，足够咱们兄弟过好后半辈子了。”听白二这么说，常山便无话可说了。

然而就在此时，功力深厚的卢长天，突然听到洞外响起几下轻微的脚步声。他赶紧打了一个手势，示意白二和常山噤声。他意识到，追踪他们的敌人已经找上门了。

卢长天蹑手蹑脚走出洞穴，一眼便看到走来三个人，一见这三个人，卢长天脸色一下就变白了。

外面来的是张廷璧的捕快“三脚猫”。所谓“三脚猫”其实是三个人的合称：老大是“毒不死人”轩辕三笑，出身滇边五毒门，是个江湖人谈之色变的老毒物；老二是“媚里藏刀”妩媚三娘，出身西藏秘宗门，精通催眠术，眼睛也能杀人；老三是“狗鼻子”耶律阿三，来自蒙古草原，天生一副比狗嗅觉还灵敏的狗鼻子，据说顶着风也能嗅到十里以外小孩儿撒尿的味道。因为这三人名字里都有一个“三”字，所以江湖人便给他们起了一个“三脚猫”的绰号。

这三个人各有一身惊世骇俗的武

功。若论单打独斗，卢长天并不惧怕他们，可是如果三人联手，卢长天就难应付了。

此时，“三脚猫”也发现了卢长天。

“你叫卢长天，对吗？”妩媚三娘笑颜如花地款步上前，目不转睛地盯着卢长天，轻声细语地说，“听说那个宝瓶在你手里？带着宝瓶四处逃亡是不是很累呀？不如把宝瓶交给我吧，然后你就可以安心休息了。”

妩媚三娘嘴里娇声说着，眼睛里仿佛放出一层薄薄的雾气，让人一看便被吸引住，连眼睛也舍不得眨一下。卢长天看着妩媚三娘那奇异的眼神，听着她那悦耳的声音，脑子里一阵阵地犯迷糊，神智也渐渐模糊起来。他依稀觉得，眼前这个女人像是自己最亲近的人。迷糊之中，卢长天竟然神不守舍地解下背上的包袱，打算将包袱里的宝瓶交给妩媚三娘。

就在此时，跟在卢长天身后的白二发觉情况不妙，急忙大声喊道：“大哥，别着了她的道，这娘们儿会催眠术，你别看她的眼睛。”

一语惊醒梦中人。卢长天心头一震，急忙运功守住心神，闭目大喝一声，这才躲开了妩媚三娘的催眠术。

妩媚三娘见一计不成，随即便发出一串银铃般的笑声。这笑声乍听起来十分悦耳，但紧接着就变得如同钢刀刮骨，她每笑一声，卢长天等三人便觉得体内经脉如刀削一般的疼痛。卢长天功力深厚，还可以抵抗，而白二和常山却早已忍受不住，情不自禁地呻吟起来。

卢长天知道两个兄弟功力较浅，如果妩媚三娘再笑几声，他俩必然会经脉尽断而亡。形势危急，卢长天顾不上多想，急忙拔出腰间长剑，腾身刺向妩媚三娘。

卢长天能在北天池山占山为王，成为天道帮的头头，并非徒有虚名，他那七十二路回风舞柳剑法，在河东一带罕逢敌手。妩媚三娘的催眠术虽然厉害，但毕竟是邪派功夫，又怎能是卢长天的对手？他一出手就剑光如水，泛过一片银光。一道剑光掠过后，妩媚三娘“哎哟”一声惊叫，急忙翻身倒地，来了个懒驴打滚，滚出数丈，躲避卢长天的长剑。不过，尽管妩媚三娘滚得快，但她的衣裙已被卢长天的长剑给削掉了一半。此时她只顾手忙脚乱地躲避，也就顾不得再用笑声伤人了。

但是，就在卢长天出剑的同时，轩辕三笑与耶律阿三也已出手。轩辕三笑用的是马尾鞭，鞭上青光闪闪，腥气扑鼻，一看便知上面涂有剧毒，若是被这鞭子打中，必然会当场毙命。耶律阿三用的是扑虎爪，这是一种外门兵刃，一根铁棒，上面有四只利爪，一旦被利爪扫中，就会皮开肉绽，伤及筋骨。这两个人一围上来，卢长天顿时便落了下风。白二和常山想上来帮大哥的忙，但是他们刚一动身，便被妩媚三娘拦截下来。

妩媚三娘不是卢长天的对手，但要对付白、常两人，还是游刃有余。

这一仗打得极其惨烈，卢长天这边虽然险象环生，但还可以苦苦支撑。而白、常二人却完全不是妩媚三娘的对手，转眼工夫已经遍体鳞伤了。眼看三人难逃此劫，只听常山突然喝道："白二哥，你给我缠住这个恶婆娘。"

常山说着，纵身跃出战场，丢下白二，直扑轩辕三笑与耶律阿三。

常山使的是五虎断门刀，刀法也有几分造诣，加上他决心拼死一搏，扑过来霍霍霍使出拼命招数，朝着轩辕三笑和耶律阿三两人的要害处砍来。两人没想到常山会突然扑过来拼命，一时间倒被弄了个手忙脚乱。

常山几刀逼退轩辕三笑与耶律阿三，急忙冲着卢长天大喊："大哥，我们兄弟两个替你挡着，你赶快走，不走我们三人全完！"

卢长天原本不是那种危难之时丢下兄弟逃命的人，但是这次他听了常山的话猛地一怔，接着他一咬牙、一跺脚，纵身窜入山林之中。

几乎在卢长天跃入山林的同时，他身后响起两声凄厉的惨叫。卢长天听出那是他的两个兄弟发出来的惨叫声，他知道白二、常山两位兄弟已经遭到了毒手，眼中止不住流出了两行热泪。但他没有回头，只是喃喃地说了一句："好兄弟，大哥我对不起你们。"然后，便慌不择路地逃窜而去。

3. 欺世盗名

就在卢长天窜入山林逃命的时候，河东郡太守府里，张廷璧却在得意洋洋地喝着小酒。陪他喝酒的是一文一武两个人：文的是个白面无须、眉心长着一颗黑痣的青衣雅士，武的是个浓眉大眼、气宇轩昂的将军，他不是别人，正是张廷璧手下偏将刘万

琦。

刘万琦弄丢了进贡给皇上的宝瓶，本该受到军法惩处，怎么不仅没受到惩处，反而成了太守老爷的座上宾呢？

原来，这一切都是张廷璧亲手策划的阴谋诡计，卢长天抢走的那个黄釉青花葫芦瓶，只不过是张廷璧请妙手神匠李好好仿制出来的赝品，真的黄釉青花葫芦瓶早已被张廷璧暗中送给他想投靠的新主子了。

在酒桌上，那个青衣雅士，便是江湖上大名鼎鼎的妙手神匠李好好。

这时，张廷璧笑眯眯地端起酒盅对李好好说："李先生，多亏你的一双妙手，终于骗过了卢长天那个笨蛋，也骗倒了天下人。来，来，来，本官敬李先生一杯。"

"哪里，哪里，草民只不过是尽了举手之劳。"李好好也是满面春风地举起酒盅，一饮而尽后说，"这件事之所以能成功，全仰仗大人您的妙计呀！"

他们究竟骗了卢长天什么？原来，早在几个月前，张廷璧看到朝廷与叛军对阵连战连败。为了保住自己的官位前程，他便暗中与叛军勾结，准备反叛朝廷。可是就在此时，北方大将军郭子仪，带领郭家军英勇善战，杀得叛军毫无还手之力。如此一来，叛军与朝廷谁胜谁负，形势就很难预料了。

张廷璧不敢得罪郭家军，更不敢得罪叛军，便想两边都不得罪，坐山观虎斗。

可是，让他没想到的是，现在两军首领都来逼他表态。张廷璧思前想后，最终决定投靠叛军，并以进献黄釉青花葫芦瓶表明自己的忠心。但与此同时，他发现郭家军的主力就在自己一侧，他又担心郭家军会挥师东进，攻打自己，所以就请来以仿制陶瓷玉器而闻名天下的妙手神匠李好好，让李好好仿制出一件宝瓶赝品，并放出风声，要将宝瓶贡奉给朝廷，好让郭家军对他不起疑心。

不过，狡猾的张廷璧觉得将赝品送进朝廷，万一被朝中识货之人发现，必定吃罪不起。于是，他让刘万琦在送宝路上，故意口出狂言，激怒北天池山上的强盗卢长天下山劫宝。赝品宝瓶一旦被卢长天劫走，张廷璧便联合郭家军去剿灭天道帮，名义上是要夺回宝物，实际上他秘密吩咐"三脚猫"杀人灭口、毁尸灭迹。如此一来，活不见人，死不见尸，郭家军自然也就不会猜疑他了。

就在卢长天劫宝的同时，张廷璧修书一封，派人送去了叛军阵营。在书信中，张廷璧讲明他之所以这么做，是为了稳住郭家军，让郭家军放心地将主力部队撤离河东。到时，他便会率军直捣郭家军的老巢，与叛军里应外合，就可置郭家军于死地。为了表明自己所言非虚，张廷璧还特意将真的黄釉青花葫芦瓶送去，以此来证明送给朝廷的确实是赝品。

正是因为这样，刘万琦这个败军之将不仅无过，反而大大的有功。当然，在实施此计中，另一个大功臣，就是妙手神匠李好好。

为了请到这位妙手神匠，张廷璧不惜花了八千两白花花的银子，事实证明，这八千两银子花得一点都不冤枉。这位李神匠果然很神，他做出来的赝品，除了黄釉的颜色稍微艳了一点之外，其他方面，完全可以乱真。

张廷璧觉得自己这条计谋可以说是天衣无缝。接下来，他便耐心地等待郭家军主力撤走，到时他就立即挥师西进，直捣郭家军老巢。一旦击溃郭家军，朝廷自然就会土崩瓦解。到那时，自己便是叛军的开国功臣，荣华富贵，享之不尽。而此时最让张廷璧感到满意的是，支付给李好好的那八千两银子，也该重回自己的口袋了。因为，张廷璧早已吩咐手下在李好好的酒盅上抹了一层穿肠毒药，用意自然是要灭了李好好的口。

现在，李好好这盅酒已经下肚，他的脸色也立马变得乌青，并且一缕鲜血已从嘴角渗了出来。看着李好好那副痛苦的表情，张廷璧开心得哈哈大笑，心想：这个世界上的所有好事儿，全都是给聪明人准备的，而笨人，只配当聪明人股掌间的玩物。我张廷璧幸好是聪明人。

4.绝处逢生

现在来说逃亡中的卢长天。他凭着罕见的轻功，狂奔起来疾若流星，简直比传说中的千里马还快。可是，他毕竟是血肉之躯，总有体力不支的时候，总有需要停下来吃饭、喝水、休息的时候。所以一路上走走停停，停停走走，总也甩不掉“三脚猫”的追踪。

耶律阿三凭着天生的狗鼻子，能轻而易举地闻到卢长天的气味。所以，“三脚猫”追得并不急，他们骑着

马，从容不迫地跟在后面。每到岔道口，耶律阿三就下马用他那特大号的鼻子嗅上一嗅，辨明方向，然后再上马跟踪。

卢长天逃亡到第四天，终于筋疲力尽，实在无力再逃了。于是，他在一座破土地庙里歇了下来，他点燃一堆篝火，拖着疲惫的身躯坐在篝火旁。他脱下了草鞋，看到脚底磨出了一层水泡，有些地方已经血肉模糊，脱鞋时感到阵阵钻心的疼痛。

突然，卢长天闻到了一股奇异的香气。这香气既有些像女子用的胭脂水粉，又有些像陈年佳酿，甚至还带有一丝淡淡的苹果味。在这荒山破庙之中，哪儿来的香味？卢长天觉得有些怪异，马上本能地屏住了呼吸。与此同时，他听到了细微的脚步声。

紧接着庙外响起了银铃般的声音："大哥，你的十里香可真是名不虚传，这味道真是太好闻了。"卢长天一听到这声音，心里一下凉了半截，因为他听出了这是妩媚三娘的声音。

"这味道虽然好闻，可是闻过之后就不太好玩了，因为一旦闻过我的十里香，丹田之中便会空空如也，三个时辰之内，聚集不起功力来。"说这话的是轩辕三笑。

卢长天一听大惊失色，他急忙暗自运了一下气，果然发现丹田之中有些异样。不过，幸亏他比较机警，及时屏住了呼吸，中毒不是很深。但即便如此，功力也已经大打折扣了。

"大哥，你的十里香散尽了没有？我还等着进庙瓮中捉鳖呢！"说这话的是耶律阿三。

这时又听到妩媚三娘那好听的声音："别着急，只要有你这个狗鼻子在，还怕他卢长天能飞上天去？"

"差不多了，这香味也该散尽了，现在咱们可以进去抓贼了。"说这话的是轩辕三笑。他的话音刚落，卢长天便看到三条人影从庙门外飞了进来。

逃已无路可逃，卢长天只得将计就计，软软地躺倒在地上，完全是一副中毒已深的模样。耶律阿三是个急性子，见状便说道："大哥使毒的本领果然厉害，这小子现在已成了条死狗，待老子先把他的手脚给废了。"耶律阿三说着，纵身过来，弯腰便要去拧断卢长天的手脚。就在耶律阿三刚一弯腰，胸前空门大开之际，卢长天突然从地上一跃而起，瞬间长剑出手，快如流星划过天际。

耶律阿三还没弄明白怎么回事，便被卢长天一剑穿胸。他怪叫一声，仓促挥拳便击，这一拳不偏不倚正打在卢长天的下巴上。

卢长天的下巴几乎被耶律阿三给打碎了，顿时鲜血直涌。不过，卢长天觉得这一拳挨得值得。因为，一拳换一命，耶律阿三现在已经软软地倒在了他的脚下。

妩媚三娘惊叫道："大哥，这小子使诈。"

轩辕三笑道："二妹别怕，他已经是强弩之末，咱们兄妹联手收拾他。"说着，抽出腰间的马尾鞭，飞身扑了上来，妩媚三娘也急忙操起峨眉刺，加入了战斗。

眼下，卢长天的确已经是强弩之末，连日来的逃亡，加上又中了轩辕三笑的十里香，还挨了耶律阿三重重的一拳。现在，卢长天觉得自己浑身的骨头架子都要散了。

苦苦支撑了十多个回合之后，卢长天便感到握剑的手越来越酸软无力了，每挥出一剑，都要用尽全身的力量。

就在卢长天渐渐不支之际，庙外突然又响起一阵脚步声，紧接着，四位穿着黑衣的年轻军官闯入庙中。

轩辕三笑回头一见闯进来的四位军官，马上露出了笑容，停止攻击。因为来的四人他认识，他们是郭子仪帐下的得力助手"四条腿"。

"四位兄弟来得正好，这家伙就是卢长天，他就是郭大将军和张太守要通缉的奸人。"轩辕三笑一边说着，一边寻思着如何让"四条腿"与卢长天拼命，自己好伺机将这五个人全部毒倒，然后拿了宝瓶，回去向主子邀功。

轩辕三笑正暗自打着如意算盘，"四条腿"已经出手。只不过，"四条腿"没有攻向卢长天，而是两人一组，合力攻击轩辕三笑与妩媚三娘。这一变故大出轩辕三笑与妩媚三娘的意料，他们怎么也想不到，"四条腿"居然会帮着卢长天来对付自己。等轩辕三笑与妩媚三娘反应过来之时，已经迟了。"四条腿"虽然年纪轻轻，但凭着腿上的功夫绝对称得上是江湖中的一流高手。轩辕三笑躲闪不及，便被一记莲花腿踢中要害。妩媚三娘比他也好不了多少，当她还没弄明白怎么回事时，便被踢中了腹部的天枢穴。

轩辕三笑与妩媚三娘中招倒地的

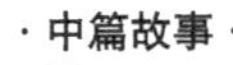

同时，卢长天的脸上终于露出了久违的笑容。

“卢大侠，我们兄弟接应来迟，连累您受了重伤，真是罪该万死。”“四条腿”说着，一齐抱拳，毕恭毕敬地向卢长天施了一礼。

5.重树大旗

本来应该是敌人，却偏偏成了朋友，这究竟是怎么回事呢？

整个事情看上去扑朔迷离，其实说穿了却也简单寻常。谜底的关键就在妙手神匠李好好身上。这个李好好原本是皇室贵胄，只因从小痴迷于玩陶弄瓷，无意做官，浪迹四海。所以，江湖人只知他是一位仿制陶瓷的妙手神匠，而不知他的出身来历。

张廷璧花重金请李好好来仿制黄釉青花葫芦瓶之时，李好好便猜出其中必有蹊跷，于是便暗中留意打听。也是机缘巧合，负责押运赝品宝瓶进朝的刘万琦在河西郡任职时，曾受过李好好的恩惠，两人本是旧相识。他们私下里一合计，便明白了张廷璧的阴谋。于是，心向大唐的李、刘两人便将计就计，演了一出移花接木的好戏。

首先是由李好好仿制出一个惟妙惟肖的黄釉青花葫芦瓶赝品，然后再将真品宝瓶用一层鲜艳的黄釉包裹起来。如此一伪装，就连张廷璧也错把真瓶当赝品、误把赝品当真瓶了。与此同时，刘万琦又私下通知卢长天，让卢长天与郭子仪将军联系，说明原委，并请郭将军派人来途中接应。由于此事关系重大，知道的人越少越好。所以，卢长天才守口如瓶，连白二、常山这两位心腹都不知详情。

这一切安排妥当之后，蒙在鼓里的张廷璧果然中计。他派人将赝品宝瓶连夜送往叛军营寨，同时将伪装过的真品宝瓶交给刘万琦，让他押送着前往北天池山挑衅。

事情到此，真相大白。卢长天与“四条腿”护送着真品宝瓶，策马扬鞭，火速赶往灵武，面见肃宗。

在临时修建的宫殿之中，卢长天当着皇帝的面，将宝瓶放入一盆清水之中。一盏茶工夫过后，附在宝瓶表面的鲜艳黄釉慢慢起泡、脱落，渐渐还原了宝瓶古朴、润泽、光滑的本来面貌。皇帝龙颜大悦，当即诏告天下，河东郡太守张廷璧已将黄釉青花葫芦瓶贡奉入朝，张廷璧献宝有功，官升三级，任河东节度使。

皇上之所以要发出这个诏告，用意就是离间叛军与张廷璧的关系，逼得张廷璧不得不为朝廷出力。

再说叛军阵营中听说张廷璧将黄釉青花葫芦瓶贡奉给肃宗后，起初并不相信，因为他们认为真品宝瓶早已被张廷璧送进自己营中。但后来为了排除疑问，他们找来几位古董鉴定大师来鉴定自己手中宝瓶的真伪。这些大师经过几天的仔细鉴定，得出了明确的结论，认定这件宝瓶是赝品，只是仿制者手艺高超，世所罕见。

叛军首领一听，气得暴跳如雷，大骂张廷璧是两面三刀的小人。于是，叛军挺兵西进，全力围攻张廷璧。面对这样的结果，张廷璧这个自称是天下最聪明的人也被弄得丈二和尚摸不着头脑。他不明白究竟是哪里出了差错。但是，事已至此，他只好将错就错，全力配合郭家军与叛军作战。后来，在张廷璧的配合下，朝廷最终平定了“安史之乱”。

再说卢长天立了护宝大功之后，郭子仪将军大为赞赏，决定要将他留在军中重用。但是，卢长天却嘿嘿一笑，说:“当差不自由，所以我还是回去当我的强盗好了，以后遇到贪官，我也好趁火打劫，抢他一抢，要是一当了官，便失去这些乐趣和自由了。”

郭大将军微微沉吟了一下，说:“人各有志，老夫也不强求，不过卢义士这次立下大功，朝廷无论如何也该给你一些封赏才好。”

几个月后，卢长天又回到了北天池山，他召集来旧日的兄弟，重新树起了天道帮的大旗。只不过，这一次他们的大旗上却多了四个醒目的朱砂大字“奉旨抢劫”，在这四个字的下方，还盖着当今皇帝的御玺。这杆大旗，便是郭大将军替卢长天从皇帝手里讨来的封赏。

卢长天苦尽甘来，很是开心，但让他更开心的是他的两个好兄弟白二和常山还活着，只是一个缺了只胳膊，一个少了条腿。三人见面，悲喜交加，抱头痛哭。白二、常山告诉卢长天，当时“三脚猫”因急于追卢长天，这才没管他俩的死活。他俩是被“四条腿”救的。

这会儿，白二、常山望着御赐大旗，感慨万千……

又过了几个月，战事暂缓之际，刘万琦偷偷轻装单骑前来北天池山，拜访卢长天。

卢长天吩咐手下兄弟杀猪宰羊，热情款待。席间，两人推杯换盏，尽

编读往来：你的问题我来答

广西读者陈小霞：我在《故事会》7月下半月刊“开卷故事”栏目里，看到一则名为《邮票挽救奥运会》的短故事，觉得非常不错，它既贴近时宜，又让我们对奥运会相关知识有所了解，可我觉得还不过瘾，能否再刊登一些奥运小故事？

绿版编辑部：你的建议非常好。本期《故事会》上市时间为8月8日，恰好与北京奥运会的开幕时间不谋而合。为此，我们精心挑选了两个兼具知识性和趣味性的奥运小故事，刊登在“开卷故事”栏目里，希望能成为大家观看比赛时的知识甜点。

河北读者王政：我在《故事会》杂志上发表了一篇作品，六个月都过去了，可我还没有收到稿费，请问是怎么一回事？

绿版编辑部：应该说，我们给作者寄发稿费是相当及时的，通常情况下不会超过三个月。但也有部分作者反映稿费不能及时收到，出现这种情况主要是因为稿费单有问题：1. 作者提供的姓名、地址有误或有变化，比如有的学生作者毕业离校，但近期的联系地址不详。2. 财务部、邮局等输入有误。这样的话，稿费单最终会退至出版社。因此，作者一定要在作品中注明详细、有效的通讯地址或联系方式。如是篇幅较长的作品，最好还要附上自己的有效证件（如身份证、护照等）号码，以备有关部门代为扣税之用。

要记住的是：如果稿费超过三个月还没有收到的话，可直接与该期的责任编辑联系，请他帮你查问一下。

兴畅饮。借着酒劲，刘万琦又曝出一个惊人的秘密，他眯缝着醉眼对卢长天说：“卢兄弟，你知道真正的黄釉青花葫芦瓶到底在哪儿吗？”

卢长天大着舌头说：“当然知道，是我亲手送进金銮殿的。”

“你错了，”刘万琦神神秘秘地说，“皇上手里的也是赝品。”

卢长天大吃一惊：“不会吧！”

刘万琦笑道：“我也是后来才知道的，真品宝瓶进了李好好的手，他那个爱瓷如命的人又怎肯乖乖再送给别人？所以，他做了两件赝品，一件送给皇上，一件送给叛军，而真品，早就被他偷梁换柱，悄悄藏了起来。”

卢长天大惑不解地问：“可是，李好好不是已经被张廷璧给毒死了吗？”

刘万琦挂着一脸神秘的笑容，说：“李好好是个人精，就凭张廷璧那一杯毒酒，你以为真能害死他吗？哈哈，这小子早有准备，吞了解药，然后故意喝了张廷璧的毒酒，借机诈死，然后悄悄带着宝瓶远走他乡了。”

卢长天愣了一下，不由竖起大拇指说道：“好一个李妙手，真有一套，居然把普天下的人都给耍弄了。”说罢两人哈哈大笑……

（**题图、插图：**杨宏富）

本期游戏难度指数：★★★☆☆

福尔摩伍的问题

13 朵玫瑰

一个叫托马斯的画家死在了自己的公寓里。当警察赶到时，公寓的门窗都是反锁的。警察好不容易才把门弄开，进入房间。只见托马斯倒在床上，手枪掉在地上，看起来是他把门窗都关好后，坐在床上开枪自杀的。法医判断，托马斯已经死了 8 天了。

警察对福尔摩伍说，是楼下一个花店老板报的警。老板告诉警察，托马斯每周五晚上都会去花店买 13 朵粉红色的玫瑰，已经10个年头了，从未间断过。可这两个星期托马斯都没有出现，花店老板有点担心，就给警察局打了电话。

福尔摩伍问道："那些玫瑰呢？"

警察说"都装在一个花瓶里，花瓶放在窗台上，花都枯萎凋谢了，只剩下了花枝。"

福尔摩伍环顾了一下四周，继续问道："地板和窗台上有血迹吗？"

警察摇了摇头："除了一点灰尘，什么都没有，只在床上有血迹。"

福尔摩伍听到这里打了个响指，接着严肃地说"这是一起谋杀案，凶手在窗台边上杀死了托马斯，然后打扫清洗了现场，再将尸体移到床上，使人觉得是自杀。"

福尔摩伍为什么这么说呢？

（推荐者：木　木）

世界 500 强面试题

找错误

你看到的这道题，本身就有两个地方有明显错误，但你可能一时看不出来，需要仔细找一找。记住：找不到别睡觉哦。（推荐者：开　心）

超级视觉

你看看这两个老太太，哪一个体型更大一点呢？

答案

福尔摩伍的问题

窗台上的花都枯萎凋谢了，那应该能在窗台或地板上找到落下的花瓣，不可能只有一点灰尘，所以福尔摩伍判断花瓣是凶手清洗现场时一起弄掉了。

世界500强面试题

标题中有一个"错误"，这句话中还有一个"错误"。

超级视觉

两个老太太的大小和形状都一样，但由于服饰的色彩和线条的角度有差别，看起来有个老太太会更大一些。

·开卷故事·

模仿雕塑掷铁饼

古希腊现实主义雕塑家米隆的不朽名作《掷铁饼者》，展现了古希腊运动员健壮的肌肉和超然的自信，是整个希腊民族的骄傲。

为此，首届现代奥运会正式比赛的第一天，希腊组委会就特意安排了他们认为稳操胜券的民族传统项目——铁饼比赛。

为了不让冠军旁落，希腊将众多优秀选手集中训练了好几个月，甚至策划好了夺冠后的庆祝仪式。

铁饼比赛场地的规格沿用古希腊传统，投掷区是2.5平方米的正方形，铁饼的重量不到2公斤。

比赛开始，希腊选手掷出了29米的最好成绩。

然而，当所有人都认为胜券在握时，意外发生了。原先只是在一旁观战的美国选手罗伯特·加勒特跃跃欲试，当场报名参赛。

按照当时的规则，允许临时报名参赛，于是这位从未见过标准铁饼的美国人匆匆上场了。加勒特模仿着希腊人的投掷动作，投了两次，就找到了感觉。第三次试投时，只见他手臂后伸，然后用力一挥，铁饼一下子飞到了29米以外。

29.15米！在场的运动员、裁判和观众个个目瞪口呆，原本领先的两位希腊选手不得不退居第二和第三位。

后来希腊人才得知，正是雕塑家米隆的名作《掷铁饼者》给了加勒特灵感。他依葫芦画瓢，自制了一块铁饼，并模仿着雕塑的动作在国内练习。他所制作的铁饼比正式比赛用的足足重了3公斤，因此，当他站在希腊的赛场上时，手中的铁饼对他而言简直是轻而易“投”。

（**推荐者**：兰　馨）

关键词：掷铁饼

（**本栏插图**：安玉民　梁　丽）

关键词：削发

削发减重

墨尔本奥运会对美国举重选手查尔斯·芬奇来说，是永生难忘的，不仅仅因为这是他第一次参加奥运会比赛，更重要的是参赛期间一次绝无仅有的特殊经历。

芬奇报名参加的是56公斤级举重比赛。赛前，站在磅秤上的芬奇郁闷不已，因为他超重了680克。

此时，距离赛前的正式过磅还有不到2小时。在此期间，如果没办法甩掉那多余的680克，芬奇就只能当观众了。

此时的芬奇心急如焚，他不停地跑步，希望体重能随着汗水的流失而下降。

经过一个半小时的努力，芬奇鼓足勇气再次走上磅秤——可还是超重198克，再遭打击的芬奇连割肉的心都有了。

万般无奈下，芬奇的顾问突然想出了一条妙计——肉是绝对不能割的，但头发是可以剃的。于是，在过磅前15分钟，芬奇决定牺牲自己的头发。

最后，光头芬奇终于涉险过关，比赛中他以领先第二名5公斤的成绩摘得金牌，并打破了世界纪录。

4年后的罗马奥运会，芬奇再度参加，以平世界纪录的成绩卫冕成功，并且把与第二名的成绩拉大到7.5公斤。

古有削发明志，今有削发减重。为了成功可以付出任何代价，区区几根头发又算得了什么呢？

（**推荐者**：悠　悠）

“开卷故事”栏目征稿

“开卷故事”欢迎广大读者踊跃荐稿！推荐作品内容不限，范围不限，但每则作品都要有故事情节或细节，且提供一个新的知识点，或者绝妙的生活思路和方法，字数1000字以内。希望大家慧眼识金，挑选此类精彩作品。本期责任编辑的邮箱是zhong98305@sina.com。

你竟敢坑我

□何　燕

小二意外得了笔奖金，他摸着兜里厚厚的钱，一想到回家后就要上缴，心里很不是滋味。

突然，小二灵机一动，何不在外面找个隐蔽处，把这些钱当私房钱偷偷藏起来呢？可这大街上，要找个能藏钱的好地方可不容易啊，小二东张西望后，就把目标锁定在路边的大榕树下。

就在小二靠着榕树把手伸进衣兜时，背后传来一声音："小伙子，你干吗呢？"

小二吓了一大跳，回头一看，是一老头正盯着自己，不由得气不打一处来："我干吗？我正要问你干吗呢！你看我干吗？"

老头歪着头盯着小二，冷笑着说："哼，小伙子，众目睽睽之下你竟敢在这儿小解？"

小二把伸进兜里的手拿了出来，气呼呼地说："去去去，一边去，谁小解了？"

"人有三急嘛，没有什么见不得人的。走过这个街口，拐个弯，就有个厕所。"说完，老头用手指着前面，他还怕小二明白不过来，拉了拉小二，说，"看见没有？就那个街口，很近的。"

小二虽然厌恶老头多管闲事，可一听老头提到厕所，就来了主意：对呀，我可以躲在厕所里面把钱藏好了再回家！于是，小二对厕所的位置有了兴趣，问道："谢谢，就那个街口吧？"

老头显得特别热心，说："到了那个街口，还要拐弯，瞧你这记性，这样吧，我带你去！”说完，就要拉小二走。

小二懒得搭理老头，径直朝厕所方向走去了。

在街口的拐弯处，小二还真看见了一厕所。小二刚想走进去，守厕的大妈拦住了他，问：“大解还是小解？”

小二满脸疑惑：我进厕所就进厕所，你还管我大解、小解？

“大解五毛，小解两毛。”对于小二的磨蹭，大妈显然极不耐烦。

小二递过去两毛钱，走进了男厕所。

小二一进到厕所，发现厕所里边没人，一阵高兴，正要把钱从口袋里

取出来时，他发现后面有人进来，扭头一看，只看见那人的一点点背影。妈呀，有人偷看！小二暗自庆幸：幸好我还没把钱拿出来！要不，挨抢了还蒙在鼓里呢！小二追出来一看，没人了，又折回去，这回小二长心眼了，决定到大解里面去才把钱拿出来，因为大解的地方有两米高的围墙围着，在里面把钱藏好再出来。

就在小二要进入大解的地方时，突然冲过来一个人把小二给死死地拉住了，还大声嚷嚷：“好家伙，你不是说小解吗？现在怎么又大解了？从我第一眼看到你，就觉得你鬼鬼祟祟的，要不是我偷偷跟着你，还真被你骗了呢！”

小二定睛一看，又是那老头，气得暴跳如雷：“怎么又是你？我说你老跟着我干吗？”

“干吗？你知道我这工作干得多不容易吗？你倒好，竟敢坑我！”老头紧紧拉住小二的手不放，生怕一放小二就马上进去大解似的。

小二急了，一边挣脱一边嚷嚷：“你放手啊！我大解、小解跟你工作有什么关系？”

老头气鼓鼓地说：“怎么没关系？我是导厕员，介绍一人小解得介绍费一毛，介绍一人大解得两毛。你现在竟敢坑我一毛，我就靠这个存点私房钱，你说我容易吗？”

打鸡蛋

□ 杨小颜

教授从超市买了十斤鸡蛋，回到家，他准备煎一盘鸡蛋。教授拿出几个鸡蛋，把剩余的塞进了冰箱。他左手拿着一个鸡蛋，右手拿起另一个鸡蛋，然后把两个蛋在空中轻轻一碰，再把蛋倒在下面的盘子里。

打了几个之后，教授发现了一个有趣的现象：两只蛋相碰，破的总是右手的蛋，而左手的蛋一直安然无恙。他来了兴趣，尝试着用不同的方式去打蛋，用右手的蛋打左手的蛋，然后用左手的蛋打右手的蛋，接着他又尽量两只手均匀用力，使两只蛋在半空相碰，结果无一例外，两只蛋中被打破的总是右手的蛋。

教授为这个有趣的发现兴奋不已。桌子上的蛋已经打完了，而教授显然已一发不可收拾，他打开冰箱，把里面的鸡蛋都拿出来，专心致志地继续打鸡蛋。

很快，十斤鸡蛋都打完了，教授手中只剩下最后一个蛋，不用说，就是拿在左手的蛋。

正在这时，教授的夫人回来了，她看见厨房里满地的鸡蛋壳，以及桌子上满满一大缸的鸡蛋，惊讶地叫起来："天哪，你疯了吗？"

"亲爱的，小点声！"教授欣喜若狂地说，"你知道吗？今天我竟然发现了一个物理定律，用两个鸡蛋互相击打，被打破的永远都是你拿在右手边的蛋。"

教授顿了顿，得意地看了一眼惊呆的夫人，接着说"而你拿在左手的蛋永远都不会被打破，就像这一个！"说着，他把那个鸡蛋递给了夫人。

夫人接过鸡蛋看了一眼，冷冷一笑："是吗？我也发现了一个定律，如果你用石头和鸡蛋互相击打，破的永远是鸡蛋！"

教授这才发现，他把超市用来做广告的假鸡蛋买回了家。

别在酒后开车

□ 杨金凤

阿边这人喜欢喝点酒，要是碰上高兴事，那更是非喝醉不可。这不，昨天刚拿了奖金，今天他就叫上一个要好的朋友，两人开车来到一家饭店喝开了。

这一喝可不得了，结账出门时两人都醉得东倒西歪。

好不容易摸索着上了车，阿边一屁股坐在驾驶座上，想先把朋友送回家，然后再快点回去冲个热水澡睡觉。可是他头晕眼花，两只手也似乎不听使唤了，鼓捣了半天也没发动车。

就在这当口，有个人敲了敲车窗。阿边一看，坏了，是个警察。

“喝酒了吧？”警察把鼻子凑过来一嗅，眉头皱了起来，“酒后不能开车，你懂不懂呀？”

阿边哪能不懂？他满不在乎地把头一摇：“警、警察同志，没……事，喝了酒，我照样能、能把车开回家……”

警察严肃地板着脸说：“喝高了吧？你能开，我还不能让你开呢，下车下车！”

阿边摇摇晃晃下了车：“干、干啥？”

警察说带他去醒醒酒，不由分说，就扯着他上了一辆警车，径直开回了交警队。

进了一个大房间，警察把阿边按在一张椅子上，转身打开了墙上的电视机：“你先好好看看录像，等你酒醒了，咱们再谈处罚的事。”说罢交警出去了，把他一个人留在那儿。

阿边醉着呢，不知道害怕，心说看就看呗，闲着也是闲着。

录像刚开始，手机响了，是老婆打来的，问他咋还不回家，是不是出了啥事。

阿边含糊着说："没事，喝……喝高了点儿，警察多管闲事，不、不让我开车，让我在这看录像呢……"

挂了电话，阿边就看起了录像，谁知刚看了几眼，就吓了一大跳，屁股一下坐正了。录像里放的啥呀？一个接一个的车祸镜头，血淋淋的画面看得人毛骨悚然。

录像放完，阿边眼珠子都不会动了，伸手一抹额头全是汗。经这一吓，酒果然醒了七八分。

这时，交警推门进来了，问他："怎么样，酒醒了吗？"

阿边冲着警察直点头："醒了醒了，警察同志，以后我再酒后开车，我就是王八蛋！"

交警一听笑了："你能有这个觉

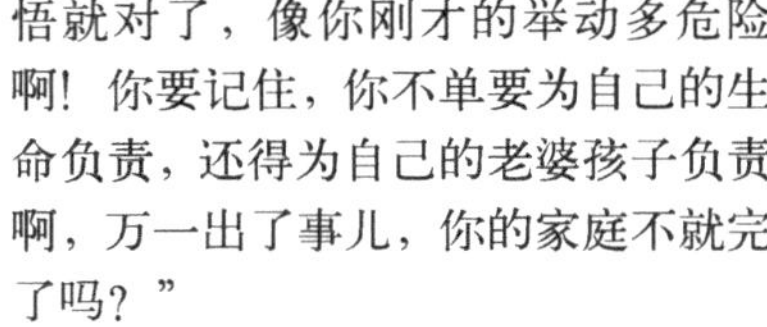

悟就对了，像你刚才的举动多危险啊！你要记住，你不单要为自己的生命负责，还得为自己的老婆孩子负责啊，万一出了事儿，你的家庭不就完了吗？"

听警察这么一说，阿边脑子里顿时闪过老婆美丽的脸庞和儿子可爱的小脸蛋，内心更是觉得悔恨不已。

这时，门外突然走进来一个女人，阿边一看不是别人，正是自己的老婆。

阿边不等老婆说话，就扑上去握着老婆的手忏悔"亲爱的，以后我再也不犯傻了，喝了酒，我坚决不开车，我要为你和孩子负责！"

老婆把他的手一甩，没好气地骂："看你醉成什么样子了！咱们家哪来的车？你什么时候学会开车了？"

阿边一怔，猛地一拍脑门："对呀，警察同志，我不是司机啊，我根本就不会开车！"

警察也愣了："可我明明看你坐在驾驶的位子上啊？"

阿边不好意思地直挠头："那不是都喝高了嘛，糊里糊涂就坐错位子了。"

警察问"那，司机呢？"

阿边一拍大腿"他还在车后排躺着呢！"

领导带路

□伊　豆

小林和小丽两口子都在城里打工。这天，小林好不容易有半天休息时间，便想去小丽上班的服装厂找她，让她请假，一起上街买些东西。

一路上，小林一直在盘算怎么对付服装厂那个难缠的门卫。他上次去找小丽，就被那个门卫拦在外面，死活不让他进去，一定要等到下班，害得他傻站了一个下午。

正想着，小林已经到了服装厂门口。他偷偷朝门卫室里瞅了瞅，没人，小林心里一阵狂喜，他立马迈开大步就朝厂房大楼跑，一边跑，心里面一边“扑腾、扑腾”跳个不停。

小林跑到一楼，发现那里挂着“裁剪车间”的牌子。他探头朝里望望，然后战战兢兢地走进去，满脸堆笑地问一个正在裁剪的师傅：“师傅，你好，我想请问一下，熨烫车间在哪里？我想找姜小丽。”

谁知，那个人却冷冰冰地答道：“门卫没有告诉你吗？我们这儿不是熨烫车间，请你出去！”

没想到刚进门就碰了钉子，小林只好灰溜溜地退出来，可他在一楼转了一圈，也没找到熨烫车间，便想到二楼去找找。

小林在一楼左拐右拐，绕了好几圈，好不容易在厂房大楼的背面发现了通往二楼的楼梯。

小林喜不自禁地冲到楼上。真巧，二楼对着楼梯的就是“熨烫车间”。小林趴在车间玻璃门上向里张望，费劲地辨认着哪个才是小丽。

正在这时，小林突然听见背后有人喊了一声：“你干什么？”

小林吓了一跳，转过头，发现身后站着一个领导模样的女人。小林忙支支吾吾地说：“我，我找姜小丽。”

女领导板着脸问："她是你什么人？"

小林紧张地说："她，她是我老婆。"

女领导又问："门卫那里登记了没有？"

"这个，这个……"小林挠起了头皮。

"你不是找姜小丽吗？"女领导点点头，"那你跟我来吧。"

小林没想到这个女领导看起来挺严肃的，做事倒很爽快、利索。要不怎么说，领导就是领导呢，说话做事就是跟一般员工不一样，就是果断，就是有魄力。

小林心里暗自佩服，一边鞠着躬，嘴里一边不停地说着谢谢。几个躬鞠下来，小林突然发现，女领导已经走出好几步远了。小林赶紧直起身，追了上去。

走了差不多两分钟，小林被带到了另一个楼梯旁。女领导二话没说，直接"咚咚咚"下了楼梯。小林也不敢多嘴，跟着下了楼。

下楼之后，小林跟着那女领导一拐弯，来到一扇门前。女领导不假思索地拉开了门，小林只好紧紧跟在后面。然后，再经过七扭八拐，就拐到了一个车间前。

小林心想，这下总该到了，待会儿见到老婆，一定要让她好好地谢谢这位女领导。这可真是个理解人的好领导呀，竟然带着自己走了这么远的路。

可那个女领导丝毫没有停步的意思。小林心里直纳闷，再仔细一瞅，这不正是刚才来过的"裁剪车间"吗？他正摸不清头脑呢，女领导已经出了厂房大楼的门，小林也只好赶紧追出门去。

出了厂房，女领导终于停了下来，她突然一转身，走到小林后面，"砰"的一声关上了厂房大楼的门。

小林觉得莫名其妙，正想开口问小丽在哪儿，女领导伸手一指门卫室，表情严肃地说："要找老婆，先到门卫室登记去！"

（**本栏题图、插图**：顾子易　王　俭）

www.ingramcontent.com/pod-product-compliance
Lightning Source LLC
Chambersburg PA
CBHW051932220626
47052CB00004B/659
9787545201505